반야

9

반야

제3부 | 아침이 오리라

송 은 일 대하소설

문이당

차례

어진 사람은
자기가 사랑하는 것을 대하는 마음이
자기가 사랑하지 않는 것에까지 영향을 미치지만
어질지 못한 사람은
자기가 사랑하지 않는 것을 대하는 마음이
자기가 사랑하는 것에까지 영향을 미친다

— 『맹자孟子』, 「진심盡心」 편 중에서

칠십이대七十二代 칠요七曜

눈이 푹푹 내려 쌓이는 산등성이에 박혀 있는 초부옥은 주인이 사라졌을망정 저 홀로 오래 견딜 수 있을 것처럼 튼튼해 보였다. 그 집에 딱 한 칸 있는 방. 그 방 안 벽장 속에서 여인의 옷이 담긴 옷궤를 발견했다. 작년 봄 비 내리던 밤에 수앙이 찾아갔을 때 속옷만 입고 남겨뒀던 옷들이었다. 수앙은 옷을 만지며 흐흥, 웃었다. 안해보다 십 년 더 살겠다던 약조를 심각히 어긴 지아비를 생각했다. 스스로의 고집에 빠져 오래도록 지아비를 방치했던 수앙 자신도 생각했다. 지아비가 절 밑에다 집을 짓고 시시로 와 묵는다는 걸 알면서도 내버려 두었던 자신. 어머니가 둘이 손잡고 무릉곡으로 들어가 살라 하실 때 싫다고 했던 자신. 그 앞에서는 끝도 갓도 없이 방자했던 스스로를. 어찌되었든 내 이십 년 동안 그를 사랑했고 사랑받았으니 최선이 아니었느냐고. 그만하면 둘 다에게 충분했던 것이라고. 암만 그렇게 생각해도 김강하를 용서할 수 없고 자신도 용서할 수 없었다.

초부옥에서 도솔사로 돌아오니 우동아가 손짓말을 한다.

'정암당에서 부르십니다.'

'씻고 가죠.'

대꾸한 수앙은 심경와의 작은 방으로 들어선다. 갈아입을 속옷들과 푸새해 놓은 승복을 챙겨서 정제간으로 나온다. 눈이 아무리 내려도 산속에서 솟아나오는 물은 얼지 않고, 멈추지도 않고 정제간으로 흘러들어 왔다가 흘러나간다. 수앙은 옷을 벗고는 몸에 찬물을 끼얹다가 너무 차서 소스라친다. 몸이 덜덜 떨리고 이가 딱딱 마주친다. 견디지 못할 만큼은 아니다. 어쩌면 살아서 견디지 못할 일은 없는지도 모른다. 손가락이 잘릴 때 견뎠으니 발가락이 잘려도 견뎠을 것이고 손목이나 발목이 잘렸어도 견뎠을 것 같다. 그리고도 살아남았다면 그 무엇도 견딜 수 있을지 몰랐다. 지아비가 총탄에 맞아 숭숭 구멍 뚫려 부서져 버려도, 그 순간에 어머니가 숨을 놓아 버려도 이렇게 살아 있지 않은가.

김강하가 변을 당했음을 느꼈지만 보기 전에는 믿을 수 없었다. 그는 그리 쉽게 갈 사람이 아니었다. 안해보다 십 년 더 살 거라고 약속도 했지 않은가. 어머니의 주검을 놓아두고 기어이 그를 보러갔다. 그의 처참한 주검을 볼 때는 딱 죽을 것 같았다. 그의 주검을 만지다 기함할 때는 그대로 죽기를 바랐다. 정신 차리고 나서도 그와 함께 죽으려 했다. 정말이지 그와 함께, 어머니와 함께 이 세상에서 사라지고 싶었다. 그랬지만 겨우 여덟 달이 지났을 뿐인 지금은 눈발 속에서 소나무 향을 맡고 그 향기로움에 취해 웃기도 한다. 물이 차갑다고 소스라치기도 하고.

몸을 씻고 감은 머리를 수건으로 감고 몸을 달달 떨며 들어서자 동아가 이불을 들고 기다리고 있다가 몸을 싸준다. 수앙이 초부옥에

다녀오는 사이 방에 불을 얼마나 때 놨는지 금세 추위가 가신다. 동아가 이불에 감긴 수앙의 어깨를 눌러 앉히더니 머리카락을 말려준다. 머리카락이 어깨에 닿을 만큼 자랐다. 날마다 회색 댕기로 묶은 꽁지머리에다 회색 두건을 쓰고 다닌다. 머리카락을 말린 동아가 수앙이 내민 댕기로 꽁지머리를 만들어준다.

신시 초경이나 됐을까. 눈발이 잦아들어 밝아지면서 눈이 시릴 정도로 시야가 환하다. 이 눈 천지에 어둠이 깃들기 전에 도솔사를 떠나야 할 모양이다. 요즘 수앙에게 힘든 점은 견디기 싫어 죽어 버려야 마땅함에도 살아 견뎌지는 것이었다. 절 바깥에는 견디지 않아야 함에도 견뎌지는 무수한 것들이 있을 터였다. 그렇게 살라고 쫓아내려는 것이다. 지금.

"당분간 못 보겠네!"

모처럼 소리 내어 중얼거린 심경은 눈이 쌓여 휘황하게 반짝이는 명자나무들을 쳐다보고는 정암당으로 향한다. 절간에 깃든 사람들이 길을 내느라 부산하게 움직이는 예사로운 풍경 속에 낯설고 강력한 기운들이 들어와 있었다. 나 하나 끌어내자고 많이도 출동하셨다! 방산께서도 오신 모양이고! 수앙은 보이지 않는 기운들을 향해 눈을 흘기며 걷는다.

정암당은 법당이며 주변 집들을 가운데 두고 반야오와 마주보는 반대편 숲속에 들어 있다. 반야오보다 방이 약간 클 뿐인 단칸 너와집이다. 도솔사에서 소리 말을 할 수 있는 곳은 반야오와 예불 때의 법당과 주지스님의 처소인 정암당뿐이다. 법당에서 예불할 때는 송경誦經 소리만 낼 수 있다. 수앙에게 도솔사가 편한 이유였다. 가만가만 흐르는 묵언의 물결을 타고 나도 고요히 흘러갈 수 있기에.

"이제 오느냐?"

방산이다. 방안에는 정암스님과 낯선 비구스님 네 분까지, 자그마치 여섯 분이 긴 탁자를 가운데 두고 마주앉아 다담茶談을 나누다 수앙을 맞이한다. 역시나! 속으로 삐쭉이는 수앙에게 방산이 여섯 분의 측면 쪽에서 절하고 앉으라 손짓한다. 수앙은 여섯 어른을 향해 일배하고 탁자 측면에 앉는다. 방산이 입을 열었다.

"정암스님 곁에 앉으신 분이 화개 쌍계사의 법륜스님이시다."

법륜스님은 쉰 살쯤 되셨겠다. 백 년 넘은 심경와의 서까래처럼 바래 보이지만 눈빛이 명자꽃잎처럼 깊다.

"소제 심경, 법륜스님을 뵙습니다."

"법륜스님 곁, 네 왼쪽 분이 천안 원각사의 자산스님이시다."

마흔댓 살쯤 되었을까. 곧게 자란 소나무의 껍질처럼 단단한 인상이다. 수앙이 앉은절로 받든다.

"소제, 자산스님을 뵙습니다."

"정암스님 건너편에 계시는 분은 강화도 수국사의 무량스님이시다."

고희가 가까우실 성싶은 무량스님은 김강하의 무술 스승이셨을 터이다. 눈빛이 먹감나무로 빚은 염주처럼 검게 반짝인다.

"소제, 무량스님을 뵙나이다."

"그 곁에 계신 분은 의주 대원사의 수경스님이시다."

길가에 아무렇게나 서 있는 벅수장승처럼 무던해 보이신다. 환갑은 넘으셨겠다.

"소제, 수경스님을 뵙나이다."

방산이 말을 이었다.

"스님들께서 먼 길 오시어 너를 보시는 까닭을 짐작하겠니?"

"정암스님께서 기어코 소제를 쫓아내실 작정이신가 보다 짐작하며 왔습니다. 소제, 할 일 다 하고 밥을 그리 많이 먹지도 않는데, 그냥 두실 것이지, 원망하면서요."

수앙의 느닷없는 소리에 스님들이 크허, 컬컬, 흐하 웃음보를 터트린다. 정암스님이 웃음을 추스르고는 입을 연다.

"네가 밥을 많이 먹지는 않으나 방 한 칸을 통째로 차지한 세월이 벌써 얼마냐. 이 집의 중들이며 수행자들이 나눠 써야 할 방을 네 홀로 너무 오래 차지하고 있다는 생각은 아니 드느냐?"

"그 값으로 소제가 이 절집의 허름한 벽들마다 어여쁜 그림을 그려 드리지 않았나이까?"

"그건 네가 좋아서 한 게지. 그 때문에 우리는 비싼 물감 사들이느라 허리가 휠 지경이었다. 뿐이냐? 팔도가 기근에 시달린 지난 아홉 달간 너는 물감에 더해 종이까지 마구 써댔다. 허니 우리가 어찌 당하랴."

"아무리 흉년이라도 물감 쓰고 종이 쓰는 사람이 있어야 하지 않습니까? 그래야 물감 만들고 종이 만드는 사람들도 밥을 먹고 살지요. 그리고 소제가 내는 파지들은 탁지濯紙하여 곳곳의 벽지로 긴요히 쓰지 않습니까?"

"딴은 그렇다만 네가 지나치게 많이 쓴 것은 사실 아니냐?"

"그래서 소제가 생각을 했나이다."

"무슨 생각?"

"소제가 계를 받고자 하나이다. 계를 받으면 소제도 이 절의 고정 식구가 되지 않나이까. 소제가 물감과 종이를 써도 스님께서 덜

아까우시겠지요. 물감이나 종이를 못 주신다 하기도 임의로울 것이고요."

"머리를 깎겠다는 말이냐?"

"예. 큰스님의 제자로 여기서 살고 싶습니다."

"나는 싫다."

"어찌 싫으시옵니까?"

"내가 셈속이 분명한 속된 중일 제 아무리 따져 봐도 너를 중으로 만드는 건 나한테 손해기 때문이다. 너는 갖가지 방법으로 돈을 벌 수 있는 아이인데 예다 두면 돈이 생기지 않잖느냐. 탁발을 다닐 테냐?"

"계를 받은 후라면 탁발 못 나갈 까닭이 없지요. 소재가 탁발 나가면 이 절 스님들 잡수실 양식은 얻어올 자신이 있습니다. 스님 발우에 쌀밥도 채워 드릴 수 있고요. 또 필요하다면 그림을 그려 팔아서 양식을 구해다 드릴 수도 있습니다."

"쌀밥이라니 사뭇 구미가 당기긴 한다만, 겨우 우리 먹을 것만 구해올 것이니 역시 타산이 맞지 않잖느냐? 이번 봄 들어 팔도에서 굶어죽는 사람이 부지기수라 한다. 저 아랫녘 팔도의 곡창인 호남 땅에서만도 굶는 사람이 수만이라 하고. 팔도의 기민 몇만이 지난겨울에 도성으로 들어왔고 시방도 연이어 들어오는 모양이다. 네가 탁발을 하거나 그림 팔아 우리 절 식구 먹을 걸 구해오기 힘든 판세일뿐더러 구해온다고 해도 나는 역시 손해다."

"소제가 돈을 암만 벌어도 스님께서 쓰실 게 아닌데 아까워하실 까닭이 무엇입니까? 같은 장삼을 삼십 년 넘게 걸치시고, 하루 두 끼니 겨우 잡수시면서요."

"그건 네가 몰라 하는 소리다. 우리 절은 칠성부 선원들의 시주로 꾸려나간다. 네가 나가 살 곳도 우리 선원 중 한 곳일 제, 네가 번 돈은 이 절로도 오거니와 어떻게든 우리 세상 사람들한테 풀리게 된다. 작금에 각 처의 절들이 떠도는 자들을 구휼하는 바 우리도 그리하고 있으니 네가 버는 돈은 우리 세상을 넘어 굶주린 백성들에게도 풀려나갈 것이다. 결국 네가 숱한 이들의 물잇구럭인 셈인데 내가 널 이 절에다 묶어 놓을 까닭이 없지? 하니 예서 살겠다는 생각은 아예 버려라."

"박정하십니다."

"박정은 개코나. 내가 널 계속 상대하다간 너한테 넘어가서 네 머리털을 깎고야 말 것 같으니 그만하련다. 무량스님, 애 좀 상대하십시오."

흐흐흥 웃은 무량스님이 입을 연다.

"너, 칠성부 양품陽品 계원 심경! 우리 계의 역사에 대해 아느냐?"

"칠성계라 불렸던 칠성부가 사신계의 모태라 들었나이다. 수차례 외형을 바꿔온 사신계가 현재와 같은 형태를 갖춘 건 고려조 중기쯤부터고 사신계라는 명칭은 조선 건국 초쯤부터 사용했다고 들었습니다."

"우리 계의 강령에 담긴 뜻을 어찌 이해하고 있는지, 말해 보아라."

"계 내의 평등 세상을 계 밖에서도 실현키 위해 애씁니다. 하늘 아래 억울한 백성이 없도록 계 밖의 현실이 돌보지 않는 사람들도 살핍니다. 계원들은 그 원리를 지키며 살고 그 원리를 지키기 위해 계원들이 움직입니다."

"그렇다면 계 내에서 총령, 부령, 무진령 등의 명에 순종해야 하는 이유를 어찌 이해하느냐?"

"우리 세상이 지향하는 원리는 계 밖의 현실과 상충합니다. 명을 위반하면 계가 흔들릴 수 있습니다. 때문에 계에 대한 침묵의 명이 절대적이어야 하고 그걸 지키기 위해 명을 따라야 합니다. 하온데, 무량스님!"

"응?"

"소제는 계 안에서 태어났삽고, 아홉 살에 입계하여 현재에 이르렀나이다. 헌데 지금 스님께서 하문하시는 내용은 소제가 입계할 적에 익히고 이후 내내 숙지하며 지내온 것들입니다. 소제가 새로 입계해야 하옵니까?"

웃음판이 벌어진다. 방산이 어허, 무슨 짓이냐 하는데 입 꼬리에 웃음이 매달렸다. 수앙은 곁의 자산스님이 따라 놓은 찻잔에 손을 댄다. 손가락 네 개가 없는 셈인 왼손 홀로는 간장 종지만 한 찻잔 하나 못 들어올린다. 손에다 천을 감지 않고는 붓을 잡지도 못한다. 어릴 때 그림은 양손으로 배웠어도 글씨는 왼손으로 썼던 탓에 불구가 되자 오른손으로 글자 쓰는 훈련을 새로 해야 했다. 지난 아홉 달 동안 오른손으로 글씨 쓰는 연습을 했다. 그림의 풍도 완연히 달라졌다. 태생의 습관을 극복하기 위해 생억지를 쓰듯 지냈던 도솔사에서의 시간들이 통째로 무언가에 대한 반항이자 저항이었다. 수앙은 한숨을 삼키곤 두 손으로 찻잔을 들어 차를 마신다. 무량스님이 웃음을 추스르곤 다시 입을 연다.

"심경아, 칠요七曜가 무엇인지 아느냐?"

무량스님이 칠요를 말씀하시니 수앙은 자신이 이 자리로 불려온 까닭을 알 것 같다. 법륜스님, 무량스님, 수경스님, 자산스님, 정암스님까지. 사신계 다섯 부를 대표하고 계시는 듯한 스님들께서 여기 계신 까닭은 단순히 수앙을 쫓아내기 위해서가 아닌 것이다.

"칠요는 해와 달, 수성, 화성, 목성, 금성, 토성을 함께 부르는 명칭이지요."

"허면 우리 세상에 칠요라 불리는 직책이 따로 있고 칠요가 칠성부의 부령임을 아느냐?"

"칠성부령이 사신계 오령 중 한 분이시고, 소제의 모친께서 칠성부령이신 건 어느 때부턴가 느꼈사오나 칠성부령이 겸하는 칠요에 대해선 몰랐나이다."

"모든 계원은 자신의 소임에 관계된 일만 아는 게 원칙이니 네가 모르는 게 맞다. 칠성부령인 칠요는 칠성부는 물론이고 사신계 전반을 아울러 운세를 보는 직책이다. 하여 그 먼 옛날부터 무녀가 그 자리를 맡아 왔느니라."

칠요에 대해서는 처음 듣는 것일지라도 칠성부령이 하는 일은 갓 열여섯이 된 정월 보름밤에 들었다. 가례를 치렀던 밤, 지아비가 된 큰언니한테 엄마 내놓으라며 생떼를 쓰자 그가 속삭여 주었다.

"예, 스님."

"칠성령인 칠요는 다른 부령들과 아울러 사신계를 움직이는 것은 물론이거니와 어떤 일을 수행함에 칠요의 의견은 다른 부령의 의견보다 존중되며 우선한다."

"예, 스님."

"칠요는 원칙적으로 다른 부령들과 같이 종신 서원이나 그 스스로 예지 능력이 떨어졌음을 느끼면 사신계에 고하고 물러날 수 있다. 다른 부령들이 소임을 감당하기 어렵다 싶을 때 물러나는 것과 같다."

"예, 스님."

"칠요가 물러나면서 다음 칠요 재목을 지목하면 다른 부령들이 의논한 뒤 총경이 승인한다. 그런 연후 총령에 의한 새 칠요가 세워진다."

"예, 스님."

"물러나는 칠요가 다음 대 칠요를 지목하지 못하거나 뜻하지 않게 유고하여 새 사람을 찾지 못하면 사신계는 길게는 몇십 년씩 칠요를 기다리기도 한다. 현재 아홉 달째 칠요 자리가 비어 있다."

"예, 스님."

"모든 사신계원들이 그렇듯 칠요도 계 안에서의 직책을 통해 어떠한 재물도 얻지 못한다. 오로지 자신의 심신과 자신의 재물로 계에 헌신하는 것이다. 용납하겠느냐?"

"아니오, 무량스님."

"뭐?"

"계 내의 직책을 통해 재물을 얻지 않는 것이나, 자신의 재물로 계에 헌신하는 것을 이해는 하오나 용납하기는 어렵습니다."

"어찌?"

"소제는 반야의 딸인 덕에 모자란 것 없이, 가지고 싶은 것도 없이 자랐습니다. 어미도, 지아비도, 자식도 없는 지금은 더욱, 아무것도 필요치 않습니다. 직책을 가지게 되면 달라지겠지요. 헌데, 직책을 통하지 않고 재물을 얻는다 할 때 그건 제가 번 건데, 제가 번 돈을 제 맘대로 쓸 수 있어야 하지 않나이까?"

"네 돈 네 맘대로 못 쓴다는 말은 아니지 않느냐?"

"직책을 맡으면 제 돈 제 맘대로 쓰는 것이겠습니까? 제 맘대로 돈 쓸 시간도 없을 텐데요."

"네가 번 돈을 어찌 쓰고 싶은데?"

"지금까지는 생각해 보지 않았사오나 이제부터 생각해 봐야지요."

"그래도 어찌 쓰고 싶은지 당장 생각나는 것을 한번 말해 보아라."

"싫나이다."

"뭐라?"

"소제를 예서 쫓아낼 작정이시면 그냥 나가라 하시면 되고, 소제가 뻗대면 달랑 들어다 내치시면 될 겁니다. 그리 아니하시면서 소제를 붙들고 이런 말씀들 하시는 까닭을 짐작하기에 말씀드리기 싫습니다."

"우리가 이리하는 까닭을 짐작해?"

"짐작하옵니다."

"어찌 짐작하는데?"

"칠성령이셨던 소제의 모친께서 하세하시기 전 반야원에서, 어른들이 다 모이시는 큰 회합이 두 차례 벌어졌습니다. 처음은 칠성부 무진 회합이었고 그 사흘 뒤에는 더 위에 계시는 어른들이 모이셨지요. 소제는 그 회합 수발에서 제외된 터라 어른들을 뵙지는 못했습니다. 하지만 어른들께서 여상한 회합만 하신 게 아니라 우리 세상, 그중에서도 우리 부의 앞날에 대한 논의를 하신다는 걸 느꼈습니다. 제 곁에 계시는 방산과 저 아래 임림재에 계시는 혜원께서도 소제를 두고 깊이 고심하셨지요. 그때 스승님들께서 고심하신 내용까지는 몰랐으나 지금은 알겠습니다. 스님들께오서 한꺼번에 납시어 소제가 칠요에 걸맞는 재목인지 시험하고 계신다는 것을요."

"해서 네 생각은 어떤데?"

"소제가 칠요 재목에 맞든지 맞지 아니하든지 상관없고요, 논의 대상이 되는 자체가 싫나이다."

"어찌 싫은데?"

"저는 칠성령의 딸로 자란 덕에 그 자리가 갖는 힘이 막강하리라는 걸 짐작합니다. 헌데 막강하면 뭘 합니까? 그 막강함으로 반야께서 뭘 하셨는데요? 어찌 사셨고요? 물론 무수한 사람을 보살피셨지요. 당신께서 하실 수 있는 한 모든 힘을 다해서 계 내와 계 외의 많은 이들을 보살피셨을 겁니다. 그리하셔서, 세상이 달라졌습니까?"

"세상이 달라지도록 애쓰는 게 우리들이고 반야께서도 그러셨다는 걸 너도 잘 알지 않느냐?"

"천날만날 애써 봐야 말짱 도루묵 아닙니까?"

"진정 그리 여기는 게야?"

"그렇지 않고요? 소제가 짐작하기에 우리 계는, 하세한 소전을 우리 세상의 원리를 펴 나갈 수 있는 미래의 임금이라 여기고 그를 두호해 왔습니다. 소제의 지아비가 그 가장 가까운 곳에서 지냈고요. 작금의 그들이 어찌되었습니까? 그들이 그처럼 참혹하게 돌아가고도 세상은 똑같이 흘러갑니다. 더하여 금년에는 아사하는 백성들이 수만 명에 이른다면서요. 또 수십만 명이 자신의 삶터를 떠나 도망자들처럼, 걸인들처럼 유랑하고 있다고도 하고요. 까닭이 무엇인가요?"

"무엇 때문인데?"

"백성들을 굶주리게 하면서도 양곡을 깔고 앉은 권력자들 때문 아닙니까? 탐학하는 무리들 때문에요. 그런 자들을 오천이나 만 명쯤 죽이면 판세가 달라지고, 굶어죽는 백성이 없어집니까? 아닐걸요.

오천을 죽이면 그 자리에 또 오천이 들어설 것입니다. 말짱 도루묵이랄밖에요. 말짱 도루묵이 되고 마는 그 일을 하기 위한 칠요 자리! 물론 무녀로 살아야 할 계집에게야 대단한 광영이겠지요. 하지만 그 광영에 개인의 삶은 없습니다. 그리운 사람들을 맘대로 볼 수 없고 원하는 대로 움직일 수도 없이, 일 년 열두 달, 하루 내내 호위에 감싸여 살아야 하지요. 평생 쫓기면서요. 저는 그런 삶을 감내할 만한 성정을 갖지 못했고 그런 소양도 없습니다. 계 내나 계 외를 향한 가없는 이타심! 저한테는 없습니다. 저를 제외하시랄 수밖에요."

"그리 말하면 못 써요. 너는 그런 사람이 아니지 않아!"

"아니오, 무량스님. 저는 그런 사람입니다. 저는 계 내와 계 외를 두루 살피고 싶지 않습니다. 임금도 못 구하거나 아니 구하는 백성들의 빈곤을, 저나 우리 계가 감당할 까닭이 없다고 여깁니다. 저는 제가 모르는 사람들은 모른 체하고 싶고, 모르는 그들이 굶든 죽든 얼마든지 모른 체할 수 있습니다. 미운 사람들은 미워하고 죽이고 싶은 사람은 제 맘대로 죽이고 싶습니다. 임금을 죽이고 나라를 갈아엎고 싶습니다. 조선이 꼭 조선이어야 할 까닭도 저는 모릅니다. 우리 계가 계 외까지 보살피고자 한다면 조선을 통째로 우리 계로 만들면 되지 않습니까? 누구신지 모르는 사신총四神總께서 그리 꼭꼭 숨어 계실게 아니라, 우리 계를 경영하시듯 조선을 경영하시면 되지요."

"대체 그런 생각을 언제부터 한 게냐?"

"지금 그저 나온 소리일 뿐입니다만 제 안에 그런 생각이 있었기에 이리 나오겠지요. 이처럼 발칙한 생각을 하는 소제는 사사로이 죽이고 싶은 자들이 세지 못할 정도로 많습니다. 소제는, 조선 제일의 스승들께 배운 덕에 미련하지 않게 자란지라 맘만 먹으면 죽이고

자 하는 자들을 어렵잖게 찾아낼 수 있습니다. 무녀인지라 죽이고자 하는 이들을 암암리에 꾀어 제게 불러들일 힘도 있습니다. 소제가 여기서 나가면 무슨 수를 쓰든지, 그들을 다 찾아내 모조리 죽일 것입니다. 백 명이든 천 명이든지, 전부요! 하여 말씀드립니다. 저는 반야처럼 살기 싫습니다. 그리 못 삽니다. 소제가 이런 아이이니 소제로 하여금 예사 계원으로, 무녀 계원으로, 점사로 돈이나 벌며 살게 하십시오. 아니 머리를 깎아 이 절 안에다 묶어 둬 주십시오. 하오면 소제는 입 꼭 다문 채 경문 읽으며, 그림 그리면서 얌전히 살아갈 것입니다. 스승님들께오서 이 자리에서 무슨 논의를 하시든지 부디 저를 제외시켜 주십시오."

방안에 깊은 침묵이 고인다. 침묵이 모래알처럼 소리 없이 구른다. 하지 못하거나 하지 않는 말들을 다 했더라면 기함들을 하셨겠네. 속으로 뇌까린 수앙은 찻잔에 남은 식은 차를 마신다. 찻잔을 내려놓자 가까운 자산스님이 화로에 얹힌 다관을 들어내 수앙의 찻잔을 채워 주고 스님들의 잔을 고루 채우고 돌아와 앉더니 후우, 한숨을 쉰다.

수앙은 호호 불며 차를 마신다. 봄날 피어난 일백 가지 이파리의 쓰고 시고 짜고 떫은 독기와 맛과 향이 어우러지고 중화되어 은은하고 달금한 맛이 나는 백초차百草茶다. 반야께서 즐기셨던 차. 당신 스스로는 문 밖으로도 나서기 어려웠던 탓에 평생 남의 시중을 받으며 사셔야 했던 어머니, 엄마. 어머니를 그처럼 좋아했는데 어머니처럼 살고 싶지 않다고, 그리는 못 산다고 큰소리로 말하게 될 줄 몰랐다. 원수들을 찾아내어 다 죽일 것이라는 살벌한 소리를 하게 될 줄도, 자신에게 이처럼 원한이 쌓인 줄도 몰랐다.

수앙이 찻잔을 비워 내려놓자 자산스님이 또 잔을 채워 주곤 다관에다 물을 부어 화로 위로 올려놓는다. 그 모습을 지켜보던 방산이 입을 연다.

"무량스님께서 애를 당하지 못하신 것 같으니 수경스님께서 계속 하시지요."

수경스님이 손을 들어 젓고는 자산스님한테 손을 뻗어 보인다. 자산스님이 저요? 하듯이 자신의 가슴을 짚는다. 스님들이 고개를 끄덕이자 자산스님이 하는 수 없다는 듯 어흠, 목을 가다듬는다.

"이보오, 심경!"

"예, 자산스님."

"내 그대의 말들을 조근조근 새겨들으면서 수긍하였소. 내가 그대라도 그리 생각할 수밖에 없겠다, 인정하고 다른 스님들께서도 그러실 거라 생각하오."

수앙이 합장절하며 말한다.

"감읍 하나이다, 자산스님."

"먼저 알려 줄 게 있소."

"말씀하소서."

"우리 계에는 총總이 계시지 않소. 사신경과 칠요와 부령 등의 직책이 있을 뿐 우두머리가 없다는 것이요. 조선이나 청국이나 왜국처럼 각 나라에 임금이 있을 때는 필연코 권좌를 둘러싼 권력다툼이 일기 마련이오. 나라만이 아니라 작은 조직에도 수장에게는 권력이 생기는바 그로 인한 분란이 생기기가 보통이고. 하여 우리 계에서는 오랜 역사를 통해 권력이 집중되지 않도록 체계를 다듬어 온 것이오. 그게 총이 없는 이유이고 우리 계가 오래도록 유지되어 올 수 있었던 까닭이요."

"총이 아니 계시는데 총령總令은 어디에서 나오는 것입니까?"

"총령은 우리 계의 전체 계원들에게서 나오는 것이오. 이해하겠소?"

"어느 정도 이해하겠습니다. 총이 아니 계신 대신 사신경과 칠요와 부령들의 직책에 따른 직권이 훨씬 커진 것도 알겠고요. 책임도 그만치 크겠지요. 어떻든 소제를 논외로 해달라는 생각은 변함이 없습니다. 소제는 그와 같은 막중한 책임에 갇혀 일생을 보내고 싶지 않으니까요."

"나는 반야께서 우리 원각사에 처음 오신 이십 년 전쯤에, 우리 절의 큰스님이셨던 정각스님의 시좌로서 뵈었소. 정각스님께서 열반에 드신 뒤 경산스님께서 발우를 물려받으셨소. 나는 경산스님을 모시며 현재에 이르렀고 작년 봄에 반야를 한 차례 더 뵈었소."

"그러셨나이까."

"그때 우리 절로 찾아오신 반야께서 경산스님 앞에서, 울 자리를 찾아왔나이다, 하며 우시는 걸 지켜보았소."

"그 무렵에 소제가 어머니 맘을 난도질하며 살고 있었지요."

"그대가 어머니한테 한 못할 짓에 대해 말하려는 게 아니라 그대 어마님께서 그대 때문에 얼마나 마음 아파하셨는지를 말하고 있는 것이오. 그럼에도 불구하고 그대의 어마님께서 그대한테 우리 세상의 칠성부를 맡기시겠노라 작정하시기까지 얼마나 힘드셨을지를 가늠해 보고 있는 것이지요."

"반야께서는 소제한테 아무 말씀도 아니하셨나이다. 우리 칠성부에 무녀가 백 명쯤 된다는 말씀만 하셨지요. 그 모두가 소제의 스승이라 하셨고요."

"반야께서 그리 말씀하신 심간을 그대가 헤아려 듣지 아니했을 테지요."

"소제가 헤아려 듣지 못하고, 새겨 듣지 아니했다면 반야께서 말씀을 아니하신 것과 다름없지요."

"그대의 어마님께서는 반야이셨소. 반야는 정신이오. 그대는 심경이고. 반야 정신을 담은 몸체가 심경이지. 둘은 하나이매 그대가 반야이자 반야심경인 것이오. 그대 속에 반야께서 뜻하신 바가 다 들어 있소. 나는 그리 믿소. 그대가 쏟아낸 우리 세상의 분명한 한계를 우리 세상 사람 누군들 모르겠소? 하지만 하늘 아래 새로운 세상이 없고 완벽한 사람도 없느니. 우리 누구도 반야께 완벽한 세상을 만들어 주십사 바라지 않았듯, 우리들 서로에게도 완벽해 주기를 바라는 게 아니오. 그저 작은 힘들을 모아 서로 돕고 살자는 것뿐이지. 반야께서 지내셨던 칠요라는 직책이 서로 도울 수 있는 방법을 가장 지혜롭게 찾아내시는 자리인 것이고."

"백 명 가까운 우리 부의 무녀 중에 그처럼 지혜로운 방법을 찾아낼 분이 계시겠지요. 반야께서 그리 말씀하신 까닭이실 거고요."

"그리되셨으면 우리가 이리 마주앉지 않았을 테지요. 여하튼 나는 반야와 반야를 모셨던 분들을 믿고 그분들 뜻에 동의하신 상부의 결정도 믿소. 그대가 이미 예상하면서, 명을 받지 않기 위해 별의별 험한 소리를 해댄 그 마음을 가늠치 못하는 바는 아니오만, 이미 결정된 일이오. 지금 정암스님과 수경스님, 법륜스님과 무량스님을 거쳐서 나한테 맡겨진 소임을 행사해야 할 것 같소. 칠성부 양품 계원 심경, 그대가 칠요 자리를 맡으라는 사신총령이 내렸소. 총령을 받드시오!"

이 방에 처음 들어서서 계의 강령과 원리가 어떠냐는 질문을 받을 때부터 예상했다. 그래서 한사코 도사리며 나는 적격이 아니라고 뻗댔다. 보람도 없이 사신총령이라는 말이 나오고 말았다. 처음부터 뻗대 봐야 아무 소용없는 상황이었던 것이다. 수앙이 꼼짝하지 않고 있으려니 방산이 채근한다.

"어허, 총령이라 하는데 그리 가만있으면 아니 되지!"

"명을 받들기 전에요, 스승님!"

방산이 허어, 탄식했다.

"그래, 뭐냐?"

"총령을 거부하면 어찌되어요?"

"뭐가 어쩌고 어째?"

"복명하기 전에 불복의 뜻을 상신하면 어찌되는 거냐고요."

"나는 언감생심 그런 상상을 못해 봤거니와 총령에 불복했다는 말을 들어 보지도 못해 그 결과가 어찌되는지도 모른다. 그렇지만 네가 꼭이 불복하고 싶다면 어디, 공부하는 셈치고 한번 저질러 봐라. 어찌되는지 같이 지켜보자꾸나."

"어찌될 것 같은데요?"

"네가 죽지는 않을 터이지. 별님은 떠나셨으나 아직 살아 있는 나를 비롯한 여러 아낙들과 남정들이 너를 딸로 키웠고 그보다 훨씬 더 많은 네 스승들이 진을 치고 있으니 누가 네 목을 비틀기야 하겠니?"

"그런데요?"

"향후 이삼십 년간 우리 부는 수장이 없겠지. 그 자리는 다른 부수장처럼 다수결로 추대하는 자리가 아니니까 공석이 이삼십 년으로 그칠지, 영영 공석일지, 그건 모른다. 하지만 그 자리가 공석일 때 일어날 일은 안다."

"무슨 일이 일어나는데요?"

"당장 예를 들어 본다면, 네 호위로 있는 우동아 같은 무절들이 나올 수가 없을 터이다. 왜냐, 칠요께서 살피어 구해 내지 않았다면 우동아는 제 여섯 살에 험한 손길들이 지른 불길에 타 죽었을 것이기 때문이지. 네 아우인 성아만 해도 벌써 화개나루 물에 빠져 죽었을 것이고. 진강포의 아이들도 죽었겠지. 보통 무녀인 너는 진강포의 아이들이 돌아올 것이라고 큰소리 한번 쳤을 뿐이지만, 네 뒤에 그 아이들을 돌아오게 하라고 즉시 명할 수 있는 칠요가 계셨기에 네 예시를 뒷받침할 수 있었고, 그 아이들이 살아 돌아온 것이다. 황해 바다 한가운데 떠 있는 섬에서, 진강포의 아이들처럼 갇혀 있다가 죽어갔을 육십여 명의 아이들을 구해 낸 것이나, 이후로도 그처럼 잡혀가 죽었을 숱한 아이들을 미리 구해 낸 것도 부령, 칠요가 계셨기 때문이다. 그러할 제 칠요가 공석이 되면, 칠요가 만들어질 때까지 구할 사람을 구하지 못하고, 죽어 마땅한 자들을 헤아려 제하지 못하는 일들이 이어지겠지. 칠요가 우리 세상의 사람들을 헤아리며 운세를 보고 사람을 살피는 바 그 자리에 새 사람이 앉을 때까지, 우리 세상 전반이 그와 같은 영향을 받게 되리라는 것이다. 얼마나 한 영향을 받게 될지 네가 굳이 알아보고 싶다면, 그래, 어디 불복해 보렴. 그리고 이 도솔사에 엎드려서 그림 그리고 네 서방 무덤에 돋은 풀 뽑으면서, 가끔 탁발 나가 좁쌀 몇 줌, 쉰 밥 몇 덩이씩 얻어오면서 살거라. 그런 널 가만 두라고 내가 손발바닥 닳도록 빌고 다닐 테니까."

"스승님께서 저한테 어찌 이리 무정하시어요?"

"무정하기는 네가 더하다. 반야의 딸인 너는 네 평생 동안 내 딸이기도 했다. 혜원과 수열재와 영혜당과 순일당의 딸이기도 했고. 자식이 아무리 애물단지라 한들 대체 어떤 딸이, 어떤 제자가 너처럼 어미와 스승의 애간장을 녹이겠느냐. 무정함으로 따지면 너야말로 더할 수 없이, 얼음장처럼 무정한 아이다. 일고도 어미나 스승에 대한 배려가 없지 않느냐. 지금도 마찬가지. 반야께서나 우리가 너를 칠요 후계로 만든 뜻을 알면서도 이처럼 애먹이고 있지 않아?"

"스승님은 소제가 그 자리에 합당하다 여기시어요?"

"어느 자리건 처음부터 합당한 경우는 없다. 그 자리에서 그 자리에 합당하고 가당하도록 만들어가는 것이지. 세상 모든 이치가 그러할 제 우리 세상에서는 특히나 그렇다."

"좀 더 부합하고 가당할 사람을 찾을 수도 있지 않습니까?"

"그러기엔 늦었다. 지난 세월 내내 반야께서 샅샅이 찾아다니신 결과가 너로 귀결된 것이다. 반야께서 쉽게 내리신 결정이 아님을, 얼마나 고심하셨는지 네가 잘 알 터. 어찌할 테냐. 기어이 불복을 상신하고 결과를 기다릴 테냐?"

"옛날에 반야께서 총령을 받을 때는 어찌시었어요? 쉽게, 당연히 복명하시었어요?"

"반야께서는 입계하시고 금언 수련을 거치신 직후에 겨우 일품으로써 총령을 받으셨다. 당시 나는 그 방 밖에서 수직하고 있었다만 반야께서는 몹시 놀라시기는 했어도 총령이므로 불복 같은 건 생각지 않으신 걸로 안다. 너처럼 한없이 나불거리면서 고개 빳빳이 들고 극악을 떨지 않으셨거니와 어찌해야 자신에게 맡겨진 소임을 잘 감당하실지 그 점부터 물으셨다. 새벽에 시작된 자리가 종일토록 계속되었고 이튿날부터는 칠요 수업을 시작하셨다."

"마지막으로 한 가지만 더 여쭐게요."

"말하렴."

"제가 지금 복명하면 스승님께선 앞으로 제 종아리 못 치시죠?"

무슨 뜻인지 알아듣지 못해 잠잠하던 스승들이 웃기 시작한다. 방산은 금세 숨이 넘어갈 얼굴이다.

"그래도 치실 거예요?"

"칠 테다. 칠 일이 있으면 열 대건 스무 대건 내 분이 풀릴 때까지 네 종아리를 칠 것이다."

"제가 복명하는 순간부터 스승님보다 윗자리인데도요?"

"위 아니라 위의 할아비라도 넌 내 딸이고 제자인바 잘못하면 종아리를 쳐야지."

"그리 말씀하시다가 제가 복명치 않으면 어쩌려고 그러시어요?"

"대체 왜 이러니! 어른들 앞에서 이 무슨 짓이야? 당장 이 자리에서 종아리를 맞아야 그 버르장머리를 고칠 테냐? 어머니 잃고 서방 잃고, 오죽 아프랴 싶어 내버려뒀더니 방자하기가 부처님 머리에도 앉겠구나. 대체 어찌 이래!"

방산의 고함에 수앙은 실없는 소리를 멈추기로 한다. 어떠한 경우에도 사신총령에 따른다고 맹세했다. 더 이상 뻗댈 핑계가 없어 스승들을 놀려먹으며 마음을 푸느라 시작한 말장난이 길었다.

"알겠습니다, 스승님. 소제 칠성부 양품 계원 심경, 칠요를 맡으라는 총령에 복명하겠나이다."

수앙은 앉은절로 스승들께 복명하고 일어나 북쪽 벽을 향해 선다. 비어 있는 북쪽 벽에 족자로 걸린 佛자를 향해, 숱한 사신계원들을 향해 아홉 번 절하며 사신총령을 받든다. 여섯 무진이 마주앉은 탁자 가운데에도 일배를 올린다. 맞절한 여섯 무진이 옷깃을 가다듬으며 일어나 수앙을 향해 정식으로 의례를 행한다. 스승들의 칠배에 수앙도 맞절로 받든다. 인사가 다 끝난 뒤 수앙이 무릎을 세우고 앉으니 방산 무진이 반절하고 나서 입을 연다.

"소인 칠성부 무진 엄양희, 모든 칠성부원을 대리하여 말씀 올립니다. 이 순간부터 무녀 심경을 사신계 칠요이자 우리의 부령으로 받드옵니다."

"예, 스승님."

"심경 칠요께서 거하실 본원은 반야원입니다만, 원하시는 곳 아무 데서나 사실 수 있고, 팔도 어디든, 필요하다면 청국이나 왜국도 다니실 수 있습니다. 한 가지, 잘 아시는 대로 어디든 혼자서는 못 다니신다는 것만 명심하시면 됩니다. 소인이 여기서 드릴 말씀은 이만큼입니다. 이제 이 도솔사는 스님들과 수행자들에게 넘겨주시고 반야원으로 가십시다. 본원에서 칠요로서의 수업이 시작될 것입니다. 칠요의 스승들께서 와 계실 테고요."

"스승님."

"말씀하십시오."

"지금은 스님들께서 계시니 하는 수 없이 소제한테 공대하시는 거고, 우리 둘이 있을 때는 지금까지와 똑같이 하실 거죠?"

"아이고 하늘님 맙소사. 부처님 맙소사. 나무관세음보살!"

방산은 기막혀 할지라도 스님들께서는 체면을 놓으시고 껄껄대신다. 수앙은 일어나 스님들께 삼배로 작별 인사를 올리고는 방문을 열며 나선다. 눈 쌓인 정암당 뜰에 능연을 비롯한 반야원의 호위들과 도솔사의 방장스님들이 눈사람들처럼 도열했다. 수앙을 본 능연이 한 무릎을 꿇어앉으며 외친다.

"칠요 호위무진 능연, 심경 칠요를 뵈옵나이다."

능연에 이어 감우산과 설인준과 조덕상과 최선오와 인자인과 우동아가 똑같이 무릎을 꿇으며 따라한다.

"칠요를 뵙나이다."

여섯 분의 방장스님들도 엎드린다.

"칠요를 뵙나이다."

고작 세 일각이나 걸렸을까. 그래 어디 칠요 놀이를 해보지, 하고 나섰더니 높디높던 선진들과 하늘같던 방장스님들께서 절을 해온다. 갖은 소리를 다 하고 칠요 자리를 받겠노라 복명하고 나온 참이긴 해도 이런 광경까지는 미처 예상치 못했다. 불쑥 김강하가 떠오른다. 그가 살아 있다면 칠요가 된 안해에게 뭐라 할지. 진지한 속내를 말할 때마다 장난스레, 보세요, 부인! 하던 그. 부인이라 부를 때마다 그 얼굴에 어리던 수줍음. 이제 그는 세상에 없다. 백날 천날 울며 불러 봐야 응해 줄 혼백조차도 남아 있지 않다. 인정머리 없게, 세상에 어떤 미련도 없는 양 구천에서조차 벗어나 사라져 버렸다. 별님께서도 마찬가지다. 당신 몫의 삶을 다 사셨다는 듯, 허공이 되어 버리셨다. 그 허공에 문을 내어 들어가도 그곳에 계시지 않으므로 수앙은 이곳에서 살아야 했다. 그러니 칠요 놀이나 해보는 거지 뭐! 속으로 중얼거린 수앙은 마루를 내려서서 신발을 꿴다.

유지遺志

반야, 흔훤, 문녀, 화례, 인수, 연묘, 순얼, 비연, 산오, 유성, 진아, 경우, 성화, 봉조, 현주, 경하……, 다님, 설요, 효혜, 반야, 당간, 설이, 회소, 만령.

첫 칠요라 알려진 만령부터 전대 반야까지 칠성부에 구전된 칠요의 숫자는 칠십일 명이었다. 중간에 기록이 소실되어 이름을 모르게 된 칠요들을 포함하면 일백오십 명쯤은 될 거라 했다.

이 허황한 이야기를 어찌 믿을까 싶은데 별님을 모셨던 모올 무진과 그 딸 연덕 무진이 자신들의 몸통에 넝쿨무늬로 새긴 칠요들의 이름을 보여준다. 모녀가 자신들의 몸뚱이에 일흔한 명의 이름을 새기기 위해 찔렸을 바늘수가 수만 땀이나 되는데 별님 몸에 있던 연비 또한 그것이었으매 감히 무슨 의심을 품는단 말인가.

별님의 허리께에 요대처럼 자문되어 있던 당초 문양은 칠요의 표식이었다. 이왕 별님을 따르기로 한 마당에 수앙이 칠요 요대 문양을 마다할 까닭이 없다.

"저도 문양을 새기겠습니다. 언제 하면 됩니까?"

의녀 연덕이 답한다.

"칠요 요대를 새기는 데 최소한 석 달의 시일이 필요하나이다. 오는 겨울에 차분히 하심이 어떻겠나이까?"

"그렇게 하지요."

오원五苑과 그 후계들, 열 명이 둘러앉은 자리다. 수앙이 동의하자 적원인 이소당이 큼, 목을 다듬으며 나선다.

"아씨, 만파식령에 대해 들어 보셨을 것입니다. 옛 조선의 신물이라는 만파식령에 대해 상상해 본 적이 있으십니까?"

수앙은 만파식령에 대해 여러 번 듣기는 했다. 『만령전』과 『조선영인록』과 『원삼국유사』와 『군아전』 등에 나타나는 웅녀의 천부령이 만파식령으로 이어진 것이리라 짐작도 했다. 그렇더라도 만파식령이 실재할 것이라 여긴 적 없고 상상해 보지도 않았다.

"금시초문은 아니오나 상상해 본 적 없습니다. 만파식령은 이야기 속 물건이라 여긴 탓에 그 실존에 대해 생각해 보지도 않았고요. 하온데 소제가 감당하게 된 칠요 소임에 그걸 찾아 지녀야 할 소명도 들어 있나이까?"

"그렇다 하면 찾아내실 수 있을 것 같습니까?"

"생각해 본 적도 없는데 무슨 수로 찾습니까. 자명령이라고도 불린다는 만파식령은 만단사에서도 찾는다고 하던데, 우리와 만단사가 수백 년, 아닌 수천 년을 찾아도 못 찾은 그걸 소제가 어떻게요?"

오원들과 그 후계들이 웃어대다 송구스럽다는 듯 웃음을 추스른다. 이소당이 말을 잇는다.

"만파식령은, 칠요께서도 아시다시피 천부령의 다른 명칭입니다.

고구려의 요동석장과 자명고, 백제의 팔주령, 신라의 만파식적이 의미하는 것과 같은, 신비한 존재이자 의미입니다. 칠요께서도 사신계가 사신계이기 오래전, 칠성계가 존재했음을 아실 것입니다. 만파식령은 요동석장과 자명고, 팔주령, 만파식적 등의 이야기가 만들어지던 때보다 더 거슬러 올라간 옛날부터 존재하던 것이지요. 웅녀와 호녀가 환인제석으로부터 받은 신물이라 알려져 있으니까요. 신물이라 하는 건 실제 물건이라는 의미보다 상징일 것이고요. 여하튼 소리로 세상을 다스린다는 피리가 만파식적으로, 위급을 느낄 때면 스스로 울린다는 북이 자명고로, 팔방의 목숨을 보호한다는 백제 신궁의 방울이 팔주령八柱鈴으로 명명된 까닭이 칠성계에서 이미 전해오던 만파식령, 혹은 자명령에서 비롯된 것이라 합니다. 만파식적이나 자명고, 팔주령 등 고대의 신물들이 기록으로 남은 전설이 된 반면 천부령인 만파식령은 우리 칠성계에만 구전되어 왔습니다. 여인들, 무녀들의 이야기였기 때문이지요. 또한 그때부터 전해지기 시작한 만파식령, 그걸 얻으면 신기가 높아진다는 만파식령이 물건이 아니기 때문이고요."

"존재이자 의미이며 상징이라고 하셨습니다."

"그렇습니다. 만파식령, 만령은 어둔 세상에 새로운 기운을 환기시키는 힘의 상징이고, 사람을 돌보고 사람을 돌보기 위한 사람들을 움직이는 권위의 상징입니다. 바로 칠요입니다. 최초의 칠요이신 만령이 바로 만파식령의 다른 이름이면서 그 자체이셨듯 심경께서도 칠요가 되시면서 만파식령이 되신 것입니다. 그렇기 때문에 우리 오원들과 칠성부원들이 칠요를 만파식령으로 모시는 것이고요."

고구려 백제 신라. 그 삼국도 아득히 멀 제 사천 년도 넘은 옛 조선을 오늘에다 척척 이어붙인 여인들의 얼굴은 태연하다. 심경은 어이가 없다. 이처럼 현실적이지 못한 사람들을 내 평생 어머니며 스승으로 모셨고 앞으로도 모셔야 한단 말인가. 속으로 한숨을 쉰다. 이처럼 황당한 이야기를 듣지 않은 게 칠요 노릇 하기에 나을 성싶다. 청원인 영혜당께서 허허, 웃고는 입을 연다.

"믿기 어려우실 게 당연합니다."

"상징이라고만 하시어도 충분하실 터인데, 반만년 전에 하늘에서 내려왔다는 물건을 제 몸에다 붙이시니 제가 어찌 믿을 수 있겠습니까? 스승님들께오선 그처럼 현실적이지 않은 이야기 속에서 우리의 근거를 찾는 게 마땅하다고 여기시옵니까?"

"이야기 속에서 우리의 근거를 찾는 게 아니라 우리가 있었기에 그 이야기들이 이야기로 전해져 온 것이지요. 우리는 지금 여기 있으므로 새삼 우리의 근거를 찾거나 만들 필요가 없는 것이고요."

"그래서 소제더러 지금 스승님들께서 하시는 말씀을 현실로 다 받아들이고 믿으라는 말씀이시어요?"

"차츰 믿게 되실 테니 한꺼번에 다 믿으려 애쓰시지 마세요. 칠요께서 무슨 일을 결정하시고 하명하시면 어떤 결과가 나타나는지 차츰 아시게 될 텝니다. 칠요의 명이 만파식령, 곧 세상을 울리는 방울입니다. 만파식령의 힘은 하늘에서 받은 기운이 아니라, 사람을 움직여 사람을 살게 하거나 죽게 하는 사람의 힘입니다. 서두르실 것 없고 서두르지 않아도 되십니다. 칠요께서는 움직이고 싶은 대로 움직이시면 됩니다. 어떠한 길도 칠요 홀로 가시게 하지 않을 것이니 무거워하시거나 두려워하실 것도 없습니다. 지난 이십 년 동안 심경 칠요를 길러온 우리 오원과 육십여 무진과 그 휘하들이 칠요와 함께 할테니까요."

스승들의 말씀대로 한꺼번에 다 믿기 어렵다. 칠성부가 그만한 사람과 힘을 가졌을 때 청룡부와 백호부와 주작부와 현무부도 비슷할 것이고 다섯 부를 합치면 만 명 넘는 계원이 있다는 뜻인데 그 많은 사람들이 조선이라는 나라에 그저 속해 있다니! 믿고 싶지도 않다. 그 사실을 믿으면 만파식령이 무슨 소용이며 사신계가 무슨 소용이란 말인가. 말짱 도루묵! 도솔사 정암당에서 높은 스승들 앞에서 소리쳤던 그 말을 다시 하게 될 것 같다. 따지기도 싫다. 칠요가 되라는 사신총령에 복명하지 않았다면 모를까, 이미 복명하여 그 자리에서 있는데 따져 무얼하랴.

합장 삼배로 새벽 예불을 마치던 수앙은 불현듯이 불단 아래쪽에 앉은 아기불상을 바라본다. 아기 몸피만 한 크기로 지권인을 하고 연화대에 앉으신 아미타부처님. 오래전 반야의 할머니로 사셨던 적원 동매께서 아기 무녀 반야한테 내린 신이 부처임을 아시고 마련해 주신 불상이라 들었다. 청동으로 주조되었지만 속이 비어 무겁지 않은 탓에 반야께서 평생 모시고 다니며 예를 올렸던 불상. 늘 반야 주변에 계시던 게 당연하여 수앙은 눈여겨본 적이 없는데 반야께서 아니 계신 걸 실감하며 예불을 올리고 나니 이제 보인다.

"한 단 올라앉으셔야겠어요, 부처님."

아기를 어르듯 중얼거린 수앙은 두 손으로 아기 불상을 받든다. 그리 무겁지 않다. 윗단의 촛대 사이에 놓으려 짐짓 높이 쳐드니 연화대 아래쪽이 동그란 나무마개로 막혀 있는 게 보인다. 마개 주변은 밀랍으로 봉인돼 있다. 수앙은 아기불상을 쳐든 채 돌아서 능연에게 묻는다.

"이 부처님 아래가 원래부터 이렇게 돼 있었어요, 선생님?"

"소인은 그 부처님의 밑을 부러 들여다 본 적이 없어 모릅니다."

"선생님께서 이 불상을 여기 모셔 놓은 거예요?"

"예."

"언제요?"

"별님의 다비례를 지내고 난 뒤에 제가 모셔 왔습니다."

"어찌 도솔사에서 저한테 아니 주시고요?"

"별님께서 아씨의 신당으로 모셔 놓으라 하셨습니다."

"언제요?"

"소소원에서 도솔사로 옮기시기 직전에 말씀하셨습니다. 아씨의 손이 잘 닿을 만한 위치에 모셔 두라고요."

'나는 나대로 살았으니 너는 너대로 살려무나.' 별님의 그 말씀이 유언일 줄 몰랐던 유언이었다. 당시에는 딸한테 그냥 하시는 말씀이라 여겼다. '당연한 말씀을 특별하게 하시네요?' 그리 대꾸하며 까불었다. 반야원으로 돌아와서야 깨달았다. 칠요로서의 삶에 대한 말씀이었던 걸. 그래서 서운했다. 딸자식을 칠요로 살게 할 작정이셨으면 좀 더 많은 말씀을 해주실 것이지, 싶어서.

"제 처소로 모셔가야겠어요."

우동아가 다가든다. 수앙은 도리질을 하고는 아기불상을 안고 신당을 나온다. 아직 날이 새지 않았는지라 석등이 켜져 있다. 수앙의 처소는 신당 뒤편의 안남재다. 도솔사로 들어가기 전에는 건넌방에 구일당께서 지내셨는데, 아홉 달 만에 돌아오니 구일당께서는 반야께서 쓰시던 신당 왼쪽 방으로 내려가시고 안남재는 수앙과 우동아의 처소가 돼 있었다.

"혼자 있을게요. 아침은 제가 달라 할 때 주시고요."

우동아한테 이르고 방으로 들어선 수앙은 아기불상을 웃방 한가운데다 모셔 놓고 앉아 한참을 들여다본다. 어느 결에 하늘이 텄는지 창이 부예진다. 창이 완전히 밝을 때까지 가만히 앉아 불상을 쳐다보던 수앙은 문득 일어나 등불들을 끈다. 붓통에 꽂힌 수십 개의 붓 중에서 낡은 붓을 찾아 들고는 불상을 뉜다. 붓대 끝으로 밀랍을 긁고 마개를 건드리자 어렵지 않게 뽑힌다. 불상 속에 둥그렇게 말린 책이 보여 끄집어낸다. 『칠성밀어七星密語』라 제명된 책이다.

서권기 같은 것은 없다. 쪽수도 적지 않았다. 어머니의 서체를 본 적이 없으나 눈을 잃기 전에 쓰신 글이라는 건 알겠다. 장수를 넘겨 보니 서른여섯 장, 칠십 쪽으로 이루어진 책이다. 책의 앞쪽에는 「북수백산명상법北首白山冥想法」이라는 소제목이 붙었고, 뒤쪽 소제목은 「백두태산운기법白頭泰山運氣法」이다. 뒤표지 안쪽에 '물출성독 일백팔편勿出聲讀一百八遍 내개시명상여운기乃開始冥想與運氣'라 씌어 있다. 소리 내지 말고 백팔 번을 읽은 뒤에 명상과 운기를 시작하라는 말씀이다.

"전대 칠요께서 현재 칠요한테 남기신 유지遺志이신 건 알겠는데요, 어머니! 같은 문장을 어떻게 백여덟 번이나 읽을까요?"

혼잣말을 소리 내어 말한 수앙은 아기불상을 문갑 위에 모셔 놓는다. 『칠성밀어』를 서안에 올려놓은 뒤 칠배하고 앉아 다시 책표지를 연다. 백팔 번을 읽으라는 건 백팔배를 백팔 번 하는 것처럼 심신의 온 힘을 쓰되, 힘쓰는 것도 잊어버린 무아지경이 돼야 한다는 뜻이다. 읽기를 거듭하매 아무 생각이 없어지고 천신과 부처님 앞에 천생의 벌거숭이 중생으로 엎드릴 수 있을 만치 심신을 비워야 한다는 것이다. 백팔배를 백팔 번 하는 것이 더 쉬울지도 모른다. 수앙은 심호흡을 하고는 첫 번째 읽기를 시작한다.

일종의 공작

거북부령 구양견의 유고로 내달에 선출하게 될 거북부령 자리에 누가 앉을 것인가! 사령은 누가 거북부령이 되든 상관없는 것 같았다. 예전에 사령이 송도 일귀사자 한우식을 거북부령으로 올리려 했던 게 실패함으로써 원래도 장악하지 못했던 거북부에 대한 영향력이 푹 줄었다. 맥 놓고 지낸 동안 일귀들과 접촉치 못한 탓에 누구를 부령으로 밀어올릴지 가늠하기 어렵게 됐다. 사령은 자신의 현재 위상이 어떤 상태인지도 잘 몰랐다. 그걸 가늠키 위해 삼월 보름날의 산정평 회합을 계획했다.

사령은 규율과 복종이 사라진 마당에 누가 새 거북부령이 되든 무슨 상관이랴 하는 것 같았다. 홍집은 그 문제를 자꾸 생각했다. 부령이 관장하는 거북부의 상당한 재산이 곧 부령의 힘인바 부령 자리를 탐내는 이들이 여럿일 테고, 누가 부령이 되느냐에 따라 그 힘이 어떻게 쓰일지가 결정되기 때문이다. 거북부 사자들의 삶을 윤택하게 만들지, 누군가를 해치는 자금으로 흘러나갈지, 또는 부령 개인이 탕진해 버릴지. 홍집이 관여할 필요가 없고 관여할 수도 없지만 한 세상에 속해 있으므로 거북부의 자금도 잘 운용되기를 바라는 것이다.

송도의 개산정은 허원정에 팔만 냥의 빚이 있다. 한태루의 부친 한우식 일귀가 말년 일 년을 병석에 있었다. 사신계가 만단사령 이록의 계획을 어그러뜨리기 위해 넘어뜨린 결과였다. 한우식이 바보가 되어 지낸 그때부터 한태루가 가업을 주관하게 됐는데 부친이 돌아가고 나자 그는 한꺼번에 큰돈을 벌 욕심에 사업을 크게 벌였다. 허원정에서 칠만 냥을 빌려 홍삼을 대대적으로 제조했다. 벽란도를 통해 밀수출을 하기 위함이었다. 허원정에서 빌린 칠만 냥뿐만 아니라 개산정에서 모을 수 있는 자금을 총동원한 것 같았다. 그런데 홍삼제조 공장에서 불이 나면서 십오만 냥에 해당하는 홍삼이 재가 돼 버렸다. 십오만 냥뿐이랴. 공장 건물이며 설비 등이 다 타 버렸으므로 이십만 냥 가까이 날아간 것으로 봐야 했다. 그게 사 년 전, 태감이 바보가 되어 돌아오고 수앙을 납치한 이온이 불구가 된 겨울이었다. 그때 한태루가 허원정에서 빌려간 칠만 냥은 몇 해 동안 이자가 불어 팔만 냥의 빚이 됐다. 그가 오 년 기한으로 빌려갔으므로 내년 겨울까지 상환하지 않으면 그때 담보로 잡힌 개산정의 전답들은 허원정으로 넘어오게 된다.

한태루가 부령이 된다면 현재 전임부령 구양견의 아들인 구형운 일귀한테 있는 거북부 재산이 한태루에게 넘어갈 것이었다. 그가 거북부의 공공자산으로 맨 처음 할 일이란 허원정의 빚을 갚는 것일 게 뻔했다. 홍집은 그게 싫은 것이다. 자신이 그런 생각을 한다는 것을 의식하고 쓴웃음이 나기는 했다. 사령과 부사령의 식구로서 지낸 지 겨우 몇 년 됐을 뿐인데 어느새 그들 입장에서 만단사 전체를 바라보고 있지 않은가.

전전부령인 황환 말년 즈음에 거북부는 두 파로 뚜렷이 갈렸다. 한 파는 남쪽 강경상각이 중심이고 다른 한 파는 송도 개산정이 중심이다. 양 파에 속한 일귀들의 숫자는 비슷하다. 몇 해간 부령직을 수행했던 구양견은 물론 강경상각 쪽이다. 그 아들 구형운 일귀도 강경상각 파이다. 개산정 파는 작고한 한우식의 아들 한태루 일귀가 중심이다. 서른여덟 살의 한태루는 자신의 부친 못치 않은 장사꾼이다. 그가 부령 자리에 오른다면 제 부친처럼 사령의 뜻을 좇는 척하며 거북부를 자신들의 장사에 이용하려 들 것이다. 더하여 만단사령 자리를 꿈꿀 수도 있다. 그리되면 태감 부녀와 충돌할 수밖에 없고 결국은 홍집 자신이 나서야 한다. 한태루이든 그가 지지하는 누구든 거북부령에 오르는 것을 홍집이 막고 싶은 이유였다.

이월 초이렛날 서강객점에서 거북부령 선출을 위한 회합이 열린다는 소식을 듣고 나서 홍집은 강경상각의 황동재한테 영글을 보내 만나기를 청했다. 황동재가 영글에게 회합 이틀 앞서 상경하겠노라는 답을 전해왔다. 그 답을 듣고 홍집은 말미를 내 함경도 원산으로 갔다. 원산 바닷가에서 조선소를 운영하는 봉만호 일귀를 만나기 위해서였다. 봉만호 집안은 누대로 배를 만들어왔고 그 집안이 만드는 배가 한 달에 다섯 척은 됐다. 홍집이 예전에 팔도 일급사자들을 살피고 다닐 때 봉만호 조선소에 들렀다. 사령의 심부름꾼이라고 솔직히 밝혔다. 사령이 거북부 일귀들이 남북으로 갈려 불화하는 것을 염려하여 어찌 그러는지 살피고 오라 했노라고 했다.

봉만호는 당시 이귀였고 그 부친 봉상한 일귀가 생존해 있을 때였다. 그때 봉상한 일귀 부자는 도성에서 먼 함경도 사자들의 소외에 대한 얘기를 털어놓았다. 한양 이북의 사자들이 도외시 되는 일이 흔하거니와 함경도 사자들은 특히 그렇다는 말이었다. 홍집도 공감했다. 그런저런 이야기를 나눈 뒤 봉상한의 조선소를 둘러보게 됐다. 백여 명의 장정들이 각자가 맡은 일을 일사분란하게 해내는 광경에 푹 흘렸다. 그들이 비지땀을 흘리며 하는 일은 생산生産이었다. 생산은 몹시도 아름다웠다. 꼬박 하루를 조선소에서 보냈다.

홍집은 이번에 원산에 가서 만난 봉만호 일귀에게 거북부령 선출에 나서라 했다. 봉만호가 누가 자신을 뽑아 주겠냐며, 뽑아 준다고 해도 부령 본원을 운영할 능력이 없노라고 자조했다. 홍집이 솔직히 털어났다. 사령의 사위이자 특별수비대장이며 부사령의 지아비로서 작금에 사령부를 이끄는 사람이 사실상 나다. 나는 한태루가 거북부령이 되는 걸 바라지 않는다. 한태루가 부령으로 뽑히지 않게 하려면 한성을 가운데 둔 남북 대결구도를 깨야 한다. 그 구도를 봉만호 당신이 깨 달라는 것이다. 그리고 사령께서 오랜 환후에서 일어나셔서 원래 자리로 돌아오셨다. 봉만호는 사령이 원래 자리로 돌아왔다는 소리에 몹시 놀라 큰소리로 물었다.

"사실이요?"

홍집이 사실이라 답하며 덧붙였다.

"한태루가 아닌 황동재가 거북부령이 되면 강경상각에서 필요한 거선巨船들은 원산조선소에서 만들게 될 것입니다. 제가 그리 주선하겠습니다. 약조합니다."

"내가 거북부령이 되겠다고 나서면 황동재 일귀가 거북부령이 될 수 있다고 자신합니까?"

"그리되도록 해야지요."

봉만호는 거북부령 선출에 나서겠다고 했다. 개산정을 따르는 한양 이북 일귀들을 분열시키겠다는 홍집의 의도를 이해한 것이다. 남은 문제는 황동재가 부령 선출에 나설 것인가 하는 점이었다.

홍집이 퇴청하여 집에 가니 황동재로부터 혜정원에 숙소를 정했다는 기별이 와 있었다. 전임부령 구양견의 상청에서 만났을 때는 보는 눈이 너무 많아 그를 따로 만나지 못했다. 상가 밖에서 좀 만나자는 홍집의 신호를 황동재가 무시했다는 게 맞을 터이다. 둘이 따로 볼 제 나눌 말이 빤하므로. 그때 그는 차기 부령에 관한 얘기를 하고 싶지 않았던 것이다. 여러 해 전 홍집이 임립재를 치러 갔던 전력이 있고, 그게 사령 이록의 행사인 데다 홍집이 그 사위이므로 더불어 뭔가를 도모하기 싫었는지도 모른다.

"오랜만에 뵙습니다, 나리."

황동보다. 강경상각 형제는 거상 집안사람들답게 고급 숙소인 혜정원 별원의 전각 한 채를 통째로 빌려 든 모양이다. 동보가 자신의 형을 수행하여 왔는지 그와 함께 수하 넷이 마루 앞에 시립하고 있다.

"예, 황 행수님. 오랜만입니다."

황환 부령이 하세할 즈음 사령보위대가 해체됐다. 집으로 돌아간 황동보는 강경상각 무기생산과 판매분야 행단의 행수가 됐다. 상단의 활동 보호와 도방 호위대장을 겸하는 것 같았다. 부친의 하세로 동보가 사실상 강경상단의 제 이인자로 부상한 것이다. 그에 비해 송도 인삼상단의 서자였던 한부루는 제 부친이 돌아간 뒤 적장자인 한태루로부터 완전히 밀려났다. 적자와 서자의 차이가 그렇게나 컸다. 그 설움이 한부루로 하여금 만단사령으로부터 멀어져 가게 하는 듯했다. 한부루뿐만 아니라 예전 사령보위대에 있던 자들 거개가 제 부령들과 연결된 줄을 타고 금위대로 들어갔고 소전 사태를 일으키는 데 공조했다. 사령이 하고자 했던 일을 오흥부원군이 대신했는데 그 손발 노릇을 사령보위대 출신들이 함으로써 사령으로부터 멀어지는 부조화가 생긴 것이다.

"들어가시지요."

홍집이 방으로 드니 동보가 당연하게 따라 들어온다. 황동재가 일어나 홍집을 맞이했다. 수인사를 나눈 뒤 세 사람이 마주앉자 동보가 화로에서 끓고 있던 찻물을 다관에 부어 차를 만든다. 황동재가 먼저 말을 꺼낸다.

"지난달 상주에서 따로 보자는 나리의 신호를 소생이 모른 척했습니다. 나리와 따로 나누고픈 말이 없었기 때문입니다."

"그때 이해하였습니다. 그럼에도 소생이 황도방 님을 다시 뵙기를 청한 까닭을 짐작하시겠는지요?"

"모레 이루어질 우리 부 회합 양상을 가늠해 보고 싶어서겠지요. 그래서 제가 먼저 나리께 여쭤보려 합니다. 나리께서 저를 보자 하신 게 나리의 독단입니까, 태감의 뜻입니까? 아니면, 연화당의 뜻입니까?"

이들은 자신들의 계모였던 연화당의 소식을 모르는 모양이다. 실상 홍집도 잘 모른다. 연화당이 김강하와 비슷한 시기에 이 세상 사람이 아니게 된 것 같다고 짐작만 할 따름이다. 작년 여름 소전 사태에 즈음하여 '계원들은 은인자중하라'는 대명이 내렸다. 이후 아무 기별도 듣지 못했다. 하다못해 황동재 형제가 혜정원에 들어왔고 홍집이 형제를 만나러 왔음에도 함월당에서는 아무런 기척이 없지 않은가. 겉으로 아는 체를 아니할 뿐 속내로는 이쪽에 신경을 쓰고 있다면 다행인데 황환의 아들 형제가 숙박하는 것조차 함월당에서 모르는 게 아닐까 싶어 걱정이다. 그런 경우라면 사신계 중심이 심각히 가라앉아 버렸다는 뜻이기 때문이다.

"순전히 제 뜻입니다."

"나리께서 왜요? 차제에 나리가 속한 부의 영수가 되고 그런 뒤에는 우리 세상의 수령이 되시려는 겁니까? 그걸 위해 주변을 정리해 놓으시려고?"

홍집은 자신이 원한다면 봉황부령이 되는 건 물론이고 언젠가는 만단사령도 될 수 있다는 걸 온과 혼인하고 나서 깨달았다. 그 순간 자신 안에 그런 욕망이 있는지를 새삼 따져봤다. 스승이었던 정효맹을 제거할 때, 수태한 온과 자신과 아이의 목숨을 지키기 위한 것이라 핑계댔지만 어쩌면 그때부터 만단사를 가지겠다는 야욕이 있었던 게 아닌가. 결론을 내리지는 못했다. 그저 더 이상 내 손으로 살인하지 않아도 되기를, 살인하고도 아무렇지 않은 극악한 놈이 되지 않기를 바라는 자신만 인식했을 뿐이다.

"먼 훗날에 불가피하게 그래야 할 상황이 된다면 굳이 마다하지 않을지도 모르겠습니다. 하지만 지금은, 그런 가능성 희박한 미래를 위해서가 아니라 제가 속한 세상이 수선스러워지는 게 싫어서, 그리 되지 않을 방법을 찾기 위해 도방을 뵙자고 한 겁니다. 도방께서 잘 아시다시피 저는 우리 세상 최상부의 사위이자 지아비로 살고 있지요. 저는 그 최상부가 지난 몇 년처럼 앞으로도, 세상에 있는 듯 없는 듯 고요히 지내기를 바랍니다."

"자리에 대한 욕심이 없다는 말씀이십니까?"

"제 안에 그런 욕심이 있는지, 없는지 저는 잘 모르겠습니다. 그런 게 있었다면 임림재에서의 일로 꺾이거나 잘렸다고 봐야 하고요. 당시 그 자리에 두 분 다 계셨으니 저와 제 아우들이 어떤 일을 겪었는지 잘 아실 겁니다. 저와 제 아우들은 그때 임림재에서 죽었지요. 다시 살아났고요. 저와 제 아우들은 우리를 살려내기로 하신, 두 분의 선친과 연화당 마님의 뜻과 처사를 감사히 여겼고 연화당 마님을 따르게 됐습니다. 그 덕에 사람 구실하며 살게 되었노라 자부하고요."

"그런데 이러시는 까닭이 뭡니까?"

"저는 무사, 무난, 무탈을 바랄 뿐입니다. 제 장인과 안해가 지난 몇 년처럼 앞으로도, 누구도 죽이지 않고 오히려 살리면서, 살아가기를 바라는 것이죠. 하여 도방께서 그쪽 부령이 되시어 그쪽 또한 무사, 무난, 무탈하게 거느려 주십사, 말씀드리고 있는 겁니다. 다 같이 조용히, 평화로이 살아가자고요."

"내달 보름날 산정평에서 각 부령들과 전체 일급 회합을 소집해 놓으셨는데 평화로이 살 수 있겠습니까?"

"산정평 회합에도 불구하고 조용히 살아가자면 황도방께서 거북부를 맡으셔야 한다는 게 저의 생각입니다. 이처럼 황도방을 따로 뵙기 바란 까닭이고요."

"우리 부를 너무 쉽게 보시거나 저를 너무 크게 생각하신 것 같군요. 저는 제 곁의 아우를 아울러 우리 부 육십이 명의 일급 중 하나일 뿐입니다. 육십이 명 중 누가 부령으로 뽑힐지는 아무도 모릅니다."

"모르기 때문에 제가 도방님을 뵙고 있는 거지요. 의지를 세우고 공작을 하시어 부령이 되어 주십사 하고요."

"공작하기엔 이미 늦었습니다."

"몇 달씩 걸려야 하는 공작이라면 늦었지요."

"억지로 무얼 할 생각도 전혀 없습니다."

"저도 도방께 억지로 뭘 하시라는 게 아닙니다. 아무 것도 아니하 겠다고 작정하지만 마시라는 거죠. 모레 회합 자리에서 부령 노릇 같은 거 아니하겠노라, 선언치만 마시라는 거고요. 허면 구형운 일 귀를 비롯하여 뜻을 같이 하신 분들이 황 도방님을 추천하실 거 아 닙니까. 이후는 지켜보는 거지요."

홍집이 봉만호를 따로 만나 모종의 일을 꾸민 사실을 다른 사람들 은 몰라야 했다.

"저도 나리처럼 자리에 대한 생각이 없습니다. 같은 세상에 들어 있는 사람들끼리 죽이려 드는 우리 세상, 한 번도 아니고 두 차례나, 우리를 죽이겠다고 살수들을 보내는, 앞으로도 그러지 않으리라는 보장도 없는, 그런 분이 수령으로 계시는 우리 세상에 만정이 떨어 진 상태고요. 저는 우리 세상이 존속해야 할 까닭, 명분을 놓쳐 버렸 습니다. 이제 저는 제 영역 안에 있는 사람들과 더불어 조용히 살기 를 바랄 뿐입니다. 그래서 하는 말인데, 연화당을 뵙고 싶습니다. 연 화당께서 어찌 말씀하시는지 들어보고 결정하겠습니다."

"저는 연화당을 뵐 수 있을 만한 처지가 아닙니다. 임림재 이후 한 번도 못 뵀고요."

"그분을 뵐 방법은 아실 게 아닙니까?"

"형제분이 모르시는 그 길을 제가 알 거라 여기십니까?"

"이렇게 마주앉은 마당에 솔직하기로 하지요. 나리와 아우님들께 서는 연화당께서 계시는 그 세상으로 들어가셨지 않습니까? 당시 우 리 삼형제는 우리가 속한 세상에 남아서 최선을 다해 우리 세상을 선한 방향으로 이끄는 데 앞장서 달라는 그분의 말씀에 공감했고, 따랐습니다. 그분과 이렇게 돈절돼 버릴 줄은 몰랐던 상황이었고요. 임림재에 남아 계시는 분들도 연화당에 대해서는 입도 벙긋하지 않습니다. 우리는 그분에 대해 물을 입장이 아니고요. 하지만 이제 앞날에 대해 다시 한 번 선택해야 하므로 그분의 뜻을 듣고 싶습니다."

홍집은 잠시 갈등한다. 정확히 알지 못하는 사실에 대해 입을 열어야 하는가. 끝내 모른 척하며 지나가야 하는가. 한 시절 연화당을 어머니로 모셨던 이들 앞에서 입을 연다면 어디까지 열고, 모른 척한다면 어디까지 모른 척해야 하는가. 연화당은 어찌하여 그런 정리를 해놓지 않았는가.

"작년 여름 도성에서 일어난 아무리 한 일에 대해서는 알고 계시지요?"

"작은 임금께서 하세하신 일 말씀이십니까?"

"예. 그 일이 일어날 때 연화당께서도 살생부에 들어 있었습니다."

"어, 어찌 그런 일이? 그래서요?"

"살생부에 연화당이 들어 있음을 알게 된 그 주변에서 그분을 도성 밖으로 모셔낸 것까지는 제가 압니다. 헌데 그 사태 이후 연화당 마님은 물론이고 그분 주변이 세상에서 사라진 것처럼 조용합니다. 일체의 움직임을 느낄 수 없을 만치요."

홍집은 연화당이 이 세상 사람이 아닌 것 같다는 짐작을 차마 입에 걸지 못한다. 그리 믿고 싶지 않기 때문이다.

"수앙은요?"

"그 아씨도 전혀 움직이지 않습니다. 사실 그 무렵에, 작은 임금의 최측근이었던, 수앙아씨의 부군이 흉적들의 총을 맞아 스러졌습니다."

"그, 그 무렵에 송교에서 총 맞아 쓰러졌다는 벼슬아치가 수앙의 낭이었단 말입니까?"

워낙 드문 사건이었는지라 도성 안에 쫙 퍼졌고 도성 안에 퍼진 소문은 밖으로도 퍼지기 마련이었다.

"예. 세손위종사에 있던 김강하라는 이였습니다."

홍집은 김강하 사건에 대해 아는 대로 설명한다. 그렇지만 그 삼 년 전에 수앙과 김강하가 이온 때문에 겪었던 일을 말하지는 못한다. 두 사건은 별개이니 굳이 지금 말할 필요는 없지 않냐는 핑계를 스스로에게 댄다.

"그 즈음부터 연화당 마님과 수앙아씨에 관한 아무런 소식도 못 듣고 있다는 겁니다. 그쪽 소식을 들을 만한 사람들조차 움직이지 않으니까요."

묵묵히 듣고만 있던 동보가 입을 뗀다.

"수앙의 낭을 그리 만든 자들이 누군데요?"

"제가 어찌 알겠습니까? 제가 아는 건 의금부와 포청에서 찾지 못해 미제 사건으로 넘겼고 연화당이 계시는 그쪽에서도 아직 그자들을 찾지 않는다는 것뿐입니다."

"나리께서 말씀은 그리하셔도 짐작하는 바가 계실 것 같은데요?"

"제 짐작이 무슨 소용이겠습니까?"

"작년 초가을에, 금위대로 들어간 예전 저의 동료들, 박두석이며 한부루 등이 저를 찾아와 권총이며 탄알, 폭탄 등을 상당량 구입해 갔습니다. 당시 그들은, 금위대 병기고를 은밀히 보완한다는 금위대의 계획에 따라 무기를 구입한다고 했습니다. 저야 무기상으로써 그들에게 무기를 팔지 않을 까닭이 없었고요. 김강하 사건이 지나간 뒤입니다만, 지금 생각해 보니 금위대라는 무소불위의 공권력 안에서 움직이는 그들의 조심성이 과했습니다. 그 일을 나리께서는 어떻게 해석하시겠습니까?"

홍집도 이미 명화당이라 자처하는 권총강도단이 김강하를 쏜 자들이고 그들 안에 예전 사령보위들이 여럿 들어 있을 것이라 가정했다. 그랬어도 정작 그들이라고 단정할 만한 증좌는 없었다. 지금 동보의 말을 듣자니 전후좌우가 맞아떨어진다. 김제교를 이어 중위사관이 된 김문주, 그와 각별하게 지내는 정치석, 고인호, 홍남선, 한부루, 박두석, 엄석호, 연진용 등. 그들이 명화당인 것이고 김문주와 정치석을 제외한 여섯 사람이 만단사자들인 것이다. 결국은 만단사가 김강하를 죽인 셈이 됐다.

"황 행수 말씀을 듣고 보니 그들이 무관치 않음을 알겠습니다. 작년 팔월부터 동짓달까지 넉 달 동안 도성에는 권총 든 떼강도가 네 번 나타났습니다. 그 권총 강도들은 이마에다 명화라는 띠를 두르고 다녔습니다. 저와 제 아우들이 임림재로 들어갈 때 명화당으로 가장했듯이 그들도 그리하고 다녔지요. 명화당은 작금 조선의 도적들이 가장 흔히 사칭하는 이름인 것이죠. 어쨌든 금위대에 들어 있는 그들이 김강하를 쏜 자들이라고 전제하면 김강하를 쏠 때는 금위대의 총기를 몰래 사용한 것이고, 이어 첫 번째 강도질로 돈을 마련하여 황 행수에게서 무기를 구입한 거라 볼 수 있겠지요. 그리고 세 번 더 강도질을 했을 때 총기를 단속하는 포고령이 내리면서 강도들이 잠수해 버린 거고요."

"저와 나리가 이처럼 쉽게 할 수 있는 생각을 연화당이 계시는 그쪽 사람들은 못한단 말입니까? 그래서 그 흉적들을 처단하지 않은 채 어딘가에서 모녀가 울고 있단 겁니까? 나리와 아우님들을 위시한 그쪽 사람들은 그 모녀가 울며 살게 두고 있는 거고요?"

그 모녀가 어딘가에서 울고 있기라도 한다면, 그 울음을 달랠 수 있는 명령이 윤홍집한테 내려 준다면 오히려 낫겠다. 하지만 사신계는 누구한테 무슨 일을 혼자 수행하라고 명하지 않는다.

"소전 사태를 즈음하여, 그쪽 사람들한테는 아무것도 하지 말라는 큰명이 내렸습니다. 아직까지 그 명에 모두가 묶여 있는 상태고요. 그런데다가 저와 아우들은 이쪽 세상에도 몸을 담고 있습니다. 우리가 지금 흉적이라 단정한 그들 거개가 우리 세상의 최상부를 모셨던 사람들이자, 제 주변에 있던 동료들이고요. 제가 나설 수 있는 처지가 아니고 명분도 없습니다. 그렇지만 아무것도 못하는 상태라고 해서 아무 생각도 없는 건 아닙니다. 어쨌든 지금은, 해야 할 것 같은 일, 할 수 있는 일이나마 하자는 생각에 도방께 뵙자고 청한 것입니다. 새삼 무슨 손을 쓰자는 것은 아닙니다만 추천과 선출 과정이 자연스레 이루어진다면 거북부령 자리를 수락하시고 거북부가, 나아가 우리 세상이 고요히 흘러갈 수 있도록 이끌어 주십시오."

침통한 얼굴로 듣고 있던 황 도방이 나선다.

"나리께서 말씀하시는 대로 자연스레 될지 의문입니다만 일단 부령 아니하겠단 소리를 제 입으로 하지는 않겠습니다. 허나, 저와 한태루, 둘이 겨룬다고 가정하면 저보다 한태루를 뽑을 일귀들이 더 많습니다."

"그렇게 보십니까?"

"한양 이북의 일귀들 태반이 개산정과 어떤 식으로든 연결이 돼 왔습니다. 아래쪽에도 개산정 쪽에 동조하는 일귀들이 있고요."

"지난 몇 해간 사령부에서 승인한 일급사자는 다섯 부를 통틀어 황동보 행수가 유일합니다. 황동보 행수께서 사령과 함께 연경에서 돌아오신 직후여서 가능했던 것이고 이후론 사령부가 일급사자들을 더 승인할 여력이 사실 없었지요. 그 덕에 개산정 쪽에 동조할 만한 일귀가 늘어나지도 않았고요. 몇 해간 작고한 일귀가 여럿이라 오히려 숫자가 준 셈입니다."

"그건 우리 쪽도 마찬가지입니다. 헌데 우리 쪽이라고 볼 수 있는 일귀들 중에는 환갑 넘은 노인이 열한 명이나 됩니다. 그분들 중 세 분이 고희를 넘었고요. 열한 분 중 잘해야 대여섯 분이나 참석하실 겁니다. 그에 비해 한수 위쪽 일귀들은 젊은 편입니다. 거개가 참석할 거라고 봐야죠."

"도방께서 나서신다고 할 때 확실하게 동조할 분이 몇 분쯤 되십니까?"

"글쎄요. 한 스물다섯?"

"노인 다섯 분을 합쳐서요?"

"그렇지요."

"개산정에 동조하는 사람은 몇이나 되리라 보십니까?"

"지난 몇 해간 지켜본 바로 짐작하자면 서른 명 가까이 됩니다. 일단은 스물일곱? 아니, 사령부에 한 분이 계시니 스물여덟이라고 봐야겠군요."

각부에서 새 부령을 선출할 때 일급사자들이 뽑으려는 사람의 이름을 써서 표를 내는데 한 표의 권리가 사령부에도 있었다. 사령이

나 부사령이 부령선출 자리에 참석할 경우였다. 기린부령 연은평을 뽑을 때는 사령이 표를 행사하지 않았다. 당시 강력한 후보였던 나정순 일기를 제거해 버린 터라 연은평이 단독으로 나섰기에 사령이 나설 필요도 없었다. 구양견을 거북부령으로 뽑을 때는 사령부가 아예 참석하지도 못했다. 자신이 아직 부실한 사람으로 보이길 원하는 사령은 이번에도 나서지는 않을 터이나 부사령인 이온이 어찌할지는 홍집도 두고 봐야 안다.

"아직 멀리 계시는 사령께서 어떠실지는 모르겠습니다. 어쨌든 이쪽인지 저쪽인지 불확실한 사람이 서너 분인 셈이군요. 그분들에 의해 향방이 갈릴 수 있는 거고요."

"개산정 쪽에서 이미 손을 썼을 겁니다. 그렇기 때문에 이번에 제가 나서 봐야 우리 부가 어떻게 갈려 있는지를 확인하는 자리나 되고 말 겁니다. 여하튼 저는 억지스런 짓을 하여 부령이 될 생각은 추호도 없습니다. 나리께서 혹시라도 모종의 작용을 하겠다는 생각을 하셨더라면 접으시기 바랍니다."

배운 게 도둑질이라고 홍집은 이번 봉황부령에 황동재를 올리려 하면서 장애가 무언지를 먼저 생각했다. 장애가 되는 게 사람일 때 그 사람을 제거하는 것. 사령 이록의 방식이었다. 사령의 명에 따라 그런 짓을 할 때 몹시 부당하다고 여겼는데 정작 필요하니 홍집도 같은 짓을 생각했고, 한태루를 죽이는 대신 봉만호와 타협했던 것이다.

"그런 생각 없습니다. 도방님 뜻을 따르겠습니다. 그걸 전제로 한 가지만 여쭙지요. 같은 파라 하더라도 같은 생각만 한다는 법이 없는데, 그동안 도방께서 파악하시기에, 개산정 쪽이라 여기시는 일귀들 중에서 스스로 부령이 되고 싶은 일귀는 없을까요?"

"글쎄요. 사사로이는 모르겠고 함경도 쪽 일귀들 여럿이, 자신들 쪽에서는 부령이 나지 않는다는 사실에 불만을 가진 건 느끼지요. 워낙 높은 산들에 가로막혀 있는 지형 탓에 자신들끼리 단합하지 못하고 그런 까닭에 한수 위쪽에서 부령을 내지 못한다고 여긴다는 것을요."

"그중 도드라지는 일귀는 누구인데요?"

"나리께서 태감 수비대장으로 움직이실 때 팔도의 일귀들을 파악하고 다니신 걸로 아는데, 원산에서 배를 만드는 가업을 운영하는 사람이 있습니다."

"봉만호 일귀입니까?"

"그렇습니다. 개산정 파 일귀들이 담합하여 일귀 회합에 불참할 때도 봉만호 일귀는 회합에 듭니다. 당연히 회합의 분위기를 살피러 오는 것이겠습니다만 제가 느끼기에는 담합 불참이 능사가 아니라고 여겨 단독으로 움직인 게 아닐까, 생각해 본 적이 있습니다."

"봉만호 일귀는 한양에 오면 보통 어디서 묵습니까?"

"배 타고 와서 서강나루에 닻을 내리고 서강객점에 묵는 것 같습니다만 그에 대해서 꼬치꼬치 묻는 까닭이 뭡니까? 혹시 무슨 일을 꾸미려는 겁니까?"

"아닙니다. 태감의 눈이자 손발로 사는 처지인데 거북부 사정을 잘 몰라서 그저 여쭤보는 것뿐입니다."

"그래요. 그 문제는 모레 회합에서 어떻게 진행되는지 지켜보기로 하고, 권총 도적들에 대해 태감께서는 어찌 보고 계시는지 말씀해 보시지요."

"태감께서는 권총 도적들의 정체를 짐작치 못하십니다. 하지만 이

전에 연경에서 돌아왔을 때 보위들을 데려가겠다고 나섰던 부령들 모두를 불신하시지요. 산정평에 부령들과 일급사자들이 죄 모이게 되면 우리 세상의 판세와 충성하는 자, 불충한 자를 가늠할 수 있으리라 예상하시고요."

"저간의 사정과 각자 내심이 어떻든 태감께서 모이라 하시면 똑같이 모이는 자들인데, 똑같이 모인 자들의 충과 불충을 무슨 수로 가려내고, 가려내신 뒤에는 어쩌시려고요? 불충한 자들을 모두 죽이시게요?"

"그럴 리 없고 그럴 수도 없으시지요. 그런 방식으로는 조직을 이끌 수 없다는 걸 충분히 경험하셨으니까요. 태감께서는 이번에 당신을 과녁으로 내놓고 자신의 현재를 시험하시는 겁니다."

태감 자신의 미래에 대한 시험이기도 할 것이다. 만단사를 이끌고 어디로 갈지, 언제 갈지, 갈 수는 있을지 등.

"당신께서 해오신 일이 있는데, 이제 와 그걸 시험해 봐야 아신답니까? 사리판단이 그렇게 흐려지셨습니까? 혹은 몇 해 앓으시면서 당신이 벌인 일들을 다 잊어버릴 만큼 기억력이 나빠지셨어요? 우리 세상을 이 지경으로 만든 분이 누군데요!"

사령 이록이 만단사를 야망의 도구로 쓰기 위해 헝클어뜨렸다. 자신들의 이권을 위해서만 움직이는 자들, 실상 부령 재목이 못되는 자들을 부령으로 앉혀온 결과 만단사가 이 지경이 되었다. 거북부만의 문제가 아니었다.

함경도 영흥군수로 재직 중인 연은평의 장자 연우용은 오위의 정칠품 사정司正으로 무과 출신이다. 연우용이 기린부령인 제 부친을 대리하여 사실상 기린부를 운영한다. 용부령 김현로의 큰 사위이기도 한 연우용은 노름과 사냥에 빠져 있다.

용부령 김현로의 둘째 사위인 박천은 연우용과 같이 무과 출신으로 오위에 있는데 최근에 사정司正으로 승차했다. 김현로를 대리하여 용부 살림을 하는 박천이 사맹에서 부사정으로, 부사정에서 사정이 되기까지 겨우 삼 년 걸렸다. 용부의 공금으로 뇌물을 쓴 것으로 볼 수 있다. 게다가 그는 제물포의 정석달이라는 자가 벌인 금광 사업에 투자했다가 정석달이 사라진 바람에 거액을 날렸다.

봉황부령의 서장자였던 홍남수는 사령의 내당과 사통하다 죽었고 그 뒤를 이어 제 부친을 보좌하고 있는 홍남준은 아편에 빠졌다. 아편쟁이들은 아편쟁이들끼리 모여 아편질하는 걸 좋아하는 것 같았다. 홍남준은 틈만 나면 서혜민서 아래에 있는 청하루로 가서 아편질을 한다.

"죄송합니다. 드릴 말씀이 없습니다."

세 부의 자금을 관리하며 살림을 꾸리는 자들이 그렇게 방탕하게 된 시초가 그들의 부친과 장인이 부령에 올랐기 때문이다. 아니 더 앞서 부령에 오르지 않아야 할 무능한 자들을 그 자리로 끌어올린 사령 이록 때문이다. 방안에 괸 침묵이 깊다. 새 거북부령 선출 건은 물론이고 산정평 대회합에 관해서도 의논해야 하는데 시간이 늘어질 성싶다. 술이 필요할 것 같기도 하다.

거북부령

황동보는 사령보위대가 해체되면서 귀향했고 그 즈음에 일귀사자가 되었다. 부친이 별세하고 구양견이 거북부령에 올랐던 사 년 전 봄이었다. 그해부터 일 년에 한 번씩 일귀 회합에 참석했는데 그때마다 정원의 절반을 간신히 넘는 일귀들이 참석했다. 새 부령을 선출하는 오늘 회합에는 쉰여섯 명이나 왔다. 개산정 파로 분류될 사람들 중 둘이 빠졌고 강경상각 파로 분류할 수 있는 상노인 셋, 어느 쪽인지 불분명한 한 사람이 빠졌을 뿐이다. 서강객점에 쉰여섯 명이 한꺼번에 들어앉을 만한 큰 방이 없으므로 객점에서는 마당에다 차일을 치고 장막을 두르고 멍석을 깔고 방석을 놓아 자리를 만들었다. 모두 둘러앉은 뒤 관례에 따라 전임부령을 대리한 구형운 일귀가 진행을 위해 단상으로 나서는데 장막 밖에서 기척이 난다.

"허원정의 이온 아씨께서 드십니다. 장내의 모든 이들은 예를 갖추십시오."

부사령의 출현 소리에 일귀들이 부랴부랴 일어서서 허리를 굽히는데 바퀴달린 좌대가 들어온다. 한껏 성장한 부사령 이온이 들어선다. 보위대장 난수가 좌대를 밀고 있다. 좌대가 단상 곁의 상석에 자리하고 보위대가 그 뒤쪽에 서자 구형운 일귀가 읍하며 부사령을 맞는다.

"아씨! 어려운 거둥을 하셨나이다."

"아버님께서 멀리 계시어 제가 대신 왔습니다. 저는 그저 지켜보고 싶어 왔을 뿐이니 편히 진행하십시오."

구형운이 부사령에게 읍하고는 돌아서서 입을 연다.

"상부에서 왕림하시어 이 자리를 빛내 주고 계십니다. 아씨께 감사드리면서 오늘 우리가 이 자리에 모인 목적을 이루어 나가기로 하지요. 오늘 우리는 우리 부의 새 수장을 뽑기 위해 모였습니다. 부령 선출 방식은 다들 잘 아시다시피 일단 어떤 분이 한 분을 추천하며 추천사를 합니다. 추천 받으신 분은 고사하실 수 있고, 수락하실 경우 수락의 말씀을 하십니다. 세 분까지만 추천할 수 있지요. 자천自薦하실 수 있습니다. 자천하신 경우에는 자천사와 수락의 변을 겸하십니다. 이제 추천을 하십시오."

"내가 먼저 하겠소."

수염이 허연 일귀가 맨 먼저 소리치고 일어나더니 부사령을 향해 읍하고 크음, 목에 걸린 가래를 뱉는 듯한 소리와 함께 좌중을 향해 입을 연다.

"저는 경기 땅 광주현에서 온 주상회올시다. 제가 오늘 이 자리의 연장일 성싶은데 제가 일급으로 살아온 지 서른두 해째입니다. 제 손으로 세 번째 부령을 뽑고 있으니 제가 많이 살기는 한 모양올시다. 어쨌든 이번이 마지막일 게 분명한 저는 강경 땅의 황동재 씨를 추천합니다. 제가 황동재 씨를 추천하는 까닭은 사실 간단합니다. 지난 삼십여 년간 황동재 씨 댁으로부터 해마다 북어 다섯 쾌와 굴비 다섯 두름씩을 얻어먹었기 때문입니다."

잔뜩 긴장감이 돌던 장내에 웃음소리가 파다해진다. 맙소사! 동보는 한숨을 쉰다. 북어 한 쾌가 스무 마리고, 굴비 한 두름도 스무 마리다. 해마다 이백 마리씩의 말린 생선을 삼십여 년간 얻어자셨으니 작다 할 수는 없으나 하필이면 그 말씀을 추천사로 하실 건 뭐란 말인가. 자신의 수염을 쓰다듬은 노인이 소맷자락을 휘저어 좌중을 가라앉히곤 말을 잇는다.

"황동재 씨의 선친께서 부령이 되시던 삼십이 년 전, 그해 섣달에 북어 다섯 쾌와 굴비 다섯 두름이 제 집으로 왔습디다. 저는 그 북어와 굴비를 제 휘하 사자들과 나눠 먹었지요. 저와 제 휘하들처럼 말린 생선을 받아잡수신 분이 이 자리에 또 계신지 모르겠으나 저희가 얻어먹은 생선이 작다 할 수는 없습니다. 어쨌든 그 바닷고기들이, 지금 생각해 보자니 황동재 씨 부친께서 아드님을 위해 써 온 뇌물이었던 것 같소이다."

또 웃음의 물결이 일자 노인이 소매 자락을 휘젓는다.

"그런데 그 많은 북어와 굴비들이 뇌물이라고 해도 삼십여 년간에 걸쳐 이루어진 것이므로, 저는 황동재 씨가 그 세월 동안 변치 않고 똑같이 그것들을 지워 보낸 그 집안, 그 부친의 아드님이라는 사실과, 앞으로도 계속 북어와 굴비를 받아먹을 수 있을 거라는 믿음성 덕분에 황동재 씨가 우리 부를 맡아 주었으면 하는 겁니다. 더 할 말은 많으나 추천사 길어 봐야 좋을 게 없으니 이만 마치겠습니다."

끝끝내 북어 굴비 타령만 한 노인이 부사령한테 읍해 보이곤 도포자락을 휙 떨치며 자리에 앉는다. 이 자리에 지난 삼십이 년간 북어와 굴비를 받아먹은 사람들이 많긴 하나 너무 멀어 못 받아먹은 사람들도 상당수다. 받아먹은 사람들은 그깟 북어와 굴비로 표를 줄리 없고 못 받아먹은 사람들은 자신들이 부당한 대접을 받았다고 여길 게 아닌가. 구형운이 노인한테 읍례하고는 좌중을 둘러보며 입을 연다.

"주상회 어르신의 추천사가 인상적입니다. 그 많은 북어와 굴비들, 저도 어릴 때부터 지난 설까지 계속 받아먹은지라 더 인상적이었는지도 모르겠습니다. 암튼 황동재 씨가 추천됐습니다. 황동재 씨 일어나시어 수락 유무 의사를 밝히십시오."

동보 곁에 앉았던 동재가 일어난다.

"주상회 어르신, 미욱한 저를 추천해 주셔서 고맙습니다. 작고하신 제 선친께서 매해 겨울마다 지인들께 보내시던 북어, 굴비가 이런 자리에서 거론된 게 뜻밖입니다만 당신께서 지니신 것을 나누고자 하셨던 아버님의 뜻을 새삼 깨닫게 되었습니다. 제 아버님께서는 우리 세상을 몹시 사랑하셨습니다. 저는 아버님 곁에서 우리 세상을 향한 사랑을 배우면서 자랐고요. 이제금 제가 여러분 앞에 나서게 됐는데, 저를 뽑아 주신다면, 더도 덜도 아니게 우리 세상 사람들과 더불어 북어와 굴비 몇 마리를 나누는 맘으로 소임에 임하겠습니다. 고맙습니다."

형님은 정말 부령 노릇을 하기 싫구나! 동보는 새삼 깨닫는다. 그 젯밤 윤홍집이 찾아와 그토록 간곡히 부탁하지 않았더라면 누가 추천을 했건 고사하고 말았을 것 같지 않은가.

구형운이 다음 추천을 받겠다 하자 원산에서 온 봉만호 일귀가 손을 들며 일어난다. 서른 중반이나 됐을 그는 원산에서 배를 만들어 내고 있다.

"원산 바닷가에서 온 봉만호입니다. 아시는 분이 많으실 겁니다만 저는 선친을 이어 배를 만들고 있습니다. 제가 추천할 사람은, 바로 저입니다."

뜻밖이다. 동보는 그를 개산정 파로 분류해 왔고 지금 그가 한태루를 추천하기 위해 일어선 거라 예상했는데 자천하고 있지 않은가. 건너편에서 가까운 일귀들 사이에 앉아 있는 한태루도 어이가 없는지 봉만호를 바라보고 있다.

"저 봉만호가 자청, 자천하며 일어선 까닭을 말씀드리자면, 어쩐지 억울해서입니다. 뭐가 억울한가! 누대에 걸쳐 원산 땅에서 살아온 저를 비롯하여, 윗녘에 사는 다수의 사람들이 우리 세상의 핵심에 들어가 본 일이 없다는 사실 때문입니다. 우리 부령 자리의 공식적인 자격은 단 한 가지, 여기 이 자리에 계신 분들처럼 품계가 일급이어야 한다는 것뿐이지요. 공식적으로는 그러한데 비공식적으로는 수많은 자격과 제약이 있는 것 같습니다. 눈에 보이지 않아 말로 표현하기도 어려운 그 자격들과 제약들이 어쩐지 저처럼 도성에서 멀리 떨어져 사는 자들에게 작용하는 것 같다는 거지요. 저는 저를 추천하면서 그 자격들에 대해서 따져 보고 싶고, 아울러 우리 세상에서도 소외되어 있는 윗녘도 세상의 한 중심이 될 수 있음을 표명코자 합니다. 저를 뽑아 주신다면 저 아랫녘 해남까지 배를 타고 다니며 우리 부 사람들의 삶을 고루 살피고 상부의 명을 받들 것입니다. 부탁드립니다, 여러분!"

여러 사람이 박수를 쳐서 봉만호의 자천사에 동조했다. 동보도 박수를 마구 친다. 이제 한태루가 나설 것이되 그의 표가 봉만호로 인해 몇 표는 갈리게 된 상황이 재미있지 않은가. 구형운이 박수를 치면서 봉만호의 자천사를 치하하고는 입을 연다.

"우리가 깊이 생각해야 할 점을 봉만호 씨가 지적해 주셨습니다. 잘 들었습니다. 이제 마지막 분을 추천받겠습니다."

구형운의 말이 끝나자마자 "저요." 하며 나서는 사람은 좌대에 앉은 부사령 이온이다. 구형운이 "예, 아씨." 하며 받들자 부사령이 입을 뗀다.

"저는 송도의 한태루 씨를 추천합니다. 다들 아시다시피 저는 약방을 운영하며 약재를 취급하는 장사치입니다. 자부하건대, 저는 장사를 잘하고, 장사로 남긴 이문을 두루 나누기 위해 애씁니다. 그렇게 살면서 한태루 씨와 그 가문이 지닌 덕성스런 능력을 자주 접해 왔습니다. 한태루 씨가 그 부친의 뒤를 이은 상인으로서 뛰어난 능력을 지니셨다는 것과 그 능력으로 우리 세상의 한 부분을 넉넉히 감싸며 이끌어 주시리라는 걸 믿습니다. 또한 저의 이런 생각이 제 아버님의 뜻인 것도 믿고요. 여러분께서는 부디 숙고하시어 한태루 씨를 뽑아 주시기 바랍니다."

노골적으로 한태루를 지지한 부사령이 앉은절을 하고는 고개를 든다. 장내 분위가 가라앉듯 고요해지자 구형운이 큼, 헛기침을 하고는 한태루를 향해 손을 뻗는다.

"한태루 씨 일어나시어 말씀해 주십시오."

한태루가 일어나 부사령한테 읍하고는 좌중을 둘러보고는 입을 연다.

"저를 추천해 주신 아씨께 감사의 말씀 올립니다. 고맙습니다, 아씨. 또한 여러 어르신과 동료 여러분! 솔직히 말씀드리자면 저는 전임부령께서 서거하셨다는 기별을 듣고 상주로 문상을 가면서 이 자리에 선 저를 상상해 봤습니다. 여러분이 저를 선택해 주신다면 부령이 되고 싶었던 것입니다. 부령 후보로 나선 저를 상상하면서 제가 부령이 되고 싶은 까닭이 뭔지를 여러모로 깊이 생각해 봤지요. 그러다 깨친 게 있는데요, 위아래로 삼천이백 리에 뻗어 있는 조선의 지리적 여건 때문인지 조선에 속해 있는 우리 세상, 우리 부 사람들간의 소통문제가 원활치 못하다는 것이었습니다. 그 때문에 저 아랫녘 경상도의 부산포나 전라도의 해남진, 저 윗녘 함경도의 서수라나 강원도의 평해처럼 땅 끝에 있는 곳들은 다른 나라나 되는 듯 서로를 멀게 느낍니다. 남북이 갈라진 형국이 되면서 서로 우애를 느끼기도 어렵습니다. 저는 그 문제를 해결하여 우리 세상, 우리 부의 소속감이 깊어지고 서로를 돌봄이 원활해져서 우리 세상에 속한 우리들의 삶이 좀 더 긴밀해지기를 바란 것입니다. 저는 그리 만들고 싶어 우리 부의 수장이 되고픈 것이고, 제가 조선 땅 가운데쯤에 살고 있으므로 위아래를 아우르기에 유리하리라 생각합니다. 제가 부령이 된다면 윤택하고 우애로운 우리 부, 우리 세상을 위해 분골쇄신하겠습니다. 저를 뽑아 주십시오. 더하여 다른 분이 뽑히더라도 기꺼이 승복하며 그 명을 따르고 상부에 충성할 것임을 새삼 천명하는 것으로 제 말을 마치겠습니다.”

부령이 되려면 저 정도 웅변은 해야 하는 건데! 동보는 한태루한테 박수를 치면서도 자신의 형을 흘겨본다. 부친이 살아 계실 때는 젊고 패기만만하던 형이었다. 부친 별세하신 지 겨우 몇 해 지났을 뿐인 요즘은 늙은이 흉내를 팍팍 냈다. 말년의 부친보다 더 늙은 것 같았다. 사령부에 대한 실망이 아무리 깊다 해도 만단사를 아예 등질 게 아니라면 만단사가 원래대로 아름다운 세상이 되도록 애를 써야 하지 않은가. 요즘 동보가 형한테 가진 불만이었다. 박수소리가 가라앉으니 구형운이 나선다.

"이로써 세 분 후보가 나서셨습니다. 이제부터 기표지를 나누어 드릴 것입니다. 그 전에 각기 지니신 먹소용을 풀어 기표 준비를 하시고 혹여 먹소용을 지니지 않은 분들은 손을 들어 붓을 청해 주시기 바랍니다. 기표지 한 장을 드릴 터인데, 기표지에다 한 분만 표시해야 한다는 사실은 다 아실 테고, 쓰는 번거로움을 피하기 위해서 번호를 정해 드리겠습니다. 번호는 추천 순서에 의해 일번이 황동재 씨, 이번이 봉만호 씨, 삼번이 한태루 씨입니다. 다시 말씀드립니다. 일번 황동재, 이번 봉만호, 삼번 한태루입니다. 한 분씩 나오시어 기표지를 받으시고, 객점 안 어느 곳으로 가시어 기표하시든 기표를 마치신 기표지는 먹물을 말려 접으신 뒤 제 앞 탁상에 놓인 소쿠리 안에다 넣어 주십시오. 기표지는, 아씨까지 아울러 쉰일곱 장이 나갈 것이고, 쉰일곱 장이 전부 거두어졌을 때 개표합니다. 개표했는데 상위 득표자 두 분의 표가 동수일 때는 두 분만으로 재기표를 합니다. 재기표시에 무효표나 기권표가 발생하면서 동수 표가 나올 때는 관례에 따라 연하인 분이 부령이 되십니다. 이제 시작합니다."

부령 후보 세 사람 중 황동재의 나이가 제일 높다. 만의 하나 재기표하여 동수 표가 나오면 황동재는 저절로 탈락이다. 사람들이 후보들의 나이를 가늠해 보는 듯 세 사람을 번갈아 힐긋대곤 주섬주섬 일어나 구형운의 시좌가 나누어주는 백지를 받아 흩어진다.

"우리도 일어나지요, 형님."

동보는 황동재를 부추겨 백지 한 장씩을 받은 뒤 앉았던 자리로 돌아온다. 각기 앞에 놓인 소반에다 백지를 놓고 일자를 그린 뒤 후 후 불어 접는다. 황동재가 기표한 자신의 종이를 접어 동보한테 건네준다. 동보가 기표지 두 장을 소쿠리에 넣는데 어느새 제법 많은 기표지가 들어 있다.

부사령의 기표용지를 호위대장 난수가 소쿠리에 넣자 기표가 끝난다. 구형운이 다른 소쿠리에다 한 장씩 옮기면서 숫자를 셌다. 쉰일곱 장의 기표지 숫자를 확인한 구형운이 객점 하속 셋을 단상 앞에 앉히고 자신의 시좌한테 기표지를 펼쳐 자신에게 건네라 한다. 마침내 첫 장이 펼쳐졌다. 구형운이 기표지를 펼쳐 보이며 외친다.

"삼번이오!"

두 번째 표도 삼번이고, 세 번째 표는 일번이다. 일번 기표지가 다섯 장 연속하여 나타난 후 이번을 기표한 종이가 두 장 나왔다. 삼번, 삼번, 일번, 삼번, 이번, 일번 등이 번갈아 나타나 각 번호의 하속들한테 건네지는 동안 황동재는 고개를 숙인 채 무릎에 놓인 자신의 손가락 관절만 꺾어댄다. 동보는 긴장하며 각 번호의 숫자를 헤아린다. 일번 기표지가 과반을 넘은 것 같았다. 몇 장의 일번과 삼번이 더 나타난 뒤 개표가 끝났다. 구형운이 마지막 기표지를 흔들어 삼번 하속에게 주고는 큰소리로 묻는다.

"삼번이 몇 장인가?"

하속이 큰소리로 외친다.

"삼번, 십오 장입니다. 열다섯 장!"

곳곳에서 우우, 낮은 웅성임이 났다. 구형운이 조용하시라 외치고는 이번 하속에게 물었다.

"이번이 몇 장인가?"

"이번, 여섯 육, 여섯 장입니다."

구형이 마지막으로 일번 하속에게 몇 장이냐고 물었다. 일번 하속이 답했다.

"일번, 삼십육 장입니다."

일번 하속의 외침과 함께 와아, 하는 낮은 탄성들과 함께 박수소리가 인다. 함께 박수치는 동보의 맘 속 가득 희열이 퍼진다. 형의 책임이 막중해지는 것과는 별개의 기쁨이다. 형의 부령 선출을 위해 아무런 짓도 하지 않았다는 안심과 더불어 아무 짓도 아니했건만, 될 만한 사람을 뽑는 거북부의 대한 자부심으로 뻐근하다. 만단사는 아직 괜찮은 세상인 것이다. 박수소리가 가라앉자 구형운이 입을 연다.

"이로써 우리 부에 새로운 부령이 나시었습니다. 황 부령께 하례 드립니다. 아울러 이 자리에 납시어 주신 아씨께 깊은 감사를 드리고, 예와 절도를 갖추어 이 자리를 지켜 주시고 새 부령을 선출해 주신 여러분께 감사드립니다. 부령께서는 앞으로 나오시어 수락사를 해주시고, 여러분께서는 부령에 대한 예를 갖춰 주시기 바랍니다. 연후에 잔치를 시작하겠습니다."

황동재가 일어나 상석으로 향한다. 부사령 앞에 이르러 공수로 예를 갖춘다. 한태루를 추천했던 부사령이 마주 인사하고 하례한다. 속내가 어떻든 부령 선출 과정에 한 점의 의혹도 없으므로 예를 갖춘다. 황동재가 새 부령으로서 인사말을 시작했다. 형이 이런저런 얘기를 하는 동안 동보는 한태루 측과 봉만호 측을 살폈다. 한태루의 표정이 밝지 못한 것이야 지당한데 봉만호의 낯빛이 여상하다 못해 환해 보이기까지 하는 까닭을 모르겠다. 게다가 그가 돌연히 자천하고 나서면서 한태루 진영을 흐트러뜨린 것도 이해하기 어렵다. 그가 나서면서 그에게 간 여섯 표는 물론이고 원래 한태루를 뽑았을 여덟 명쯤도 황동재 쪽으로 돌아선 것 같지 않은가.

　동보는 지난 사 년간 강경상단을 호위하며 거북부령 구양견을 도와 정보를 수집하고 전달해 왔다. 일귀사자들의 신상과 활동들을 어지간히 파악했다. 봉만호 일귀에 대해서도 제법 안다. 동보가 느끼기에 봉만호는 부령이 되고자 시도하는 기색이 없었다. 갑자기 맘이 달라진 까닭이 뭘까. 혹시 윤홍집이 모종의 공작을 펼친 건가? 의문이 생기니 꼭 그랬을 것 같다. 그제 밤 윤홍집과 봉만호 일귀에 대한 얘기를 나눴으므로 어제 하루 사이에 무슨 일이 생겼을 리는 없고 그전에 이미 손을 써놨던 것이다. 윤홍집이 봉만호를 설득하여 자천하게 했다. 그리 여겨야 지금 이 상황에 대한 이해가 가능해진다. 하지만, 부사령이 이 자리에 나와 한태루를 추천하고 지지발언을 한 까닭은 어떻게 생각해야 하는가. 사령부에 앉아 있는 내외간에 뜻이 그렇게 다를 제 만단사의 앞날은 어찌되는가. 동보는 머리를 흔들어 보이곤 단상에 선 새 거북부령의 말에 귀를 기울인다.

절세가인 분란

    현재 명화단 일원은 금위대 중위사관 김문주, 금위대 우위군관 정치석, 군기시 참봉 고인호, 금위군인 홍남선과 엄석호와 한부루와 박두식과 연진용이다. 애초에는 김제교와 김형태와 김양중과 홍남준, 박경출과 원석호, 원철까지 아울러 열다섯 명이었으나 소전의 아무리 한 날 밤에 다섯이 사라졌고 김양중과 홍남준은 금위군에 들기를 거부해 저절로 빠졌다.

    시작은 김강하를 제거하기로 계획하면서부터였다. 소소 무녀를 잡으러 갔던 김제교와 박경출과 원석호, 세손을 제거하려던 김형태와 원철 등이 사라졌는데 주검조차 발견되지 않았다. 뿐만 아니라 옥구헌 가병 서른 명도 종적이 없어졌다. 어찌된 일일까. 백방으로 따져 봐도 김강하 때문일 게 뻔했다. 증좌가 없으므로 어떻게 했는지는 알 수 없으되 분명 그가 작용한 것이었다. 그러므로 김강하는, 명화단원들에게는 동료이며 벗을 죽인 원수였다. 복수하는 게 마땅했다. 무엇보다 명화단이 원하는 미래에 가장 큰 걸림돌이 김강하이므로 제거해야 했다.

그때 총은 수어청인 태령전의 무기고에서 몰래 꺼내 썼다. 몰래 꺼낸 건 맞으나 총기실의 열쇠를 민지완, 국치근, 오희건 등의 금위대 검관 셋이 나누어 관리하는데 그들한테서 열쇠를 훔치기는 어렵지 않았다. 각기 훔쳐낸 세 개의 열쇠를 대장장이한테 똑같이 만들게 해놓고 제자리에 돌려놓기까지 꼬박 이틀이 걸렸다. 그 이틀간 우위검관 오희건의 눈치를 살피느라 꽤 조마조마했다. 그는 금위대장의 심복이 아니기 때문이었다.

윤오월 그날, 낮에 천둥과 번개가 마구 쳤다. 그 탓에 대전이 죽은 아들에 대한 회한이 생겼던지 김강하를 소환했다. 김강하에게 어명이 내린 순간 명화단에서는 오늘 처리하자 결정했다. 누군 쏘고 누군 빠지는 문제로 설왕설래하지 말고 여덟이 같이 쏘자고 합의했다. 처음 계획은 총을 쏘고 송교로 가서 김강하의 시신을 없애는 것이었다. 총을 쏘면서 이미 글렀다는 걸 깨달았다. 아직 덜 어두운 데다 위종사 복색의 두 놈이 다리 건너편에 나타났던 것이다. 그들뿐만 아니라 총소리에 놀라 다리 주변에 엎드린 여러 사람이 있었다. 송림이 작은지라 잠시도 숨을 곳이 없었다. 세 발씩을 연발한 즉시 자리를 떴다. 김강하를 행방불명시킴으로서 그를 관직에서 무단이 탈한 자로 몰려던 계획은 실패했다. 결과적으로 그의 시신을 치우며 감수해야 할 위험부담에 비하면 달아난 게 나았다. 그의 죽음으로 인한 어떤 소음도 일지 않고 고요히 가라앉았지 않는가.

김강하를 제거하고 소전의 장례를 치르고 나니 명화단이 할 일이 없어졌다. 대전은 한 달에 한두 번 창덕궁으로 거둥하는 걸 제외하고는 경희궁에서만 머물거니와 당신 손으로 아들 죽인 사실을 덮으려는 듯 동궁 보호에 혈안이 되었다. 동궁을 지켜내야 한다는 위기감이 발동한 덕인지 노인네가 회춘한 것처럼 팔팔해지셨다. 익위수장으로 만들려 했던 김강하가 도적들에게 당했다는 소식에 정신이 든 것 같기도 했다. 세손이 손가락만 다쳐도 금위대장의 목이 떨려 나갈 판이 됐다. 대전이 익위수장인 설희평이 아니라 금위대장인 부원군을 불러 말했던 것이다.

"동궁한테 자그마한 일이라도 생기면 금위대가 소임을 전혀 못한 것으로 알리라."

편전에서의 독대도 아니고 백관이 모여 있는 조당에서였다. 대전이 김강하의 흉사에 대해 금위대장을 의심하는 기색이 역력하므로 백관들도 다 같이 눈을 희떴다. 그 자리에 동궁도 있었다. 조당에서 그처럼 위태로운 말씀을 듣고 나온 금위대장은 휘하 관헌들과 금위군 전원을 모아놓고 선언했다.

"금위대의 모든 이는 일체의 경거망동을 삼갈 것이며 성상전하와 동궁저하 호위에 한 치의 틈도 없어야 할 것이다. 각자 위치에서 조금치라도 벗어나거나 두드러지는 자는 누구를 막론하고 즉시 참수하리라."

김문주는 솔직히 아버지가 어이없었다. 온갖 방법과 갖은 사람을 동원하여 소전을 몰아붙이고 결국 제거한 까닭이 뭔가. 세손까지 제거하고 곤전에 양자를 들여 늙은 임금이 승하한 순간 정권을 갖겠다는 것 아니었던가. 문주도 물론 부친이 서두를 때가 아닌 것으로 여겨 차후를 보자는 뜻임을 모르지는 않았다. 당장 세손을 제거하고 종친가의 아들을 곤전의 양자로 들인다고 해도 그 양자는 다시 국본이 되는 것이지 곤전의 권력이 되는 건 아니었다. 권신들이 권력을 좇아 부화뇌동하기 일쑤일지라도 어쩔 수 없이 계집인 곤전한테 그리 쉽게 전권을 몰아줄 까닭이 없었다. 그들은 자신들이 조종할 수 있을 만큼의 권력을 원하기 때문이다. 게다가 부친은 따님이 곤전으로 들어가기 전에 쌓은 기반이 약했다. 집안이 물려받은 명망이라야 반족이라는 사실뿐 부친 스스로는 이룬 게 없었다. 따님이 곤전이 될 수 있었던 까닭은 실상 부친에게 권력기반이 없었던 덕이었다.

부친의 뜻과 처지를 알므로 수긍할 수밖에 없긴 해도 문주의 불만조차 사라진 건 아니었다. 부친은 소전 사태에 즈음하여 수족 노릇을 하던 사위와 조카, 몇 해 동안 키운 가병을 죄 잃은 탓에 모종의 두려움을 느끼는 듯했다. 대체 그들이 다 어디로 가 버렸는가. 누가 어떻게 그들을 치워 버렸는가. 분명히 그 어떤 강력한 세력이 이쪽을 주시하고 있는 것인데 이쪽에서는 그들을 모른다는 게 부친을 움츠러들게 하는 것 같았다. 문주에게는 그게 아버지의 늙음으로 느껴졌다. 아버지가 한동안은 꼼짝도 아니할 거고, 어쩌면 영 움직이지 못하고 이쯤에서 만족하고 말 것 같았다. 그런 아버지의 소심함에 문주는 승복하고 싶지 않았다. 소전을 제거하기 위한 공작으로 몇 해를 지내왔는데 이쯤에서 멈춘단 말인가. 그럴 양이면 그 난리를 치르며 소전을 없앨 까닭이 없지 않은가. 김강도 마찬가지였다.

아들의 불만이 어떻건 아버지가 주변 모두에게 꼼짝 말라 명했으므로 문주는 할 수 있는 일이 없어졌다. 소전 제거라는 목표는 사라졌고 세손 제거라는 새 목표는 멀어졌다. 길을 잃은 것이었다. 단원들도 다르지 않았다. 무료함의 올가미에 걸려 숨이 막힐 지경이 됐고 뭔가 하지 않으면 스스로 터져 죽을 것 같았다.

팔월에 내금위 무기고의 총을 한 번 더 사용하기로 했다. 무기고에서 꺼내 연습용으로 쓴 총탄 개수가 너무 많았다. 무기고 검열이 이뤄지면 총탄 빈자리가 눈에 띌 수밖에 없으므로 그걸 메워 놔야 한다는 핑계가 충분했다. 숭례문 밖 칠패거리의 권전장을 털었다. 권전거리에서 흑호로 통하는 정치석과 철권이라 소문난 홍남선이 시합을 벌일 때였다. 작금 도성에서 주먹의 쌍벽으로 통하는 흑호와 철권이 대전을 벌였다. 노름꾼들이 한껏 달아올라 내기 돈이 최고조에 달했을 때 복면 쓴 명화단은 권전장으로 쳐들어갔다. 아무도 죽이지 않아도 되었다. 총탄 세 발을 천정에 쏘아 총소리를 낸 것만으로 충분했다. 삼분지일각쯤 만에 삼천여 냥을 탈취했다.

　삼천여 냥으로 스무 개의 총과 이천사백 개의 총탄과 오십 점의 폭탄과 이백 근의 화약을 구입하고도 천여 냥이 남았다. 그 돈으로 모임장소로 쓸 당피골의 집을 구해 회당會堂이라 부르기로 했다. 당피골이 운종가에서 경희궁까지 이어지는 대로변에 접한 마을이라 단원 모두에게 편리한 곳이었다. 무기를 숨겨 놓기도 맞춤했다. 무기는 회당 아래채 창고 마루 밑에 넣고 그 위에 뒤주를 놓아 숨겼다. 구월과 시월과 십일월에 걸쳐 강도짓을 세 차례 더 했다. 아무도 죽이지 않아도 될 만큼 총의 위세는 막강했다. 여덟이 이삼십 년쯤 벌어야 할 돈을 넉 달 사이에 벌었다. 돈 벌기가 그리 쉬울 줄이야. 더구나 천하무적이 된 것 같은 그 맹렬한 희열이라니.

　네 번 만에 턱, 제동이 걸렸다. 의금부와 포도청이 합작하여 내건 포고문 때문이었다. 단원 여덟 명 모두 부모와 처자식이 있고 많건 적건 하속들이 있었다. 모두 관에 속해 있는바 동료들의 눈도 넝쿨 가시처럼 유의해야 했다. 사나이가 무슨 일을 할 때 부모와 처자식은 속일 수 있어도 상전의 일거수일투족을 시중하는 사노와 함께 움직이는 동료의 눈을 완벽하게 피하기는 불가능했다. 신식 총일지라도 팔뚝만 한 크기인 데다 무게도 상당했다. 눈에 띄기 쉬우므로 총을 지니고는 한 발짝 움직이기도 어려웠다. 먼 곳으로 나가 사냥이나 하려도 단원들의 일정을 맞추기가 쉽지 않았다.

기실은 단원들이 겁을 먹은 탓이었다. 특히 지난 칠월 무과에 급제하여 군기시로 들어선 고인호가 일상을 벗어나는 행동에 몸을 사렸다. 고인호는 금위대 좌위군장인 제 부친이 날마다 닦달을 해대므로 조심할 수밖에 없다며 단원들을 설득했다. 총질이나 도적질은 다 같이 동의하여 함께 일을 치를 수 있을 때만 하자는 규칙을 세워 놓은 터였다. 서로의 이탈을 막기 위한 것이자 공동체라는 것을 잊지 않으려 만든 규칙이었다. 언제가 될지 모르지만 그 언제까지는 회당 아래채에 숨겨 놓은 무기들을 잊기로 하자! 모두 동의했다. 대충 숨겨 놓고 꺼내 쓰던 무기를 꽁꽁 숨겼다.

총을 들고 나설 때의 희열이 사라지자 사는 재미도 없어졌다. 무료함의 감옥을 탈출하기 위해 가끔 모여 권전장을 들락거리고 기생집을 찾아다녀도 살맛이 나지 않았다. 겨울이 참 길었다. 집과 사청만 오고가는 봄도 하염없이 늘어졌다. 도성은 팔도에서 모여든 기민들에게 잠식 당한 듯 궁기에 찌들어 갔다. 술이나 마시자 해도 주막에서는 술을 팔지 않았고 집에서는 술을 빚지 않았다. 퇴청 후나 비번날에 못 견디게 무료할 때 갈 데라고는, 가 봐야 재미없는 회당뿐이었다. 단원들이 한 달에 한 번인 정식 회합 외에도 각기 수시로 회당에 들르는 이유도 같았다. 끼니때에 걸리면 당피골 주막에서 해결하고 회당으로 들어가는 것도 비슷하다.

같은 중위군 소속이라 가끔 함께 퇴청하는 한부루와 오늘도 함께 나오게 됐다. 한부루가 당피골 주막 안으로 먼저 들어서며 소리친다.

"저녁 두 상 주시오."

한부루는 송도 인삼장사꾼의 여러 서자 중 하나다. 원래 부친으로부터 귀애받지 못했다. 그런 부친마저 뒤 해 전에 하세하고 적장자인 한태루가 가업을 운영하게 됐다. 장사를 배우는 대신 도성에서 얼쩡거리며 지냈던 한부루는 한태루로부터 딸려나다시피 했다. 품계 없는 금위군일망정 그에게는 금위대가 처자식을 부양할 수 있는 일터였다. 네 차례의 강도질을 통해 남소문동에다 집을 마련한 그는 송도에 있던 처자식을 데려다 놓았다. 한부루뿐만 아니라 홍남선, 박두석, 연진용, 엄석호 등도 명화단이 되면서 끼쳐 준 것 없는 집안들로부터 독립했다.

"먼저 온 사람들이 있나 봅니다."

저녁을 먹고 회당 대문 앞에 이르러도 아직 날이 저물지 않았다. 위 아래채와 헛간까지 다 합쳐 열다섯 간인 보통 집치고는 대문이 튼튼했다. 그 점이 맘에 들어 구입했다. 살림할 것이 아니므로 살림살이를 갖추지 않았다. 무기말고는 지킬 것이 없는 집이라 청지기를 둘 필요도 없었다. 하속 없는 게 얼마나 편한지 몰랐다. 보통 잠가두는 대문을 열기 위해 월담을 해야 하는 불편쯤은 하속 없는 자유에 비하면 아무것도 아니었다. 오늘은 회합날이라 일찌감치 대문이 열려 있다. 위채 대청 기둥에 등불이 걸렸고 대청에는 정치석과 고인호와 연진용이 앉아 있다가 반긴다.

"어서들 오게."

어디서 어떻게 구했는지 술이 들었을 게 분명한 자라병을 가운데 두고 있다. 김문주는 대청에 올라앉으며 자라병을 가져다가 주둥이에 코를 대본다. 술내가 나므로 마개를 열고 크게 한 모금을 마시니 입안에 불이 나는 것 같다. 고농도의 소주다. 김문주는 진저리를 치며 자라병을 한부루한테 건넨다. 한부루가 몇 모금을 마시자 고인호가 한소리 한다.

"목숨 걸고 구해온 셈인데, 아껴 먹자고! 나중에 올 사람들도 한 모금씩 마시게 해야 하고."

다들 낄낄거리는데 병을 내려놓고 입가를 훔친 한부루가 말한다.

"나리들, 근자에 송교에 나타난다는 여인에 대한 소문을 들으셨습니까?"

송교의 여인 귀신에 관한 소문은 포청 순라군들에 의해 퍼진 것 같았다. 문주는 엊그제 밤 끼고 잔 기생한테서 송교 귀신 얘기를 들었다. 하필이면 송교인가 싶었다. 송교가 김강하를 쓰러뜨린 다리인지라 께름칙했던 것이다. 한편으로 김강하 귀신만 아니라면 무슨 상관이랴 했다. 정치석이 나선다.

"한밤중이나 새벽에 송교에 나타난다는 여인 귀신 말인가?"

"귀신이 아니라 진짜 여인이던데요? 그것도 절세가인이요."

"자네가 직접 봤어? 언제?"

"사흘 전에 제가 오후 번이어서 이경 중시 참에 교대하고 집에 가다 송교에 이르렀는데, 송교 난간에 등불 하나가 올려졌고 그 앞에 여인이 서서 컴컴한 시내를 내려다보고 있더라고요. 소복에 흰 쾌자를 걸치고 머리에 흰 만선두리를 쓰고 손에 낀 수갑도 희었어요. 겨울 다 지나 천지에 꽃이 피었는데 만선두리에 수갑이라니. 첨엔 저도 정말 귀신인 줄 알았죠. 그 앞날 송교 귀신 이야기를 들었거든요. 제가 들은 귀신은 주작처럼 온통 붉은 빛으로, 주작 날개 형상의 붉은 옷을 입고 날 듯이 걷더라는 것이어서 웃고 말았는데, 그제 밤에 제 앞에 나타난 귀신은 하얀 옷을 입은 여인이었던 거죠. 그것도 사람 홀리고 남을 것처럼 앳되고 아리따운 여인이요. 등불에 비친 얼굴이 어찌나 정교하게 생겼던지요. 사람이라기보다 선녀인가 싶을 만치 어여쁘더라고요. 설령 귀신이라 해도 저 정도면 데리고 살겠다 싶었고요."

고인호가 탄식하듯 묻는다.

"정교하게 생긴 여인이라고? 그 여인이 혼자 있었어?"

"아니요. 그 여인 뒤편으로 시녀인 듯한 여인이 있고 다리 건너에 가마며 가마꾼들, 하속으로 보이는 남정 둘이 있었습니다."

김문주가 묻는다.

"그 여인이 게서 뭘 했는데?"

"그저 한참을 서 있다가 돌아서더군요. 시녀가 등불 들고 따라 걷고 여인이 가마 안에 들어앉으니 가마가 동령동 길로 들어가데요. 호기심에 따라가 보려는데 여인의 하속들이 노려보는 바람에 아서라, 따라가서 뭐하냐, 하고 돌아서고 말았죠. 인경이 머지않은 시각이기도 했고요."

술 한 모금 마시고 진저리를 치고 난 연진용이 거들고 나선다.

"그 여인이 주작처럼 붉었다는 그날, 제가 봤는데요, 엿새 전에요."

정치석이 놀라 소리친다.

"어디서?"

"어디서라니요, 송교에서죠. 제가 그 주작을 본 건 석양녘이었어요. 온통 붉은 옷을 입은 게 아니라 생명주 치마저고리에 받쳐 입은 쾌자가 다홍빛이고 머리에도 다홍빛 나는 걸 쓰고 있었는데 석양에 비쳐서 새빨개 보이는 것 같았어요. 앳되고 아리따운 건 맞는데 제가 볼 때는 난간에 기대 시내 위쪽을 향해 서서 울고 있더라고요. 여인 뒤에서 쓰개치마를 팔에 걸친 시녀 행색이 감싸듯이 서 있고 송교를 건너는 사람들은 여인을 비켜 조심스레 걷고요. 저도 조심스레 지나쳤죠. 역시나 가마꾼들이며 남정 하속 두 명이 있었고요."

고인호가 단정하듯 뇌까린다.

"김강하의 내당인가? 선인부인 은씨?"

김강하가 대전에서 나오다 참사를 당한 덕에 추훈되어 정육품이 됐다. 그 내당도 외명부 정육품의 선인宣人부인이 되었다. 정치석이 손사래 치며 나선다.

"인경 가까운 시각이든 해 질 녘이든 반족부인이 쓰개를 걸치지도 않고 길거리에 서 있다는 게 말이 돼? 더구나 과부가 붉은 옷을 입고? 그럴 리가 없잖아!"

고인호가 반론한다.

"사람을 홀리고도 남을 절세가인이라잖소. 몇 해 전 김강하의 내당이 빈궁전에 들고 나서 도성에 퍼진 소문이 그거 아니었소? 앳된 얼굴의 절세가인! 우리 도성에서 절세가인이라는 말을 들은 적 있는 여인이 김강하 내당 말고 달리 있나?"

"그때가 벌써 다섯 해 전인데, 김강하의 내당이 못해도 스물다섯 살은 됐을 텐데 아직도 앳될 수 있나? 게다가 그 무렵에 김강하의 내당이 빈궁전의 부름을 받고 입궐하다가 사라져서 소전과 빈궁전이 한차례 난리를 피운 적이 있어. 이후 김강하 내당이 죽은 것 같다는 소문이 돌았는데 그 무렵 김강하가 목석처럼 지낸 행태로 미루어

보면 소문이 사실이었던 것 같고. 그 무렵에 내가 익위사에 있었기 때문에 알잖아."

"그때 죽지 않고, 죽은 듯이 지냈나 보지. 그리고 나이보다 더 들어 빼는 얼굴이 있고 덜 들어 빼는 얼굴이 있잖아. 김강하의 내당은 덜 들어 빼는 얼굴일 수 있고. 뭐 어쨌든 송교 귀신이 절세가인이라니 김강하의 내당이 맞는 것 같네!"

"당시 내가 본 김강하의 내당은 그저 젊고 어여쁜 정도였지 절세가인이라고까지 말할 용모는 아니었어."

송교에 나타나는 귀신같은 절세가인의 정체가 무엇이든 상관없는데, 절세가인이 김강하의 내당이 아닐 것이라는 정치석의 어조가 사뭇 완강하다. 왜 이러는 게지? 의문을 품는 동시에 의문이 풀린 문주는 웃는다. 당원 여덟 중에 김강하의 내당을 본 유일한 사람이 정치석 아닌가. 정치석은 지금 같이 취한 것은 똑같이 나눈다는 당의 규칙을 무시하고 김강하의 내당이 제 계집이기라도 한 것처럼 숨기고 든다. 제가 김강하의 내당을 본 건 단원으로써가 아니므로 너희들이 관여할 일 아니라고 주장하는 셈이다. 가소롭게도. 자신이 김문주나 고인호와도 비교할 수 없게 격이 높다는 걸 과시하고 있다.

정치석은 명문 벌족 집안의 일원이다. 그의 백부는 영의정까지 지내다 여러 해 전에 작고한 정우량 대감이고, 정 대감의 아들이 오래전에 죽고 없는 화완 옹주의 부군 일성위 정치달이다. 중부는 평양 감사를 거쳐 좌의정까지 지내다 작년에 작고한 정휘량 대감이다. 정치석의 부친이 관직에 오르지 못한 건 어릴 때부터 몸이 약해 글공부를 제대로 못했기 때문인 듯했다. 글공부를 몹시 중시하는 금상은 과거에 급제하지 않고 관직에 들어선 관헌들을 신뢰하지 않거니와 높은 품계를 내리는 일도 드물다. 문주의 부친이 종이품직인 금위대장까지 오른 건 순전히 부원군인 덕이었다. 그러므로 지금 정치석은 김문주 집안을 하시하고 있는 것이다. 되지못하게. 한부루가 두 팔을 휘저으며 나섰다.

"보십시오, 나리님들. 송교에 나타나는 여인이 절세가인인지 아닌지보다, 그 여인이 김강하의 내당인지 아닌지가 더 중요한 거 아닙니까?"

"그게 무슨 뜻이야?"

고인호의 반문에 한부루가 생각을 정리하는 것처럼 제 손가락 관절을 뚝뚝 꺾어대고 나서 입을 연다.

"절세가인 형상의 여인이 송교에 나타난다는 소문이 온 도성에 퍼지면 그이 정체가 무엇이든 사람들은 김강하의 내당이라고 여길 겁니다. 그럴 제 사람들은 그 부인이 어찌 그곳에 가서, 귀신도 홀릴 만한 얼굴로 처연히 서 있는지, 따져 볼 거 아닙니까? 김강하가 그곳에서 어떻게 죽었는지 상기할 것이고요, 누가 왜 그를 죽였는지도 새삼 생각하게 되겠지요. 그들이 생각해 봤자 우리한테까지 미치지는 않겠지만, 우리도 편할 건 없고요."

한부루는 만단사령의 보위로써 김강하와 함께 연경을 다녀온 일이 있다. 가까운 사이는 아니었어도 석 달 넘게 일행으로 지냈다. 가끔 말도 섞었다. 연경에 같이 가기 전에도 그의 동태를 살피느라 몇 달 동안이나 뒤를 따라다녔다. 어떻게 된 놈이 모자란 게 하나도 없어 보이는지, 선망하며 신기해 했을지라도 그를 질투했던 것 같지는 않다. 질투하기에는 그가 있는 곳이 너무 높았다. 그런 그를 쏜 것은 명화단 일원이기 때문이었다. 김강하는 여러 해 전에 만단사령 보위대장인 정효맹을 그림자도둑으로 지목하고 잡아내지 않았는가. 그가 살아 있다면 오래지 않아 소전사태에 가담한 자들을 모두 잡아낼 것이었다. 사흘이 멀다 하고 김제교 집에 모여 수십 장씩의 벽서를 쓰고 붙이고 달아나길 두 달 넘게 했다. 세자가 역모를 꾸미노라고 때지 않은 굴뚝에 연기를 피웠다.

동료들과 함께 한 일인지라 세자를 치운 것에 유별난 감상은 없었다. 김강하를 쏜 건 내도록 편치 않았다. 더구나 만단사령을 등지고 사는 건 불안하고 불편했다. 만단사령의 보위대장이었던 홍남수를 따라 이들과 어울리기 시작했는데 홍남수는 세상에서 사라졌고 사령은 남아 있지 않은가. 만단사령 보위부에 있을 때 조장이었던 황동보가 도성살이를 거부하고 향리에 머물고 있었다. 부루가 이태 전 겨울에 강경을 찾아가 황동보한테 금위대에 들지 않겠냐고 물었다. 장사치가 다 된 그가 고개 저으며 물었다.

"태감께 허락을 구했나?"

"밥벌이를 하는 것뿐인데 태감께 허락을 구해야 하는 거요? 더구나 태감께선 아무 의지를 가지실 수 없게 됐는데?"

"부사령이 계시잖아? 그분께라도 허락을 구해야지."

"부사령은 보위부를 해체했잖소?"

"사령보위부가 해체되어 우리가 태감을 직접 모시지는 않을지라도 우리는 그분을 몇 년씩이나 모셨던 사람들이야. 앞으로도 언제든 태감께서 부르시면 따라야 하고. 그럴 제 사령과 부사령의 허락 없이 금위대에 드는 건 도리가 아니라고 봐. 나는 도성에서 지내는 자네들이 금위대에 들어 무얼 하려는지 모르겠지만 무엇이든 사령을 위해危害하는 일이면 안 되지 않는가, 내 생각은 그래. 자네도 조심해야 할 거야."

그때는 사령을 위해한다고 여기지 않았거니와 황동보와 자신의 처지가 다르다는 서운함 때문에 그의 말을 허투루 들었다. 김제교와 함께 죽었는지 사라졌는지 모를 원석호가 거북부 출신인데도 동보를 따르지 않고 금위대에 들고 명화당이 됐던 까닭도 처지가 다르다는 열패감 때문이었을 것이다.

그때도 달랐던 한부루와 황동보의 처지가 지금은 하늘과 땅만큼이나 달라졌다. 작년에 그를 찾아가 무기를 구입할 때 자리가 곧 사람이라는 사실을 부루는 절감했다. 황동보는 이제 사령보위부의 한 조장이었던 그가 아니었다. 막강한 권위와 물리력을 지닌 강경상단의 제 이인자이자 무기 행단의 행수였다. 더하여 한 달 전에는 그의 형 황동재가 거북부령에 올랐다. 황동재와 함께 거북부령 후보로 추천됐던 한태루는 자파自派라 여겼던 일귀들로부터 배신을 당하고 떨어졌다던가. 한태루는 사람을 끌어들일 만큼 품이 너르지 못하므로 부령이 되지 못한 건 당연했다.

그 문제와 별도로 요즘 부루는 지난 삼사 년 동안 해온 일이 사실상 사령에 대한 배반이었다는 생각이 들어 불안했다. 사령이 제자리로 돌아오기는 영 글렀다고 여긴 게 오판이었던 것이다. 사령께선 당신의 건재함을 온 만단사에 선포하려는 것처럼 산정평 대회합을 선언했다. 각부 부령과 팔도의 일급사자들은 각 두 명씩의 호위를 달고 산정평에 모이라는 명이 내려 있었다. 한부루는 이급이므로 한태루가 호위로 따르라 하지 않는 한 산정평에 갈 수도 없었다. 갈 수 없는 걸 다행으로 여기고 있을 때 한태루로부터 송도 집으로 오라는 기별이 왔다. 한태루가 거북부령에 나섰다가 떨어진 직후였다. 도성에 왔을 때 한번 보자고 할 만도 한데 그냥 송도로 돌아가서는 부러 인편을 보내오다니. 송도에 내 집이 있기는 한가. 일평생 개산정에서 자식 대접을 받지 못했거니와 셋째 첩실이었던 모친이 그리 많지도 않은 나이에 병들어 작고해 버린 마당이었다.

한태루의 말을 들을 까닭이 없으나 부루는 송도로 갔다. 한태루가 부루한테 금위대에서 물러나 개산정으로 들어와 장사를 배우라 했다. 이제 와서 장사라니. 어이없었으나 생각해 보겠노라 답했다. 금위대에서 물러나기로 결정하면 이월 말까지는 돌아오겠다고 덧붙이고 물러났다. 도성으로 돌아와 내자한테 그 말을 했더니 질색했다.

"이제 가 봐야 본가의 종 노릇밖에 더해요? 나는 못 가고, 안 가요. 갈 테면 이녁 혼자 가세요."

부루는 개산정으로 못 갔고 안 갔다. 개산정과 완전히 끝난 것이었다. 시원섭섭할 줄 알았더니 불편하고 불안했다. 그렇게 가뜩이나 불안한 마당에 김강하의 내당일지도 모르는 송교 귀신이 나타나 설치므로 부루의 심사가 요즘 복잡했다. 김강하의 내당이 절세가인이건 아니건 부디 눈앞에 나타나지 않았으면 싶었다.

"그건 그렇지."

한부루의 생각에 김문주도 공감한다. 선인부인 은씨가 귀신 노릇을 하는 까닭이 단순히 제 지아비에 대한 조상弔喪이라 할지라도 명화단원들한테는 이롭지 못하다. 사람들 입질에 오르내리면 소문이 사실로 변하기도 한다. 명화단이 중심이 되어 흘린 소전에 대한 온갖 소문들이 그를 미치게 하고 대전을 미치게 했다. 소전이 은밀하게 군사를 키운다, 소전이 무기를 사들인다, 소전이 수구를 통해 경희궁을 범하려 한다는 둥. 매형인 김제교의 집에서 써댄 그 많은 벽서들에 빠지지 않고 들어간 문구가 소전의 역모에 대한 것이었다. 소전이 범할 수 있는 유일한 죄가 역모이기 때문에 소문을 만들어 내며 죄 또한 만들었다. 의도대로 금상이 아들을 죽여 주었다. 이제 송교의 계집이 김강하의 내당이라는 소문이 나면 김강하를 죽인 사람들에 대한 구구한 말들이 떠오를 테고 그 말들이 가리키는 곳은 결국 금위대장과 그 아들과 주변이 될 것이다.

"먼저들 와 계시네!"

대문 쪽에 인기척이 나더니 홍남선과 엄석호와 박두석이 들어온다. 맨 나중에 들어온 박두식이 대문을 닫고 빗장을 지른다. 장정 여덟이 올라앉으니 대청이 좁다. 엄석호가 왼쪽 방으로 들어가더니 등불을 켜서 나온다. 홍남선이 오른쪽 방으로 들어가 자라병 두 개를 들고 나온다.

"술이 어디서 났어?"

고인호의 질문에 홍남선이 흐흥 웃고는 답한다.

"꽤 오래전에 어머니가 빚었던 거예요. 우리 형님이나 제가 집에서는 술을 마시지 않으니까 여태 남아 있었죠. 어젯밤에 집에 있다가 갑갑해, 이리 오면서 광에 있는 걸 들고 나왔어요. 흥이 나지 않아서 두어 모금 마시다 푹 떨어져 잤고요. 그나저나 무슨 얘기 중이었던 거예요?"

한부루가 앞서 얘기 나눈 내용을 설명한다. 세 사람도 소문을 들었던지 한부루의 말을 중간 중간 거드는데 송교의 여인을 보았다는 시각이 각기 다르다. 홍남선이 제 처로부터 들었다는 소문은 송교 여인이 새벽에 북쪽을 향해 절하는 모습이고, 엄석호가 들은 소문의 여인은 한낮에 가마 옆에 있었다. 박두석은 한부루처럼 직접 봤는데, 여인은 초저녁에 송교 난간에 기대서서 염불 같은 걸 중얼거리고 있었다.

"그 계집인지 귀신인지가 송교에 처음 나타난 게 얼마나 됐지?"

김문주의 질문에 연진용이 고개를 갸웃하다 대답한다.

"우리가 다 각기 들었을 만큼 소문이 퍼지고, 우리 여덟 중 세 사람이 목격했을 정도면 한 달은 됐지 않을까요?"

소문은 소문의 주인공이 누구인가에 따라 퍼지는 속도가 다르다. 생전의 소전에 대한 말이 퍼지는 속도는 태풍과 비슷했다. 소전에게 발견되어 익위사로 들어섰던 김강하도 하는 일마다 풍속風速으로 소문이 나던 자였다. 그의 얼굴을 모르는 태반의 자들 중에 그의 이름을 모른 사람은 없었다. 소전의 생애 마지막 두 시간을 함께 있었던 충성스런 신하! 그로 하여 소전과 함께 죽임을 당한 의리의 사나이.

그런 김강하의 내당이 거리로 나선 걸 누군가 알았다면 소문이 퍼지는 데 한 달이 아니라 이삼 일이면 충분하다. 송교 여인이 김강하의 내당이든 아니든 도성에는 이미 김강하를 죽인 흉적들이 누구인지 유추하는 말들이 안개처럼 떠돌고 있는 것으로 봐야 한다. 당원들이 소문을 한 귀로 듣고 흘리는 사이에 번질 만큼 번진 것이다. 당장 막지 않으면 시끄러워질 수 있다.

고인호가 손바닥을 두 번 부딪치곤 입을 연다.

"우리끼리 백날 떠들어 봐야 무슨 소용이야. 언제부터 나타났건 무슨 상관이고. 송교의 절세가인이 은씨라면 이제 그만 나타나게 해야지. 그가 은씨가 아니라고 해도 그만 나타나게 해야 하고."

"어떻게 말입니까?"

박두석의 질문에 고인호가 씩 웃는다. 글공부하기 싫은 건 여기 있는 사람들과 똑같은 고인호지만 잔머리 굴리는 데는 그가 탁월하다. 작년 윤오월에 금위대 무기고에서 총을 들어내자는 발상도 그에게서 나왔다. 사실상 그의 부친인 좌위군장 고억기와 좌위검관 민지완, 중위검관 국치근의 묵인 속에서 이루어진 일이고 그 위에 금위대장의 작용이 있긴 했어도 첨에 입을 뗀 건 고인호였다. 강도질로 얻은 금품을 똑같이 나누자는 것이며 명화단원으로 뭉쳐 있을 때는 신분을 따지지 말자는 어엿한 말도 그가 먼저 했다. 그 덕에 결속이 단단해졌다.

"송교야 엎어지면 코 닿을 곳인데 지금 두 사람이 가 보면 어때요? 혹시라도 그 여인이 거기 있다면 한 사람은 여인을 지켜보고 한 사람은 냅다 뛰어 이리 오고. 그러면 우리가 다 같이 가 보는 거죠."

"우리가 다 같이 갔는데 그 여인이 거기 있다면, 어찌하게?"

문주의 질문에 고인호가 어깨를 으쓱하고는 답한다.

"그 주변에 하속이 몇이나 있는지 상황 봐서 제압하고 이리 데려, 아니 모셔오는 거지. 거리에서 어려울 것 같으면 그의 뒤를 쫓아서 집을 확인하고 밤에 그 집으로 들어가 여인한테 이제 송교에 그만 나타나라 당부하고."

연진용이 물었다.

"그 여인이 순순히 우리 말을 들을까요?"

"듣게 해야지. 듣지 않을 수 없게."

표정이 험악해진 정치석이 소리친다.

"그게 무슨 뜻이야?"

"보쌈을 해오는 거지."

"말이 돼?"

"안 될 까닭이 없잖아? 계집이 한두 번도 아니고 수시로, 절 잡아 잡수라는 듯이 대로에 나타나잖아. 그걸로도 모자라 얼굴을 훤히 드러내고!"

"그 여인이 진짜 김강하의 내당이라도?"

"그 여인이 진짜 김강하의 내당이면 과부잖아. 제 서방 죽은 지 일년도 안 된 과부가 서방을 따라 죽지는 못할지언정 집안에서 소복입고 죽은 듯이 지내야지 얼굴 내놓고 대로에 나서서 그게 무슨 짓거리야?"

"그 여인이 무슨 짓을 했는데? 그저 다리에 서서 잠시 시내를 쳐다보다 돌아가는 것뿐이라잖아. 그것도 혼자가 아니라 하속들을 달고 나타나서."

"그 행태 자체가 계집 스스로 몸을 내놓은 것과 다름없지. 쓰개치마를 뒤집어쓴 것도 아니고 반반하다는 얼굴 다 내놓고! 그게 저를 봐 달라는 거고 어찌해 달라는 것 아니야? 그러니까 그이를 고이 모셔다가 샅샅이 벗겨 놓고 돌아가면서 우리를 바쳐 주지, 뭐. 그가 원한다면 우리 중에 하나를 선택하게 해서 평생 데리고 살아 주던가. 혹은 우리가 공동으로 데리고 살아도 좋겠지. 여기다 살림 차려 주고. 우린 날마다 번갈아 와서 실컷 품어 주고. 어쨌든 계집이 다시는 송교로 나서지는 않을 거 아니겠어?"

"이봐, 고인호. 우리가 아무리 명분 없이 사는 족속이 되었다손 어찌 그런 말까지 해? 명색이 사내에 벼슬아치로서 창피하지 않아?"

정치석이 이를 악물듯 낮게 내뱉는데 분수 모르는 고인호가 깝죽거린다.

"우린 어차피 명분 없이 살게 된 족속들이야. 앞으로 어찌 산다 해도 이미 글러먹었다고. 그런데도 할 일이 없고, 할 수 있는 것도 없어. 이런 판세에 재미나 좀 보자는데 뭐가 문제야? 우리라고 절세가인 품지 말라는 법 있어? 그 가랑이 사이에 들어가지 말라는 법 있냐고!"

순간 정치석의 몸이 앉은 채 날아오르는가 싶더니 고인호를 덮친다. 권전 거리에서 통하는 그의 별명이 흑호인 까닭은 몸피가 큼에도 워낙 날쌘 데다 주먹이 세기 때문이다. 주먹으로는 철권인 홍남선과 우열을 가리기 어렵되 몸이 날째 권전장에서 붙으면 흑호가 이기는 일이 더 많다. 그런 흑호가 단원 중에 몸집이 제일 작은 고인호를 타고앉아 주먹을 사정없이 휘둘러댄다. 그를 말리느라 홍남선과 한부루와 엄석호가 뒤엉키자 대청이 삽시간에 난장판이 된다. 세 사람이 정치석을 떼어 들어내는데 고인호의 코가 부서졌는지 피가 줄줄 흐른다. 입술이 터졌고 왼 눈썹 위도 찢어져 얼굴이 피범벅이다. 정치석이 자신을 붙든 세 사람을 털어내며 소리친다.

"우리가 아무리 개같이 살게 되었어도 할 짓이 있고 하지 말아야할 짓이 있는 거 아니야? 어쨌든 부모가 계시고 처자식이 있잖아. 우리가 이처럼 개같이 살다가 죽으면 우리 처들은 과부가 돼! 과부된 우리 처들이 우리 같은 놈들한테 납치돼서 돌림치기를 당하게 된다면 어떨 것 같으냐? 네가 죽은 뒤, 네 처, 네 딸이 너를 그리느라 송교에 서 있다 치고 우리 같은 놈들이 잡아다가 돌려치기를 하면 어떨 것 같냐고. 이 개같은, 개보다 더러운 잡놈아! 너와 어우러지는 나는 네놈보다 더러운 잡놈이다."

정치석이 자신의 뺨을 사정없이 친다. 고인호는 아직 정신을 못차려 제대로 듣지도 못하므로 정치석이 한 말은 결국 단원들을 향해 한 소리다. 개보다 더러운 잡놈들! 한껏 악다구니 쓰고 제 뺨까지 치고 난 정치석이 마루에 놓인 술병을 냅다 걷어찬다. 마당 건너 담장까지 날아가 깨지는 술병을 잡으러 나서듯 대청을 내려간다. 신발을 꿰며 옷깃을 바로잡더니 마당에다 침을 칵 뱉고는 성큼성큼 걸어 대문 밖으로 나가 버린다. 김문주가 연진용한테 따라가 보라 눈짓하자 그가 한숨을 쉬고는 따라나간다.

엄석호가 한숨 쉬는 대신 곁에 나뒹구는 자라병을 집어 마개를 뽑더니 벌컥벌컥 들이켜고 한부루한테 건네준다. 한부루가 술병을 받으며 고인호한테 눈 뜨지 말라고 하면서 상처 부위에다 술을 들이붓는다. 고인호가 비명을 지르곤 팔을 내저으며 일어난다. 소매로 얼굴을 닦고 눈을 뜨더니 쌍욕을 퍼붓기 시작한다. 개새끼 소새끼 말새끼. 지에미하고 붙어먹을 새끼! 이 정도면 명화단도 끝이구나. 부루는 빈 술병의 마개를 닫으며 생각한다. 사람같이 살자고 시작한 일이 개같은 짓으로 변했고 다 같이 개보다 못한 잡놈들이 되어 있지 않은가. 더 이상 같이 있을 필요가 없는 것이다.

정치석은 연진용이 뒤따라 나온 걸 느끼곤 당피골 주막 근방에서 걸음을 멈춘다. 미행하자는 의도는 아니었던지 연진용이 다가든다. 정치석이 입을 열기 싫어 그냥 걸으니 연진용도 곁에서 묵묵히 걷는다. 연진용은 신분차이에도 불구하고 고인호와 동무다. 지금 그가 따라온 건 고인호를 변호하고 화해시키려는 의도이다.

명화단을 배신하면 죽는다는 규칙에 동의했고 배신하지 않으려면 화해를 하긴 해야 한다. 풀기는 풀어야 하되 오늘 밤은 절대 아니다.

정치석은 지금으로서는 고인호는 물론 김문주 꼴도 보고 싶지 않다. 오 년 전 김강하의 내당이 궐에 들어갔다 나온 밤에 그를 건드려 보자고 말했던 사람은 김문주였다. 당시에 김제교가 부추겼다고는 해도 삼내미 집을 찾아가 보자거나 가능하면 건드려 보자는 말은 김문주가 먼저 했던 걸 정치석은 똑똑히 기억한다.

사내들이 여인을 건드린다는 말은 곧 겁탈을 의미한다. 보쌈은 납치다. 더러는 재가할 수 없는 과부가 혼자 살아야 하는 팔자를 벗으려고 사전에 계획하여 보쌈 당하는 형식으로 새 삶을 향해 나서는 경우가 있다지만 보통 보쌈은 약취며 납치다. 납치해다 놓고 온갖 짓을 한 다음 죽이는 것이다. 오늘 고인호를 부추긴 건 김문주였다. 고인호는 잔머리 굴리며 나불거리기 좋아하는 단순한 악당이지만 김문주는 사악하다. 명화단은 사실상 곤전의 큰오라비이자 금위대장의 아들인 그의 수하에 들어 그의 뜻대로 움직이고 있었다.

김문주를 따르면 앞길이 훤히 열릴 것 같았다. 정치석이 익위사에서 떨려 막막했을 때 금위대 우위군관 자리를 내준 게 금위대장이므로 탄탄대로에 올라선 게 맞았다. 그들의 권력이 쪼그라들 일은 없었다. 쪼그라들지 않기 위해 할 짓 못할 짓을 다할 것이고 그 짓을 하기 위해 명화단이 존재했다. 김강하를 쏠 때나 도적질을 하고 다닐 때 별 가책도 없었다. 나름 살기 위해 금위대장의 수하가 되었고 그 연속선상에서 자연히 하게 된 일이었다. 돌이킬 수 없는 수렁에 깊숙이 빠져들었다는 것을 근자에야 겨우 느끼게 되었다. 꿈 때문이었다.

요즘 꿈에 소전이나 김강하가 자주 나타났다. 무명옷을 걸친 소전은 생전 모습과 똑같았다. 꿈속에서 소전은 누굴 향해서도 눈을 부라리거나 고함치며 저주하지 않았다. 그저 휘령전 마당의 화살 같은 햇발 아래 맨발로 서서 말간 눈으로 정치석을 바라보거나 정치석을 등지고 뒤주 쪽으로 걸어가거나 했다. 아무리 하던 그날 몇 시간의 실랑이 끝에 휘령전 마당의 맨땅에 엎드려 있던 소전이 아주 느리게 일어났다. 일어나 장내에 있던 족속들을 한 명 한 명 확인하듯 찬찬히 쳐다보았다. 마침내 자신에게 소전의 눈길이 왔을 때 정치석은 아차 싶어 고개를 숙였다. 이미 눈길이 마주쳐 버린 뒤였다.

소전을 풀 무덤 속에 넣어두고 지냈던 여드레 동안 정치석은 숨이 막히는 것 같았다. 그 중간에 김강하가 소전을 보러왔을 때는 등골이 서늘했다. 소전이 휘령전에 들기 전에 두 시간이나 같이 보냈던 김강하였다. 그는 이미 반소전파들의 표적이었다. 그럼에도 그는 그 만인환시萬人環視의 자리에 나타났고 풀 무덤에 바싹 다가들어 엎드렸다. 풀 무덤 안에서 나는 소리는 듣지 못했으나 김강하는 몇 번이고 저하를 부르며 무슨 얘긴가를 나누었다. 무슨 저런 놈이 다 있나. 김강하가 얼마나 밉든지 엎드린 그의 등짝에 칼을 꽂고 싶었다. 그 때문에 김강하를 죽이자는 말에 서둘러 동조했는지도 몰랐다. 소전의 마지막 눈길이 김강하한테 이어져 있을 것 같아서.

요즘 정치석은 스스로 뒤주 속으로 들어가던 소전이 느꼈을 그날의 치욕이 덮쳐들면 추워서 꿈이 깨고 잠도 깼다. 소전의 풀 무덤 옆에 엎드려 저하를 부르던 김강하가 등을 펴고 일어나는 모습에 놀라 깨기도 한다. 다시 잠들기 마련이지만 아침에 일어나면 어떤 것에도 떳떳하지 못했다. 큰댁에 가서 제사상에 절을 하거나 자신의 집에서 모친 앞에 앉아 있거나 어린 자식들을 마주하거나 안해를 안을 때, 비루했다.

조금 전에 고인호한테 그토록 화가 난 까닭도 다르지 않았다. 그들은 도적질을 함께 하듯이 김강하의 내당을 함께 짓밟자는 것이었다. 정치석은 홀로 김강하의 내당을 갖고 싶었을 뿐이다. 자신과 그들이 다르다 할 수 있는가. 다섯 해 전 함인정 뜰에서 선인부인을 본 순간 반했다. 안해를 품으며 그를 상상하고, 그를 사모한다. 그를 과부로 만든 것에 대해 속으로라도 속죄하며 아껴주고 싶다. 그를 품으려는 게 아니라 그가 잘 살아가기를 멀리서라도 지켜보고 싶은 것이다. 자신에게 별 핑계를 대 봐도 결국은 선인부인을 혼자 차지하고 싶은 욕망이었다. 그 욕망, 탐심을 스스로에게 들킨 건 물론이려니와 내 것, 내 사람이 능욕 당하는 것 같은 치욕감에 주먹을 휘두르고 말았다. 내 먹이를 뺏어가려는 다른 개들 앞에서 이빨을 드러내며 으르렁거리는 개 꼴이었다.

"댁으로 가실 겝니까?"

연진용이 송교 앞에서 물었다. 송교는 어둡다. 여인은커녕 당장은 지나는 사람 하나 보이지 않는다. 정치석의 집은 수진동에 있다. 송교 건너 육조거리 지나 경복궁에서 삼청골로 뻗은 대로를 타고 약간만 걸으면 되었다. 지금 정치석은 집으로 가고 싶지 않다. 비연재에 들러 봐야겠다는 생각이 든다. 가 봐야 과부인 집주인을 만날 수도 없을 테지만 그가 그곳에 살고 있는지 확인이라도 하고 싶다.

"아니, 삼내미로 들어갈 볼 참이네. 그 집 가서 하속들한테라도 말하려고. 혹시 이 댁 아씨가 송교에 나타나는 그 여인이라면 앞으로 그리하시지 않게 하라, 당부나 해두려고. 사특하고 포악한 놈들이 잔뜩 겨누고 있으니 조심시키라고. 그러니, 자네는 회당으로 가서 내 이 말을 전하게."

"화나신 건 이해하겠습니다만 그렇게 말씀하실 것까지는 없지 않습니까? 그러려고 따라온 거 아닙니다. 이왕 이리 된 김에 저도 같이 가는 게 어떻겠습니까?"

"그렇건 저렇건 뭣 때문에 따라나왔나?"

"우리가 그런 짓까지 하지는 말아야 한다는 나리 말씀에 저도 공감합니다. 우리가 잘 살아 보자고 한 일이 돌이킬 수 없는 수렁에 빠진 것처럼 되었지만, 할 짓과 아니해야 할 짓은 가려야 길게 살 수 있겠죠. 고 참봉도 말하다 보니 커져서 그렇지 진정 그런 뜻은 아닐 거라고 믿고요. 어쨌든 우리는 아무 짓도 아니하겠지만 선인부인이 송교의 그 여인이라면 말리기는 해야지요. 다른 자들도 넘볼 수 있으니까요. 그리고 우리 단을 위해서는 나리 혼자 가시는 것보다 저랑 같이 가는 게 나을 것 같습니다. 겨우 이런 일로 우리가 깨질 수는 없지 않습니까."

"우린 작당해서 살인하고 강도질한 것이지 의기나 우애로 뭉친 게 아니야. 깨지고 말 것도 없는 거지. 작당은 개처럼 얻어먹을 것만 있으면 언제든지 하는 거고. 그러다 어느 날 한꺼번에 훅 꺼지겠지. 김제교처럼, 김문주 네의 가병들처럼. 그자들도 우리 같은 개들이었던지라 그자들이 죽었는지 살았는지 궁금해하는 사람도 없잖아?"

"자꾸 그리 말씀하지 마십시오. 그럼 우리가 뭐가 됩니까?"

"우리가 뭐가 더 돼? 작은 임금을 죽이는 데 앞장서고, 총질하고, 강도질한 게 결국 개 노릇인데 더 내려갈 바닥이 어딨어?"

"자꾸 이러시깁니까, 나리?"

명화단을 깨자면 김문주를 죽이면 되는 것이지 연진용한테 지랄할 일은 아니다. 정치석은 한숨을 대신해 내뱉는다.

"어쨌든 같이 가 보던가."

송교를 건너 오른편의 동령동 길로 접어든다. 삼내미와 동령동과의 경계를 나누는 큰길 동쪽의 골목 안에 김강하의 집이 있다. 양쪽에 세 채씩의 집을 거느린 골목의 막다른 집. 김강하의 집 대문은 폐문표시가 돼 있다. 추녀 아래 양쪽 설주에다 긴 판자 두 개를 나란히 가로질러 못질을 해논 탓에 다리거리의 난간 같다. 밖에서 폐문 됐으므로 안에 사람이 없을 텐데 연진용이 문을 흔들며 이리 오너라, 하며 몇 번을 외쳐 본다. 반응은 골목 왼편 끝집에서 나왔다. 등불을 들고 대문 밖으로 나온 사내가 다가들며 물어온다.

"뉘십니까? 뉘시기에 빈집 앞에서 자꾸 주인을 찾으십니까?"

연진용이 뭐라 하기 전에 정치석이 나선다.

"나는 금위대에 있는 정치석이라 하오. 예전에 이 댁의 김 공과 세자익위사에서 함께 일했소. 그 식구한테 물어볼 게 있어 왔는데, 이 댁 비었습니까?"

"작년에 그 댁 서방님이 잘못되신 뒤에 아씨께서 다른 곳으로 가신 걸로 압니다."

"다른 곳 어디로 말이오?"

"소인이 그것까지는 모르지요. 그 댁이 거상 집안이라 도성 안에만 해도 처처에 점포며 집들이 있다고 했으니 그 어느 곳으로 옮겼던가, 아예 평양의 본가로 들어가셨는지도 모르고요."

"하속들은?"

"집을 팔고 떠났으니 하속들도 당연히 주인 따라갔지요."

"집을 팔았어요? 누구한테?"

"혜정원이 매입한 걸로 압니다."

"부인이 이쪽으로 돌아오신 적은 없소?"

"나리 발밑을 보십시오. 대문 밑에 풀들이 자랐지 않습니까. 폐문된 게 작년 여름입니다. 팔고 나가신 집으로 돌아오실 까닭이 없지요. 더구나 이 집에 사시면서 서방님을 그처럼 참혹하게 잃으셨는데 무슨 정이 있어서 잠시라도 돌아와 보시겠습니까."

"도성 안에 있다는 이 댁의 다른 집이 어딘지 아시오?"

"필동인가에 서방님의 본가 분들이 드나드는 저택이 있다는 말을 들었습니다. 서방님 장례도 거기서 치렀다고 했고요."

그런 사실은 정치석은 물론 단원들도 안다. 김강하의 장례는 사흘장으로 간소하게 치렀다. 상여는 필동에서 가장 가까운 진강포구로 나가 배를 타고 떠났다. 상여 실은 배와 같이 출발한 배가 다섯 척이었고 그 배들에는 사람과 말들이 잔뜩 실려 있었다. 그들은 아마도 임진나루까지 가서 배를 버리고 평양으로 갔을 것이다. 어쩌면 연안을 돌아 대동강의 어느 나루까지 그대로 갔을지도 모른다.

"알겠소. 여러 말씀 고맙소."

사내가 뭘요, 하고는 제 집으로 돌아간다. 정치석은 완강하게 닫힌 대문을 손바닥으로 쓸어 본다. 손길을 거부하듯 문짝 표면이 꺼칠하다. 선인부인이 이 집에 살지 않는다는 건 다행이고 송교의 여인이 선인부인이 아닐 수 있다는 건 더 다행인데 가슴팍에 대문짝만 한 구멍이 난 듯하다. 선인부인이 작년 그때부터 내내 평양서 살고 있다면 송교를 얼쩡거리는 여인은 대체 누구인가. 결국 필동 저택이나 도성 안 다른 집에서 살고 있던 그인가. 그이라면 어찌하여 하필 송교에서 도성의 이목을 사로잡고 있단 말인가. 차츰 알아볼 것이되 지금의 이 허전함은 어찌된 것인가. 선인부인을 지킨다는 핑계로나

마 명화단 패거리와 자신을 구분하고 싶었던가. 나는 개같은 종자가 아니라고. 사대부 집안의 아들로서의 당당함이 있노라. 그리 자신하고 싶었던가.

"그만 가지요."

중얼거린 연진용이 앞서 터덜터덜 골목을 걸어나간다.

꿈의 그림자

우동아는 수앙이 처음 반야원으로 왔을 때 호위로 명받았다. 수앙이 도솔사에 박혀 지낸 아홉 달간 곁을 지켰다. 수앙이 칠요가 되어 반야원으로 돌아온 날 칠요 지근보좌로 명받았다. 모든 일을 수앙과 함께 하게 됐다. 오원들이 수앙에게 사신계와 칠성부의 기나긴 역사와 칠요로서의 알아야 할 사안들에 대해서 강학할 때도 같이 공부했다. 오원들이 소임을 마치고 떠난 뒤 혜정원의 부원주인 수열재와 칠요 호위대장 능연이 훨씬 현실적인 사안들을 펼쳤다. 일천여 명에 달하는 사람의 신상파기였다. 허원정 사람들에 대해서는 훨씬 상세히 보고했다. 와중에 수앙은 이곤이 이온의 아우라는 걸 알게 됐다. 수앙은 몇 해 전 가마골 숲에서 이곤을 만난 적이 있다고 했다.

몇 해 전에는 아이였을 그가 헌칠한 청년이 되어 새벽부터 칠지 선녀를 찾아왔다. 열 달 만에 재개한 점사의 세 번째 손님으로 든 이곤은 우동아가 가리킨 건너편 자리에 앉아 복면 쓴 수앙을 뚫어져라 바라본다. 그와 한참 눈을 맞추고 있던 수앙이 입을 연다.

"도련님, 복채가 여섯 냥이라는 사실은 알고 오셨습니까?"

"칠지선녀의 복채가 여섯 냥이라는 말은 들었어요. 준비해 왔고요."

"복채부터 내셔야 점사가 시작된다는 것도 아시는지요?"

"아! 그건 몰랐네요. 지금 드리지요."

이곤이 은자 여섯 냥을 꺼내더니 다가든 동아한테 건넨다. 동아가 여섯 냥을 두 손바닥으로 받들어 수앙의 점상 위에 나란히 놓고 좌측 중간으로 물러난다. 수앙이 이곤을 향해 앉은절을 하고는 점사를 시작한다.

"여섯 냥 잘 받았습니다. 이제 도련님의 사주를 말씀해 주시겠습니까?"

"올해 열여덟 살이고, 삼월 보름날 신시 초경에 태어났다고 들었습니다."

"예, 도련님. 무엇이 궁금하여 오셨는지요?"

"저한테 이리 오라고 하셨지 않습니까?"

"누가요?"

"그제 밤과 간밤 꿈에 그대가 연이어 저를 찾아오셔서 이리 오라고 하셨습니다."

"제가요?"

"그대가요. 하여 제가 파루 소리에 깨서 성균관을 나와 여기 왔죠. 그렇잖음 제가 수유날인 이 새벽에 어떻게, 뭘 하려고 여기 앉아 있겠습니까?"

"도련님, 아니 선비님! 혹시 몽유 증세가 계십니까?"

"저는 꿈을 많이 꾸지만 몽유 증세는 없습니다. 제가 꿈꾸며 돌아다닌다는 말을 들어 본 적 없으니까요.”

“지금 하시는 말씀이 꼭 몽유 중이신 듯한데요?”

“기껏 제 꿈에 나타나시어 이리 오라 하시고서 그리 말씀하시면, 비겁하시지요.”

“저는 선비님 꿈속으로 찾아간 일이 없는데 그런 말씀을 듣자니 억울합니다.”

“오 년 전 초가을에 가마골 웃실 오름길 숲에서 그대가 저한테 용담화 세 송이를 주셨습니다. 미완의 그림에다 즉흥시를 써 주셨고요. 저는 그 그림을 족자로 만들어 제 방에 걸었습니다. 그대가 제시자인 늠이한테 주셨던 그림은 제가 늠이한테 사서 역시 족자로 만들었는데, 그 족자는 돌돌 말아 통에 넣어 성균관 제 방에 두고 있죠. 그림을 그대처럼 여기며 내내 함께 지내온 셈입니다. 저는 그대를 칠엽화라거나 별꽃이라 부릅니다. 그대 낙관이 일곱 잎 별꽃 문양이라서요.”

“놀라운 말씀이십니다만 어쨌든 그 칠엽꽃이 저라고 생각하시는 까닭이 무엇입니까? 저는 복면을 쓰고 있는데 절 어찌 알아보시고요?”

“눈코입이 다 드러났는데 무슨 복면입니까? 게다가 목소리가 똑같은데요.”

“칠엽꽃이라는 이의 목소리도 기억하세요?”

“저는 그때 만났던 별꽃의 어지간한 걸 기억합니다. 왼손잡이였고 그 왼손 엄지손톱에 먹물 자국이 있었고 오른손에는 보랏빛 물감자국이 남아 있었어요. 짙은 남색의 무명 도포에 짧은 옷고름은 자주색이었고 송라를 머리 뒤로 넘긴 채였어요. 자주색 댕기에 묶인 머리채는 똬리처럼 머리에 올라앉아 있었어요. 감국향의 비누를 쓰신 듯한 체취도 났고요. 나중에야 그게 용담꽃 향기였을지도 모른다고 생각하긴 했지만, 목소리를 잊겠어요? 지금 칠지무녀 심경, 다른 이름을 모르기 때문에 별꽃이라고 부를 수밖에 없는 칠지 무녀는 그때의 별꽃이 맞아요. 그대가 별꽃이 아니라면 머리에 쓴 걸 벗어 아닌 걸 증명해 주세요."

"제가 그 별꽃이라면 선비님께서는 어쩌실 작정이신데요?"

"청혼하려고요."

기가 막히는지 수앙이 흐흥, 웃는다. 동아도 이곤의 하는 짓은 어이없지만 재미있다. 그가 나중에 어떻게 변할지라도 지금은 천진하고 순정하지 않는가.

"성균관 유생이시라면 나중에 사대부가 되실 분인데, 그런 선비께서 무녀한테 청혼을 하시겠다고요?"

"그대는 내 별꽃이니까요. 나는 날마다 그대와 같이 살아요."

동아는 아이들 장난 같이 벌어지는 눈앞의 상황이 자못 흥미롭다. 이곤이 신기하지 않은가. 이온에게 이와 같은 아우가 있다는 건 그의 부군이 윤홍집인 것만큼이나 그에게 다행이다. 이온을 죽이지 않아야 할 이유가 수앙에게 늘었으므로.

"저는 선비님의 별꽃은 아닙니다만, 선비님이 별꽃을 여기가 아닌 다른 곳에서 만나실 수 있을 것 같긴 합니다."

"그대가 별꽃이지만 여기서 별꽃이라고 말씀하실 수는 없다는 뜻이죠?"

"여하간에 선비님이 여기서 별꽃을 만날 수 없는 건 분명합니다."

"허면 어디 가면 그 사람을 만날 수 있습니까?"

"선비께서 공부 열심히 하면서 기다리시면 별꽃을 어디서 만날 수 있는지 저절로 아시게 될 겁니다. 우연히 만나실 수도 있고요."

"이제 그렇게 막연히는 안 됩니다. 언제 어디서 볼 수 있는지 말씀하세요."

"꿈속 사람을 현실에서 만나는데 기다리셔야지요."

"내내 꿈속에서 봤지만 날마다 제 현실의 사람이었어요. 그대가 전혀 낯설지 않아요. 오 년 내내 같이 지내 왔는데 어떻게 낯설겠어요? 그렇기 때문에 이제 제가 그대를 언제 어디서 만날 수 있는지 저한테 분명히 말씀하셔야 해요. 말씀 아니해 주시면 저 여기서 나가지 않을 겁니다. 억지로 들어내시면 저 아래 홍익루 앞에서 시위할 거고 게서 쫓겨나면 등마루 삼거리에서 장승처럼 박혀 있을 겁니다."

"참 난감한 선비님이시네요. 현실적인 이야기를 해보지요. 그 용담화인지 별꽃인지 하는 사람은 벌써 혼인을 하고, 어쩌면 자식도 두엇 낳았을지 모르는데, 남의 부녀에 아이들의 어미가 되어 있을 그를 만나 어쩌시려는 겁니까?"

"만나 보면 알겠죠."

막무가내인데 귀엽다. 애처롭기도 하다. 이곤은 김강하와 닮은 것 같다. 무엇이든 한 번 정하면 그게 전부인 줄 아는 것 같던 그였다. 우동아는 마항포의 아이들을 구하는 일로 김강하 가까이에서 열흘 남짓 지냈다. 당시 임무의 대장이었던 그가 수앙의 부군이라는 사실을 한시도 잊지 않으려 애썼다. 도솔사에서 수앙과 함께 지낸 지난 열 달가량, 김강하의 무덤을 날마다 혼자 오르내리면서도 그랬다. 대장은 수앙아씨의 지아비라고 스스로한테 알려 주곤 했다.

"그렇더라도 선비님, 일 년쯤 더 기다리셔야 할 것 같네요. 내년 선비님의 생일, 생시쯤에, 그때도 별꽃을 보시고자 한다면, 예전에 선비님이 별꽃을 만났던 그 어름으로 가시면 그 사람을 보실 수도 있을 것 같습니다."

"정말이요?"

"무녀들은 어떤 일도 십분 자신하지 않습니다. 그저 그럴 수 있는 확률이 높다고 말씀드리는 겁니다. 또 볼 수도 있다는 것이지, 도련님이나 별꽃은 현실적으로 아무 힘이 없는 처지임에, 더불어 무언가를 할 수 있을 거라는 뜻은 아닙니다."

"알았습니다. 지금은 그 정도로 충분해요."

"이제 이 새벽에 무녀를 찾아오신 사안으로 가 보시지요. 제게 뭘 물으려 오셨습니까?"

"물어볼 거 다 물었고 답을 들었으니 됐습니다. 저는 내년 삼월 보름날 그 사람을 보면 됩니다."

"복채를 여섯 냥이나 내시면서 그걸 물어보려 오셨단 말씀이세요? 태학에서 공부 중이시니 언제 과거에 급제하겠냐, 그런 걸 물어보셔야 하는 거 아닙니까?"

"과거시험은 제가 하기 나름인 것 정도는 저도 압니다. 저한테는 별꽃이 더 중요한 문제였고요. 이제 일 년 뒤에 그를 볼 수 있다 하니, 그 일 년 동안 현실적인 힘이라는 걸, 열심히 길러 보겠습니다. 별꽃이 말한 여백을 채워 보겠고요. 일 년 뒤, 제 생일에 뵙죠."

큰소리 탕탕 친 이곤이 가뿐히 일어나 성큼성큼 걸어나간다. 동아는 그를 문밖까지만 배웅하고 방으로 돌아온다. 수앙은 경상 위에다 수갑 낀 두 손을 올려놓고 생각에 잠겨 있다. 동아는 이곤이 앉았던 방석이며 탁상을 반듯하게 만들어 놓고는 선 채로 묻는다.

"아씨, 방금 그 선비의 꿈속으로 들어가시었습니까? 어제와 그제?"

"내가 간 게 아니라 그 선비가 왔던데요. 어제 그제."

"그 선비가 무슨 수로요? 그 선비도 뭇기가 있나이까?"

"그건 아니고, 그가 지닌 맑은 여백이 나를 그려낸 게 아닐까 해요."

이상한 걸 묻는 자신이나 괴상하게 대답하는 수앙이나, 도솔사에서 입을 닫은 채 지낸 시간이 아무래도 너무 길었던 것 같다.

"해서 일 년 뒤에 저 선비를 만나시게요?"

"만나지면 만나지요."

"만나지면 어쩌시려고요?"

"이 선비 말대로 만나 보면 알겠죠. 그건 일 년 후에 생각키로 하고요, 대문간에 손님 당도하신 것 같은데 모셔 주세요."

수앙이 일어나 동창을 여는 것을 보고 우동아는 방을 나온다. 날이 거의 밝았다. 날이 흐려 해를 보기는 어려울 것 같다. 도솔사에서는 아침 공양 마치고 스님들이며 수행자들이 일제히 청소할 시간이다. 하루 일과 전에 자신이 맡은 곳을 광채 날 때까지 닦는 까닭은 스스로를 맑히기 위함이고 그렇게 맑힌 자신으로 하루를 살기 위함이었다. 도솔사에서 수앙은 날마다 하루만 사는 것 같았다. 그 하루들이 쌓여 날마다 하루만 살아도 괜찮을 것 같은 사람이 되어 세상으로 나왔다. 덕분에 동아도 하루살이의 감옥 밖으로 나올 수 있었다.

감우산이 인도해 온 여인이 대문을 막 들어온 참이다. 오늘 수앙의 마지막 손님이 누군지 동아는 알 수 없다.

새벽 첫 손님은 우의정을 지내다 소전 사태의 여파로 청주로 귀양 간 김상로의 아들 김현겸이었다. 김현겸은 사직서의 종오품 영令을 지내는 참인데 제 부친의 벼슬이 떨어지고 귀양을 가자 자신의 자리는 무사하겠는지, 부친은 다시 조정으로 돌아오겠는지를 물으러 왔다.

두 번째 손님은 작년 여름에 찾아왔던 김제교의 모친 인당헌이었다. 당시 그이는 수앙에게 외며느리가 셋째 아기를 수태했는데 아들을 낳겠냐고 물었다. 그때 수앙은 인당헌한테 손자를 볼 것이라고는 했으나 손자 보기 전에 아들을 잃을 거라고는 말하지 못했다. 아드님 몸조심을 시키라고만 했다. 여인의 아들이 김강하를 죽이려는 사람들 중 하나인 걸 수앙도 그때는 몰랐던 것이다. 그 아들이 김강하보다 앞서 죽은 금위대의 김제교인 것을 수앙도 오늘 인당헌을 만나고서야 알게 되었지만, 수앙의 표정은 흔들림이 없었다. 인당헌은 그동안 여러 차례 굿을 하면서 아들 혼령을 불렀던 모양인데 김제교의 혼령이 응답치 않았던가 보았다. 인당헌은 아들이 사라지고 며칠 만에 며느리가 낳았던 손자를 얼마 전에 놓쳤다고 했다. 대가 끊긴 것이었다. 아들의 혼령을 찾기 위해 칠지선녀를 찾아왔던 인당헌이 펑펑 울다 나갔다.

"손님 드십니다."

동아가 들어서며 말하자 동창 밖을 내다보고 있던 수앙이 자리에 앉으며 들어서는 손님을 바라본다. 마흔 살 가까이 돼 보이는 여인이다. 수앙은 오늘 김강하의 죽음과 무관치 않은 손님들이 오리라는 걸 새벽에 일어나면서 느낀 것 같았다. 어쩌면 수앙이 불러들였는지도 모른다. 이곤을 불러들인 것처럼.

아랫사람들이 칠요의 생각을 다 알지는 못하나 칠요가 입 밖에 낸 말은 공유한다. 숙지하여 수행하기 위함이다. 그래서 수앙이 도솔사 정암당에서 노승들을 향해 말할 때 동아도 들었다. 그때 수앙이 말했다. 자신은 맘먹으면 죽이고자 하는 자들을 어렵잖게 찾아낼 수 있고 죽이고자 하는 이들을 암암리에 꾀어 불러들일 힘도 있으며, 도솔사에서 나가면 무슨 수를 쓰든지, 그들을 다 찾아내 백 명이든 천 명이든 다 죽일 것이라 했다.

그리하기 위해서 수앙은 여덟 차례나 송교에 갔다. 정작 죽일 놈들의 정체를 다 알고 나니 힘겨운 것 같았다. 새벽 예불 뒤에 백팔배를 세 번이나 반복하며 「반야심경」을 외워댔다. 동아가 느끼기에 수앙의 백팔배는 백팔 가지 번뇌와 고통에 시달리는 자신을 다스리기 위한 수행이 아니라 자학이었다. 자신의 고통과 자학이 포개짐으로써 자신이 살아야 할 이유를 스스로한테 각인시키는 것이었다.

"어서 오십시오, 마님."

"복면을 쓴 걸 보니 자네가 칠지선녀가 맞는 게로군."

"예, 마님. 소인이 무녀 칠지이옵니다."

"대체 어디 갔다가 이제 돌아온 것이야?"

"소인이 무업을 시작한 지 얼마 아니 된지라 공부를 하고 왔나이다. 소인이 돌아오기를 기다리셨나이까?"

"내 하속을 몇 번이나 보내 자네가 돌아왔는지 알아보곤 했네. 닷새 전에야 겨우 당분간 쉰다는 팻말을 뗐더구먼. 무슨 당분간이 열 달이나 되냐고."

"소인을 찾아주셨다니 감읍이옵니다, 마님. 복채는 여섯 냥이옵고 먼저 받나이다."

"그 정도야 알지."

복채가 건너온 뒤 수앙은 여인에게 내외의 사주를 함께 묻고 종이에다 받아 적는다. 서른여덟 살, 동갑 내외다.

"마님 지금 사시는 집 때문에 바깥분의 심신에 문제가 생긴 것이라 여기십니까?"

"세상에나, 딱 그렇네. 이래서 내가 자네를 꼭 만나고 싶었지."

동아가 작년 봄 두어 달간 이뤄진 수앙과 별님의 점사를 지켜보며 느낀 건 점을 치러온 손님들의 가없는 몽매夢寐였다. 자신 안에 답을 담고 있음에도 그걸 느끼지 못하는 사람들. 답이랄 것도 없었다. 맘이 몸인바 몸이 현재의 모든 것이고 미래의 모든 것이었다. 모든 것을 다 담은 몸에 이상이 없다면 신통하다 소문난 무녀를 찾을 까닭이 없지 않은가.

"댁이 어디십니까?"

"수문동이네. 돈화문이 가까운 쪽으로."

돈화문 가까운 수문동에는 내자시 판관인 문성국이 산다. 분성국은 대전 후궁인 소의 문씨의 오라비다.

"선대로부터 물려받으신 집은 아니신 것 같고 그 집에 사신 지 얼마나 되셨습니까?"

이런 내용은 수열재와 능연이 펼쳐 보인 신상파기에 들어 있지 않았다. 이런 게 수앙에게 그냥 보이거나 느껴진다는 게 동아는 아직 기이하다.

"십오 년째네."

"시누이께서 사뭇 지체 높은 댁으로 시집을 가시었습니까? 그 덕에 바깥분이 벼슬하시고, 그 집도 생기신 거고요?"

"그, 그런 셈이지."

역시나 여인은 문성국의 처 순양당 고씨다.

"하온데, 나리가 언제부터 잠을 제대로 못 주무십니까?"

"작년 여름부터네. 어느 날 비를 흠뻑 맞고 돌아오셨는데 몇 날 앓
으셨어. 그 즈음부터 가끔 잠을 못 주무시더라고. 못 주무시니 식욕
이 없고 못 잡수시니 기운도 없을밖에. 그리도 좋아하던 계집질조차
도 못하게 되실 정도니 성정은 점점 나빠지고."

"주무시려 할 때마다 귀신이 보이신다 하더이까?"

"그렇다네. 늙은 부인이 아주 말간 얼굴로 나타나서 가만히 쳐다
보기만 하는데도 무서워서 진땀이 뻘뻘 나신다 하데."

"늙은 부인만은 아닐 성싶은데요?"

"허면?"

"늙은 여인의 혼령과 함께 남정 혼령도 있습니다. 남정 혼령은 궐
에서 살던, 작년에 나리께서 관여하신 일에 연루되어 목숨을 잃은
내관일 것 같습니다. 나리와 비슷한 나이에 죽은 것 같으니 그리 늙
은 사람도 아니고요. 늙은 여인 혼령은 그 내관의 모친 같네요."

"그, 그리 보이는가? 내관 모자가 붙었어? 우리 나리한테?"

"예, 마님."

"허면 어찌해?"

"우선 이사를 하셔야지요."

"이사를 하면 귀신이 떨어지려나?"

"귀신들은, 굿을 크게 해서 사죄, 위로하고 명복을 빌어 주며 천도
를 시켜야지요."

"이사는 어느 쪽으로 하고 굿은 언제 해야 하나?"

"굿이나 이사나 서두르셔야겠습니다. 세 아드님과 따님 한 분을 두셨지요?"

"아, 아이들한테도 해찰을 한다는 겐가? 그것들이?"

"귀신이 내관을 지낸 그 모자만이 아닙니다. 현재 마님께도 붙어 있는 걸 보면 자제분들에게도 각기 다른 귀신들이 붙었을 텝니다."

"나, 나한테 붙은 귀신은 뭔데?"

"마님 근자에 술 생각을 자주 하시고 몰래 빚어 마시기도 하시지요?"

"그렇네. 내 작년 여름까지는 술이라는 걸 입에 대 보지도 않았는데 나리가 잠을 못 주무셔서 술을 빚기 시작한 뒤로 나도 홀짝거리고 있네. 근자에는 제법 많이 마시는 셈이지. 그게 다 귀신의 조화란 겐가?"

"마님, 술에 취하신 뒤 잠자리에 들면 남정 형상의 그를 보시지 않습니까? 그와 몽정을 나누시고요."

"그, 그런 것을 어찌 알아?"

"마님 몸에 든 귀신이 제게 알려 주고 있습니다. 밤마다 마님의 고쟁이 속을 드나들며 마님의 몸을 희롱하고 있다고요. 아무에게도 말은 못하지만 마님께서는 그 간질간질한 재미가 들리셨고 그 재미를 위해 술을 더 자주 드실 겁니다. 그렇지만 결국 형체 없는 것이라 마님의 육정을 다 채워 주지 못할 터이니, 마님께서는 조만간 집안의 젊은 종이라도 이불 속으로 끌어들이시겠죠. 마님을 그리 만들어 폐가망신 시킨 뒤 거리로 나앉히려는 게 마님 몸에 붙은 귀신의 목적이니까요."

"무슨 귀신이 그런 짓을 하고 있다는 게야? 나한테 무슨 억하심이 있어서?"

"그는 마님께서 사시는 집의 터주 귀신입니다. 그 집에 살던 식구들이 삼십오 년 전쯤에 역란에 휘말려 몰살을 당하고 가산이 몰수된 것 같습니다. 이후 연이어 주인이 바뀌다 마님 댁이 들어가 살게 되신 것 같습니다. 다른 귀신들은 그 집에 살던 사람들을 따라나갔으나 그 집의 터줏대감은 내내 남아 있다가 작년 여름 이후 마님 댁 식구들한테 새로운 귀신들이 들러붙자 그도 마님한테 붙은 것입니다."

수열재에 따르면 삼십오 년 전인 무신년에 일어난 역란은 이인좌라는 사람이 주모하여 일으켰다. 그 다섯 해 전에 이인좌는 아주 고왔던 젊은 무녀를 사흘 동안 품었다. 원래 이름이 함채정이었던 그 무녀가 별님과 수앙의 생모 유을해였고 이인좌는 별님 반야의 생부였다. 그때 이인좌는 역란을 일으키면서 금상의 정통성을 정면으로 부정했다. 아직도 이인좌는 금상의 근간을 흔드는 위태로운 이름이었다. 문성국이 살고 있는 집은 이인좌의 식구가 몰살당해 나간 집인 것이다. 동아는 놀라운데 수앙의 눈빛은 여상하다.

"집을 옮기면 그 귀신이 떨어져 나간다는 겐가?"

"그 터줏대감도 천도해 도솔천으로 올려 보내야지요. 그렇지 않음 마님을 떠나지 않을 것이니 집을 옮겨도 아무 소용이 없고요."

"그렇다면 집은 그대로 두고 굿만 하면 되지 않겠나?"

"마님 댁 식구들이 수문동 그 집에서 누릴 수 있는 호사는 다 누리신 것 같나이다. 그 집이 아무리 좋아도 마님 댁 식구들과의 인연은 다했다는 것이지요. 집이 식구들한테 집채만 한 바위덩어리 같아졌는데 그 밑에서 눌려 살면 식구들이 어찌되겠나이까?"

"허, 허면 집이 금세 팔리기는 하겠는가?"

"이미 마님 댁에 귀신이 붙었다는 것을 아는 사람들이 있겠지만, 싸게 내놓으시면 팔리지 않겠나이까? 아무리 싸더라도 귀신 붙은 집이라는 소리를 빼야 하고, 그런 소문이 널리 퍼지기 전에 파셔야 할 테고요."

"물론 그렇지. 집은 이제 가서 거간꾼한테 내놓기로 하고, 굿은 언제 할까?"

"집이 팔려 이사 날짜가 정해지면 그때 하시지요. 귀신들을 떼어 내고 새 집으로 가셔야 하지 않겠습니까? 귀신을 떼어 내지 않으면 이사 해봐야 소용없고, 귀신을 떼어 내도 이사를 하시지 않으면 그 또한 소용없으니까요. 헌데 반드시 팔고 나가셔야만 합니다. 비워 두는 건 소용이 없으니까요."

순양당이 느닷없이 고개를 숙이더니 치맛자락을 눈에 대고 어깨를 들먹이며 운다. 아까 인당헌도 울더니 순양당도 운다. 인당헌은 아들 죽고 손자 죽어 울었다. 순양당이 우는 까닭은 뭘까. 집을 내놔야 하는 게 억울해서인가? 그동안 누린 부귀와 권세가 다했다는 생각에? 순양당이 우는 까닭을 모른다기보다 그 눈물에 공감하지 못하는 동아는 별님을 생각한다. 평생 이런 꼴들을 보며 사셨던 거였다. 이런 꼴을 감당하시기 위해 하루 두 끼니 겨우 잡수시며 늘 스스로를 맑히셨고, 이제는 그 따님이 당신처럼 살게 되셨다.

외양이 별님과 똑 닮은 수앙의 속내는 모친과 다르다. 스스로 주장하듯 하는 짓도 크게 다르다. 동아로서는 다행이다. 수앙의 하는 짓이 별님과 다르듯 동아도 별님을 모셨던 스승 혜원이나 사형 백단아와는 다르다. 스승이나 사형처럼 점잖게 살기 어렵고 그리 살고 싶지도 않다. 짐짓 청승스런 과부 짓을 하여 소문을 만들고 자작 납치극을 벌여 소문을 부풀리고 굿판 한 번에 몇천 냥씩 부를 수 있는 수앙의 행태가 동아한테는 맞다. 아까 수앙은 오늘 첫 손님인 김현겸한테 당신 집안에 붙은 건 귀신이 아니라 소전의 저주라며 삼천 냥짜리 굿판을 권했다. 김현겸이 수앙한테 혹세무민하는 사특한 계집이라 호통을 치다가, 저주를 풀지 않으면 결국 멸문지화를 당할 것이라는 수앙의 단언에 다시 오겠다며 꼬리를 사리고 나갔다. 김현겸처럼 수앙의 마수에 걸린 순양당이 울음을 추스른다.

"굿을 하면 우리 식구한테 붙은 귀신이 전부 떨어질 게 확실한가?"

"지금 붙어 있는 것들은 확실히 떨어질 겁니다."

"지금 붙은 것이라니! 떨어내고 나면 또 붙는다는 게야?"

"귀신들은 붙을 만한 사람한테만 붙습니다. 붙을 만한 사람은 붙을 만하게 살아온 탓에 붙을 만한 심신이 된 것이고요. 굿을 통해 심신이 완전히 바뀌지 않으면 다른 귀신들이 또 내 집 찾았구나, 하며 붙겠지요."

"자네가 해주려나?"

"소인은 이력이 짧은 새끼무녀라 굿을 주관하지 못합니다만, 소인의 스승들이 하실 수 있게 해드리지요."

"돈은 얼마나 들어야 하겠나?"

"어떤 규모로 굿판을 벌일지 마님께서 결정하셔야지요. 저희들은 그에 맞춰서 준비하는 것이고요."

"그래도 식구마다 붙어 있는 귀신들을 다 떼어 내자면 얼마만한 굿판을 벌여야 할지, 자네가 어림해 줘야 나도 결정을 하지 않겠어?"

"하오시면, 이천오백 냥 정도로 하시면 될 것 같습니다."

"이, 이천오백 냥? 오백 냥도 아니고 천오백 냥도 아니고 이천오백 냥이라고?"

"소인한테 물으시어 말씀드린 것뿐입니다. 숙고해 보시고, 작정이 되시면 다시 이야기를 나누기로 하지요. 다른 무녀를 찾아가셔도 무방하시고요. 다른 무녀를 여럿 거쳐서 소인한테 오셨으니, 이미 아시겠지만 열 냥이나 스무 냥만 들여도 굿을 하겠다는 무녀가 있지 않습니까? 그만큼만 해도 작은 굿은 아니니까요."

"자네 말이 맞네. 내가 지난 몇 달 동안 두모포 은순이 무녀, 새남터 정개 무녀, 우이동 골짜기 소래 무녀 등을 찾아다녔네. 그이들도 당연히 귀신 붙었다하고 굿을 하라 했지. 스무 냥이면 삼현육각 다 불러서 산천이 떠들썩하게 할 수 있다 했고."

"그리하시고서 또 소인을 찾아오셨습니까?"

"그들이 아버님 묘를 잘못 썼네, 증조할머니 귀신이 붙었네, 맨 조상 탓만 하면서 되지 않는 소리를 해대고, 굿을 해도 효험이 없으니 자네한테 왔지. 그래도 그렇지, 스무 냥에도 가능한 굿을 자네는 어찌 이천오백 냥이나 부른단 말인가? 한 번으로 될지 아니 될지도 모른다면서?"

"귀신들이 마님 댁 식구들의 몸을 제 것인 양 드나드는 판 아니옵니까? 귀신들이 마님 댁의 부귀함을 환히 꿰고 있는데 형편에 맞춰 판을 벌여 줘야 만족하겠지요. 미천한 소인의 생각이 그렇다는 것뿐입니다. 예서 나가시어 또 다른 무녀를 찾아보시어요. 믿지 못하시어 효험도 못 보신 그이들 말고 다른 무녀를 찾으시어, 무녀를 떠볼 생각 마시고, 이런 저런 사정을 솔직하게 말씀하시면서 돈 적게 들이려 하지 마시고, 적정한 굿판이 어느 정도인지 들어 보십시오. 적정해도 소인같이 턱없는 소리를 하지는 않을 겁니다. 많아 봐야 서른 냥이나 부를 거고요."

"그러니 자네 말이, 말이 안 되지 않은가. 다른 무녀는 아무리 많이 불러도 서른 냥일 거라면서 자넨 어찌 이천오백 냥을 운운해? 차이가 너무 많이 나잖아?"

"해서 소인이 다른 무녀를 찾아가 보시라고 말씀드리지 않나이까."

"자네한테 이런 소리를 듣고 나서 다른 무녀가 서른 냥이라 하면 나는 그를 시피 보지 않겠어? 그러니 자네하고 타협을 봐야지."

"소인이 이천오백 냥이라 말씀드릴 때 무슨 계산을 하고 나온 소리가 아니옵니다. 무심코 시부렁거린 건데, 말을 하다 보니 이천오백 냥이라는 말이 왜 나왔는지 알겠습니다."

"말해 보게."

"마님 댁 바깥나리께서 어떤 관직에 계시는지 소인이 모르오나 바깥나리한테 붙은 귀신은 바깥나리로 인해 죽은 사람입니다. 자제분들한테 붙은 귀신들도 나리께서 해오신 처사와 무관치 않을 거고요. 마님께 붙은 귀신은 집터귀신, 터줏대감이라 아주 몹시 질깁니다. 어지간해서는 떨어지지 않을 겁니다. 그들 모두를 떼어 내기 위해서는 아주 많은 사람들의 기도와 생기가 어우러져 귀신들을 각성시켜야 합니다. 한마디로 귀신들한테 정신 차리고 네 갈 길로 가라고 알려 주는 거지요. 그만큼 많은 사람의 생생한 기운이 모아져야 하는 것이고요. 굿을 할 때 굿판의 크기는 굿판 주인의 정성입니다. 정성이라는 건 많은 사람한테 고루 베풀어져야 큰 덕이 됩니다. 많은 사람한테 베풀기 위해서는 구경꾼이 많아야 하고 그 구경꾼들이 모두 배불리 먹을 수 있어야 굿판 주인의 씀씀이를 치하하고 덕담 소리도 높을 것입니다. 마님께서 그만한 공덕을 쌓으시는 것이죠. 그래야 귀신들이 각성하고 감동하여 제 갈 길로 갈 겁니다. 소인 생각에 구경꾼이 천 명은 돼야 할 것 같고요. 천여 명을 배불리 먹이기 위해서는 마님께서 살고 계시는 정도의 집 한 채 값은 들여야 할 터입니다. 하여 이천오백 냥이라는 소리가 나온 거지요."

순양당이 기가 막히는 얼굴이듯 동아도 기가 막힌다. 수앙은 속으로 웃는 것 같다. 김현겸이 그랬듯, 지키고 싶은 게 많은 문성국의 처가 이천오백 냥짜리 굿판을 벌이든지 아니 벌이든지 그들의 문제일 뿐 수앙으로서는 아쉬울 게 없다. 과부 은재신이든, 무녀 칠지든, 칠요 심경이든, 수앙은 부자다. 어른들이 수앙에게 네가 가진 재물이 많다는 사실을 알려 준 까닭은 물욕에 휘둘리지 말라는 뜻이었다. 물욕이 없으면 배짱이 생기고 배짱이 곧 무녀의 힘인 것이다. 무녀 칠지는 팔도에서 가장 배짱 큰 여인일 수밖에 없었다. 사신계 칠성부가 보유한 재산의 전권이 칠요에게 있거니와 수앙 개인이 가진 재물만 해도 상당했다. 비연재가 수앙의 것이라 했다. 예관골의 은월당도 수앙이 보연당한테서 사 놓았다. 수앙이 평양에서 장사로 벌어 놨던 돈들이 비연재만 한 집 몇 채 값이라 했다. 이 반야원과 반야원에 속한 원실까지가 실상 전부 수앙의 것이었다. 이 반야원은 별님께서 칠요 위位에 오르기 전에 버신 돈으로 이루어진 도량이기 때문이다.

"굿 비용은 그렇다 치고, 천 명을 어떻게 어디다 모아서 판을 벌인단 말인가? 우리 집은 궐이 가까워서 꽹과리 소리 하나도 못 내는데?"

"문 안에 있는 마님 댁뿐만 아니라 도성 안 어느 곳에서도 굿판은 못 열지요. 이 덕적골에서는 가능하고요. 마님 보셨다시피 저희 집 앞의 바깥마당이 천 명 넘게 담을 만치 넓습니다. 오르내리는 길이 양 갈래로 된 데다 마당이 깊어서 구경꾼들이 어우러지거나 통제하기도 쉽지요. 골짜기에 들어앉은 덕에 소리가 바깥 멀리 퍼져나가지도 않습니다. 그리하기 위해서 도성을 등진 이곳에서 여러 무녀들이 모여살기로 했고 너른 마당을 만든 것입니다. 아무튼 마님, 소인들한테 굿판을 맡기실지 다른 무녀한테 맡기실지 충분히 생각해 보십시오. 그리고 필요하시면 다시 왕림해 주십시오. 소인이 오늘 드릴 수 있는 말씀은 다 드렸습니다."

"만약 자네한테 맡기기로 하면 나는 돈만 준비하면 되는 겐가?"

"그렇나이다. 소인의 스승들께오선 긴 무력巫力과 높은 신력을 지니셨고 권속들 또한 많은지라 굿판의 규모가 결정되기만 하면 그에 맞는 판을 며칠 새에 준비하실 수 있습니다. 천지에 굶는 사람이 드글드글하니 굿판 벌어진다는 소문만 나면 구경꾼은 미어지게 찾아올 것이고요. 혹시 저희 원에서 굿을 하시겠다 결정하시면 저희 원 주이신 구일당과 의논해 주십시오."

"알겠네. 돌아가 집부터 내놓고 생각을 해본 담에 다시 옴세."

"그러십시오, 마님. 살펴 가시옵소서."

순양당이 한숨을 내쉬며 일어나 나간다. 그가 나간 문으로 능연이 대추차 향이 풍기는 다반을 들고 들어선다. 밖에서 듣고 있었던지 낯빛이 흐리다. 동아가 차사발이 올라 있는 다반을 받아 수앙의 탁상에 놓아 준다. 맑게 우린 대추차 위에 잣알이 일곱 개나 떴다. 수앙은 잣알을 불며 차로 입만 축이고 내려놓고는 능연에게 말한다.

"장황하게 떠들고 났더니 배고파요, 선생님."

방금까지 이천오백 냥짜리 굿판을 운운하던 어조는 간 곳 없이 어리광을 피운다. 능연이 답한다.

"조반 준비가 얼추 되었습디다만 아침 자시기 전에 우선 허기를 메우십시오. 헌데 아씨, 어쩌자고 그리 큰 판을 자꾸 운운하십니까? 아까 김현겸한테도 그러시지 않았어요? 어쩌시려고요?"

수앙은 잣알을 깨물어 먹고 대추차를 비운다.

"배고파 떠도는 사람들이 지천이라니, 힘닿는 대로 불러 먹이자 싶어서 그러지요. 나머지는 구일당께서 알아서 하실 테고요."

"그 뜻이야 저도 짐작합니다만, 달리 생각하신 바가 무언지를 여쭙는 겁니다. 이번 여인은 누구인데 그리하신 건지요?"

"문성국의 안사람이요. 김상로 집안이 수십 년에 걸쳐 재물을 긁어모았을 것이듯, 문성국도 지난 십수 년간 누이 덕에 돈깨나 긁어모았겠지요? 이제 그들이 누려온 권세는 끝났지만 돈은 집채만큼씩 쌀고 앉은 것 같아, 좀 토해내게 하려고요."

"그뿐이십니까?"

"설마 그뿐이겠습니까?"

"어쩌시려고요?"

"소전 사태를 만들어 낸 자들을 전부 알거지로 만든 뒤 그자들 스스로 말라 죽게 만들 겁니다. 일일이 찢어 죽이려고 했었지만 방법을 바꿨습니다."

"송교에 나투시었던 까닭도 그 방법의 하나입니까?"

"그렇죠."

"송교에 또 나가실 겁니까?"

"아니요. 이제 송교에 그만 나가려고 송교 귀신이 납치된 것처럼 한 거예요."

수앙이 송교에 마지막 나간 사흘 전 초저녁에 검은 무복의 사내들로부터 납치당한 것으로 꾸몄다. 뭘 위해 이렇게까지 하나 물어도 나중에 알려 주겠다더니 김강하의 내당이 송교에서 사라지기 위함이었던가 보다. 소문을 잔뜩 부풀려 놓고 자신은 몸을 빼낸 것이다.

"심히 걱정했는데, 다행입니다."

"송교에 그만 나가는 대신 도둑질을 좀 해야겠어요."

"예?"

"당피골에 있는 놈들의 집, 충분히 살피셨지요?"

"무, 물론입니다만 그 집에서 뭘 훔치시게요? 빈집인데요."

"에이, 아니에요. 그 집에 돈 될 만한 게 있을 거예요."

"무기를 말씀하시는 것 같은데, 저희들이 구석구석 살폈습니다."

"놈들이 총질을 다섯 차례나 했는데, 한두 번은 금위대 병기고에서 훔쳐 썼다고 치더라도 다섯 번이나 몰래 내다쓰기는 어렵지 않았을까요? 김강하를 쏜 것은 더 윗놈들의 묵인이 있었겠지만 강도질까지 지시하지는 않았을 거잖아요. 놈들이 따로 총을 구입한 것으로 봐야죠. 총을 구입했지만 작금 상황에 각자 집에다 둘 수 없고 지니고 다닐 수도 없게 되었으니, 어딘가에 꼭꼭 숨겼을 테고요. 그곳이 어디겠어요?"

"놈들의 은거지에 총이 있다고 보시는 거군요?"

"찾아봐 주세요. 찾아내 감쪽같이 훔쳐 주시고요. 우리끼리 힘들 것 같으면 그 방면으로 눈 밝고 손 빠른 분들의 도움을 받으시면 되겠죠. 음, 포청의 백 종사관 나리께 청하시는 게 어떨까 싶네요. 그분은 예전에 김강하고 함께 그림자도둑을 잡기 위해 도둑 흉내를 내신 적이 있다면서요? 날짜는 선생님이 적당한 때를 잡아서 하시되, 무기가 없어졌다는 걸 놈들이 한동안은 눈치채지 못하게 해주세요."

"의중을 더 소상히 말씀해 주시지요, 아씨."

"놈들끼리 상잔相殘하게 하려는 거예요. 도성 사람이 다 알 만치 요란하게 죽은 김강하의 내당이 과부의 몸으로 거리를 나댔는데 가만 보니 꽤 반반한 얼굴이더라! 그런 소문이 제법 났겠지요?"

수앙은 김강하를 쏜 놈들이 김문주 패거리라는 사실을 송교에 두 번째 갔을 때 알았다. 초저녁이었는데 수앙을 바라보는 구경꾼이 십수 명은 됐다. 구경꾼들로부터 돌아서 시내를 내려다보고 있던 수앙이 동아한테 속삭여 물었다.

"왼편에서 우리를 쳐다보고 있는 자들 중에 금위대 복색이 있지요?"

동아가 그렇다고 하니 수앙이 돌아보지 않은 채 고개를 끄덕였다. 그를 캐라는 뜻이었다. 동아가 가마꾼으로 나와 있던 원실 계원들에게 다가들어 금위대 복색을 따라가 누군지 알아내라 했다. 그는 금위대 우위군에 들어 있는 박두석이었다. 그로 인해 김문주 패거리와 당피골 집을 파악했다. 다 알아냈는데 수앙은 그들을 향해 아무 일도 하지 않았다. 송교에 몇 번 더 나가다 자작 납치극을 벌여 송교에서 사라진 게 다였다. 납치극을 벌인 까닭은 물론 그들간의 분란을 부채질하기 위함인 것이다. 금위대 우위군관 정치석이 비연재 대문 앞에 다녀가고도 놈들이 조용한 것 같으니 그들의 실체라고 할 수 있는 무기를 훔치라는 것이었다.

"아씨! 저희가 놈들을 하나씩 처리하겠습니다. 원하시면 놈들을 잡아다 아씨 앞에 한꺼번에 대령하겠습니다. 부디 그리 명하소서."

"아니요. 그냥 죽이는 게 무슨 징벌이에요? 저는 놈들이 서로 죽이는 꼴을 지켜볼 거예요. 저희들끼리 죽이지 않는다면 저희들 발로 죽을 자리를 찾아들게 할 것이고요. 기어이 그리 만들 거예요. 일단 놈들이 숨겨 놓은 무기들을 훔쳐 주세요. 부탁이에요, 선생님."

"말씀하시니 받들겠습니다만, 아씨, 자꾸 그런 쪽으로 나가시다 아씨 심신을 먼저 다칠 수 있습니다."

"저는 별님하고 다르다고 했잖아요. 별님께선 어지시어, 뭐든 당신 안에서 삭이시느라 그 분기가 당신 몸을 치신 것이지만 저는 다른 사람을 위해 내 몸을 다치게 할 만큼 이타심이 없어요. 저나 선생님은, 이미 다쳐 봤잖아요? 하여 저는 물론이고 우리 아무도 다치지 않게 할 거예요. 서두르지도 않을 거고요."

능연에 대한 수앙의 맘은 유다른 것 같았다. 능연은 수앙을 호위하다가 죽을 뻔했고 그로 하여 자식을 못 낳게 되었다. 수앙도 그렇게 된 게 아닐까 싶었다. 도솔사에서는 물론이고 반야원으로 돌아와서도 수앙이 달거리하는 걸 본 적이 없기 때문이다. 도솔사에서는 자신의 몸에 걸친 것을 직접 푸새하여 입으므로 동아가 못 본 것일 수도 있지만 반야원에서의 수앙은 밑씻개 수건 한 장도 직접 빨지 않는다. 수앙이 벗어 내놓은 모든 것은 동아가 모아 세답방에 준다. 세답방에서 침선방을 거쳐 진솔인 양 말끔해져 온 옷들을 수앙에게 입히는 사람도 우동아다. 서답은 한 번도 끼어 있지 않았다.

"그리 말씀하시면 제가 몸 둘 바를 모르게 됩니다, 아씨."

"선생님과 제가 당한 일은 불가항력이었어요."

백단아와 최선오 내외의 아들이 태어나 백일이 가까웠고 인자인과 백동수의 아기가 모태에서 여섯 달째로 접어들었다. 원실에서도 아기가 둘이나 태어났다. 사방에서 아이들이 태어나지만 아마도 아기를 낳지 못할 두 여인은 서로를 안쓰러워한다.

"어쨌든 선생님 그 문제는 그리해 주시고, 저 쉬는 동안 함월당으로 사람을 보내 주세요. 수문동 문성국의 집이 나오면 헐값에 살 수 있게 조치하시라, 하시어요. 문성국의 내당이 거간꾼을 만나기 전에 조치를 해놓으시라고요. 그 집에 귀신 붙은 걸 거간꾼들이 이미 다 아는 것처럼요. 실제로 귀신이 드글드글한 집이니까요."

"집을 또 만드시게요?"

"돈을 좀 벌어 보게요."

"그 집에서요? 어떻게요?"

"지금은 제가 진이 빠져서 더 말하기 힘들어요. 그건 나중에 설명해 드릴게요. 함월당으로 사람 보내는 것부터 해결해 주세요. 저, 함부로 나대는 거 아니니까 심려 마시고요. 정말이에요, 선생님. 조심할게요."

"알겠습니다, 아씨. 숨 좀 돌리고 나오셔서 아침 자십시오."

빈 그릇을 거두어 나가는 능연의 움직임이 모래자루를 진 듯이 무겁다. 늘 돌봐야 했던 후진을 상전으로 앉혀 놓고 보니 근심이 사태처럼 불어난 것이다. 능연이 나간 뒤 수앙은 뒤늦게 생각난 듯 머리에 쓴 조바위를 벗는다. 양손의 수갑을 벗고 왼손가락에 낀 모조손가락들도 빼어내 탁상 위에 올려놓고는 옆문을 통해 신당으로 들어간다. 절할 기운도 없는지 예단 앞에 엎어진다.

"아이고 어머니!"

한숨인지 신음인지 탄식인지를 길게 낸다. 손님 넷 받고 녹초가 된 것 같다. 별님이 뒤쪽 너울 안에 계실 때, 별님이 소소원에 머무시던 얼마간도, 수앙에게 점사는 신명나는 놀이 같았다. 보통 사람한테 안 보이는 것을 자신은 볼 수 있다는 사실에 매 순간 신기해하고 즐거워하는 듯했다. 이제는 업이 된 것이다. 도솔사 정암당에서 칠요 같은 거 안 하겠다고 마구 뻗댄 이유가 이 때문이었던 모양이다.

"물릴 수도 없잖아."

중얼거린 수앙이 기절하듯 잠들어 버린다. 점심 참에는 필동 완유헌에 가야 한다. 사신경께서 와 계셨다. 오는 보름날 만단사가 대회합을 치른다는 소식을 듣고 오신 듯했다. 만단사 회합에 사신계가 할 일은 없으나 이록이 되살아났으므로 가까이서 추이를 지켜보기 위함일 터이다. 한 시진쯤 자고 일어나도 시각 맞춰 완유헌에 닿을 수 있을 것이다.

문살의 그림자를 살핀 동아는 수앙을 모로 뉘며 그 머리 밑에다 자신의 무릎을 받쳐 넣는다. 수앙의 두 팔이 제 가슴 앞에 힘없이 놓였다. 희고 가늘고 긴 여섯 손가락과 한 마디씩만 붙어 있는 손가락 네 개. 남은 마디들에 은동 모조 손가락을 끼었던 자국이 선명하다. 동아는 수앙의 왼손을 가져다 가만가만 주무른다. 모조 손가락 자국을 지워 주기 위해 꾹꾹 한참을 누르다 그 손가락들의 끊긴 부분을 호호 분다. 호, 호. 암만 숨을 불어도 없어진 손가락들이 자라나올 리 없는데 도솔사 심경와에서 잠든 수앙의 잠자리를 여며 줄 때도 자꾸 불곤 했다. 손에 붙어 있어야 할 손가락들이 없는 것에 적응하기가 어려운 탓이다. 머리끝에서 발끝까지 빈틈이 없는데 손을 보면 손의 불구만 보이지 않는가. 부처님한테서 얼굴을 떼어 내 버린 것 같거나 꽃송이를 모조리 뜯어 버린 꽃나무 같거나.

손에서 눈을 거두면 완전한 수앙이 다시 보인다. 도솔사에서 나온 지 한 달여 만에 낯빛이 백옥목처럼 희어졌다. 감긴 눈꺼풀의 속눈썹이 나리꽃의 꽃술처럼 길게 도드라졌다. 천신이신지, 부처이신지, 신령들이신지 알 수 없지만 작심하고 빚으신 게 아니라면 이런 기이한 사람이 세상에 나올 리 없다. 대체 어쩌자고 한 사람한테 이 많은 것을 모아 놓은 걸까. 손가락이나 잃지 않게 해주시던지.

수앙의 두 손을 편하게 놔둔 동아는 곁에 있는 방석 두 장을 끌어다 다리와 등을 덮어 준다. 댕기가 빠진 짧은 머리카락을 사려준다. 방석 두 장으로도 충분히 덮일 만큼 가녀린 사람이 우동아의 주군이다. 무녀의 딸로 태어나 무녀의 딸로 자라다 결국 무녀가 되고 만 사람. 모든 것을 다 가졌지만 실상은 아무것도 가진 게 없는 스물한 살의 여인. 하여 무슨 짓이든지 벌일 수 있게 된 우동아의 주군! 도적들의 집을 털어내어 도적들끼리 상잔케 하여 복수하겠다는 주군을 얼마나 모시게 될지는 알 수 없다. 스승 혜원처럼 한 이십 년쯤 모실지, 김강하처럼 주군과 더불어 죽을지. 주군을 떠나보낸 뒤에도 살아가게 될지. 천안 칠성부에서 자라면서 스승들과 선진들을 유심히 살피곤 했다. 앞선 이들을 뚫어져라 보면 앞서 산 그들의 인생이 다 보일 것 같아서였다. 보이는 듯 보이지 않았다. 스승들에 따르면 살아 봐야 보이는 것이 인생이었다. 지금 우동아한테 앞날은 보이지 않는다. 그저 이름 많은 주군만 보일 뿐이다.

얻고 잃거나 잃고 얻거나

인당헌은 지난 몇 해간 일성 회합에 참석치 않았다. 작년에도 물론 못 왔다. 소전사태 때 인당헌의 아들 김제교가 사라졌으므로 회합 참석 같은 걸 생각지 못했을 게 당연하다. 온도 그 즈음에 일성 회합 같은 거 나몰라라하고 싶을 정도로 김강하를 잃은 충격에서 헤맸다. 그때로부터 열 달가량이 지나 인당헌이 허원정으로 찾아왔다. 몇 해 만에 만난 인당헌은 예전 그 여인이 맞나 싶을 정도로 늙었다. 인당헌이 보기에 이온 자신도 그만큼 달라 보이리라는 걸 새삼 깨닫는다. 좀처럼 거울 보는 일이 없어 잊고 살지만 스물아홉 살에 주름살은 물론이고 새치가 드물지 않게 돋아나고 있지 않는가.

"오랜만에 뵙습니다, 마님. 어쩐 일로 제 집까지 왕림을 하셨는지요?"

탁상 건너편 좌대에 앉은 인당헌이 가슴 앞으로 두 손을 모으더니 새삼 고개를 수그렸다가 든다. 잠깐 사이에 눈물이 그렁그렁해졌다. 온은 문 옆에 시립한 난수한테 물을 따라 주라고 눈짓한다. 난수가 탁상 가운데 놓인 물병을 기울여 물을 따르더니 인당헌 앞에 놓아주고 제자리에 가서 선다. 물잔을 말끔히 비운 인당헌이 눈물을 추스르곤 입을 연다.

"작년 여름에 제가 손자를 봤나이다, 아씨."

"아, 그러셨습니까."

감축 드린다는 말이 나오지는 않는다. 아들을 잃고 손자를 본 게 못 본 것보다는 나으므로 뭐라고 말해도 될 테지만 지금 느닷없이 찾아와 손자 얘기를 하는 까닭이 예사롭지 않은 것이다.

"그 손자를 낳기 아흐레 전에는 아들을 잃었지요."

"예, 큰일 겪으셨다고 들었습니다."

"헌데 아씨, 저는 제 아들의 죽음을 본 적이 없고 주검도 보지 못해 믿을 수가 없습니다. 산불이 나서 그 불에 휘말렸을 거라는데 아무리 산불이 큰들 장정들이 고스란히 타 죽고 뼛조각도 추리지 못한다는 게 말이 됩니까? 더구나 새벽에 비가 내려서 몇 시진 만에 불이 잡혔다는데?"

온은 믿는다. 한 떼의 사람들이 종적 없이 사라져 버리는 일을 여실히 겪은 덕이다. 통천 비휴들, 불영사와 실경사의 무극들. 이온에게 가장 괴로운 건 불구가 된 몸도, 낳지 못하고 잃어버리는 자식들도 아니고 죽어 버린 김강하도 아니다. 내 사람들이 사라졌는데 그 까닭을 모른다는 점이다.

"그러게요, 마님."

"제가 어떻게 믿을 수가 있습니까. 아씨께서 잘 아시다시피 제 아들은 무과에 이등으로 급제한 무사이고 그 휘하들도 무술깨나 하는 금위군들인데, 그들이 한꺼번에 불에 타 죽었다는 게 말이 되느냐

말입니다.”

“저도 참 이상한 일이라고 생각했습니다.”

“작년 여름에 아들 잃고 정신없는 와중에 손자를 보았습니다. 아들이 아기 이름을 지어 놓았기에 건복이라고 붙였지요. 그날이 작은 궐이 하세하신 날이었으나, 세상에 무슨 일이 일어났건 저는 손자라도 생겨서 천만다행으로 여겼습니다. 건복이가 백일 넘기고 반년 넘기고 그럭저럭 돌을 맞겠다 싶어서 금이야 옥이야 애지중지하는데, 나쁜 일은 혼자 오지 않는다더니, 지난 정초에 건복이를 놓쳐 버렸습니다.”

작년에 만난 소소 무녀의 말에 따르면 이온이 유산을 반복하는 까닭은 몸에 살기가 많은 탓이라 했다. 김제교의 아들도 제 아비의 살기에 치인 것인가. 온은 난수를 힐끗 보고 고개를 돌린다. 지금까지 난수한테 누굴 해하라는 명을 내린 적이 없다. 평생 보좌로 곁에 두어야 하므로 아꼈다. 그 덕에 난수 심신에는 살기가 깃들 까닭이 없고 아기를 못 낳을 이유도 없는데 유산했다. 그 아기가 윤홍집의 씨라서 태어나지 못한 것으로 볼 수밖에 없다.

“망극하여이다, 마님.”

“제가 넋이 다 빠져 지내다가 반야원의 칠지라는 무녀를 찾아갔습니다. 아들 혼이라도 찾아보고 싶어서요.”

온으로서는 신세한탄을 다 들어줄 정도로 인당헌 모자가 곱지 못했다. 김제교는 제 처제가 곤전으로 들어간 이후 방자해져서 사령이 제게 베푼 은혜를 사그리 잊었다. 인당헌도 같았다. 사돈댁이 부원군 댁으로 변한 이후 만단사를 잊고 싶다는 것처럼 칠성부령을 돌아보지 않았다. 이제금 찾아와 신세한탄을 늘어놓는 까닭은 정작 하고

자 하는 말이 따로 있기 때문일 터이다.

"진혼굿이든 초혼굿이든 이미 해보셨을 텐데, 복채 높기로 소문난 칠지선녀한테까지 가셨습니까?"

"여러 무녀를 찾아다녔는데도 초혼이 되지 않아서, 답답함에 반야원으로 갔습니다."

"그 무녀가 점사를 보지 않은 지 오래됐다던데, 만나셨습니까?"

"열 달 만에 신당에 앉았다고 하더이다."

"아드님 혼령을 찾을 수 있다 하더이까? 아, 초혼이 안 되는 까닭을 물어보셨습니까?"

"다른 무녀들이 말하기를, 아들 혼이 응답하지 않는 건 혼이 승천해 버렸거나 혼이 제가 누군지를 몰라 응답치 못하는 것 같다고 했는데, 칠지선녀도 그리 말하더이다."

"그 많은 복채를 받으면서 다른 무녀와 똑같은 말만 하더란 말입니까?"

"그래서 제가, 내 아들이 승천했을 리 없다고 따졌습니다. 어미로서 솔직히 말하건대 내 아들은, 어릴 때 도적 떼한테 부친을 잃은 탓에 세상에 대한 원망이 많고, 스스로 욕심도 많았다고. 그 욕심대로 살 수 있게끔 전도가 양양했다고. 그 처가가 입 밖에 내지도 못할 만치 높은 집안이라고. 전도가 그리 밝은데 죽었고, 뼈를 추리지 못해 장사도 제대로 못 지냈는데, 아무 원이 없는 것처럼 도솔천으로 올라갔을 리는 없다고요. 그렇다면 제가 생전에 누구였는지도 모르는 귀신이 되었다는 것인데, 저는 그것도 인정할 수 없다고 했습니다. 왜냐, 제 아들은 몹시 총명했기 때문입니다. 아무리 죽었기로 생전의 제가 누군지도 모르는 뜬것이 되지는 않았을 테니까요. 내 그래서 칠지선녀 널 찾아왔고, 그 의혹을 풀어야 며느리와 손녀들을 데리고 향리로 돌아갈 수 있겠다. 그래야 양손자를 들여 제사를 지낼 수 있겠기에, 말해 보라 했습니다. 다들 내 아들이 죽었을 거라 하니 죽었다고 치고, 어째서 초혼에도 응하지 않는 것이냐고. 굿판을 크게 벌이면 나타나겠냐고요."

"칠지선녀가 뭐라 하더이까?"

"제 아들은, 자신이 죽게 된 까닭을 모르고 죽은 것 같다 하더이다. 그러니까 자신이 죽으리라는 걸, 죽는 순간에도 믿지 않아 죽게 된 까닭도 모르게 된 것이라고요. 그리 죽은 혼령들은, 자신 안에 갇혀 버리므로, 자신이 생전에 누구였는지도 모르는 먹통이 돼 버린다는 것이지요."

"그러니까 아드님이 불에 타 죽으면서도 자신이 왜 죽는지를 몰랐다는 것입니까? 어찌 그럴 수가 있을까요?"

"제가 궁금한 게 그거였습니다."

"그랬더니, 칠지선녀가 뭐라고 하던가요?"

"우리 아들은 마지막 순간에도 제가 절대 아니 죽으리라 믿었을 거라고, 자신이 그 자리로 갈 때 죽을 일이 전혀 없다고 여겼고, 처가댁이 입에 담지도 못할 만치 높으신 가문이니 그 댁의 어른들이 어떤 경우에도 자신을 죽게 놓아두지도 않으리라 믿었을 거라고 하더이다. 그 믿음 때문에 혼령이 제 안에 갇혀 버려서 제가 누군지도 모르는 뜬것이 돼 버린 것 같다고요."

"그래서 큰 굿을 하라 하더이까?"

"아니오. 향리로 내려가 근동의 아는 무녀를 불러다 아들이 태어난 방에서 앉은굿이나 하여 천도를 해주라 하더이다. 그러면 아들의 혼이 제게 느껴질 것이라고요."

칠지 무녀 심경이 귀신들의 세상을 그처럼 세세히 분별할 수 있다고 들으니 더 의심스럽다. 중석이 김제교 등과 함께 산불에 타 죽었을 리는 만무하다. 분명히 그이는 살아 있는 것이고 반야원의 심경과 관련이 있는 것이다.

"듣고 보니 그렇기도 하겠습니다. 사위도 자식인데 자식을 죽을 자리로 보낼 장인이 어디 있겠습니까? 아드님의 장인이 부원군이시고 금위대장이셨으니 사위를 죽을 자리로 보내지는 않으셨을 거 아닙니까?"

"아들을 뒤주 속에 가두고 풀을 덮어 쪄죽이기도 하는데, 장인이 사위를 그리하지 말라는 법도 없겠지요. 제 아들의 장인은 그러고도 남을 분이시고요. 그쪽 큰아들하고 제 아들을 짝패인 양 묶어 갖은 일을 꾸미게 해놓고도 정작 못된 일은 제 아들한테만 시켰으니까요. 제 아들이 죽은 뒤 그 자리에 무관도 아닌 당신 아들을 들여놓고, 제 아들이 어찌 불에 타 죽었는지 까닭을 파 보지도 않은 채, 아무 일도 없었던 것처럼 덮어 버렸으니까요. 그리고 찾아와 고작 한다는 말이 나랏일하다 죽었으니 그리 아시라!"

오흥부원군은 사위가 사라진 뒤 자신의 큰아들인 김문주를 죽은 사위 자리에다 놓았다. 부원군이 일부러 사위를 죽게 하지는 않았을지라도 그 빈자리에 할 일 없는 자식을 꽂은 게 큰 흠은 아니다.

"부원군께서는 체면을 생각하셔야겠지요. 사위님이 자리를 비우게 된 경황 중에 아드님을 사위가 계시던 자리에 꽂은 것도 어찌 보면 자연스런 일이고요. 그래도 따님과 외손녀들을 생각하시어 돌봐주시지 않겠습니까?"

"사위자식도 자식이라 하지만 처지가 달라지니 인심도 달라지더이다. 사위자식이 청청할 때도 마지못해 자리나 옮겨 줬는데 사위자식이 없어진 마당에 돌아볼 것도 없겠지요. 젊은 날 죽은 전처가 남기고 간 딸자식인 바에야. 더구나 부원군은 몇 해 사이에 첩실을 둘이나 들였다는데요."

"아드님의 벗들이라도 찾아올 게 아닙니까?"

"처가가 그러는데 벗이라고 인사 차리러 오겠습니까? 금위대에 같이 있던, 집에도 무시로 와서 나한테 어머니라 불러쌌던 인사들도 발을 뚝 끊더이다. 검관이라던 자들을 비롯해서 군관이라는 자들까지. 허구한 날 우리 집에 모여 술판 벌이고 뭘 써대고 웃어대고 그러면서 모의 장소로나 썼지 우리 아들의 벗들은 아니었던 게지요."

정동골에 있는 김제교의 집에서 소전을 폄훼하는 벽서들이 만들어진 게 사실이었다. 소전을 고변하고 참수 당한 나경언이 찾아왔을 때 짐작했으면서도 온은 내버려뒀다. 그 일이 그처럼 커질 거라고 예상하지는 못했다. 더구나 홍집이 세손동궁의 익위가 되어 그를 모시게 되면서 이록, 이온 부녀는 동궁한테 손가락 하나 튕길 수 없게 됐다. 오히려 동궁을 보호해야 할 처지가 돼 버렸다.

작년 봄에 보현정사에서 만난 곤전이 이후 두 차례 입궐을 명했다. 곤전의 명을 거스를 수 없어 두 번 다 입궐했다. 세 번 만난 곤전은 이온에게 노골적으로 우의를 표시했다. 벗이 되자고, 힘이 되어 달라고도 했다. 예, 마마. 그리 읊조리긴 했으나 온은 곤전한테 동조하지 못했다. 힘이 되어 달라는 곤전에게 미장품이 든 궤와 청심환열 개가 든 상자를 선물했다. 그 외에는 비녀 한 개도 바치지 않았다. 곤전과 거리를 두기 위함이었다.

"세상인심이라는 게 그렇기는 하지요."

온은 당신 모자도 그렇지 않았냐고 굳이 지적하지는 않는다. 그렇지만 인당헌의 신세한탄은 그만 듣고 싶다. 인당헌이 찾아온 까닭이 뭔지 그 스스로 말하게 하고 결론 내서 돌아가게 할 때가 됐다.

"그렇더이다, 아씨."

"오늘 어려운 걸음을 하신 연유를 말씀하시겠습니까?"

인당헌이 당황한 듯 직접 물을 따라 마신다. 물잔을 내려놓고 입을 연다.

"을축년에 제 바깥사람이 돌아간 뒤, 태감께서 제 아들을 공부시켜 주셨고, 장가들일 때는 정동골 집을 마련해 주셨습니다."

결국 집 문제였나 보다. 도성에서 살아야 할 까닭이 없고, 살아갈 재량도 없으므로 향리로 돌아가려는데 집이 걸린 것이다.

"그러셨지요."

"저는 여태 정동골 집이 제 아들 명의로 된 줄 알았습니다. 헌데 이번에 팔아서 충주로 돌아갈까 하고 거간꾼한테 내놨더니 거간꾼이 말하기를, 호조에서 알아본 바, 집주인이 제 아들이 아니라 이온, 아씨로 돼 있다 하더이다."

"아마 그럴 겁니다."

"당시 제 아들한테 주신 집이 아니오니까?"

"마님 댁 식구가 평생 사실 수 있는 집이기는 하지요."

"살 수는 있는데 팔 수 없다, 그런 말씀은 첨에 듣지 못했습니다."

"그 집에 아드님 내외분이 살게 될 때의 정황은 제가 자세히 모르겠습니다. 제가 아는 건 허원정의 별저로 되어 있는 몇 채의 집들이, 살고 있는 사람의 이름으로 바뀌려면, 그 집에 사는 사람이 허원정,

혹은 만단사를 위해 쌓은 공적이 있어야 한다는 것입니다. 마님께서 말씀하셨다시피 태감께서 아드님을 공부시키셨고 그 집에 살게 하셨습니다. 우리 세상을 위한 인재라 여기시고 키운 것이지요. 헌데, 아드님은 태감이나 만단사를 위해 한 일이 전혀 없고, 태감께서 병환이 드시자 오히려 도외시했습니다. 문안 한 번을 아니 왔지요. 장인이 부원군이 되신 뒤에는 말할 것도 없고요. 그러다 변을 당한 것 같으니, 제 이름으로 된 정동골 집이 아드님 명의로 변할 수 있는 기회가 없었던 것이지요."

"알겠습니다, 아씨. 제 아들 처가가 갑자기 너무 커지는 바람에 아씨 댁과 소원해진 게 사실입니다. 그러면 안 되는 일이었는데, 저라도 찾아다니며 인사를 차렸어야 하는데 제가 많이 어두웠습니다. 저나 제 아들이 도리를 저버린 게 사실이고요. 죄송하고 망극합니다. 이제 시골로 내려가 양손자 들일 궁리나 해야 할 상황이라 인사드리러 온 건데, 말이 길었습니다."

충주 감물현에 있는 땅이라야 간신히 입에 풀칠할 만한 넓이라고 알고 있는데 자존심을 지키려고 안간힘을 쓴다. 자존을 지키겠다는데 누가 말리랴. 온은 인당헌이 처음 들어섰을 때 집 문제로 찾아온 걸 느꼈고 집값에 해당하는 은자를 내어 주리라 작정했던 맘을 접는다.

"별 말씀을요. 충주로 언제 가십니까?"

"이런저런 정리하는 데 한 열흘쯤 걸릴 것 같나이다. 어지간한 것들은 그냥 두고 짐을 쌀까 하고요."

어지간한 것들은 원래부터 그 집에 차려져 있었던 것들일 것이다.

"며느님의 친정, 부원군 댁에서는 뭐라 안 하십니까?"

"며느리가 군부인의 전실 소생인데 무슨 애틋함이 있겠습니까. 어쨌든 아씨, 강령하시고 다복하시기 바랍니다."

"오는 칠석에 보현정사에 오십니까?"

"어지간하면 참석해야지요. 참석하겠습니다."

인사로 하는 소리일 뿐 참석치 않으리라고 작정한 얼굴이다. 대가가 없으므로 충성도 그치겠다는 것이다.

"그러면 그때 뵙지요."

"예, 아씨."

인당헌이 나가고 난수가 배웅을 나간다. 사위가 급작스레 고요하다. 미연제가 곁에 없는 탓이다. 아이는 제 아버지와 삼촌을 따라 산정평에 놀러갔다. 곤은 지난 정월에 성균관 입학시험을 치러 합격했다. 이월 초하루부터 성균관에서 지내게 됐고 수유날 아침이면 집으로 와서 놀다가 이튿날 새벽에 성균관으로 돌아갔다. 미연제가 곤을 몹시 따랐다. 곤도 미연제를 귀애하여 집에 있는 동안은 노상 붙어 지냈다. 제 삼촌의 수유날이 제 부친의 수유날과 같다는 걸 안 미연제는 어제 저녁부터 삼촌을 기다렸다. 오늘 아침 제 삼촌이 오자마자 뭐라고 속삭였는지 곤이 홍집에게 저와 아이를 나들이에 데려가달라 청했다. 애 아버지가 기꺼이 처남과 딸을 데리고 산정평으로 갔다. 산정평에서는 너른 마당을 만들고 마당 주위에 단을 쌓고 단 주변의 나무를 다듬는 등의 대회합 준비로 여념 없다고 했다.

그 모든 일들이 온과는 무관한 듯이 진행된다. 대회합이므로 칠성부령인 온도 당연히 참석하리라 작정했는데, 홍집은 이번에 칠성부는 빠지라 했다. 다섯 부의 화합을 위한 회합이 아니라 태감께서 만단사 네 부의 동향을 살피려는 것이므로 칠성부는 굳이 참석치 않아도 될 것 같다고 할 때 홍집의 표정은 여상했다. 생각을 읽을 수 없는 그런 표정 앞에서 온은 자신의 주장을 펼 수 없었다. 언젠가부터 그렇게 됐다. 지난달 거북부령 선출 회합 때 온이 한태루를 추천하고 지지 발언을 한 뒤 그의 낙선을 보고 돌아왔을 때도 홍집은 무표정했다. 말투도 여상했다. 내용은 추상秋霜같았다.

"부인께서 한태루 그자를 거북부령으로 만들어 무얼 하려 하셨는데요?"

온은 황동재가 거북부령이 되는 게 싫었을 뿐이다. 황동재의 아비 황환을 치러 갔던 비휴며 무극들이 사라져 버리지 않았는가. 그전에는 홍집이 황환을 죽이지 못하고 돌아왔다. 생각해 보면 현재 이록 부녀한테 드리워진 암운은 그때부터 시작됐다. 온이 소리쳤다.

"난 내가 할 수 있는 일을 했을 뿐이에요. 당신이 상관할 일 아니라고요."

홍집이 낮은 목소리로 선언했다.

"다시 한 번 그런 식으로 말씀하시면 이 집에서 내가 상관할 일은 없는 걸로 간주하고 미연제 데리고 나갈 겁니다."

그 순간 온은 입을 다물었다. 허원정에 속한 것이나 만단사에 속한 것들을 욕심내지 않아도 그 모든 것들을 가질 수도 있게 된 그는 아무것에도 미련두지 않고 영원히 사라질 수 있는 사람이었다. 그와 딸아이가 사라져도 이온이 죽지는 않을 테지만 삶은 엉망이 될 터였다. 아이의 재잘거림과 웃음소리가 사라진 삶은 상상만 해도 끔찍했다.

"아씨, 소인 들어가리까? 약방에 다녀오리까?"

온 대신 약방에 나다니는 난수가 나갈 시각이다. 온은 닷새에 한 번꼴로 약방에 나가고 나머지 날들은 난수가 대신 살피고 돌아와 보고했다. 난수는 대체로 충직했고 믿을 만했다. 홍집과의 관계도 온이 묻지 않을 뿐 애써 숨기는 건 아니다. 그럼에도 그 속이 투명하지는 않았다. 거짓을 말하지는 않되 하지 않는 말들이 분명히 있는 것이었다. 이온에게 보고해야 할 열 가지 사안이 있다 할 때 열 가지를 다 말하면서 각 사안마다 어떤 측면들을 빼놓는 것 같다고나 할까.

들어오라는 말에 난수가 들어와 읍하고 선다.

"자네 생각은 어때?"

"무얼 말씀하시는지요?"

"인당헌 식구를 정동골 집에서 그냥 나가게 하는 거."

제 생각을 묻는 상전이 낯선지 난수가 눈을 들어 쳐다본다. 평생 아랫사람 의중을 물어본 일이 거의 없긴 했다.

"하문하시니 말씀드립니다. 인당헌을 맨손으로 하향케 하시는 건 아씨께서 평소 해오신 행사들에 비추었을 때 어울리지 않으십니다."

"야박하고 몰인정하다?"

"소인이 봬온 바 지금까지 아씨께서는 그리하신 적이 없습니다. 인당헌께 섭섭하신 건 소인도 짐작하오나 이제 그이는 힘이 없는 데다 며느리와 손녀 둘을 데리고 살아야 하지 않나이까. 인당헌이 꾸리는 선원에 우리 부 사자가 열일곱이나 속해 있고요. 인당헌이 빈손으로 내려가면 충주 감물현 선원은 유야무야 되고 말 겁니다."

맞는 말이다. 만들긴 어려워도 사라지긴 쉽다. 물어보길 잘했다.

"자네 말이 맞아. 그렇다면 정동골 그 집값이 얼마나 될까?"

"이천 냥쯤 되지 않겠나이까."

"그러면 궤짝 열어서 이천 냥 가져다주게. 잘 가시어, 감물현의 댁이며 선원 잘 꾸려 놓으시고, 오는 칠석날 사자들 몇 데리고 상경하시어 다시 뵙자하더라고, 못 오겠지만 말씀이라도 드려. 그리고 인당헌 식구가 나가면 그 집이 비게 되는데 자네가 그 집으로 들어갈 텐가?"

"예?"

"백자동 자네 집, 자그맣다며? 내가 이제껏 자네한테는 해준 게 없잖아. 명의 바꿔서 자네한테 줄게."

"아씨께옵선 소인한테 많은 것을 주고 계십니다. 소인한테 그처럼 큰 집이 무슨 소용이겠습니까. 더 필요한 사람에게 내리소서."

온이 느끼기에 홍집과 난수의 관계는 끝났다. 언제 끝났는지는 확인할 수 없으나 미연제를 데려온 이후 두 사람이 따로 만나지 않는 건 확실했다. 딸아이로 인해 아버지로서의 홍집이 극히 조심하는 까닭이고 또한 그가 난수를 통하지 않고도 이온을 통제할 수 있다는 의미였다. 실상이 그랬다. 온은 홍집이 모르게 바늘 하나 꽂을 수 없게 됐다.

"알겠네. 그 집 문제는 더 생각해 보기로 하고 우선 인당헌한테 갖다 줄 은자나 꺼내 보게. 백 냥짜리 은병이 좋겠지?"

난수가 골방으로 들어가더니 은전을 보관하는 궤를 연다. 찻종지 크기만 한 백 냥짜리 은병 여섯 개를 들고 와 탁상 위에 놓고 다시 골방으로 간다. 지출계획이 없던 이천 냥이 나가게 생겼으나 표날 정도는 아니다. 돈 벌기는 특별히 쉽거나 유난히 어렵지 않았다. 오랜 체계와 체제에 따라 매일, 매달, 매해 들어오고 나가고 남는 게 비슷했다. 이번 봄에는 작년 흉작의 여파로 인해 나가는 게 많은 편이다. 산정평 회합을 준비하는 데도 오천 냥 넘는 돈을 쓰고 있고, 회합에 찾아올 사자들한테 노잣돈 석 냥씩은 건네야 하므로 이천 냥

정도 더 나갈 참이다. 큰 지출일지라도 그 돈들로 인해 숱한 사람이 이 봄을 넘기고 이후의 삶도 계속할 테니 공덕 쌓는 셈치면 된다.

"다녀오겠습니다."

난수가 나가고 나름이가 요강을 들고 들어온다. 온은 한숨을 지으며 오줌 눌 채비를 한다. 공덕을 쌓는 것으로 만족이 되지 않는데도 그 외에는 할 수 있는 게 없는 불구의 이온. 개똥이가 윤홍집으로 변하여 지아비가 되는 동안 그에 대해 아무 것도 몰랐던 것 같았다. 함께 사는 세월이 길어질수록 점점 알 수 없는 사람이 그였다. 모르므로 두려웠다. 그가 윤선일로 불리던 즈음에 그를 떼어 냈어야 한다는 생각이 들 때면 흠칫 놀라곤 하는 자신에게 더 놀라 신음한다. 맙소사. 이게 나라니. 요즘은 부친이 산정평 회합을 통해 재활하기를, 예전의 힘을 되찾기를 간절히 바란다. 부친께서 그리하실 수 있게 무슨 일이라도 하고 싶었다. 문제는 홍집이 그걸 바라지 않는 것이다. 홍집 몰래 할 수 있는 게 없으므로 이온이 현재 상태에서 벗어날 가망도 없었다.

산정평

　태감이 대회합 얘기를 처음 꺼낸 건 작년 오월 상림에서였다. 홍집이 홍남수와 영고당이 사통하는 사이가 아니고, 영고당이 태감을 독살하려 계획한 것이 아니기를 바라며 함화루 마당에서 무술 시합을 벌였다. 가솔들을 세 편으로 나누어 활쏘기 시합을 한 그때 태감 편이 우승했다. 패자 둘이 승자의 소원을 들어주는 내기였다. 태감이 아들한테는 성균관 입학을 요구했다. 사위에게는 자신이 도성으로 갈 상황을 준비하라 했다. 어떻게 준비해야 하는지 홍집이 물었을 때 대회합 얘기를 꺼냈다.

　회합 장소가 산정평으로 정해진 건 지난 설이었다. 삼월 보름이 태감의 생신날이므로 회합은 생일잔치 형식으로 치르기로 했다. 그 즉시 대회합 통문을 돌렸다. 홍집은 비휴들에게 산정평 회합 직전까지 기린부령 연은평과 봉황부령 홍낙춘, 용부령 김현로 측근들의 최근 동향을 상세히 파악하라 지시했다.

　외무집사 박은봉은 산정평으로 가서 대회합 준비를 시작했다. 산정평에다 함화루 앞마당만큼 너른 마당을 만들기 위해 박은봉은 각 영지의 남정 하속 삼백여 명을 동원했다. 그들은 정월부터 두 달 반에 걸쳐 낡은 산정헌을 수선했다. 에운담 형상의 행각으로만 둘러졌던 산정헌의 사면을 둘러 담장을 쌓았다. 이중 대문을 갖게 된 산정헌의 앞쪽에다 마당을 닦았다. 잡목과 억새들이 우거진 야산과 둔덕들을 쳐 버리고 삼십 마지기에 달하는 평평한 땅을 만들어 냈다. 산정헌이 산정평 북쪽인 명성산을 뒤로 하고 남쪽인 관음산을 바라보고 있기 때문에 마당은 남쪽으로 긴 타원형이 됐다. 회합을 치르고 난 뒤에는 밭이 되어 갖은 약초를 심게 될 것이다.

산정평 둘레 네 마을에 흩어져 사는 허원정 가솔이 칠십여 호, 사백 명에 가깝다. 그중 한 집에 나경언의 처자식이 산다. 소전을 고변한 나경언이 참수되기 전에 제 처자식을 피신시켜 달라고 청했다. 그의 고변이 누구의 사주에 의한 것이든 외형으로는 그 홀로 했다. 그로 인해 소전 사태가 시작됐고 결국 소전이 하세했다. 그 처자식이 발붙일 곳이 조선 땅에서는 없었다. 홍집은 어디로 가야 할지 모르는 자식 달린 여인을 어찌할 수 없어 일단 허원정으로 데려갔다. 온은 경언의 처한테 산정평에다 집 한 채 지어줄 테니 살겠냐고 물었고 경언의 처는 울며 읍했다. 산정평 촌장인 지술 할아범이 허원정으로 불려와 온의 당부를 듣고는 경언의 처자식을 데려갔다. 홍집은 경언의 처자식이 산정평의 어느 동리에 사는지 모른다. 산정평에서 굶는 사람은 없으므로 그럭저럭 지낼 것이라 생각할 따름이다.

촌장인 지술은 환갑이 넘었다. 지술의 지휘 아래 산정평의 가솔들이 동네 곳곳을 말끔히 치우며 손님맞이 채비를 했다. 팔도 방방곡곡에서 굶는 자들이 허다해도 산정평은 허원정의 영지이므로 딴 세상과 다름없었다. 동리 사람들은 산정평에서 최초로 벌어지는 큰 잔치 준비로 부산했다. 술을 빚고, 떡을 했다. 돼지 삼십 마리와 닭 이백 마리를 잡았다.

지난 석 달간 여러 차례 다녀갔던 홍집은 열사흘 날 밤인 어제 산정평으로 왔다. 홍집처럼 이틀 먼저 당도한 일급사자가 열한 명이고 그들 각자가 대동한 수행이 두세 명씩이었다. 오늘 일급사자 스물두 명이 더 들어왔다. 지금까지 서른세 명의 일급과 두세 명씩의 수행이 모였는바 칠십육 명이 모였다. 태감은 해가 막 떨어진 때에 은적사 비휴들과 함께 당도했다. 홍집이 현재 상황을 보고하자 묵묵히 듣던 태감이 입을 연다.

"미리 온 사람이 예상보다 적구나."

구 년 전 상림 함화루 앞마당에서 벌어진 대회합 때도 이번처럼 태감의 생신잔치 형식이었다. 상림이 남녘에 치우쳐 있음에도 전날 저녁 참에는 예상 참여자의 태반이 도착해 있었다. 그즈음이 태감의 전성기였다. 그날의 광경은 장엄하여 눈부셨다. 만단사에 대한 자부심으로 아름다웠다. 태감이 그날의 아름다움을 자신의 것으로 당연히 여기며 오만을 부리지 않았더라면 세상은 그를 중심으로 돌게 됐을지도 모른다.

"오늘 밤과 내일 오전 중에 몰려들지 않겠습니까?"

말은 이렇게 할지라도 얼마나 찾아올지, 홍집도 가늠하기 어렵다. 이번 회합에서 무슨 일이 생길지도 모르니 칠성부는 빠지시라, 온에게 말했다. 대신 허원정과 보원약방에 대한 경계를 강화하라 덧붙였다. 온은 그러죠, 한마디 했을 뿐이다. 홍집의 말뜻을 알아들으면서도 불만이 없지 않음을 그렇게 나타낸 것이었다.

거북부령 황동재는 당일 낮에 도착할 것이라 했으므로 내일 들어올 게 확실하다. 황동재를 거북부령으로 뽑은 일귀들과 봉만호를 지지했던 일귀들은 거의 참석할 것이다. 한태루와 그에 동조하는 일귀들이 올지는 미지수다. 기린부령 연은평과 일기사자들, 봉황부령 홍낙춘과 일봉사자들, 용부령 김현로와 일룡사자들. 그들이 올지, 얼마나 올지, 어떤 식으로 올지는 알 수 없다.

어떤 식으로 올지에 대해 의문을 갖는 까닭은 연은평과 홍낙춘과 김현로의 연대가 사뭇 공고鞏固하기 때문이다. 김현로의 둘째 딸이 연은평의 큰며느리이고 김현로의 막내딸이 홍낙춘의 외며느리였다. 한 집안 식구처럼 어울려 버린 세 부령은 지난 몇 년 동안 사령을 모르쇠했다. 사령에 의해 부령이 되면서 너른 땅과 큰 자금을 운용할 수 있는 권한을 가지게 되었음에도 그런 것들이 원래 자신의 것이었던 양 지내왔다.

이제 사령이 원래 자리로 돌아오게 되었으므로 그들은 제멋대로 운용해 온 부의 재산에 대해 돌아봐야 하거니와 자신들의 목숨도 위태로울 수 있음을 깨쳤을 것이다. 이 산정평으로 곱게 찾아와 용서를 빌 턱이 없었다. 그들보다 더 문제인 건 부령 본원 살림을 운영하는 그들의 아들들과 사위들이다. 사령이 주최하는 대회합 때는 각부 본원이 운영하는 만단사 재산의 현황을 공개하는 게 규칙인데 과연 그들이 공개할 만하게 운영해 왔을지. 공개치 못할 지경이면 어떻게 나올지 의심스러운 것이다.

"그렇기를 바란다만 어쩐지 난망해 보이는구나."

"우선은 심려 놓으시고 쉬소서. 다만, 미리 온 사람들을 만나시는 일은 내일로 미루시기를 청합니다."

"누구누구가 왔느냐?"

"일급들로만 말씀드리자면 기린부에서 일곱, 봉황부에서 열넷, 거북부에서 다섯 분, 용부에서 여덟 분이신데, 대개 연만하신 분들입니다."

"그들까지 조심해야겠느냐?"

"조심도 해야 하려니와 부령들보다 그분들을 먼저 만나시는 건 의전에 어긋나는 것 같아 드리는 말씀입니다."

"알았다."

"소자는 잠시 주변을 돌아볼까 하나이다."

"주변을 돌아봐야 할 필요를 느끼느냐?"

"소자의 휘하들한테 각 부령들의 주변을 상세히 살피고 오라 하였습니다. 해 질 녘까지 이곳으로 들어오라 하였는데 이제쯤 그들이 당도했을 것입니다."

"아이들이 유다른 말을 하거든 내게도 고해라."

"예, 아버님. 촌장이 진지를 차려올 것이니 잡수시면서 쉬고 계십시오."

홍집이 방을 나오니 은적사 비휴들이 일제히 고개를 숙인다.

"촌장이 태감의 저녁상을 올리러 들어오면 상일이 자네가 기미해 드시게 하게. 내일까지는 태감께서 촌장 외에 아무도 만나지 않을 것이니 누가 태감 뵙기를 청해도 불가하다 하고, 혹여 기어이 태감을 뵙겠다고 나서는 사람이 있으면 나를 먼저 찾게. 그리고 자네들 저녁도 이쪽으로 들어올 것이니 식사들 하시게. 나는 잠시 둘러보고 돌아오겠네."

"예, 나리!"

은적사 비휴들의 군례소리를 듣고 안쪽 대문을 나서니 촌장과 그 아들 복남이 각기 지게를 진 채 기다리고 있다가 읍한다. 촌장에게는 태감의 진지를, 복남에게는 도시락 스무 개를 준비하라 했다. 홍집은 촌장을 들여보내고 복남을 따르라 하고는 바깥 대문을 나온다. 은적사 비휴의 상구와 상학이 안에서 대문을 닫는다. 집 주인들이 찾아오는 일이 워낙 드문지라 산정헌에 상주하는 하속이 없었다. 어쩌다 올 때는 시중드는 사람들까지 함께 왔다. 평시에는 마을 사람들이 번갈아 산정헌을 관리했다.

대문을 나온 홍집은 대문 남서쪽에 있는 다리를 건넌 뒤 새로 만들어진 큰마당을 에돌아 마을 입구로 향한다. 곧 열나흘 달이 동실하게 떠오를 테지만 지금은 어중간한 어둠이 사위를 잠식해 가고 있다. 큰마당 둘레에 수십 개의 천막이 쳐졌고, 그 주변에는 모닥불이며 횃불들이 환하다. 동리 사내들이 손님들에게 저녁을 내느라 부산하다. 칠십여 명일 뿐인데도 잔칫집 같다. 예전과 같다면 내일 오후에는 오백여 명이 모일 터이다.

홍집의 심사는 몇 겹이다. 침입자가 없기를 바라는 것은 물론이고 이왕 치르는 행사, 올 사람은 다 와서 흥겹기를 바란다. 한편 백 명도 모이지 않아 썰렁하기를 바라기도 한다. 태감이 자신의 무력한 처지를 완전히 인정하고 다시 헛되이 권좌를 꿈꾸며 살생을 자행하지 않았으면 싶기 때문이다. 은적사 비휴들을 정효맹이나 윤홍집과 같은 살인귀로 만들지 않고. 미연제의 인자한 할아버지이자 광대한 영지를 거느린 자애로운 지주이며 만단사자들을 돌봐주는 사령으로서만 살아 주기를 바란다. 아비를 죽이고, 스승을 죽이고 무고한 이들도 죽인 개똥이 윤홍집이 자신의 악귀 같은 성정을 잊고 살게 해

주기를.

마을 입구 팽나무 밑에는 아무도 없다. 홍집은 주변 어둠 속에 포진한 비휴들의 기세를 느낀다. 홍집이 사람을 데리고 나타나므로 숨은 것이다. 대회합이 정해지면서 홍집으로부터 세 부령과 그 주변 탐찰을 명받은 유자선은 속한 곳이 같거나 하는 일이 비슷한 양쪽 비휴들을 묶어 열 개 분조로 나누었다. 좌포청에 있는 유자선과 도묘향이 일조. 우포청에 있는 배선축과 진무등이 이조. 어영청의 박인선과 박금강이 삼조. 총융청의 하선묘와 조함백이 사조. 우원약방의 박선진과 소덕유가 오조. 사해약방의 염사선과 장월출이 육조. 반야원의 최선오와 허원정의 최한라가 칠조. 화엄약방의 민미선과 훈련원의 양설악이 팔조. 익위사의 최선유와 은백두가 구조. 전옥서의 강술선과 정오대가 십조였다.

"복남이, 여기다 도시락 내려놓고 돌아가게. 자네 숙부께는 내가 당부드렸던 사항들 잘 챙기시라 하고, 자네도 자네가 맡은 일을 다시 점검토록 하게."

"예, 서방님. 서방님께서도 저녁을 아니 자셨을 것 같아서 두어 사람 분을 더 준비했나이다."

"고맙네. 다시 말하는데 내가 여기서 혼자 스무 명치의 밥을 먹는 건 비밀일세."

"예, 서방님."

무슨 말인지 알아듣는 복남이 발대에 찬합들이며 물병이 쌓여 있는 지게를 받쳐 놓고는 제 집이 있는 마을 쪽으로 사라진다. 복남이 멀어졌을 때 어둠 속에서 비휴들이 스륵스륵 빠져나와 도열한다.

"여기 와서 모인 거야, 미리 만나 온 거야?"

"전곡 감치재에서 만난 뒤 같이 왔습니다."

"옆 숲 안쪽에 당집이 있어. 그 마당에 모닥불을 피울 수 있게 해 뒀으니 지게를 지고 그쪽으로 옮기지."

당집 마당에 이르러 불을 피우고 도시락을 나눠 먹으면서 비휴들이 내놓은 정보들은 예상했던 대로 심상치 않다.

송도의 한태루와 그의 무사들 삼십 명이 어젯밤에 상경하여 기린부령 연은평의 도성 집으로 들어갔다. 총융청에서 일하는 하선묘와 조함백이 연은평의 장자 연우용을 살펴왔는데 그가 어젯밤까지 모아들인 기린부 무사가 삼십여 명은 된다. 봉황부령의 집인 두동재에는 홍남준을 중심으로 봉황부 무사들 사십여 명이 모였다. 용부령 김현로의 집에는 큰사위 박천을 위시한 사십여 명이 모였다.

세 부령이 산정평에 올지는 미지수인데, 세 부령의 자식들과 한태루가 연합한 것이고 그들이 거느린 무사가 어제까지 총합 백오십여 수다. 황동재 휘하를 제외한 거북부의 절반, 다른 세 부의 무술깨나 하는 무사들 거개가 모였다 할 수 있으니 만단사의 무사 절반이 결집한 셈이다.

"그들이 그렇게 모일 수 있는 명분은 뭘까?"

홍집의 하릴없는 질문에 은백두가 나섰다.

"태감께서 무력하시어 우리 세상이 정체됐다고, 사실상 자신들의 앞날이 막혔으므로 태감께서 물러나셔야 한다는 게 아니겠습니까. 시해하겠다는 것일 테고요."

"그들도 명화당 흉내를 내며 들어오려나?"

"명화당이든 활빈당이든 오늘 밤에 들어온다면, 도적 떼 흉내를 내며 닥치겠지요."

그들의 동인動因은 결국 돈일 것이다. 팔도가 굶주림에 시달리는 이 봄에 만단사자들이라고 편할 리 없고 산정평 회합을 그 돌파구로 삼고 나선 것이다. 그들이 했던 충성맹세는 눈앞에 보이는 사령의 거대한 금력과 자신들의 실책 앞에서 무화되었고 사령부를 깨뜨리면 태감의 재산이 자신들에게 나누어지리라고 여기는지도 모른다. 만약 그리 여기고 오늘 밤 태감을 치러 온 것이라면 그들은 맹문이라 볼 수밖에 없다. 부사령인 이온을 저희들의 안중에 두지 않았지 않는가. 이온은 자신에게 필요하다 느낀 순간 개똥이 윤홍집과 혼인도 감행할 수 있을 만치 영리하거니와 자신이 가진 걸 지키는 것에 탁월한 능력을 지녔다. 홍집과 난수가 어떤 사이였는지 다 알고서도 일말의 내색도 하지 않을 정도로 자신이 지켜야 할 것에 투철하다.

"그들이 오늘 밤 이곳으로 올 것이라 보나?"

자선이 대답했다.

"이 밤에 올 겁니다. 미리 온 자들 중에 간자가 있을 테고, 태감께서 들어오신 걸 확인했으면 벌써 빠져나가 어딘가로 향하고 있겠지요."

사자들에게 대접할 저녁을 감독하고 있는 촌장의 아우한테 혹시 누가 빠져나가는지 살피라고는 했다. 하지만 몇 걸음만 벗어나면 어둠이라 칠십여 명을 일일이 관찰하기는 쉽지 않을 터이다. 어쨌든 저들이 오늘 밤 이곳을 치러 온다면 이곳에서 그들을 맞이하는 게 맞다. 만단사의 불순한 무력武力을 여기서 부수어야 하는 것이다.

"금위대에 속해 있는 사자들, 한부루, 박두석, 홍남선 등이 합세한 기척은?"

그들의 동태를 살피는 일은 어영청에 속해 있는 박인선과 박금강이 많았다. 박인선이 고갯짓을 하자 곡산 비휴의 막내인 금강이 입안에 남은 것을 삼키고는 답한다.

"달포 전쯤에 한부루가 송도로 가서 한태루를 만난 것 같고, 그 무렵에 연진용도 연우용한테 불려 들어갔지요. 홍남선도 제 형인 남준을 만났고요. 이후 금위대에 있는 자들이 제 가형들이나 부친들을 만나는 기척은 느끼지 못했습니다. 여기까지는 이미 보고드렸던 사항이죠. 어젯밤에도 금위대에 속한 자들은 마포 권전장에서 시간을 보냈고 남선이 우승해 딴 돈으로 마포나루의 기생집으로 들어가 밤을 지냈습니다. 어젯밤 그 패에 김문주와 정치석은 끼어 있지 않았고요."

금위대에 속해 있는 그들이 제 집안의 일에 가세하지 못한 이유가 무엇이든 그들에게는 다행이고, 그들의 아버지나 형들에게는 불운이다. 연진용이나 한부루 등 사령보위대에 있던 자들은 사령이 맥놓고 있는 것처럼 보일지라도 사령의 힘이 어디까지 뻗어 있는지, 그 사위인 윤홍집이 사령을 어떻게 둘러싸고 있는지 어림짐작이라도 할 수 있을 것이기 때문이다.

"총을 가진 자들은 몇이나 될까?"

배선축이 나선다.

"다들 알다시피 근자에 도성에서 총기 거래는 거의 이루어지지 않습니다. 새로운 총기들은 도성 안으로 반입되기 힘들고요. 저들이 어제 도성으로 들어올 때도 총기를 숨겨왔을 확률은 낮습니다. 그러므로 저들이 가진 총기는 작년 총기규제 포고령이 내리기 전부터 지녔던 것이라 할 수 있고, 연우용이나 홍남준, 한태루, 박천 등과 그들의 측근 한두 사람씩이나 가졌을 겁니다. 어떻든 스무 자루는 넘는다고 봐야죠."

"일단 오늘 밤 안에 저들이 들어온다는 전제로, 자네들 모두에게 묻겠다. 우리는 태감 호위들까지 합해 서른한 명이다. 저들은 최소 백오십 명이고, 저들이 들어왔을 때 합세할 자들이 몇이나 될지 모르는바 이백 명이라 가정하면 우리가 상대할 숫자도 그만큼이다. 그들을 어찌할까?"

유자선이 먼저 답한다.

"저들도 무공을 쌓아온 자들입니다. 저들에게 총이 있고요. 저들을 제압하자면 살상이 없을 수는 없습니다. 최소한 총 가진 자들은 막아야지요."

은백두가 이어 말한다.

"저들이 이백여 명이라고 단정할 수도 없습니다. 저들이라고 바보가 아닌데 자신들이 탐찰되리라는 가정을 안 할 까닭이 없지요. 우리 눈에 띈 숫자가 백오십여 명일 뿐 도성으로 들어가지 않고 이쪽으로 직접 오고 있는, 어쩌면 이미 와 있을지도 모를 자들까지 예상해야 합니다. 살상을 최소한으로 하네 마네, 우리가 그럴 게재가 아닐 수도 있다는 거죠."

다들 어쩔 수 없다는 듯 고개를 끄덕인다.

"알겠네. 일단 상황이 벌어지면 어쩔 수 없겠지. 그 상황은 저들이 이 산정평 안으로 모두 들어왔을 때 시작되는 것으로 하겠네. 저들이 들어올 수 있는 큰길은 사향산 북쪽 길과 사향산 동쪽 길, 그대들이 들어온 관음산 길, 망무봉 북쪽 길, 망무봉 남쪽 길 등이지만 산을 타고 내려온다고 치면 어느 쪽일지 우리가 알 수 없지. 그러나 한꺼번에 오지는 않을 테니 여러 방향에서 들어온다고 쳐도 결국 태감이 표적인바 공격할 때는 산정헌으로 들어오겠지. 이제부터 자네들은 여기 없는 사람들인 듯 경계를 시작하게. 우리의 주 무기는 저들이 모르는 우리라는 걸 알 테고, 상황이 언제 벌어질지 알 수 없으니 경계를 서다가 눈에 띄지 않게 산정헌으로 들어와 눈을 붙이도록 하게. 세부적인 건 유자선이 지휘하고. 그리고 태감과 그 호위들한테는 총이 있어. 그들은 우리와 다르게 사격술을 본격적으로 익히며 자랐다 하더군. 왜 우리한테는 총이 없냐고 비감해할까 봐 알려 주는 거야. 난 산정헌에 있겠네. 대문 신호는 똑, 똑똑, 똑똑똑이네. 반드시 대문으로 들어와야 하는 이유는 알지? 이따 다시 보도록 하지."

주먹밥에는 손도 대지 않은 채 수하들의 뜻만 취합하더니 총 얘기를 뱉어놓은 홍집이 달빛 속으로 들어간다. 열나흘 초저녁달이 나뭇가지들 새새로 비쳐든다. 자선은 구덩이 속에서 타던 모닥불을 흙으로 덮어 버리고 댓가지로 만들어진 빈 도시락과 물통들을 모아 지게 발대에 올린 뒤 당집 마당을 정리한다. 안해 능연에게 오늘 밤과 내일 밤 사이에 벌어질 수도 있는 일에 대해 알렸다. 능연이 말했다.

"우리 님께서는 내가 과부로 살 거라는 말씀 같은 거 아니하셨어요. 그래서 나는 걱정하지 않아요. 해야 할 일 잘 마치고 돌아오세요."

능연이 우리 님이라 칭하는 사람은 수앙이다. 자선은 사나흘에 한 번씩 반야원에 가서 능연과 함께 밤을 지내지만 수앙을 본 적 없다. 반야원 호위로 지내는 선오는 수앙에 대해 아예 말하지 않는다. "우리 님께서는 괜찮으신 거지?" 자선이 물으면 한 음절로 "예." 할 뿐이다. 반야원 호위대장인 능연이 우리 님한테 바치는 절대적인 경외와, 능연의 수하인 선오가 보여주는 극도의 조심스러움으로 미루어 짐작해 보자면 수앙은 사신계 칠성부령인 듯했다. 임림재에서 어여쁘고 귀여웠던 연화당의 따님이 아무 호칭으로도 부를 수 없는 우리 님이 돼 버린 것이다.

수앙은 자신이 과부가 될 줄 몰랐을 것이다. 지아비를 꽉 믿었던 탓에 지아비의 앞날을 헤아려 보지 않았을 터. 어쩌면 소전을 잃은 김강하의 슬픔이 너무 컸는지도 모른다. 소전을 지키지 못했는데 아무려면 어떠랴 했는지도. 당시 그는 홀로 다니면 안 되는 상황이었는데 경희궁에서 나와 홀로 걸었지 않은가. 자선은 처음에는 그가 자만했던 거라 여겼다. 요즘은 그 순간의 김강하가 반 혼이 나간 멍한 상태였을 거라 생각했다. 김강하 정도의 무사는 어지간한 살기는 느끼는 법인데 그는 다리에 올라서서 총탄이 날아들 송림을 쳐다보고 있었다고 했다. 멍해져 있지 않았다면 그리 맥없이 당했을 까닭이 없지 않은가.

어쨌든 수앙은 명화단 놈들이 당피골 회당 창고 바닥 깊숙이 숨겼던 무기를 적시해 냈다. 놈들의 은거지인 당피골 집 창고방 뒤주 밑에 스무 자루의 권총과 이천여 발의 총탄과 이백 근의 화약과 오십 점의 폭탄이 들어 있었다. 수레 한 대 분이나 되는 분량이었다. 마루 밑에 또 마루가 깔려 밑이 빈 소리가 나지 않은 탓에 반야원 호위들이 발견치 못했던 그것을 포도청의 종사관인 백일만 무진과 그 휘하 계원들이 찾아냈다.

자선도 불려갔던 그 도둑질은 놈들이 일터에 있는 것을 확인한 대낮에 감행했다. 중간에 놈들이 닥쳐 일이 틀어지기라도 할라치면 백일만 무진은 포청 종사관으로써 놈들한테 총기 소지죄를 적용해 아예 오라를 지울 작정이었다. 놈들이 올 때가 아니었으므로 뒤주며 물건들을 조심히 치워 놓고 마루판을 한 장 한 장 분리해 내고 무기

상자들을 들어낸 뒤 창고를 원상 복구했다. 거기까지 반나절이 걸렸다. 대문 앞에 수레를 대놓고 무기 상자들을 싣고 숯 가마니로 덮은 뒤 당피골을 빠져나오는 데는 일각이나 걸렸을까. 무기 상자들이 나간 뒤에도 남아 있던 백 종사관과 자선 등이 대문을 안에서 잠그고 창고 앞의 발자국이며 먼지까지 원래대로 해놓고 담을 넘어왔다. 그 밤에 능연을 비롯한 반야원 무졸들이 그 집으로 다시 가 보았다. 서너 놈의 기척이 났는데 놈들은 창고가 털린 건 꿈에도 모르고 위채 대청에서 술을 마시고 있더라 했다. 어쨌든 그들 덕에 반야원 무기고에는 신식 총이며 화약이며 폭탄 등이 쟁여졌다.

사흘 전 밤에 능연이 자선에게 그 총들을 가져가겠느냐고 물었다. 그 순간 자선도 혹했다. 당피골에서 훔쳐온 무기는 물론이려니와 작년 사월에 김강하가 가져다 놓았다는 총이며 화약들까지, 반야원 무기고의 무기 보유량이 상당했다. 자선은 그것들을 전부 산정평으로 옮겨가고 싶었다. 평생 쌓아온 무공도 총기 앞에서는 소용없다는 걸 김강하가 충분히 보여주었지 않은가. 하지만 명색이 장부가 안해의 무기고를 비워 낼 수는 없었다. 그 무기고가 안해의 세상과 그의 주군을 지키기 위한 것일진대 그 주군의 원수와 다름없는 만단사 사령을 지키기 위해 무기를 들어내랴.

"아니오. 이번 일은 순전히 만단사의 일이므로 그 안에서 해결하겠습니다. 우리가 총을 가져야 한다면 대장이 어떻게든 마련했을 겁니다."

그리 말하고 떠나왔다. 홍집이 마련한 총은 아닐지라도 아군에도 총이 있다고 한다. 하지만 홍집이 그 말을 맨 나중에 내놓은 까닭은 총은 어쩔 수 없을 때 사용될 것이므로 일단은 총을 제외한 방법으로 대응해야 하리라는 것이다. 그는 비휴 서른한 명이 이백일지 삼백일지 모르는 적을 상대할 수 있으리라고 믿는 것이다. 태감을 과녁이자 미끼로 내세우고 태감의 집을 진영이자 함정으로 만들어 놓은 그가 그리 믿는다면 믿는 대로 될 터이다. 자선은 손바닥 터는 소리로 주의를 모은다. 비휴들에게 경계초소가 될 지점들을 가리키는 것으로 무슨 일이 벌어질지 모르는 밤을 시작한다.

월하의 전투

달이 산정평 서쪽 망무봉에 걸렸다. 산정평은 북쪽 명성산과 동쪽의 사향산이 높고 남쪽의 관음산은 낮고 서쪽의 망무봉은 멀리 보인다. 시야가 훤히 트였다. 새벽 인시 즈음, 삼월 보름 새벽달에 비친 산정평 너른 마당은 꼭 얼음 벌판 같다. 달이 망무봉을 넘어가면 좀 어두워 질 거고 그쯤에는 파루도 울릴 터이다. 통상 인시 중경쯤에 파루가 울리므로 명성산 중턱에 있다는 명봉사에서도 파루를 칠 것이다. 다앙, 다앙, 다앙. 세 번째 파루 소리를 공격 신호로 정했다. 파루가 시작되기 전에 산정헌에 닿아야 하는 것이다.

한태루는 분대를 이끌고 사향산 동쪽을 에돌아 넘어왔다. 거북부령만 됐더라면 이 새벽에 한태루가 여기 있지 않아도 됐다. 어느 모로 따지나 부령이 될 수 있는 상황이었다. 부령이 돼야만 봉착한 문제를 어느 정도 해결할 수 있겠기에 한태루는 지난 몇 년간 꽤나 공을 들였다. 그런데 봉만호가 돌연 나서서 판을 깼다. 어이가 없어 회합 직후 봉만호한테 만나자 청했다. 대체 왜 그리한 것이냐 물었더니 그가 답했다.

"사령께서 건재하시어 대회합령을 내리셨는데, 우리가 파당을 지어 이러니 저러니 할 필요가 있겠냐 싶었습니다. 솔직히 우리 그동안, 사령께서 부재하신 것처럼 여기며 각기 살길을 도모해 왔지 않습니까? 그건 우리 부를 넘어 우리 세상을 깨자는 것과 다름없었죠. 그리고 저 아니라도 한 일귀께서 너끈히 선출되리라 여겼고요."

사령의 상태를 운운하는 봉만호의 말을 들으면서, 그가 윤홍집의 사주를 받았다는 걸 깨달았다. 봉만호한테 화내 봐야 득 될 것도 없으므로 그 앞에서는 쓴웃음 짓고 말았다. 윤홍집을 용서할 수는 없었다. 그를 죽여야 분이 풀릴 것이고 태감을 죽여야 허원정에 진 빚이 유야무야 될 것이었다. 부사령 이온은 기껏해야 불구의 계집인바 부친과 지아비를 잃고 나면 무슨 힘이 있어 빚을 받으려 하겠는가. 허원정에 지고 있는 빚이 팔만 냥이 됐다. 달마다 이자가 붙으면서 빚이 봄날 나무 크듯 커가고 있었다. 내년까지 빚을 갚지 못하면 인삼이 잔뜩 심겨 자라는 개산정의 전답 태반이 허원정으로 넘어가는데, 갚을 길은 없었다. 이 새벽에 산정헌에서 잠들어 있는 태감과 그 사위를 기어이 죽여야 하는 까닭이었다. 산정헌의 뒤쪽을 맡은 한태루는 수하 사자들에게 목표지점을 향해 간다고 수신호 하고는 낮은 자세로 움직이기 시작한다.

연우용은 서른여섯 명의 기린부 무사들을 데리고 명성산과 망무봉 사이 고개를 넘어 왔다. 눈앞에 모내기를 준비하는 너른 들이 펼쳐졌고 들판 저쪽 둔덕에 싸인 마당이 보인다. 마당 한쪽 산정헌에 가깝게 탑 같은 게 섰고 둔덕 주변에 천막들이 진을 치고 있다. 천막 안에 회합에 참석하기 위해 미리 온 일급들과 그 수행들이 잠들어 있을 것이다. 산정헌이 어딘지도 금세 알겠다. 너른 마당 북쪽으로 달빛에 기와가 검게 반짝이는 집이 보이지 않는가.

연우용이 사령부를 깨뜨려야 하는 까닭은 단순했다. 기린부 공금을 너무 많이 썼다. 몇 년 전 오위의 동료들을 따라간 마작판에 심심풀이로 끼었다. 마작이 그처럼 재미있는 놀이일 줄이야. 돈을 제법 땄다. 마작판에서 딴 돈은 공돈이었다. 총기들을 구입했다. 구입한 총을 훈련하기 위해 멀고 깊은 산으로 사냥을 나갔다. 수없이 사냥을 나다녔다. 승차하기 위해 여기저기 뇌물도 바쳤다. 덕분에 사정으로 승차했다. 사이사이 마작판에 끼어들었다. 그렇게 이태가량 지나고 나니 삼만 냥이 사라졌다. 그걸 메우기 위해 마작판에 더 자주 드나들었다. 백 냥쯤 땄다 싶으면 천 냥이 없어지곤 했다. 그렇게 일만여 냥이 더 없어졌고 설상가상 작년에 흉작으로 기린부에 딸린 이백여 마지기 전답에서 소출이 거의 없었다.

만단사의 전답은 누대로 만단사자들이 농사를 지으므로 보통 소출의 삼할을 부에 내는데 흉년이 들면 일할만 내는 게 관례였다. 작년 가을에 부친께선 일할 받는 걸 당연하게 여겼고 눈에 뻔히 보이는 전답에 관한 한 연우용이 할 수 있는 게 없었다. 이래저래 없어진 돈이 현재까지 오만이천 냥에 이르렀다. 그걸 메울 수 있는 방법은 전무했다. 스물네 자루의 총을 팔아 당장 급한 불이라도 꺼 보려도 규제가 워낙 심해 어디다 입을 때 볼 수조차 없었다.

사령부가 깨지고 만단사가 뒤집어져 기린부 공금의 절반이 사라진 사실이 발각되기까지 시간이나 벌어야 했다. 그 시간을 벌기 위해 부내 무사들을 동원하느라 또 이천 냥을 썼거니와 더 큰일도 벌였다. 사령부가 병들면서 만단사의 모든 재산을 사유화하여 만단사를 깨뜨리려 한다고 휘하 사자들에게 거짓말을 한 것이었다. 그건 이번 일을 꾸민 한태루, 홍남준, 박천 등이 자신의 휘하들을 동원하며 똑같이 내건 거짓 명분이기도 했다. 사령과 부사령 부녀가 만단사의 모든 재산을 가지려 한다! 돌이킬 수 없게 일이 커져 버렸으므로 이 새벽에 반드시 사령부를 깨뜨려야 하는 것이다.

연우용은 복면 속에서 한숨을 쉬고는 망부봉에 걸린 새벽달을 쳐다본다. 달빛의 기울기로 보아 파루가 머지않았다. 연우용은 무사들에게 산정헌의 서쪽을 향해 가노라 신호하고는 걸음을 옮긴다.

산정헌의 정면을 맡은 홍남준은 관음산 서쪽의 너른 길을 통해 산정평 입구로 들어왔다. 어지간한 동리 입구마다 사당나무가 있는 것처럼 산정평 입구에도 거대한 팽나무가 있다. 지난달 낮에 와서 살폈던 산정평은 해안 깊숙이 들어온 만灣 같더니 새벽 달빛에 펼쳐진 산정평은 거대한 늪 같다. 사람이 살면서 어지간하면 피해야 할 곳이 늪 같은 곳이다. 한번 들어서면 헤어나기 어려운 곳. 남준에게 청하루가 그랬다.

홍남준이 청하루에 처음 간 건 두동재에 활빈당이라 자칭한 도적 떼가 들어 부친의 몸을 망가뜨린 반년쯤 뒤였다. 활빈당이 다녀간 뒤 부친은 움직이지는 못했지만 정신은 말짱한지라 남준과 남선 형제를 보기만 하면 아무짝에도 쓸모없는 놈들이라 질타했다. 그걸 견디지 못한 아우 남선은 두동재를 나가 금위대로 들어갔다. 남준은 아버지로부터 용서받고 인정도 받고 싶었다. 남선처럼 금위대로 들어갈 수 있었으나 아버지 곁에 남기로 했다. 질타를 들으면서도 아버지의 병석을 수발하고 봉황부령인 아버지를 보좌했다. 연경에 다녀왔던 남수가 훈련원 습독관으로 나다니게 되면서 부친으로부터 멀어져가던 즈음이었다. 그전에도 남수는 부친의 신임을 얻지 못했다. 남수의 두동재 출입이 뜸해지자 괘씸하게 여긴 부친은 남수에게 맡겨두고 있던 부의 재산 관리를 남준에게 맡겼다.

그 무렵 남준이 청하루에 간 건 청하루 주인에게 빌려준 돈의 이자를 받기 위해서였다. 이자와 함께 대접도 받았다. 연초 한 대 피우면서 잠시 쉬는 대접이었다. 청하루 기생 옥단이 남준에게 연초부리를 물려 주고 품으로 들어오더니 바지춤 안으로 손을 넣었다. 연초가 그냥 연초가 아니라 아편인 걸 깨달을 즈음 남준은 황홀경에 빠졌다. 그렇게 시작됐다. 청하루에 자주 간 건 아니었다. 한 달에 한두 번, 잦아야 열흘에 한 번꼴이었다. 돈이 쏠쏠히 들어갔다. 빚 놓은 돈을 받아쓰고 다른 데서 받은 돈으로 구멍을 메웠다. 구멍이 여기저기 뚫리기 시작했고 뚫린 구멍들은 커졌고 새 구멍은 연방 뚫렸다.

그렇게 사 년여가 흐른 근래 대회합을 대비해 장부정리를 하다가 아연실색 했다. 뚫린 구멍들을 환산하니 삼만 냥이 넘지 않은가. 이만 냥 정도일 것이라 여겼는데 삼만 냥이 넘다니. 대체 내가 돈을 다 어디다 썼단 말인가. 번듯한 집을 지은 것도 아니고 개산정의 한태루처럼 무슨 사업을 벌였다가 망한 것도 아니다. 그저 청화루 드나들며 아편을 물고 옥단을 품고 아편으로 인해 극성에 다다른 색정을 옥단과 둘이서 해결할 수 없을 때 난교亂攪한 짓을 좀 했을 뿐이다. 난교는 혼돈이었고 극성의 열락은 혼돈에서만 가능했다. 하룻밤

내 발광하고 나면 몸이 텅 비고 머리가 맑아지며 진정한 사내가 된 듯이 허허로웠다. 그 허허로움이 좋아 이따금 반복했을 뿐인데 삼만 냥이 사라진 것이었다.

부친한테 거짓으로 꾸민 장부를 들이미는 것도 한계에 다다랐다. 대회합 자리에서 각부 재산 현황을 보고하게 되면 서류에 관계된 일봉들이 들치고 나설 게 뻔했다. 이복형 남수가 그러했듯 남준도 부친의 인정을 받는 게 최대 소망인데 대회합을 계기로 완전히 끝날 판이었다. 산정평을 쳐서 사령과 윤홍집을 죽인다고 해도 여기서 돈을 구할 수 있는 게 아니므로 삼만육천 냥짜리 구멍을 메울 수도 없었다. 다만 부친한테 몇 달이라도 늦게 들키기를 바라 저지르기로 한 짓일 뿐이다. 세작으로 산정평에 들어가게 했던 방성제가 나와 한 말에 따르면 태감은 해 질 녘에 열 명의 호위를 거느리고 나타나 산정헌으로 들어갔다. 들어가자마자 문을 닫아걸고 나올 기미는 보이지 않더라고 했다. 그 사위 윤홍집과 촌장만 드나들 뿐 아무도 대문 안으로 못 들어간다고도 했다.

방성제는 산정평 마당가에 있는 제 부친한테로 돌아갔다. 방성제는 사령에 대한 충성심이 깊은 제 부친 때문에 남준과 합세하지는 못한다고 했다. 방성제까지 거들지 않아도 된다. 사령을 치기로 결정하기가 어려웠을 뿐 작정하고 나선 마당이라 거리낄 것도 없다. 윤홍집이 아무리 뛰어나다고 해도 사령의 호위가 겨우 열 명인데 제가 어쩔 것인가. 더구나 이쪽은 총이 서른두 자루나 된다. 그중 여섯 자루가 남준의 분대에 있었다. 남준은 가슴팍에 멘 총집을 만지고는 산정헌을 향해 나아간다고 수신호 한다.

박천의 장인은 용부령인 김현로다. 화량진의 수사를 지내던 김현로는 올해 들면서 전라도 순천진의 수사로 내려갔다. 우의정을 지내던 처백부 김상로가 소전 사태 때문에 뒤늦게 대전의 미움을 받아 관직을 삭탈 당하고 귀양을 간 뒤 그 아우인 김현로도 전라도까지 내쫓긴 셈이었다. 그런 일이 벌어지기 한참 전부터 박천은 장인을 대리하여 용부 자금 관리를 맡았다. 오위의 정팔품 관헌일 뿐인 그에게는 거대한 자금이었다. 횡재한 듯했다. 뇌물을 썼다. 오천 냥을 쓰니 한 품계가 올라 종칠품의 부사정이 됐다. 장인을 위해 왈패들을 모아 조직했고 그들을 거느리고 훈련을 위한 사냥을 나다녔다. 오천 냥을 더 써 사정으로 승차했다. 돈만 있으면 정승 자리도 가능할 것 같았다. 돈이 무한히 필요했다. 그럴 무렵, 박천과 호형호제하던 제물포의 정석달이 귀섬에서 사금을 채취한다는 말을 했다. 전답을 제외한 자금을 그러모아 만 냥을 투자했다. 두 달에 한 번 천 냥씩이 들어왔다. 든든한 자금원이 생긴 것이었다.

박천은 좋아하는 사냥질을 계속했다. 사냥을 하노라면 무예를 닦던 약관 무렵의 패기가 느껴졌다. 휘하 왈패들을 거느리고 사냥터를 누비노라면 일개 부사정이 아니라 대진영의 장군이라도 된 듯 뿌듯했다. 그 와중에 정석달이 왜국으로 다닐 수 있는 거선을 만든다고 했다. 박천은 아예 그 배를 사기로 했다. 먼 앞날까지 대비한 투자였다. 배가 완성되기까지 이태가 걸렸고 이만오천 냥가량의 돈이 더 들어갔다. 드디어 선주로서 시승식을 했다. 거선 가득히 물건을 싣고 청국과 왜국 등으로 다니면서 장사를 하게 될 판이었다. 한 달여 뒤에 원행을 나서기 위한 준비로 부산을 떨었다.

그 무렵에 정석달이 사라졌다. 작년 사월 하순이었다. 정석달만 사라진 게 아니라 그의 수하들인 문가며 박가 등이 죄 없어졌다. 더 문제인 건 배도 없어진 것이었다. 지난 일 년 가까이 정석달이며 배의 종적을 찾아 제물포며 강화도, 마항포 등을 수십 차례나 다녔다. 배를 빌려 귀섬에도 가 봤다. 귀섬 골짜기에 다랑이 논 같은 것들이 있어 그곳이 사금을 채취하던 곳임을 보여주긴 했다. 하지만 원래 모양새가 어땠는지 알 수 없게끔 사금 채취장은 완전히 망가진 상태였다. 흔적을 없애기로 작정한 것처럼 폭탄을 터트려 지세를 두루뭉술하게 엎어 버린 형세였다. 일 년쯤 지나면 풀에 덮이고 십 년쯤 지나면 숲이 우거져 그곳이 한 시절 사금 채취장이었다는 사실을 아무도 모르게 될 터였다. 어쨌든 알아낸 것이라곤 작년 사월 하순 늦은 밤에 정석달 등이 새 배를 타고 마항포를 떠났다는 사실뿐이었다. 또 그 밤에 연안읍성 관아에 침입자들이 있었고 연백군수가 그들과 함께 사라졌다는 사실도 알아내긴 했다. 하지만 연백군수 김종태의 실종과 정석달 무리의 실종이 무슨 관련이 있는지는 알지 못했다. 아는 사실들끼리 이어져서 큰 정보가 되는 건데 정석달과 관련해서는 아는 것이 모르는 것이었다. 출항한 배가 풍랑을 만나 통째 사라져 버린 것이라고 여길 수밖에 없으나 납득하지는 못했다. 오리무중이 아니라 안개가 사방 천 리쯤 드리운 것 같았다.

이 새벽 산정평에는 그 흔한 산안개조차 없이 달빛이 맑다. 산정평 마당 한가운데는 내일 밤을 대비한 듯한 커다란 탑이 섰다. 아마도 불놀이를 위한 장작 탑일 것이다. 달이 망무봉을 넘어가면 어두워질 터. 달빛이 스러지기 전에 산정헌 앞에 당도해 있어야 하므로 박천은 수하들을 데리고 산정평 안으로 들어선다. 그의 분대가 맡은 곳은 산정헌의 서쪽이다. 산정헌의 사면이 행각에 둘러싸여 있으므로 홍남준 분대가 대문채를 넘는 동안 박천 분대는 서쪽 행각의 지붕을 넘어야 한다.

　다앙아아. 명봉암에서 범종 소리가 울린다. 열 숨 동안의 여운이 그칠 때 두 번째 종소리가 난다. 다앙 소리에 맞춘 듯 달이 망무봉을 넘어가 어둠이 드리운다. 한태루는 산정헌 뒤쪽 행각의 맞은편 숲에서 세 번째 종소리를 기다린다. 동쪽 담장 쪽으로 연우용 분대가, 서쪽 담장 쪽으로는 박천 분대가 대기하고 있었다. 산정헌 정면에는 홍남준 분대가 있을 것이다. 마침내 세 번째 종이 울린다. 다앙아아.

　"지금 넘는다."

　한태루의 명령에 삼십육 명의 무사들이 담을 오른다. 단숨에 뛰어넘으려면 도움닫기를 해야 하는데 도움닫기를 하기엔 숲과 담 사이에 폭이 좁고 칠 척 높이의 담장은 심히 높다. 서로 서로 손을 빌려가며 담을 넘을 수밖에 없다. 한태루도 도움을 받아 담장 위로 맨 먼저 올라선다. 담장과 행각 지붕 사이의 폭은 열 걸음 남짓 될 성싶다. 담장을 뛰어넘지 못했듯 행각 지붕으로 건너뛸 수 없다. 뒤란으로 뛰어내려야 하는데 행각 지붕과 담장 사이에 고인 어둠이 짙기도 하다.

　그렇지만 한 달 전 산정평 탐찰을 나왔을 때 산정헌 안으로 들어가 봤다. 집안을 샅샅이 둘러봤다. 담장은 돌과 흙을 얽어 쌓고 기와를 얹었는데 새 흙내가 났다. 최근에 새로 쌓은 걸 알 수 있었다. 사면을 두른 행각들은 원래 담장을 겸한 것이었던 듯 낡았는데 곳곳을 보수해 놓았다. 행각들에 쪽문 하나 나 있지 않았다. 안으로 들어가려면 대문을 통해야 했다. 그때는 대문이 그냥 닫혀 있을 뿐 잠겨 있지 않아 들어가 봤다. 본채와 사랑채는 마당을 가운데 두고 마주보고 있었고 좌우에 곁채를 달고 있었다. 집안은 먼지 한 톨, 잡풀 한 포기 보이지 않을 만큼 말끔했다. 사람이 상주하지 않으므로 살림 흔적도 없었다. 행각 뒤란에도 가지런한 비질자국만 남았을 뿐 돌멩이 하나 보이지 않았다. 햇살에 희게 바란 고운 흙뿐이었다.

한태루는 총집에서 총을 빼들고는 어둠을 향해 뛰어내린다. 동시에 담장에 올라와 있던 자들도 자맥질하듯 뛰어내린다. 발이 땅에 닿는 순간 발밑이 꺼진다. 앗, 소리와 함께 두 발이 땅속으로 푹 잠기더니 발목에 뭔가가 감기면서 옥죄어 온다. 허방 안에다 올가미를 묻어 놓은 것 같다. 바로 곁에서 같은 구덩이에 빠져든 자가 한태루를 붙들며 넘어진다. 박달수다.

"멈춰. 함정이다. 내려오지 마!"

한태루가 넘어지면서 연방 소리치지만 늦었다. 뒤늦게 담장에 올라선 몇을 제외하고는 거의 뛰어내렸고 예외 없이 함정에 빠졌다. 멀리서 네 번째 범종 소리가 울리는데 여기저기서 비명과 욕설이 난무한다. 허방의 깊이는 허벅지쯤 됐다. 뒤란 전체가 허방은 아닐 텐데 손이 닿는 곳은 흙이 푸슬푸슬한 허방이다. 그냥 구덩이라면 흙 털고 벗어나면 되므로 허방이랄 것도 없다. 문제는 흙속에서 발을 감은 올가미들이다. 한태루가 허방에서 몸을 빼 보려고 움직이자 발목의 올가미가 옥죄어 든다. 박달수가 비명을 질러댄다. 올가미들끼리 연결돼 한 사람이 움직이면 옆 사람 발목에 감긴 올가미까지 조여들게 만들어진 모양이다. 몸부림을 치면 발목이 심히 상하거나 아예 끊길 수도 있다.

"교활한 놈 같으니!"

한태루는 어디에선가 지켜보고 있을 윤홍집을 향해 욕설을 내뱉는다. 그놈을 진작 죽였어야 했다.

"무슨 일입니까? 왜들 그래요?"

담장 위에 올라선 자들이 밑에서 벌어진 일을 자세히 알지 못하고 어찌할 줄 몰라 묻는다. 담장 위에 여덟이 있다. 행각 뒤란 허방에 빠진 자가 한태루를 아울러 스물아홉 명인 것이다. 한태루는 담장 위에 있는 자들을 향해 소리친다.

"저쪽으로 도로 넘어가 대문 쪽으로 가서 그쪽과 합세해 이쪽으로들 와. 어서!"

한태루의 명령이 끝나기 전에 담장 위의 자들이 비명을 지르며 이쪽저쪽으로 떨어진다. 한 놈이 한태루와 박달수 근방 담장에 바투 떨어져 비명과 신음을 낸다. 그쪽은 허방이 아닌지 놈이 그냥 널브러졌는데 화살을 맞은 것 같다. 행각 지붕에서 활시위에 화살을 메운 채 날릴 때를 기다린 자들이 있었던 것이다.

명봉암에서 세 번째 종소리가 울렸을 때 연우용을 비롯한 휘하 분대는 서쪽 담장에서 멀찍이 떨어져 있었다. 한태루 분대와 다르게 담장 밖이 밭이었다. 연우용 분대는 동시에 이십여 보를 달린 뒤 날 듯이 담장을 넘었다. 행각지붕까지는 날아갈 수 없었다. 뒤란이 넓으므로 그 중간에 척척 착지하면서 우루루 허방으로 빠져들었다. 맥없이, 속절없이, 함정으로 날아든 것이었다. 허방 속에 덫이 들었다고 느낀 순간 두 발목이 끊기는 것 같은 고통 때문에 비명을 질렀다. 겨우 허벅지 깊이의 허방이라 일단 몸을 빼기 위해 다들 움직이다가 더 큰 비명을 질렀다. 올가미가 굴비 엮듯 발목을 엮고 있었던 것이다.

"모두 정지! 숨을 다스리고 총과 활을 준비하라. 위에서든 옆에서든 누구든 나타나면 발사한다."

"누구든 쏠 때 쏘더라도 일단 올가미부터 벗어야죠. 발목 끊기겠습니다."

윤행이다. 그는 사기사자이고 오위 무품계직인 동군정 東軍程이다. 무과에 입격치는 못했으나 화살은 물론이고 총을 아주 잘 쏘는 일등 사수다. 사정거리 안에 있는 거라면 윤행이 맞추지 못하는 게 없었다. 그와 사냥을 나가면 신났다. 연우용이 부의 돈을 탕진하는 과정에 놈도 만만찮게 기여했다. 놈뿐이랴. 여기 온 자들이 전부 그랬다. 부의 공금으로 잘 먹고 잘 놀며 거들먹거리며 지냈다. 그 결과 여기 함께 있게 된 것이었다.

"올가미를 벗을 방법은?"

"일단 각자 빠진 허방의 흙을 퍼내야 하겠지요. 그리고 동시에 한 방향으로 움직여 몸을 빼고 올가미가 연결된 부위에 총을 쏴서 서로 분리하는 겁니다."

"그러다 발이 맞을 수도 있잖아?"

"이렇게 갇혀 있다간 발이 아니라 우리 목숨이 날아가겠죠. 뒷담 쪽도 우리와 같은 상황인 것 같은데 이런 함정을 꾸며 놓은 자들이 우리를 살려두겠습니까?"

윤행의 말이 다 맞다. 문제는 달이 넘어가 버린 탓에 허방의 넓이가 얼마나 되는지 알 수 없을 만큼 어둡다는 것이다. 달이 넘어갔다는 건 곧 아침이 밝아 오리라는 뜻이지만 지금 높은 지붕과 높은 담장 사이에 고인 어둠은 영영 그치지 않을 것 같지 않은가. 어쨌든 함정을 설치해 놓은 자들이 나타나기 전에 무슨 수를 내긴 해야 한다.

"자네 말이 맞네. 다들 아프더라도 참고 주변을 더듬어 어느 쪽으로 몸을 뺄지 살펴보도록 하게."

누군가가 외친다.

"착지 지점을 감안해서 만든 함정이라 담장 쪽으로 맨땅이 넓습니다."

훈련원 습독관인 장성립이다. 그를 훈련원에 심기 위해 연우용은 백 냥의 뇌물을 썼다.

"그렇다면 다들 조심스럽게 흙을 처마 밑쪽으로 퍼 넘기게. 일 백 정도 숫자를 센 뒤에 신호에 따라 동시에 담장 쪽 맨땅으로 몸을 올려 보지. 시작!"

한 줄로 박힌 기둥들도 아니고 대체 이게 무슨 꼴인가. 연우용은 실소를 흘리고는 허벅지까지 쌓여 있는 흙을 앞쪽인 처마 밑으로 퍼내기 시작한다. 땅 속에 깊이 뿌리내린 나무를 파내듯 자신을 파내려고 두 손으로 흙을 퍼낸다. 다들 부산하게 움직이는데 급작스레 밝아진다. 놀라 돌아보는 순간 환영이었던 것처럼 빛이 사라진다. 잠깐 나타난 불빛 때문에 눈이 먼 것처럼 앞이 캄캄한데 또 밝아진다. 담장 위에 올라온 건 횃불 석 점이다. 사람이 든 게 아니라 장대 끝에서 피어난 횃불인 걸 깨닫는데 마치 그걸 알게 하려던 것이었던 듯 빛이 없어진다. 두 번 반복된 일은 세 번으로 이어지기 마련, 또 불이 나타날 것이라 쳐다보고 있는데 불빛 대신 총소리가 울린다. 삼 연발, 또 삼 연발. 다시 삼 연발. 담장 밖이나 지붕에서 난 게 아니라 이쪽에서 난 소리다. 세 사람이 횃불 나타났다 사라진 곳을 향해, 다시 나타날지도 모를 빛을 향해 총을 쏴댄다. 눈만 먼 게 아니라 귀도 머는 것 같다.

　박천 분대가 도착한 산정헌 서쪽 담장 옆으로는 오 척 폭에 두 길 깊이 정도의 수로가 났다. 명성산에서부터 내려온 물이 남쪽으로 흘러가는 수로다. 수로 가장이에서 담장까지의 땅의 폭은 겨우 서너 척. 거기 큰 버드나무 여섯 그루가 섰고 버드나무 새새에는 찔레 넝쿨이 잔뜩 우거졌다. 지난번 탐찰 나왔을 때도 찔레 넝쿨을 보기는 했다. 메말라 서 있는 버드나무 사이에 낡은 올가미들처럼 앙상하게 걸려 있던 찔레 넝쿨. 한 달여 만에 이렇게 가시를 돋우며 우거질 거라곤 예상 못했다. 달은 서산을 넘어갔고 여명의 기운이 전혀 느껴지지 않는 어두운 새벽에 박천은 찔레 넝쿨 더미를 헤치고 들어갈 엄두가 나지 않는다. 찔레 가시가 성가시려니와 사위가 너무 고요한 게 몹시 꺼림칙하다. 민성우도 그러한지 속삭인다.

　"나리, 우리 앞쪽으로 가서 남준과 합동합시다."

　보좌인 민성우가 그렇게 말해 준 게 박천으로서는 다행이다. 마흔여덟 명으로 이루어진 분대를 이끌고 홍남준 분대가 있는 앞쪽으로 온다. 홍남준과 사십 명의 분대원들이 대문 앞 땅에 몸을 웅크리고 있다. 산정평 대문 앞쪽은 나무들이 띄엄띄엄 있고 바위들이 듬성듬성 있으며 남쪽으로 약간 경사졌다. 산정헌에서 여러 마을과 새로 만들어진 너른 마당 사이의 길은 살짝 구부려져 났고 산정헌 대문 앞에서 만단사자들의 천막이 있는 너른 마당까지는 세 마장쯤이다. 밝은 날이라면 어지간한 건 볼 수 있을 만치 훤히 트였지만 지금은 덜 갈린 먹물처럼 해묽은 어둠에 잠겨 있는지라 웅크린 사람인지 동그란 나무인지 바위인지 구분이 안 간다. 침 삼키는 것조차 조심해야 할 만치 사위가 고요하다.

홍남준은 박천 분대가 서쪽 담을 넘어갈 수 없는 사정을 이해한다. 합동하기로 했고 담을 넘는 대신 대문을 깨기로 한다. 판자로 만들어진 문의 빗장쯤 총탄 몇 발이면 너덜거리다 떨어져 나갈 것이다.

"앞을 막는 족속은 모조리 쏴 넘기며 태감한테 닿지요."

홍남준의 말에 박천이 쉽게 동의한다. 이제 다른 수도 없다. 두 사람이 팔십팔 명을 움직여 대문 좌우에 집결시킨다. 총 가진 열여덟 명을 대문 앞으로 소집하는 참에 명봉사에서 세 번째 종소리가 났다. 권총 지닌 열여덟 명이 대문 앞에 다 모였을 때 네 번째 종소리가 울렸다. 동시에 산정헌 동쪽에서 총소리가 났다.

땅 땅땅, 땅 땅 땅, 땅땅 땅. 산정평은 온통 산에 둘러싸인 탓에 큰 소리는 맴을 돌며 공명한다. 아홉 발의 총성이 메아리로 돌아치는데 온 산정평을 다 깨울 만하고 넘어간 달을 되불러 올릴 만하다. 너른 마당에 천막 안에서 잠든 사자들이 깰 것이고 무슨 일인가 싶어 몰려올 것이다. 도적 떼의 침입으로 끝날 수 없게 되고 말았다. 아홉 발로 그치지 않는다. 마구 쏘아댄다. 동시에 땅땅거려 몇 발이 발사되는지도 알 수 없다. 모두 넋이 나간 듯이 대문에서 뒷걸음질을 치며 담장 위쪽으로 고개를 빼는데 총소리가 뚝 그친다.

"대문을 부숴!"

홍남준이 소리치자 정신을 차린 자들이 대문을 향해 일제히 총을 빼드는데 갑자기 뒤가 밝아진다. 급작스레 하늘이 튼 것 같다. 아!

오! 분대원들의 놀란 소리에 돌아보던 홍남준은 너른 마당에서 타오르기 시작한 불을 발견한다. 장작 탑에 붙은 불이다. 기름을 잔뜩 먹인 장작 사이에 화약을 놓았던가. 순식간에 불기둥으로 변한다. 아침 해가 뜬 듯이 산정평이 밝다. 불기둥 주변에 한 떼의 도깨비들이 나타나 횃불을 치켜 올리며 너울너울 춤을 춘다.

"저건 함정이다, 정신들 차려라."

홍남준이 목청껏 외친다.

"대문 쪽을 향해 정렬, 정렬하라!"

홍남준의 외침에 사자들이 마지못해 돌아서는데 대문이 벌어지기 시작한다. 뜻밖의 사태에 총든 자들이 대문을 향해 총을 갈겨댄다. 총 한 자루의 총신에 든 탄환은 겨우 세 발이다. 남준의 총을 제외한 열일곱 자루의 총이 총탄 세 발씩을 쏘기까지 두 숨참이나 걸렸을까. 각자 주머니에 든 탄환을 꺼내 다시 장전하기까지는 밝은 곳에서 맑은 정신으로도 대여섯 숨참은 걸린다. 총탄을 다 쓴 자들이 부산스레 주머니를 뒤지는 찰라 대문 안쪽과 대문 양쪽 담장에서 화살이 날아 나왔다. 마구잡이로 날아오는 화살이 아니라 한 사람 한 사람 정확히 겨냥하여 날아든 화살들 중 하나는 남준의 오른 가슴 위쪽 어깨에 박힌다. 가까운 거리에서 정확히 발사된 화살의 위력이 얼마나 막강한지 남준은 총을 떨어뜨리며 뒤로 밀려 주저앉는다. 총든 자들이 모조리 화살을 맞고 총을 떨어뜨리며 비틀거리거나 무너진다. 그러고도 적의 형체는 보이지 않는데 화살은 연신 날아든다.

"뒤로 물러나 화살을 피하라."

박천이 뒤로 물러나며 외쳤다. 남준은 어깨 안쪽에 꽂힌 화살을 둔 채 떨어뜨린 총을 찾아 땅을 더듬거린다. 총이 손에 잡힌다. 그 순간 퍽 소리와 함께 반대편 어깨에 화살이 꽂힌다. 충격이 너무 심한 탓에 비명조차 지를 수 없다. 누군가가 남준을 뒤에서 끌어당긴다.

"선달님, 빨리요. 물러납시다."

수하인 임상복이다. 상복의 부축으로 남준이 몸을 일으킨 순간 악 소리와 함께 상복이 털썩 주저앉는다. 여기저기서 같은 꼴로 퍽퍽 넘어진다. 화살 맞지 않고 뒤로 물러난 자들이 검을 빼들고 백병전 형세를 갖추고 있다. 세 마장은 될 만치 먼 곳의 불기둥이 여기까지 비쳐와 어지간한 움직임은 다 보인다.

여기가 끝이구나.

어차피 아무 것도 할 수 없게 된 남준은 움직이기를 포기하고 누운 채 하늘을 올려다본다. 양 어깨에 화살이 꽂혀 있지만 죽지는 않을 자리다. 아직도 형체를 드러내지 않는 저들은 침략자들을 죽일 생각이 없는 것 같다. 이쪽이 움직이려 할 때마다 화살이 날아왔다. 꽂혀도 죽지 않을 부위를 골라 화살을 날리고 있는 저들. 태감의 호위는 열 명이라 했는데 열 명으로 하는 짓이 아니다. 열 명의 열 곱은 될 성싶다. 동쪽 담으로 들어간 연우용 분대나 뒷담을 넘어가기로 한 한태루 분대나 다 제압된 게 틀림없다. 조금 전에 마구 쏘아댄 총소리를 제외하면 조용하기만 하지 않은가.

"나는 태감의 수비대장인 윤홍집이다."

언제 나타났을까. 대문 앞으로 나선 윤홍집이 소리치고 있다.

"살고자 하는 자들은 복면을 벗고, 무기를 버려라. 행전 속에 차고 있는 단검이나 허리춤에 찬 비수 등도 모조리 버리고, 엎드려 두 손을 등으로 돌려라. 셋을 세는 동안에도 무기를 지닌 채 대항하려는 자는 화살이 아니라 머리통에 총탄을 맞을 것이다. 셋!"

담장 안쪽에서 땅 하는 총소리가 난다. 허공을 향해 쏜 총소리다. 백병전 형세를 취하던 자들에게서 검을 내던지는 소리가 나기 시작한다. 칼집이며 단검집이 떨어지는 소리. 멋으로 지니고 다니는 비수들이 나뒹구는 소리.

"둘!"

검을 내던지는 자들과 복면을 벗어던지는 자들과 엎드리는 자들이 많아졌다. 아니 전부 엎드린 것 같다.

"하나!"

윤홍집의 숫자 세기가 끝나자 대문 안에서 복면 쓴 자들이 그림자들처럼 몰려나온다. 나온 그들이 넘어지거나 엎드린 자들 사이를 누비며 총이며 검이며 활 등을 수거한다. 총을 가졌던 자들의 품을 뒤져 탄환통을 찾아내고 바닥에 떨어진 화살들을 줍는다. 한 복면이 양어깨에 화살이 박혀 팔을 움직일 수 없는 남준에게도 다가들더니 복면을 휙 벗긴다. 행전 속에서 단검집을 뽑아내고 품에서 탄환통을 꺼내고 나서 모로 누워 있는 남준의 얼굴을 사정없이 갈긴다. 코가 깨지며 코피가 터진다. 코피를 닦으라는 것인지 복면이 남준에게서 벗겨간 복면을 내던지곤 돌아서 간다. 남준은 왼손을 간신히 움직여 복면을 잡아 얼굴을 모로 돌리곤 코피를 닦는다. 윤홍집이 말한다.

"이 새벽에 산정헌을 침입한 너희들은 도합 백육십오 명이고 화살을 맞은 자는 육십 명쯤이다. 화살 맞은 자들 중 치명상을 당한 자는 없을 것이나 화살을 뽑아내면 어떤 상태가 될지 알 수 없다. 그렇더라도 화살을 그대로 두면 죽기 십상일 터, 응급처치를 해야 한다. 그래서 이제부터 부상 당한 자와 부상 없는 자, 두 부류로 나눌 것이다. 부상 당한 자들은 힘들더라도 스스로 일어나 산정헌 행각으로 들어가라. 행각의 각 방마다 두세 명씩 누울 수 있을 것이다. 부상이 없는 자들은 산정헌 안마당으로 들어가 안채 대청을 향해 열지어 앉되 각 부 별로 앉아라. 너희들이 앉으면 오라가 지워질 것이며, 오라를 받고 난 뒤에는 자신의 소속과 신상과 산정헌을 침입한 경위를 상세히 털어놓아야 한다. 와중에 약간이라도 저항하는 자, 거짓을 말하는 자는 목이 꺾일 것이다. 태감께서는 너희들을 모두 살리라 하시었으나 나는 여기까지다. 약간이라도 저항하는 자는 즉살할 것이다. 이상이다. 움직여라."

윤홍집이 부 별로 앉으라 했다. 만단사라는 말을 입에 담지 않았으나 그는 침입자들의 정체를 환히 알고 있었다. 태감도 다 알고 있다는 뜻이다. 태감 입장에서는 침입자들을 남김없이 죽여도 된다. 만단사의 질서 속에서는 물론이고 현실법도로도 침입자들을 죽이는 건 죄가 되지 않는다. 그런데도 윤홍집은 모조리 죽이는 대신 살릴 방책을 마련해 놓고 침입자들을 기다리고 있었다. 왜? 대체 왜?

어깨와 왼쪽 가슴팍과 허벅지에 화살을 맞고 널브러져 있던 박천은 뼈가 부서지는 통증에 시달리면서도 생각을 해보려 기를 쓴다. 박천은 용부령 김현로의 둘째 사위이자 일룡사자 박종의 아들이다. 장인 김현로는 지난 몇 해간 사령에 불충했다. 용부 사자들을 은근히 종용하며 스스로 사령으로부터 멀어지고 있었다. 둘째 사위한테 부의 살림을 맡겨 놓고 무력을 키우도록 부추겼다. 박천의 부친은 그런 부령의 최측근이다. 그러므로 내일 장인과 부친은 보게 될 터이다. 부의 재산을 탕진하고 그 사실을 은폐하려 기를 써대다가 태감을 죽이러 나선 자식들과, 그러다 실패하여 부상당하고 오라에 묶인 채 신음하고 있는 아들놈들을. 만단사 역사 이래 최초로 사령에 대해 반역하고 만단사를 깨뜨리려 했던 자들과, 그런 놈들의 아비들을 사령은 만나려는 것이다. 네놈들의 불충함으로 네 자식들이 이 꼴이고, 이래도 덤빌 것이냐고. 어디 한 번 덤벼 보라고. 일급사자들이 죄 모인 자리에서 아비들은 두려움에 떨게 될 것이고 두려움보다 더 큰 치욕으로 떨 것이다. 탕진해 버린 공금에 대해 책임도 져야한다. 장인과 아버지가 메워야 하는 돈이 얼마나 되더라? 박천은 가까스로 몸을 일으키며 계산을 해본다. 통증으로 인한 어지러움 탓에 더 이상 생각할 수 없다.

태감은 올해 쉰다섯 살이다. 그중 이십 년을 만단사령으로 살았다. 어쩔 수 없이 제거한 자들을 제외한다면 만단사를 위해 살아왔노라 자부할 만했다. 더구나 기린부령 연은평이나 봉황부령 홍낙춘, 용부령 김현로한테는 태감이 잘못한 게 전혀 없다. 잘못은커녕 그들이 부령으로서 제 부의 막대한 자산을 운용케 했다. 그 자산을 전용하거나 자손에게 물려줄 수는 없을지라도 그 자산들을 기반으로 돈을 벌거나 자리를 튼튼히 만드는 배경으로 삼을 수는 있었다.

그럼에도 그들의 아들이며 사위들이 이록을 죽이기 위해 몰려왔다. 비휴들이 놈들을 모조리 사로잡았다. 다친 놈들이 많을지라도 죽을 놈은 없었다. 말을 못하는 놈도 없었다. 죽기는 싫었던지 놈들이 쳐들어오게 된 경위를 줄줄이 털어놓았다. 이래저래 조합해 보니 놈들이 움직인 이유는 결국 돈이었다. 한태루는 제 재산 날린 것이므로 별문제이나 다른 놈들이 날린 건 공금이었다. 제 아비들이 공돈이라 여겨 허투루 간수하는 동안 사라져 버린 만단사의 재산이 대강만 따져도 십삼만 냥이 넘었다.

태감은 놈들을 죽이지는 않았으나 용서할 마음도 없었다. 태감은 그 아비들에게 놈들이 묶여 있는 것을 보게 했다. 아들놈들이 한 짓과 아비로서 더불어 져야 할 책임을 낱낱이 알게 했다. 너른 마당에 모여든 사자들에게 따로 설명할 필요는 없었다. 지난 새벽에 놈들이 산정헌에서 벌인 짓을 미리 와 있던 백여 명의 사자들이 목격했기 때문이다. 오전부터 모여들어 신시 경에는 사백여 명에 이르게 된 일, 이급사자들이 세 부령의 본원에서 저질러 온 일들을 다 알게 됐다. 사자들이 너른 마당에서 부별로 모여 앉아 각 부령을 앉혀 놓고 설왕설래하며 난상토론을 벌였다. 그들에게는 놈들이 사령을 시해하려던 짓보다 부령들의 관리 소홀과 납득할 수 없는 사유들로 부의 공금을 날려 버린 게 더 큰 문제였던 것이다.

해 질 녘이 됐다. 세 부령은 각부의 일급사자들로부터 탄핵되었다. 정족수의 삼분지이가 참석하고 참석자의 삼분지이가 요구하면 물러나는 게 법규였다. 물러난다고 면책되는 것도 아니었다. 탄핵된 부령들은 자금 운영관리 소홀에 대한 책임을 져야 했다. 박천의 부친 박종을 포함한 네 사람은 자식들이 날린, 결국 자신들이 날린 공금을 삼 년 안에 변제하며, 변제치 못했을 경우 금액에 해당하는 개인 땅을 부로 들여 놓는다는 각서를 쓰고 인장을 찍었다.

탄핵 당한 부령들이 사령 앞에서 논의된 사항을 아뢰고 부령 자리에서 물러나게 되었음을 고했다. 태감이 세 사람의 퇴임을 수긍하고 그들의 주관 아래 세 부의 새 부령을 선출하라 명했다. 간밤에 침입한 자들에 대한 처결은 새 부령들에게 맡기겠노라 덧붙였다. 부령에서 일급으로 내려앉은 세 사람이 산정헌 안마당이며 행각에 붙들려 있는 놈들을 외면한 채 컴컴한 얼굴로 너른 마당으로 나갔다.

잠시 묵묵히 있던 태감이 홍집에게 묻는다.

"너는 아니 나가느냐?"

"저까지 가지 않아도 정족수가 충분합니다."

"지금 네가 있어야 할 자리가 일봉들 사이이기 때문에 가 보라는 것이지 정족수 때문이겠느냐? 나가 봐. 나간 김에 거북부령 황동재한테 내가 좀 보잔다고 하고."

홍집은 하는 수 없이 일어난다. 은적사 비휴들이 사랑채를 둘러싼 채 연신 하품 중이고 허원정에서 보내온 의원들과 하속들이 안마당과 행각에 묶인 자들을 보살피느라 바쁘다. 자선을 비롯한 양연무 비휴들과 백두를 위시한 곡산 비휴들은 사자들에게 얼굴을 보이지 않기 위해 아침에 빠져나갔다. 지금쯤 각자의 집에서 간밤에 못 잔잠에 빠져 있을지도 모른다. 홍집도 이틀 동안 거의 못 잤다. 새 부령을 선출하고 있을 마당에 나가지 않고 어느 구석방으로라도 들어가 한숨 잤으면 싶다. 마당에 나가기 싫은 것이다. 오후에 일봉들 자리에 잠시 들렀을 때 맹산의 김번 일봉이 홍집에게, 넌지시 말했다.

"돈 문제 앞에서는 인정사정없구먼. 부령을 탄핵할 거 같네. 봐 하니 다른 부도 그런 것 같고. 이왕 이리 된 거, 자네가 우리 부를 맡는 게 어떻겠는가?"

"싫습니다."

홍집은 대번에 잘랐다. 현재 하는 일만으로도 넘치게 많았다. 그 많은 일이 거의 장인과 안해가 함부로 움직이지 못하도록 막는 일이므로, 보람도 없었다. 어지간하면 살리도록, 가능하면 아무도 죽이지 않도록. 연화당으로 인해 각인된 생각이었다. 그 이전부터 누굴 죽이는 것에 자책이 없지 않았지만, 무고한 자를 죽인 경우였지 간밤처럼 중무장을 하고 나를 치러온 자들은 아니었다. 그런 자들을 살리기 위해 그 많은 준비를 할 때 인내했다. 죽일 자들은 죽여 세상에서 지워 버리고 싶은 욕구와 누구도 정작 죽어야 할 이유는 없다는 생각 사이에서 갈등했다. 임림재에서 죽어 마땅했던 윤홍집을 연화당이 살림으로써 야기된 갈등이었다. 윤홍집은 때마다 갈등하고 인내할 것이므로 봉황부령 같은 건 하고 싶지 않다. 갈등과 인내에 시달리지 않으면서 고요히, 아침이면 등청하여 동궁을 지키고 저녁이면 퇴청하여 딸아이의 책 읽는 소리와 서툴게 켜는 해금 소리나 들으면서 살 수 있기를 바란다.

소리 내어 말하라

거북부령 황환과 그 내당인 연화당을 치러 갔다가 도리어 사로잡혔던 그 겨울. 즈믄을 비롯한 열세 명의 통천비휴들은 임림재에서 보름을 지냈다. 먹고 자고 일어나 똥 싸고 오줌 누고 씻고 먹고 나면 졸려 다시 눕게 됐다. 눈을 감고 있으면 꿈인 듯 이야기가 들리곤 했다. 자신이 살아온 이야기를 낱낱이 풀어 놓는 비휴들의 목소리였다. 간간이 연화당이며 혜원의 목소리가 끼어들곤 했다. 어느 날엔가는 즈믄 자신의 목소리를 들었다. 자신이 중얼거리는 소리인데 먼 곳에서 들리는 남의 목소리 같았다.

열엿새 되는 날 임림재를 떠나 천안의 원각사로 옮겼다. 비휴들의 숙소로 정해진 원각사 능정원에서 머리를 깎고 승복을 입을 때 법명을 자산이라 밝힌 스님께서 말씀하셨다.

"그대들은 이곳에서 일 년 동안의 수련을 마친 뒤 나가게 될 것이며 그때 무얼 하며 살고 싶은지를 생각하라. 그리고 지금 그 소망을 소리 내어 말하라. 지금 생각과 그대들의 수련이 끝난 일 년 뒤 생각이 어떻게 같고 다른지 비교하면 좋으리라."

비휴들이 어떻게 살고 싶은지 등을 말할 때 자산스님께서 일일이 받아 적으셨다. 수련이 시작됐다. 파루 치기 전에 일어나 몸을 씻고 새벽 예불을 올렸다. 예불 뒤에는 경내 각 처에서 일하다 아침 공양을 했다. 묘시 초부터 진시 말까지 네 시간 동안 글자를 익혔다. 하루 여덟 글자씩 천자문 구절을 달달 외며 쓰는 연습을 했다. 하루치의 공부가 일찍 끝난 사람은 과외로 『반야심경』의 글자들을 필사하며 익혔다. 무술 수련 시간은 따로 없었다. 틈틈이 한글로 쓰인 이야기책들을 읽었다. 잠자리에 들기 전에 한글로 하루를 어떻게 지냈는지 짧게라도 썼다. 넉 달이 지나 천자문을 다 익혔을 때 비휴들은 자신들이 일상의 어지간한 글자들은 읽고 쓸 수 있다는 걸 알게 됐다. 그때부터 다시 넉 달 동안 『천수경』과 『금강경』과 『아미타경』을 공부하며 어려운 글자들과 문장을 읽고 쓰는 연습을 했다. 그 가을 중양절에 사신계 입계 의식을 치렀다. 자산스님이 사신계 청룡부 무진이라는 걸 그때 알았다. 입계 의식을 치르고 자신들이 속할 부部를 정한 이후 사십구 일간의 묵언 수련에 들었다.

묵언 수련이 끝났을 때 자산스님이 비휴들에게 일 년 전 생각에서 달라진 점과 앞으로 무얼 하며 어떻게 살고 싶은지 물으며 덧붙였다.

"각기 원하는 곳에서 원하는 방식의 삶과 비슷하게 살아갈 수 있는 자리로 가게 되리라."

둘째 갈지개가 천안이나 아산이나 온양 등에 있는 약방에서 일하며 살고 싶다고 했다. 또 무극이었던 앵미가 사신계에 입계해 있고 아직 미혼이라면 그와 혼인하여 살았으면 했다.

셋째 보라매가 원래 통천 우동산으로 돌아가 중이 되고 싶었던바 먼저 원각사에서 비구니계를 받고 얼마간 수행하다가 통천으로 가고 싶다고 말했다.

넷째 궐매는 무극 영아자를 다시 만날 수 있다면 그와 함께 주막을 열어 살고 싶노라 했다.

다섯째 구지매는 대장간 일을 익혀 무기를 만들고 싶다 했다. 보현정사에서 정분을 나눴던 얼레지에 대해서는 언급하지 않았다.

여섯째 산지니는 깊은 산이나 외딴 섬으로 들어가서라도 자신의 땅을 일궈 농사를 짓고 싶다고 밝혔다.

일곱째 날찌니는 포도청에서 일하고 싶노라 말했다.

여덟째 소리개는 통천으로 돌아가 어부로 살고 싶다 하며 어린 날 정분 나눴던 어부의 딸 말희가 아직 시집가지 않았다면 혼인하고 싶다고 덧붙였다.

아홉째 수지니는 목수가 되어 생계를 꾸리면서 이야기책을 쓰고 싶노라 했다. 아울러 가능하다면 무극의 아홉째인 선령비와 혼인하고 싶다고 말했다.

열째 초지니는 스님이 되어 탱화를 그리고 싶다고 말했다.

열한째 재지니는 지리산으로 가서 사냥꾼으로 살고 싶다 했다.

열두째 참수리는 방물장사치가 되어 팔도를 돌아다니고 싶다고 밝혔다.

열셋째 도롱태는 통천으로 돌아가 석공이 되고 싶노라 했다. 통천 바닷가 총석에다 비천녀 상을 새기고 싶은 소망이 여전했기 때문이었다.

원각사에서 보낸 일 년 동안 글공부 이외에 주로 한 일이 자신의 재주와 연관됐던 비휴들의 소망은 일 년 전과 같거나 비슷했다. 첫째인 즈믄도 그랬다. 일 년 전에 그랬듯이 그때도 할 말이 없었다. 수앙의 지아비로 살거나 그 호위로 사는 게 소망인데 수앙에게는 지아비가 있고 호위들도 있지 않은가. 스승께서 물으시는데 입 다물고 있을 수는 없어서 아우들처럼 일 년 전과 비슷이 말했다.

"가능하다면 소제는 도성 외곽 군영의 군관 취재에 응해 입격한 뒤 군관이 되고 싶습니다. 더 나중에는 장수도 되고 싶고요."

스승께서 반문하셨다.

"군영은 팔도 처처에 있고 예서 가까운 여러 곳에도 충청감영 산하의 군영들이 있는데 굳이 도성 외곽이라 말하는 까닭은 무엇이냐?"

"어떤 사람한테 세 가지 빚이 있는데 그 사람이 도성에 살고 있기 때문입니다."

"기어이 갚아야 하는 빚이냐?"

"기어이 갚고 싶은 빚입니다."

어떤 점이 우스웠는지는 모르지만 스승과 아우들이 동시에 웃었다. 농담처럼 가벼웠던 그 자리가 실상 앞날을 결정하는 중요한 시점이었다는 걸 금세 알게 되었다. 비휴들 각자의 소망과 가까운 자리의 호패를 받게 됐던 것이다. 원각사를 나서며 십 년 후 오늘 날짜에 여기서 보자, 약조하고 헤어졌다.

그때 즈믄이 받은 호패에는 경기도 장단군 서암골의 선달 임홍수의 아들 임호균이라 적혀 있었다. 선달은 무과에 입격했으나 관헌으로 나가지 못한 사람들에 대한 호칭인데 서암골 임 선달은 무과에 입격한 직후에 하필이면 병을 앓아 허리가 굽는 불구가 됐던가 보았다. 그는 현재 쉰세 살로 사신계 백호부 삼품 계원이었다. 딸 하나와 아들 둘을 낳았으나 큰아들은 저 어릴 때 놓치고 딸은 시집가 살다가 자식 둘을 낳고 세상을 떠났다. 둘째 아들은 제 열다섯 살에 돌림병으로 죽었다. 칠 년 전인 병자년 돌림병 때였다. 즈믄은 자식들을 다 잃고 늙어가는 임 선달의 양자 임호균으로 입적된 것이었다.

호균은 임 선달의 아들로서 서암골에서 일 년을 지낸 뒤 백호부 이품계를 받았다. 그 자리에서 원각사를 나서며 흩어졌던 아우들이 각처에 비슷한 과정을 치러 승품하고 있다는 소식을 들었다. 갈지개가 앵미와 함께 온양의 약방에서 일꾼으로 일하며 살고 궐매가 영아자와 함께 양주 땅에서 주막을 열었다는 소식을 들었다. 수지니와 선령비가 혼인하여 송도에서 살고 있다는 사실도 들어 알았다. 아우들은 정말로 자신들의 소망과 가까운 자리에서 자리잡아 가고 있었다. 다른 무극들도 그러하리라는 것을 알게 되어 안심했다. 그 즈음 즈믄은 경기감영 별정 군관 취재시험에 응해 입격했다. 재작년 정월이었다.

소리 내어 아버지라 부르면 아버지가 되고 아들로 불리면 아들이 되는 성싶었다. 균아, 호균아! 어머니는 꼭 그렇게, 틈만 나면 불렀다. 밥그릇의 밥이 아버지보다 높았고 어쩌다 먹는 생선의 가운데 토막은 아들 몫이었다. 호균이 아버지 앞으로 놓아드린 고기는 아버지가 도로 넘겨주곤 했다. 다 자라 만난 아버지와 어머니가 겨우 일년 함께 지내는 동안 진짜 어머니 아버지 같아졌다. 군관 시험에 들자 부모들이 몹시 기뻐했다. 부스러기 반족인 데다 겨우 입에 풀칠할 정도로 살면서 마을잔치까지 벌였다.

"우리 아들이 급제했어. 저 사람이 우리 아들이라고!"

자랑을 그치지 못하는 부모를 보자니 호균도 기뻤다. 동시에 부모가 있으면 부모의 뜻을 받들어야 하는 문제가 생긴다는 걸 깨달았다. 임 선달 내외가 마을잔치를 마치자마자 혼인을 권했던 것이다.

"네가 어느 새 스물네 살이나 되지 않았느냐? 더 늦기 전에 혼인하여 자식을 낳아야지. 우리도 손주를 안아보고 싶구나."

자식에게는 부모가 임금보다 높은 상전이었다. 부모에게 자식도 그러했다. 부모가 없을 때는 그 사실을 몰랐다. 부모가 생겨 알게 되었으므로 그들의 뜻을 거스를 수 없었다. 거스를 수는 없되 뜻을 늦추어 달라고 간곡히 청하면 거스르지 않아도 되는 상전이 부모였다. 호균이 군관으로서 군영에서 자리잡기까지 한두 해만 기다려 주시라 청하니 어른들이 물러서 주었다.

호균의 첫 배속지는 도성이 가까운 김포의 용강진이었다. 용강진에서 지낼 때 훈련원 습진 열흘을 명받고 도성에 갔다. 열흘간의 습진 동안 저녁마다 시전거리며 혜정원 어름을 기웃거렸다. 수앙을 볼수는 없었다. 용강진에서 보내는 동안 백호부 삼품계를 받았고 작년 가을에 도성과 더 가까운 남양 화량진으로 옮겼다. 겨울에 사품으로 승차했다. 화량진에서 지낸 지 칠 개월 만에 다시 훈련원 습진을 명받았다.

훈련원 습진은 무관들의 공부 과정으로 긴 습진은 한 달씩이고 짧은 습진은 열흘이다. 이번에는 한 달짜리 습진이라 삼월 한 달을 도성에서 묵게 되었다. 호균은 훈련원에서 가까운 연방동의 주막 뒷방을 빌려 들었다. 재작년 습진 때 묵었던 곳으로 주막에서 혜정원까지의 거리가 고작 사오리였다. 첫 밤 새벽꿈에서 수앙을 봤다. 늘 달고 다니던 아우도 없이 혼자인 그는 시전거리 유리점 앞에 선 채 누군가를 기다리고 있었다. 수앙의 눈앞으로 말 한 필이 끄는 마차가 멈춰 있었는데 가마처럼 생긴 마차 안에는 사람이 타고 있지 않았다. 수앙이 탈 마차 같은데 오르지 않고 그저 망연해 있는 것 같았다. 그 모습이 안타까워 호균이 아씨! 큰소리로 부르자 돌아보는 눈에 눈물이 그득했다. 눈물 아롱진 얼굴로 환히 웃었다. 호균의 가슴이 찢어지는 듯했다. 업어 주겠노라 등을 댔다. 업혀 오지 않아 돌아보니 수앙이 없었다.

그날 습진 뒤 호균은 유리점으로 갔다. 꼬맹이 하나 달고 다니는 남장 처자가 근래 다녀간 적이 있느냐고 주인에게 물었다. 주인이 한참이나 생각한 뒤에 여러 해 전 겨울에 본 것 같다고 했다. 그날 꼬맹이가 말 달리는 소전마마 행렬에 짓밟힐 뻔했던 걸 나리가 구하지 않았냐고, 그때 보고 못 본 것 같다고 했다. 호균은 주인에게 그 무렵의 그가 남장한 처자라는 걸 알았냐고 물었다. 주인이 껄껄 웃고는 말했다.

"그리 생긴 처자가 남정 옷을 입는다고 남정으로 보이겠습니까? 자신이 남정으로 보이는 줄 아는 게 귀여워 속아 주는 척한 게지요. 속아 주는 재미가 있으니 말입니다."

그날부터 호균은 저녁마다 옷을 갈아입고 주막 주인한테 빌린 삿갓을 눌러쓰고 도성 안 곳곳을 돌아다녔다. 수유날이면 종일토록 걸어다녔다. 삼남 지방에서 작년 농사를 망치는 바람에 금년 봄의 굶주림이 유달리 심하다 하더니 도성 안은 퀭한 눈빛의 걸인들이 넘쳐났다. 좀 멀쩡해 보인다 싶은 사람한테는 걸립패들이 벌 떼처럼 따라붙었다. 점포에서는 물바가지를 뒤집어쓰거나 매타작을 당하며 내쫓기는 살풍경이 흔했다. 청계변 가산이나 여러 문들 앞에서 나누어지는 구휼 죽을 얻기 위한 줄이 근방을 친친 감을 만치 길었다. 어디서도 수앙을 볼 수는 없었다.

거리에서는 만날 수 없는 그가 꿈에는 밤마다 나타났다. 어떤 밤에는 울고 어떤 밤에는 웃었다. 어떤 날은 하염없이 걷고 어떤 날은 즈믄에게 안겼다. 안긴 그를 어찌해야 할지 몰라 진땀을 흘리다 꿈에서 깨고 나면 다시 잠을 이룰 수 없었다. 혜정원으로 들어가 수앙을 찾을 용기를 내지 못했다. 혹시 그가 나오지 않을까 하여 삼내미 일대와 운종가를 신발이 닳도록 헤맸을 뿐이다. 그러는 사이에 삼월 스무여드레가 지나고 말았다. 습진을 이틀만 더 받으면 화량진으로 돌아가야 했다. 사월 초하룻날 아침에는 군영 점고 자리에 있어야 하는 것이다. 화량진이 멀지는 않았다. 맘 먹으면 한두 시진 만에 도성에 닿을 수 있었다. 수앙을 만날 수만 있다면 날마다도 오갈 수 있는 거리였다. 수앙을 만날 수 없으므로 그가 사는 도성과 화량진 사이에는 무하유의 거리가 존재했다.

"나리, 들어오십니까?"

사립 밖을 내다보고 있던 주막 주인이 즈믄을 맞는다. 서른댓 살이나 됐을까. 수더분한 외양에 성격도 무던해 손님을 편하게 해주는 이였다. 멀지 않은 곳에 집이 따로 있다는 그는 호균이 묵는 동안 이 간수문 근방에서 찾아오는 걸립패의 아이들에게 저녁 주먹밥을 내주곤 했다. 보릿고개가 얼추 지나가는 사월 보름까지만 할 거라고 시한을 정한 것 같기는 해도 열두어 명이나 되는 아이들에게 해거름마다 밥 한 덩이씩을 베푸는 어진 이였다.

"아이들은 다녀갔습니까?"

"예, 애들을 막 내보낸 참입니다. 나리는 오늘 저녁에도 나가실 겁니까?"

오래전에 은혜를 입은 사람을 찾아다니는 거라고 말한 적이 있었다.

"나가 봐야지요."

"알음아리를 따라 찾아야지 거리에서 우연히 만나기는 어렵지요."

"그런 것 같습니다. 우선 밥 주십시오."

방에는 등잔불이 켜졌고 아침에 벗어 놓고 나간 옷이 말끔히 푸새되어 놓였다. 저녁밥을 먹은 호균은 군관복 입은 그대로 혜정원으로 향한다. 수앙을 만날 때마다 우연이었던 터라 또 우연히 마주칠 수 있으리라 여겼는데, 더 이상의 우연이 생기지 않으니 찾아 나설 수밖에 없지 않는가.

"어서 오십시오, 나리."

해 질 녘 혜정원 대문간에서 벅수처럼 서 있다가 호균을 본 일꾼 복색이 잠자리 찾아든 손님인 줄 알고 반긴다.

"저는 화량진 군관인 임호균이라 합니다. 이곳의 부각색장인 김병주 씨를 만나고 싶습니다."

일꾼의 눈이 뜨악해 진다.

"김병주 색장은 지금 다른 데 심부름 가서 없는데, 나리께서는 그 사람을 어찌 찾으시는지요?"

"몇 해 전에 그와 안면을 튼 적이 있는데 그에게 물어볼 게 있어서요. 그가 부재중이라면 함월당 마님을 뵐 수는 있을지요?"

일꾼의 눈이 화등잔만 해진다.

"우, 우리 마님도 아십니까?"

"예, 뵌 적이 있습니다. 함월당 아래채까지 들어간 적이 있고요.

거래를 넣어봐 주십시오. 제가 지금은 임호균이지만 예전에는 즈믄이라 불리던 자라고, 꼭 뵙기를 청한다, 잠시면 된다고요. 부탁드립니다."

"우리 마님이 계시는지 모르겠습니다만, 제가 잠시 들어갔다가 나올 테니 예 계셔 보십시오."

그가 안으로 사라지자 그와 같은 복색의 일꾼이 그의 자리로 나와서더니 호균이 보이지 않는 듯 짐짓 대문 건너편을 쳐다본다. 혜정원 대문에서 여염 민가는 보이지 않는다. 길 건너에 시내가 있고 그 건너는 숲이다. 혜정원에 속한 땅일 것이다. 걸인들인가. 어슬녘 숲에서 사람 그림자들이 어른거린다. 사유지를 점거한 탓인지 소리는 나지 않는다. 한참 만에야 기별을 가지고 들어간 일꾼이 나온다.

"함월당께서는 출타하셨다 하고 우리 부원주께서 대신 나오셨습니다. 이쪽 외관外官으로 들어오십시오, 나리."

대문을 들어서서 왼쪽 마당 안쪽에 있는 집이 외관인 모양이다. 대청은 없고 방들마다 툇마루들이 죽 연결되었다. 가운데 방의 문이 열려 있고 그 안의 탁상 앞에 한 여인이 앉았다. 서른대여섯 살이나 됐을까. 예전에 수앙을 따라 들어왔을 때 함월당 쪽에서 본 적이 있는 여인이다. 즈믄이 들어서자 여인이 건너편 자리를 권한다. 천정에 매달린 등불이 환하여 따뜻하다 싶은데 밖에서 문이 닫힌다.

"저는 이 혜정원의 부원주 겸 각색장을 맡고 있는 수열재입니다. 원주께서 아니 계실 때면 제가 그분을 대리하는지라 나리를 뵈러 나왔습니다. 저희 원주님을 뵈시려는 까닭을 말씀하시겠습니까?"

"저는 수열재를 뵌 적이 있는데, 수열재께서는 저를 기억치 못하십니까?"

수열재가 빙그레 웃고는 말한다.

"즈믄을 기억하지요. 임호균 군관에 대해서도 어느 정도 압니다. 저 아래 상림에서 익산으로, 익산에서 천안으로, 천안에서 장단으로 옮기신 과정을요. 사품계를 받은 사실이며 현재 화량진에 계시는 것도 압니다."

아까 주막에서 받은 저녁 밥상의 국그릇 속에 멸치가 몇 마리 들어 있었는지 수열재가 안다고 해도 놀라지 않을 것이다. 지난 몇 년간 사신계 속에 살면서 그 막강한 정보력을 충분히 느꼈다. 그 힘은 백정의 자식들로 태어나 호패도 없이 자란 열세 명과 비슷한 처지의 무극들을 어엿한 사람으로 만들어 냈다. 즈믄은 한미하긴 할지라도 반족집안의 아들이 되었고 무관이 되기까지 했다. 아직도 임호균이라는 자신의 이름을 말하고 불릴 때마다 신기했다.

"제가 훈련원 습진에 들어온 지 한 달이 다 되어 갑니다. 그동안 도리가 아니라고 여겨서 참았는데 모레 오후에는 제 곳으로 돌아가야 하므로, 이대로 가면 또 언제 기회가 올지 몰라서 여쭈러 왔습니다."

"무엇을요?"

"수앙아씨에 대해서요. 잘 지내시는지, 여전히 그림을 많이 그리시는지, 매괴 향료를 만들게 되셨는지 등등이요."

"나리께서 우리 아씨를 궁금해하신 연유를 여쭤도 됩니까?"

"수앙아씨를 우연히 서너 차례 뵌 게 전부고 마지막 뵌 게 오 년 전 겨울, 수앙아씨가 발을 다쳤던 때입니다. 그뿐인데 이후 자주 아씨를 생각하게 됐습니다. 저도 모르게 자꾸 그리되었습니다. 보고 싶습니다."

보고 싶다고 말하고 나니 가슴이 뜨거워지며 목이 멘다. 수열재가
잠시 기다려준다.

"수앙아씨가 혼인한 사실은 알고 계시고요?"

"예, 그때 아씨한테서 들었습니다. 시전거리에서요."

"그런데도 연모를 키워 오셨습니까? 자그마치 다섯 해나 지났는
데요."

"연모의 마음이 클지라도 불측한 생각을 키우지는 않았습니다. 저
는 그저 아씨가 어딘가에 계시는 게 좋습니다. 깜깜한 겨울 숲에서
길을 헤매는 자에게 저만치 켜진 등불처럼, 산을 내려가는 길을 알
게 된 것처럼 몹시 반갑고 기쁜, 그런 마음입니다. 누군가와 아씨 이
야기를 나눌 수 있다는 것만도 기쁘고요. 지금 그렇습니다. 잘 계시
지요?"

호균의 마음을 가늠해 보는 것처럼 수열재의 눈길이 직수굿이 건
너온다. 예사로운 용모일지라도 눈빛이 깊고 풍기는 기세가 여유로
우면서 고즈넉하다.

"수앙아씨는, 여전히 그림을 많이 그리십니다. 예전엔 종이 한 장
에 한 가지 대상을 주로 그렸는데 요즘은 여러 대상을 조화롭게 그
려 보려 애쓰시는 것 같고요. 매괴 향료 생산은 아직 못하셨습니다
만 언젠가는 그것도 나올 겁니다."

잘 있느냐고 물었는데 딴소리만 한다.

"도성 안에 계십니까?"

"임 군관 아시다시피 수앙아씨는 여러 해 전에 혼인했고, 모친이
무녀이신지라 감춰야 하는 게 많은 사람으로 자랐습니다. 여기서 지
낼 때 노상 남정 복색이었던 이유이지요. 이제 아씨는 그때처럼 어

린 아우 하나 달고 마냥 나돌아 다닐 수 없다는 걸, 현실 법도에서 젊은 부인이 그리고 다닐 수 없다는 걸 인정하실 만치 자랐습니다. 그러니 수앙아씨는 잊으시고 임 군관의 삶을 사십시오. 혼인하시고, 자식도 낳으시고요. 그리 사시다가 우연히 다시 아씨와 만나시게 되면 반갑고 기쁘게 인사 나누실 수 있겠지요. 서로 잘 살고 있을수록 더 반갑고 기쁠 것이고요."

수앙이 도성 안에 있냐고 물었을 뿐인데도 또 딴소리다. 당연한 경계임에도 서운하다. 서암골에 다니러 갈 때마다 어른들이 혼인하라 성화였다. 아버지가 계원이 아니었다면 자식의 의중 같은 건 상관없이 벌써 혼인을 시키고도 남았을 터이다. 아직은 자식의 뜻에 반해 억지 혼인을 강행하지 않지만 호균 스스로도 죄송한 즈음이긴 했다.

"그렇겠지요. 무슨 말씀이신지 잘 알고요. 부탁이 있습니다."

"말씀하세요."

호균은 품에 넣어온 봉함 편지와 종이 곽에 담긴 가죽 수갑을 탁상 위에 놓고 건너편으로 밀어 보낸다. 습진 끝낸 뒤 부모님을 뵈러 가 드리려고 아버지에게 드릴 연초부리와 연초 세 봉지를 샀다. 어머니에게는 뭘 사드릴까 궁리하다 장신구 점포로 들어갔다. 점포에서 이것저것 구경하다 여인용 가죽 수갑을 발견했을 때, 늘 뭔가가 묻어 있던 수앙의 손이 떠올라 가슴이 두근거렸다. 얇게 무두질하고 탈색시킨 뒤 희게 염색한 가죽 수갑이었다. 섬세하게 지은 수갑의 손등에 연보랏빛 제비꽃 세 송이가 수놓여 있었다. 점포 주인이 원래 석 냥짜리지만 시절이 시절인 고로 두 냥만 내시라, 선심을 썼다. 어머니의 수혜까지 아울러 석 냥에 구입했다.

"예전에 아씨를 뵐 때는 제가 글을 몰랐습니다. 뜻도 모르는 천자 문을 홀로 익히고 있었지요. 아씨하고 그런 얘기를 나눈 적이 있고 요. 이후 글을 배우고 지금도 열심히 글공부를 하는데 그게 다 아씨 덕입니다. 해서 그런저런 이야기를 하고 글자를 익혔다고 자랑도 하 면서 편지를 썼습니다. 보관해 두셨다가 기회가 되시면 아씨께 전해 주시겠습니까?"

"그러지요. 이 곽에 담긴 건 무엇입니까?"

"수갑입니다."

수열재의 눈이 동그래진다. 곽의 뚜껑을 열어 수갑을 꺼내지는 않고 들여다보기만 한다. 고개를 드는데 눈동자가 약간 붉어진 것 같다.

"어찌 이걸 아씨한테 선물하려 생각하셨습니까?"

"제가 아씨를 네 번 뵀는데 그때마다 손에 물감이나 먹물 자국이 있었습니다. 그 때문인지 지난 몇 해 동안 아씨 얼굴만큼이나 아씨 손을 많이 생각하며 지냈습니다. 이상하게도 아씨가 생각나면 그 손 이 먼저 떠오르곤 했어요. 손이 말하고 손이 웃고 손이 울고, 그렇더 군요. 그게 생각나서 샀습니다. 맞으실지 모르겠습니다."

"아씨 손에 잘 맞을 것 같습니다. 고맙습니다, 나리."

"제가 아씨께 받은 은혜에 비하면 아무것도 아닌 것을요."

"편지와 함께 아씨께 고이 전달하겠습니다. 헌데 이리 뵌 김에 임 군관께 여쭐 게 있습니다. 혼인을 아직 아니하셨지요?"

"예."

"혹시 다정히 지내는 여인이 있습니까?"

"없습니다. 어찌 제 혼인에 대해 물으십니까?"

"예전에 보현정사에서 선초라는 이름으로 살았던 처자를 기억하십니까?"

보현정사 항성재에서 지내던 선초는 여섯째 무극이었다. 아우들과 혼인해 사는 무극들의 소식은 들었으되 선초를 비롯한 다른 무극들에 대해서는 아는 바가 없다. 그들도 사신계에 입계했다 하므로 어느 곳에선가 잘 지내겠거니 여겼을 뿐이다.

"압니다. 어찌 말씀하십니까?"

"그 사람은 예전에 임 군관을 사모했다고 하던데, 혹 아셨습니까?"

수앙을 만난 이후 그만 생각하고 살았으므로 다른 여인은 보이지도 않았다.

"그런 짐작은 해본 적 없습니다. 그럴 수 있을 만치 가까이 지내지 않았고요."

"임 군관께서는 몰랐을 거라는 말을 듣기는 했습니다. 저도 지금 생각난 것이고요. 아무튼 임 군관께서도 혼인을 해야 할 제 달리 맘에 둔 여인이 없다면, 선초 씨하고의 인연은 어떠십니까?"

호균은 맘에 둔 여인 때문에 이 자리에 있는 것인데 그 번연한 사실을 모르는 양 매파 노릇을 하는 수열재가 몹시 서운하다. 수앙에게 어떤 불측한 생각도 없노라 했건만 그마저 거두라는 게 아닌가.

"선초, 그 사람의 삶이 곤궁하옵니까?"

"우리 세상 사람들은 곤궁하게 살지는 않으므로 선초의 삶도 곤궁하지는 않습니다. 자신의 자리에서 열심히 일하면서 품계도 높여 가고 있습니다. 혼인을 마다할 뿐이지요. 임 군관이 첫정이었노라 하던 그의 말이 불쑥 떠올라 여쭤본 것입니다."

"그 사람은 도성 안에 있는 모양이군요."

"누가 어디에 있든 필요하다면 거리가 문제이겠습니까. 어떠세요? 한번 고려해 보시렵니까?"

"그 사람이 저를 좋아했다니 몹시 고맙기는 합니다만, 그 사람과 제가 연을 맺는 게 서로에게 좋을 것 같지 않습니다. 그 사람과 제가 공유한 기억이 조심스러울 것 같기 때문입니다."

짝을 이루어 사는 갈지개와 앵미, 궐매와 영아자, 수지니와 선령비 등은 처음 만나면서부터 다정히 지냈고 모든 것을 함께 겪은 셈이었다. 선초와 호균은 같은 일을 따로 겪었다. 부끄러움과 서러움이 뒤엉킨 그 기억들은 조심스러운 정도가 아니라 아예 입에 걸고 싶지도 않을 터였다. 호균은 혼인을 한다면 자신이 비휴였던 걸 모르는 사람과 하는 게 맞는 것 같았다.

"제가 괜한 말씀을 드렸네요. 순전히 저 혼자만의 생각으로 드린 말씀이니 임 군관께서는 못 들은 걸로 해주시기 바랍니다."

"물론입니다. 그렇더라도 고맙습니다."

"아, 오는 칠월에 조정에서 왜국으로 통신사를 보낼 모양입니다. 통신사단이 갈 때는 동지사단이 청국에 갈 때처럼 무관들을 차출하게 될 텐데요. 임 군관, 혹시 왜국에 다녀오실 의향이 있습니까?"

"갑작스러운 말씀이라 당장 드릴 말씀이 없습니다만, 명이 내리면 따라야지요."

"이제부터 생각을 해보시라고 드린 말씀입니다. 바닷길이 험한데다 왜국에서 머무는 시간이 동지사단보다 훨씬 길어 사행 길이 일 년이나 걸린다 합니다. 우리는 요즘 갈 만한 자격이 되는 무절들에게 의견을 물어보는 중입니다."

"자격이라 함은 관직에 들어 있는 걸 뜻하는 겁니까?"

"그렇지요. 통신사에도 정사와 부사와 서장관이 있고 서행관과 통문관들이며 의원들이 함께 가는바 그들의 비장들을 무관들 중에서 차출하게 되는데 우리는 가능한 한 여러 명의 무절들을 보내 식견과 안목을 키우게 하는 동시에 왜국의 정황을 살피려 합니다."

"가고 아니 가는 것을 소생이 선택할 수 있습니까?"

"물론이지요. 열흘 정도 숙고해 보신 뒤에 가부를 알려 주시기 바랍니다."

왜국 통신사단에 끼어 조선을 떠나 있게 되면 어떨까. 그만치 멀리 있게 되면 수앙을 향한 그리움도 좀 누그러들까.

"제가 가는 게 좋겠습니까?"

"가고 오는 데 오래 걸리고 힘든 길이라 조심스러운 건데, 힘든 만큼의 보상은 생기는 듯합니다. 관직에 있는 이들은 승차 기회가 생기기 쉽고, 일종의 목숨 값이긴 하지만 여상한 녹봉의 십 년치에 해당하는 경비를 받으므로 목돈 만질 기회도 되지요. 개인에게는 안목이 넓어지고 식견이 커지겠지요. 멀고 넓은 세상에서 이쪽에 있는 자신의 삶을 되돌아볼 수 있는 계기가 될 것이고, 우리 조선에 조금이라도 보탬이 될 수 있는 생각도 하게 되지 않겠습니까."

"어찌 그리 잘 아십니까?"

"어릴 때 몇 달간 청국에 다녀온 적 있습니다. 사내아이로 변장하고 상단에 끼어서요. 그때 그리 느꼈던 것 같습니다. 청국은 정말 크고 넓고 사람도 많더이다. 번화가는 우리 도성 번화가보다 훨씬 번화하고. 그게 부럽지는 않았어요. 어디서나 부귀한 자들은 부귀하고 빈천한 자들은 빈천하고. 번화가 뒤편의 응달진 곳에서 웅크리고 있는 걸립패는 청국이나 조선이나 똑같고, 사람살이는 어디나 비슷한 것 같았습니다. 그럼에도 조선을 떠나 있는 그 잠시에 생각하게 되더이다. 나는 조선 백성이다. 내가 청국 백성인 것보다 조선 백성인 게 백배는 더 좋다."

"청국 사람들은 자기들이 청국 백성인 게 백배는 좋다 하겠지요."

"그들도 보통 때는 모르다가 청국을 벗어나 본 다음에야 알겠죠."

"다시 여쭙겠습니다. 제가 왜국에 가는 게 좋겠습니까?"

재차 묻는 건 혹시라도 왜국 행에 관한 제안에 수앙의 의중이 들어 있는지 궁금해서이다. 멀지 않은 곳에서 수앙이 지켜보고 있을 것 같기도 하다.

"재미있지 않겠습니까? 만날 보는 것만 보고, 만나는 사람만 만나다가 색다른 풍경을 보고 만나면 흥미롭겠죠. 거기 가서서 좋은 것, 우리 조선에 도움이 될 만한 것이 있으면 가져오시고요. 자격이 된다면 저도 한번 가보고 싶은걸요. 근자에 제가, 왜국 다녀온 이들이 쓴 책을 두어 권 읽었는데, 왜국의 대처는 주로 바다와 가까운 쪽에 있는 것 같더군요. 부산포를 출발한 통신사단이 대마도에 도착하면 왜국의 임금 격인 관백의 수하들이 배로 영접을 나오는데, 이후 왜국의 도성 격인 강도에 도착할 때까지 거의 배로 움직이는 모양입니다. 날이 저물면 뭍으로 올라가 바닷가에서 멀지 않은 곳에 마련된 객관으로 들어가서 자고요. 사신단이 객관으로 들어갈 때마다 왜국 백성들이 구름처럼 모여들어 통신사단 행렬을 구경한다고 해요. 왜국의 관헌이나 호족 같은 이들은 문장, 시詩에 대한 갈망이 몹시 큰 모양이에요. 우리 사신단이 왜국에서 지내는 동안 사신단한테 시를 받고 듣기 위해 날마다 왜국 관헌들이 숙소로 찾아오고 그들의 집으로 초대를 받기도 하는가 봅니다. 우리 통신사단의 사신들은 문장이 아주 좋은 학식 높은 이들이 삼사로 가게 되고, 삼사 외에도 시를 잘 짓는 서행관書行官이 따로 따라가는 것 같아요. 아무튼 왜국은 우리가 상상하는 것보다 훨씬 풍족하고 화사한 것 같고, 침략을 대비한 방책들은 상당히 발달한 것 같다고 책에 쓰였더라고요. 강산이 아주 아름답다고도 하고요."

그 아름답다는 강산에 수앙을 데리고 다니면 어떨까. 낯선 광경을 만날 때마다 어머나, 세상에나, 감탄사를 터트릴 것이다. 수앙이 감탄하는 사물과 풍경은 호균 자신에게 새로이 보일 것이다. 장동 계곡 언저리에 지천으로 피어 있는 이름 모를 꽃들을 수앙으로 인해 발견했고, 약방 골목 한 어귀의 깨진 항아리 속에서 피어났던 흰 꽃이 백작약인 걸 알게 되었다. 그렇지만 수백 명의 사내들 사이에 수앙이 끼어 있는 상상은 하고 싶지 않다. 수앙을 흘깃거리는 놈들마다 눈알을 뽑아 버리고 싶을 테니까. 수앙은 사는 데서 살게 두고 혼자 다녀오는 게 낫겠다. 안목과 식견을 넓히고 돈도 벌 수 있다지 않은가. 호균은 속으로 웃는다. 만나지도 못하는 사람을 핑계로 왜국에 가기로 작정하고 있는 자신이 우습다.

"제가 가기로 하면, 어디로 알리면 되는지요?"

"오늘 제가 이렇게 운을 띄웠으므로 열흘 뒤쯤에 임 군관을 찾아가는 사람이 있을 겁니다. 그때 말씀해 주시면 됩니다. 임 군관께서 가시겠다고 하면 그 준비가 시작될 것입니다. 필요한 자료들을 읽고 간단한 왜어 등을 익히게 되시는 게지요."

"알겠습니다. 깊이 생각해 보겠습니다."

"그러세요. 그리고 이번 습진의 숙소를 어디에 두고 계십니까? 원내 숙사에 계시나요?"

수앙을 찾아보려면 원내 숙사가 불편하겠기에 애초에 주막에다 자리를 잡았다.

"훈련원 서문 쪽 연방동 주막에 있습니다."

"어찌 저희 원에서 묵지 않으시고요?"

농담한 수열재가 웃는다. 호균도 마주 웃으며 답한다.

"언젠가는 꼭 그리해 볼 생각입니다."

팔도를 통틀어 가장 큰 객관인 혜정원에는 작은 방, 중간 방, 큰 방, 독채 등 네 종류의 방이 있는 모양이었다. 작은 방의 하루 숙식비가 연방동 주막의 열흘치에 해당한다던가. 별정 군관의 녹봉으로 혜정원 숙박은 어림도 없었다. 호균은 수열재에게 읍해 보이고 방을 나온다. 수앙을 만날 수 있을 거라 기대하지 않고 왔지만 기대한 것도 사실이다. '어머나, 서방님, 벼슬하셨어요? 아이 장하셔라!' 기뻐하며 박수치면서 깔깔대는 그 사람을 상상했지 않는가. 그 손가락에 꽃물조차 들지 않았으면 싶었던 사람. 자신의 꿈속에서라도 눈물 같은 걸 흘리지 않았으면 싶은 사람. 그가 산골짜기에 핀 꽃을 그릴 때 바람조차도 그를 침범하지 못하게 뒤를 지켜주고 싶었다. 그를 한 번 더 볼 수 있기를 소망했다. 소망을 이루지 못했으므로 또 그를 기리며 몇 년을 살게 될 것 같다. 기릴 사람이 아무도 없는 것보다는 백배 천배 좋은 일이긴 한데 삼월 하순의 밤바람은 고적하다.

작미약원作美藥園

소전 사태에 관련되어 죽은 혼령들이 자신들을 죽인 사람들한테 들러붙었다는 소문이 도성 안에 급작스레 무성해졌다. 소전 귀신이 붙은 자들은 어둠에 갇힌 채 피를 토하다 죽을 것이며 그 집안은 씨가 마를 것이라고 했다. 소소 무녀 귀신이 붙은 집은 온 식구가 불에 타 죽을 것이고, 그때 참수된 혼령이 붙은 족속들은 미쳐 나대다 목이 꺾여 죽을 것이라고도 했다.

소문의 발단은 내자시 판관 문성국의 집에서 비롯됐다. 문성국의 처 순양당이 지난 삼짇날 새벽 반야원에 가서 자신의 집에 귀신이 바글바글 하다는 점사를 들었다. 순양당은 집으로 돌아온 즉시 거간꾼을 불렀다. 궐이 가까운 자리에 앉은 팔십여 간이나 되는 큰 집이라 시세로는 일만천 냥을 호가했다. 순양당은 서둘러 팔기 위해 팔천 냥에 내놨다. 집값을 삼천 냥이나 낮춰 말했는데도 거간꾼이 도리질했다.

"문 판관께서 요즘 편찮은 까닭이, 댁에 귀신이 붙은 때문이라는 은밀한 소문이 나서 그 값에 팔기 어려울 것 같습니다."

순양당은 그런 소문이 벌써 나 있다는 사실에 놀라 즉석에서 육천 냥에라도 팔아 달라 했다. 그날 밤 문 판관이 잠을 못 이루고 뒤척이다 술을 찾았으므로 순양당은 술을 냈다. 그 술에 취한 문판관이 잠들었다 싶은 때 사달이 났다. 문 판관이 옷을 다 벗어부치고 고래고래 소리지르며 대문 밖으로 나서는 황당한 짓을 벌였던 것이다. 그때가 하필이면 인경을 예고하느라 순라군들이 딱딱 딱딱, 박欀소리를 내고 다니던 때였다. 술 취해 거리를 걷는 자는 즉시 잡혀가 목이 떼이는 판이었다. 문 판관은 임금 후궁의 오라비인지라 목이 떼이는 대신 순라군들에게 밀려 집안으로 들어왔고 순양당은 순라군들에게 닷 냥씩의 돈을 쥐어 주며 감사의 뜻을 전했다. 와중에 동리 사람들이 담장 너머로 그 소란을 목격했다.

이튿날 순양당은 반야원으로 다시 가 굿판을 벌이기로 결정하고 돌아와 거간꾼을 부른 뒤 집값을 이천 냥 더 내렸다. 사흘 뒤에 순양당의 큰아들이 아비와 비슷한 짓을 벌였다. 그 닷새 뒤에는 열 살짜리 딸아이 몸에 열이 펄펄 끓었다. 의원을 불러들여 급한 열을 잡았으나 아이가 기운을 차리지 못했다. 순양당은 집이 팔리기를 기다리지 못하고 능곡에 있는 별저로의 이사를 준비했다. 준비는 할지라도 귀신들을 떼어 내지 못한 채 별저로 옮겨갈 수는 없었다. 집을 팔아치우지 않고 갈 수 없는 것도 같은 이유였다. 스무나흘 오후에 반야원 우물마당에서 시작된 굿판에는 배고픈 구경꾼이 천 명 넘게 몰렸다. 구경꾼들은 밤새 배불리 얻어먹으며 문 판관 집의 귀신이 떨어지고 큰복이 깃들기를 큰소리로 실컷 축원했다. 굿은 꼬박 하루가 지난 해 질 녘에 끝났다. 굿판에서 지쳐 돌아서는 순양당한테 거간꾼이 다가들어 조심스레 말했다.

"어제 저녁나절에 집을 사겠다는 사람이 나서기는 했는데, 보통 사람은 살 수 없는 귀신 붙은 집이라고, 천 냥이면 사겠다 합니다."

일만천 냥짜리를 천 냥에 내놔야 하다니! 생짜로 내던진 것과 다름없었다. 순양당은 피눈물이 날 지경이었으나 그 집으로 다시 갈 수 없고 팔지 않으면 이사도 소용없다 하므로 천 냥에라도 집을 넘길 수밖에 없었다. 그날로 그 식구는 능곡으로 옮겨갔다. 사실 능곡의 별저가 수문동 저택에 못지않은 규모라 가능했던 결정이었다. 문성국이 임금 후궁인 누이의 권세를 업고 십여 년간 그러모은 재물이 그만치 많았던 것이다.

문성국의 식구가 수문동을 떠난 사흘 후, 금위대의 중위검관 국치근의 내당도 반야원 마당에서 일천 냥짜리 굿판을 벌였는데, 그 굿판이 세 차례 벌여야 하는 굿의 첫째 판이었다.

국치근의 내당인 석옥당은 작년에 반야원에 다녀온 뒤 시비를 지아비의 첩실로 앉히고 그 얼자를 아들로 삼았다. 그때 칠지 무녀가 시비가 낳은 아들과 석옥당 간에 모자지연의 좋은 합이 들었노라 했던 것이다. 다른 아들이 없는 판에 첩이 낳은 자식일지라도 내 자식으로 삼고 보니 정이 들기 시작했다. 석옥당이 아들을 챙기기 시작하자마자 한집에 살아도 남남 같던 지아비 국 검관이 새신랑처럼 안방으로 자러 들어오는 이변이 생겼다. 더 놀랍게 석옥당에게 금세 태기가 생겼고 섣달에 떡두꺼비 같은 아들을 낳는 광영을 맞이했다.

지난 삼월 초이렛날이 석옥당이 낳은 아들의 백일이었다. 너무 귀한 아들인지라 소문나지 않도록 조심하느라 백일잔치도 못하고 백설기 한 시루만 찌기로 했다. 초엿새 날 오후, 내일 새벽에 떡시루에 안칠 쌀가루를 빻았다. 국 검관이 여느 날보다 훨씬 이르게 집으로 돌아왔다. 몸이 곤하다며 누웠다. 한잠을 자고 해 질 녘에 일어난 그의 턱이 돌아가 있었다. 당연히 말도 못했다. 의원이 불려와 살피고는 사나흘이면 나을 것이라며 침을 놓고 약을 처방해 주고 갔다. 아들의 백일떡을 찌려던 쌀가루로 국 검관의 죽을 끓이게 됐다. 국 검관은 금위대 사청에 병가를 청했다.

사나흘 뒤 국 검관의 턱은 돌아왔는데 여전히 말을 못했다. 설상가상 양자 아들에게 열병이 났다. 의원이 무슨 병인지 모르겠다며 우선 해열제를 처방했다. 산 넘으니 태산이 나타나더라고 이튿날은 다 커서 시집보내게 생긴 막내딸도 열병이 났다. 이렇게 가다간 백일 갓 넘긴 아이도 무사하지 못하리라는 불안에 쫓긴 석옥당이 부랴부랴 반야원으로 갔다. 칠지 무녀가 국 검관한테 망나니 귀신이 붙었노라 했다. 소전 사태 당시 이십여 명이 시구문 밖에서 참수되었으며 그들 목을 친 망나니 중 하나가 지난겨울에 술 마시고 걷다가 얼음판에 미끄러져 목이 꺾여 죽었는데 그 귀신이 국 검관한테 붙었고 그가 죽인 귀신 몇이 석옥당 네로 들어왔다는 것이었다. 석옥당이 일천 냥짜리 굿판을 세 차례나 벌여야 하는 사연이었다.

휑하게 비어 버린 문 판관 집을 죽 둘러본 방산이 사랑마루에 걸터앉아 손부채질을 하며 중얼거린다.

"텅 비고 보니 참말로 귀신이 떼로 나올 것 같구먼. 아이고 더워라."

대문 바깥에 선 왕벚나무는 꽃 진 자리에 무성한 이파리를 피우고 버찌를 매달았다. 사랑채 내담 안쪽에는 쌀가루처럼 하얀 옥매화가 몽글몽글하게 피었다. 안채 우물 쪽에는 조팝나무 꽃이 환하고 뒤채화단에는 이스라지 꽃이 어룽져 있고 별채 담장에는 개요등 넝쿨이 친친 감겨 꽃을 피웠다. 초여름 꽃만으로도 충분히 아름다운 집이었다. 여진이 안채 우물에서 물을 떠 담아온 자라병을 방산 곁에 내려놓고 허리춤에 차고 있던 호리병도 풀어놓고 앉으며 답한다.

"집이 멀쩡하고 꽃들이 이처럼 화사한데 무슨 귀신이 나오겠습니까?"

문성국 식구가 태반의 가장집물을 버리고 떠난 집으로 구여진은 사람들을 끌어들였다. 지난겨울 도성으로 들어와 처처에 움막이나마 마련한 사람들이었다. 식구대로 들어와 필요한 물건을 들고 나갈 수 있을 만큼 가져가라 했다. 단칸 움막이나 남의 집 아래채에 세든 식구들이 자신들에게 시급한 물건들을 이고 지고 나갔다. 여섯 차례에 걸쳐 사람들이 들어왔다가 나간 집은 몽당 빗자루도 남지 않았다. 그야말로 텅 비었으나 집은 문짝 하나 상하지 않고 반듯했다. 살림살이는 가져가되 집에 붙어 있어야 하는 것에 손을 댈 경우 혜정원에서 다시는 아무것도 얻지 못하리라, 여진이 신칙했기 때문이었다.

"그나저나 수열재, 그 잘난 그님이 이집으로 뭘 한다고?"

방산의 퉁명한 질문에 여진이 웃는다. 도솔사에서 수앙을 끌어내면서부터 방산의 그님 소리가 시작되었다. 어떤 경칭도 생략하고 이름조차도 부르지 않는 방산의 심사가 수앙의 별칭을 또 하나 만들어냈다.

"마님 보시기에 이 집에서 무얼 해야 하겠습니까?"

"그걸 왜 나한테 물어? 귀신 붙은 집을 사라고 할 때부터 기가 막혀 죽겠구먼."

"이 집에 귀신이 있든 없든 그님이 다 처리하실 터인데 무슨 걱정입니까?"

"내 혜원의 꼬드김에 넘어가 울며 겨자 먹기로 그 자리에 올려놓기는 했지만 암만 해도 너무 서둘렀던 것 같아. 한 삼 년 더 절에 박아 뒀어야 하지 않았나 싶다고. 무슨 일을 벌이려 하는지 당최 속을 알 수가 없잖아? 보통으로만 해도 충분한 무녀 노릇을 어쩌자고 그리 요란하게 하느냔 말이지. 다리거리에서 귀신놀이를 하지 않나. 자넨 이해가 돼?"

사리를 분별하여 해석하고 그 맘을 너그러이 받아주는 게 이해라고 할 때 수앙은 이제 이해의 대상이 아니다. 혜정원에서 지난 백여 년간 축적해 온 온갖 정보와 사람들의 신상파기를 수앙은 한 달여 만에 다 흡수했다. 여진과 능연이 끝없이 읊어대는 내역들을 들을 때 수앙은 지치지도 않았다. 천여 명의 과거와 현재, 상하좌우의 인과관계가 그 머릿속으로 다 들어갔다. 모든 사람은 다 관계망 안에 있으므로 그들을 이해하고 관계망을 해석하며 행사하는 건 이제 수앙의 몫이었다.

"지켜보면 알게 되겠지요."

"정암당에서 한 짓을 보라지. 하이고! 다 죽일 거고 다 죽일 수 있다고 좔좔 쏟아대는데 내가 정말이지!"

"어쨌든 복명하셨지 않습니까."

"믿기가 어려워 그렇잖아. 난 그 사람이 복명하고 나서, 한 반년이라도 수련에 들어갈 줄로, 무릉곡부터 찾아갈 거라 기대했어. 그렇기는커녕 도솔사에서 나온 지 두 달 만에 점사를 시작하더니 첫날부터 몇천 냥짜리 굿판을 만들어 냈어. 아무리 원수 같은 놈의 집이라 해도 그렇지. 일만천 냥짜리 집을 천 냥짜리로 만들어 뺏어야 하나?

날강도 심보 아닌가? 그걸로 모자라, 직접 쓰겠대. 내 기가 안 막히겠나?"

"다 계량이 있어 하시는 일이겠지요. 마님도 말씀은 그리하시지만 그님을 믿으시지 않습니까?"

"믿기는 개뿔! 여하튼, 그님 만나고 온 자네가 말해 봐. 대체 이 집을 뭣에 쓰려 하며, 어찌 고치려고 하는지."

"우선, 이 집의 이름을 지을 작作, 아름답고 좋을 미美, 동산 원園자를 써서 작미원으로 부르시겠답니다."

"작미원? 장미원薔薇苑처럼 들리네."

"장미가 아름답고 고고하다 이름난 꽃이니 그리 발음해도 무방하겠는데요."

"그래서 이 집으로 돈을 어찌 번다는 게야? 기생들이라도 들여놓자고? 대궐 코앞에다가?"

방산은 대범하고 화통한 성격인데 근자에 성마름이 끼어들었다. 작년 참변 이후부터다. 일꾼들을 야단치는 일도 잦아졌다. 무슨 일을 이따위로 하는 게야? 정신들 못 차리나? 하루 몇 차례씩 혜정원 어느 곳에선가 방산의 고함이 나곤 했다.

아이고, 일생 헛살았다! 이따금 밤이면 함월당에서 한탄하는 소리와 울음소리가 났다. 어떤 날은 종일토록 처소에서 나오지 않았다. 그런 날 여진이 뭘 물으러 들어가면 자네가 알아 해! 버럭 소리치고 이불을 뒤집어쓰곤 했다. 수앙을 칠요 자리에 앉혀놓은 뒤로 그런 일이 더 잦아졌다. 이 집에 관한 일만 해도 첨부터 지금까지 여진이 다 처리 했다.

"이 작미원은 이름 그대로 아름다움을 짓는 집으로 만드실 거라

합니다. 여인들만을 위한 집으로요.”

“어떻게?”

“여인이 아름다우려면 먼저 건강해야 하지 않습니까.”

“그렇긴 하지.”

“해서 이 집은 여인들의 몸을 건강하게 보살피면서 동시에 맵시
나는 몸으로 만들어 주는 겁니다.”

“그럼 약방인 거야?”

“크게 보면 그럴 수 있겠지요. 보통 약방들과 다른 것은 여기서는
여인의 신체만 본다는 것이지요. 신체의 병만 보는 게 아니라 맵시
가 나게 가꿔 준다는 점이 약방들과 다른 거죠. 내의원에 개원 신청
서를 낼 때는 그냥 작미원이 아니라 작미약원作美藥園으로 호칭해야
할 겁니다.”

“장미원이든 장미약방이든, 무슨 약방에서 맵시까지 살펴 줘?”

“색다른 약방인 거지요. 여의들이 여인들의 건강과 맵시를 동시에
가꿔 주는 여인들만의 약방! 여인들의 심신을 함께 고쳐 주는 약방.”

“여인들만의 약방을 찾아오는 여인이 몇이나 되겠어? 맵시를 위
해 약방을 찾을 수 있는 여인이 조선 천지에 얼마나 된다고?”

“손님이 들게 하면 되지요.”

“그러니까 어떻게!”

“일단 이 집을 화사하면서도 은일한 분위기가 나게끔 은은하게 단
장합니다. 은은하되 아주 고급스러워야 하고요. 살림집과 같지 않아
야 하고, 객관이나 요정 같지도 않아야 합니다. 물론 여느 약방 같
지도 않아야지요. 아씨가 원하시는 분위기는, 곤전이 납셔도 괜찮다
할 만한, 소담한 궁궐 같은 집입니다.”

"곤전은 제 궐 안에 화려하고 소담한 걸 다 갖고 있는데 뭣 하러 밖에서 소담한 걸 찾겠어? 두 번이나 들어가 보고도 몰라?"

곤전이 방산을 두 번 불렀다. 첫 번째는 작년 사월 수앙의 내림굿 전이었다. 그때 방산은 내가 시방 곤전 따위를 보러 갈 틈이 어디 있냐며 못 간다고 전하라고 했다. 방산을 보필하는 여진 입장에서는 곤전한테 방산이 가기 싫어 못 간다고 할 수는 없는지라 칭병하고 대신이라도 들어가겠노라 예를 갖췄다. 대신 들어오라기에 들어가 만난 곤전은 예상했던 만큼 아리따웠다. 예상과 달리 명랑하고 솔직했다. 장사치한테 반공대하며 물었다. 여인들의 몸으로 그 커다란 객관을 어찌 운영하며 그 많은 사람을 어찌 응대하는지. 곤전은 여진이 하는 말을 귀 기울여 들었고 수시로 질문했다. 여진이 물러날 때는 세상 돌아가는 이야기가 궁금하면 또 청하겠노라, 했을 뿐 어떤 요구도 없었다. 두 번째는 지난 정월 말이었다. 곤전에서 입궐을 명하는 서신이 들어오자 방산이 창덕궁 쪽을 향해 작히 한 시간쯤 욕을 퍼부었다. 미친 년, 망측한 년, 불상 년, 작신작신 씹어 먹어도 시원찮을 년. 방산은 칼을 들고 가 곤전을 찌르고 말 태세였다. 또 여진이 입궐했다. 곤전한테 모친의 시력이 몹시 나빠져 혜정원 경영에서 사실상 물러난 상태라고 아뢨다. 곤전의 명을 두 차례나 거절한 것에 대한 핑계가 필요했기 때문이다.

여진이 두 차례의 입궐을 통해 곤전에 대해 새로이 알게 된 건 한 가지뿐이었다. 무슨 일이든 할 수 있는 사람이라는 것. 그 한 가지 안에 모든 게 다 있었다. 곤전은 극히 조심해야 할 존재였다. 무슨 일이든 할 수 있으므로 왕후로서의 권위에 흠결이 생길 일은 절대 아니할 사람이었다. 곤전은 몰래 작미약원 같은 데에 찾아다닐 사람이 아닌 것이다.

하지만 보이는 게 다가 아닌 게 사람이다. 명랑하고 솔직하고 천진한 얼굴로 소전을 잡아 버린 그 아닌가. 소전을 잡았으므로 세손도 잡으려 할 그가 꿈꾸는 게 무엇이랴. 지존에 버금가는 권력이거나 지존보다 높은 권력! 어쩌면 스스로 지존이 되고자 하는 것인지도 모른다. 장사치로 사는 방산과 이온은 물론이고 도성 안에 사는 정경부인이며 정부인과 숙부인들을 줄줄이 불러들이는 까닭이 무엇이랴. 당상관의 부인들을 만나며 세상을 배우는 것이고 정세를 살피는 것이었다.

"가령 그렇다는 것이지요. 이 집에 있는 바깥채, 사랑채, 작은사랑채, 외별채, 안채, 뒤채, 내별채 등 일곱 개의 전각이 각각 독립된 것처럼 되어야 하고요. 각 전각마다 아름답고 쓰기 편한 욕간浴間이 만들어져야 합니다."

여진의 짐작으로 수앙은 이 집으로 곤전도 끌어들일 계획인 성싶었다. 여기서 돈화문이 가깝고 곤전 전각인 대조전은 돈화문에서 인정전 거쳐 돌면 금방이었다. 곤전이 상궁 하나 달고 몰래 나오기로 하면 일각이 걸리지 않을 거리였다. 보통 사람으로는 곤전이 놀러 나올 수도 있다는 걸 상상할 수 없지만 그이는 예사사람이 아니었다. 수앙도 예사사람이 아닌바 여기서 단순히 돈만 벌어 보겠다는 의도일 리는 없었다.

"그런 다음에는?"

"두 개의 곳간 채를 대대적으로 개조하는 게 중요합니다."

"왜?"

"한 곳간에는 다른 약방처럼 약재가 다 갖춰지고, 또 한 곳간에는 온갖 옷가지며 옷감들, 화장구들, 장신구들까지, 한 여인의 발끝에서 머리끝까지 맵시를 가꿔 줄 수 있는 물건들을 구비해 놓는 거지요."

"그런 것을 파는 점포인 거야?"

"약방처럼 약을 지어 주고, 외장용 물건들을 팔기도 하지만 아름다운 맵시를 만들어 주는, 맵시 자체를 파는 것이죠. 가령 어떤 내명부나 외명부가 성장하고 나가야 할 자리가 생겼을 때 이 작미원으로 오면 갈 자리에 딱 맞는 가장 아름다운 차림새를 만들어 주는 겁니다. 화장을 해야 할 때 대번에 어여쁜 화장이 나오지 않잖습니까. 어떤 부인이 맵시를 내야 할 일이 생기면 그 얼마 전부터 이 작미원으로 와서 눈썹이며 손발을 다듬고 피부를 가꿉니다. 뜨거운 물에 씻고 안마 받으며 몸을 풀 수 있고요. 평상시에도 부인들이 와서 여의한테 진찰을 받고 몸 상태를 확인할 수 있습니다. 몸 상태에 알맞은 약을 먹을 수도 있고요. 이 작미원에서는 맵시만 가꾸는 게 아니라 동무 만나서 얘기 나누며 쉴 수도 있습니다. 채운회, 은화회, 홍련회 등의 모임을 여기서 가질 수 있고요. 그리하기 위해서 이 작미원은 의원들은 물론이고 도성 안의 솜씨 좋은 침선장들, 머리어멈들, 각종 공인들과도 거래를 트게 됩니다. 손님을 수발하는 일꾼들을 엄격히 선별하여 뽑은 뒤 단단히 수련시키고, 예약한 손님만 받고요."

"그러니까 결국, 부귀한 집안의 속없는 년들을 꾀어 들여 온갖 짓을 다 하게 해준다는 것이잖아. 아편에 연초 피우고, 술 마시고, 색정질도 할 수 있게! 우리가 고작 그런 짓을 해서 돈을 번단 말인가? 계집들을 온갖 것에 취하게 만들어 돈을 버는 게 우리 세상이 나가고자 하는 취지에 맞아?"

"우리가 그리하지 않아도 이미 그리 살고 있는 사람들입니다. 그들이 이왕 그리 살 바에 여기 와서 돈을 쓰게 하자는 것이지요."

"자네 그게, 무진으로서 할 소리야?"

말하다 보니 과했다. 여진은 잽싸게 일어나 두 팔을 가슴에 얹고 방산에게 사죄를 청한다.

"황송하옵니다, 스승님. 소제 말이 심했나이다. 소제의 생각일 뿐 아씨 말씀이 아니십니다. 용서하소서."

"됐고, 그 잘난 님의 생각이나 말해 봐."

"여기서는 맵시에 해당하는 일만 하는 겁니다. 가령 사대부가 여인들 서른 명이 여기서 모임을 갖는다고 할 때 그들은 잔뜩 치장하고 오는 게 아니라 편한 차림으로 이리 찾아옵니다. 여기서 그들은 술 마시고 연초 피우며 시간을 보내는 게 아니라 욕간에서 목욕하고 몸에 좋은 차를 마시며 수다를 떨지요. 그들이 수다를 떠는 동안 맵시 가꾸미들이 그들의 손톱을 손질하거나 발톱을 손질해 주고요. 의녀들한테 침을 맞거나 뜸을 뜰 수도 있고요. 그들은 아무의 눈치도 보지 않아도 되는 여기서 푹 쉬게 되는 거지요. 맛난 것을 먹겠다고 미리 주문 받으면 맛난 것을 호사스럽게 차려주고요. 여인들이 조선 땅 어디서도 누릴 수 없는 일신상의 호강을 여기서 누리는 겁니다."

"겨우 그 정도로 손님이 들 줄 알아? 맵시낸다고 다 호강이야? 뭣 때문에 맵시를 내는데? 돈쓰며 맵시낼 일이 일 년에 몇 번이나 되고? 결국 술과 대마연초, 아편질은 물론이고 샛서방 달고 와서 색정 질하거나, 여기서 젊고 예쁜 놈들을 붙여 색정질하게 해준다면 모를까. 제 집에서도 할 수 있는 짓들을 뭣 때문에 여기까지 와서 하겠어? 그런데 우리가 돈을 벌어? 그런 짓을 해서 돈이 벌리기는 하고? 또 시작하기만 하면 금세 온 도성의 눈이 쏠릴 텐데, 몇 달이나 가겠어? 토벌군이 들이닥칠걸?"

"그리 가망이 없어 보이십니까?"

"가망도 없어 보이려니와 총든 도적놈들이 다시 나타나면 어쩌게? 계집들만 있다고 소문나면 좀 만만히 보겠어?"

신식 총으로 무장한 도적 떼는 작년 섣달 이후 나타나지 않았다. 총 가졌다가 발고당하고 패가망신하는 일이 종종 생겼다. 도적 떼 때문에 한다하는 집안이나 장사를 크게 하는 점포며, 객관들에서는 할 일 없이 떠돌던 왈짜들을 가병으로 뽑아 들였다. 그들도 총으로 무장한 것으로 봐야 했다. 한 달에 한 번씩 포고문도 계속 나붙고 있었다. 도성 안에 총을 사사로이 지닌 자가 몇 명이든 총질하는 놈이 나대기는 어렵게 되었다. 이 모든 수선스러움의 시발인 권총 강도 떼는 손발이 묶여 꼭꼭 숨었다. 도성 사람들은 그렇게 알고 있었다. 그들이 영영 숨었으므로 그들의 정체도 영영 모르게 된 거라고. 그렇지만 도적놈들이 피해갈 수 없는 한 사람이 존재한다.

"처음부터 만만치 않다는 걸 과시해야지요. 그놈들도 혜정원과 반야원의 경비가 얼마나 단단한지 알아서 피했지 않습니까. 그놈들은 다시 도적질할 수 없을 것이고요. 그놈들이 못하는데 다른 놈들이 나댈 수는 없지 않겠어요?"

"그놈들을 처결하지 않고 내버려두는 것도 그래. 들들 갈아 마셔도 모자랄 그놈들을 살려 두고 있자니 천불이 안 나? 제들 집에 도적 다녀간 것도 모르는 멍청한 놈들을 싹 다 없애 버리면 우리 심란도 그칠 거잖아. 뭣 때문에 놔두냐고. 다 잡아서 죽이겠다고 그리 외대더니 왜 두고 보면서 신간을 볶아?"

수앙이 이월 하순에 벌인 송교 귀신 놀이는 김강하를 쏜 놈들을 낱낱이 적시하기 위한 것이었다. 김문주, 정치석, 고인호, 홍남선, 엄석호, 한부루, 연진용, 박두식 등의 살인 강도놈들과 무기들까지 실제로 찾아냈다.

"우리 맘으로야 싹 다 없애 버리면 좋겠지만 어디까지, 누구까지 죽여야 싹 다입니까? 그놈들이야 사실 꼬리 아닙니까? 놈들의 아비들, 놈들의 상관들, 놈들의 동료들! 싹 다 치우려면 최소한 오백 명은 될 텐데 그들을 싹 다 없앱니까? 오백 명을 없앤들 세상이 달라질 수 있습니까? 또 다른 오백 명, 오천 명이 나타날 텐데요."

"아이고 몸서리나라! 정암당에서도 들은, 똑같은 얘기 고만하자."

방산이 몸서리를 치다가 자신의 가슴을 퍽퍽 쳐댄다.

"스승님, 물 드시겠어요? 술 드실래요?"

방산이 여진을 흘겨보고는 호리병을 들어 마개를 뽑더니 벌컥벌컥 들이킨다. 여진은 옥매화 사이에 감초나무가 있던 게 생각나 마당으로 온다. 감초나무에서 부드러운 웃순를 끊는데 아래쪽에 피어난 제비꽃들이 보인다. 제비꽃을 보자니 임호균이 수앙에게 선물했던 수갑이 떠오른다. 그때 이 사람도 신기가 있는가 싶었다. 수앙이 노상 수갑을 끼게 된 걸 어찌 느끼고 수갑을 선물한단 말인가. 그 맘에 놀랐던 것인지도 모른다. 이리 순정한 사내를 어찌하면 좋을까 싶었는지도. 임호균뿐이면 또 모른다. 수앙한테 목매는 놈이 또 있지 않은가. 장무슬. 능연에 따르면 허원정의 이곤도 문제라 했다. 이곤은 제 열세 살에 잠깐 본 수앙을 내내 기리고 있다가 수앙이 점사를 재개한 첫날 손님으로 찾아왔다고 했다. 마주앉자마자 수앙한테 그대가 저를 오라고 하셨잖아요, 그랬던가 보았다. 그런 이곤에게 수앙이 일 년 뒤에 보자고 했다며 능연이 기가 차 했다. 그 말 들을 때 여진도 기가 찼다. 요즘 수앙 때문에 기가 차고 어지러운 사람이 여럿이었다.

"뭐야. 이 풀잎을 안주로 먹으란 겐가?"

"풀잎이 아니라 나뭇잎이죠. 감초나뭇잎. 쌉싸래하니 씹을 만하지 않습니까? 맨입에 독주를 마시는 것보다는 낫지요. 비장을 보하고 해독 해열 작용에 거담과 진통과 심장의 두근거림을 멎게 하고, 드셔 보시어요."

"술을 가져올 것이면 안주도 챙겨와야지 빈손으로 탈래탈래 와서 나뭇잎이나 먹어라? 명색이 스승한테?"

"갑자기 가자 하시어 바삐 나오느라 그랬지요. 요새 스승님, 성정이 심히 급해지신 걸 아셔요?"

"내가 늙어서 그래, 늙어서. 젊은 그님 좇기가 숨차서! 여하튼 심장의 두근거림을 멎게 한다니 감초잎을 씹어 보겠네. 자네는 그님의 생각이나 말해 보게. 대체 이 집으로 돈 벌겠다는 중뿔난 생각은 어떻게 한 거래? 언제 이 집에 와 봤대?"

"아씨가 예전에 연경을 다녀오셨지 않습니까. 연경과 심양에서 여인들만의 약방이 있는 걸 보셨답니다. 넓은 약방 안에 있는 여인들만의 병사病舍였지만 여인들끼리만 있는 병사는 약방이라기보다 여인들의 쉼터이자 놀이터 같아 보이셨답니다. 여인 환자들끼리 각자의 병에 대해서 온갖 얘기를 주고받고 삶에 대해서도 마구 풀어 놓더라고요. 아씨께서 돈을 좀 벌어야겠다 싶으니 그때 보았던 여인들의 약방에 더하여 맵시 가꾸는 일까지 한집에서 할 수 있겠다는 생각이 나신 거랍니다."

"연경을 두 번 갔다간 이마에 뿔이 돋겠네. 자네는 이미 홀딱 넘어

갔고!"

수앙이 연경에서 사왔던 돋보기가 세 개였다고 했다. 하나는 유릉원의 영혜당에게 갔고, 하나는 평양 서문약방의 장의원한테 갔고 한 개는 별님한테 갔다. 반야원으로 들어왔을 때 별님은 몇 해 동안 지니며 쓰다듬기만 했던 그 돋보기를 방산한테 선물했다. 별님이 하세하기 두어 달 전이었다. 방산은 요즘 장부를 보거나 책을 읽을 때마다 돋보기를 낀다. 그러면서 딴소리다.

"아무도 하지 않는 일을 하려 하는 아씨가 재미있지 않습니까? 아씨 덕에 우리도 재미있을 것 같고요."

"재미로 돈이 벌리나?"

"재미있게 돈 벌면서 수십 일꾼들의 호구지책을 마련할 수 있으니 얼마나 좋습니까? 수십 명이 아니라 일백은 넘어야겠죠."

"몇 명이든, 그 호구지책이 가당하겠냐는 게지."

"십이만 가구가 산다는 도성 안에, 안주인이며 그 딸들이 손끝에 구정물 한 방울 묻히지 않고 사는 부귀한 집안이, 일천이라고 치지요. 그들 중의 절반은 체면이며 인습을 목숨처럼 여겨 집 밖 나들이를 하지 않는다, 가정하고요. 나머지 오백 집안의 여인들은 무슨 짓을 하며 하루하루를 보낼지 궁리합니다. 이 도성 안에 여인들의 모임이 얼마나 많은지는 마님께서 가장 잘 아시지요. 우리는 반족과 중인 가문 여인들의 모임이나 신경써 살피지만 상민층에도 시비와 종복을 거느린 여인들이 부지기수이고 그들 중 많은 이들이 각종 계에 들어 한 철에 한 번이라도 모임을 갖습니다. 그 모임들은 우리 부산하의 객점들에서도 흔히 벌어지지 않습니까? 한 철에 한 번이라도 집 밖의 사람들을 만나고픈 여인들의 심사가 일반적인 것이라 할 때, 여유 있는 여인들은 한 달에 한 번이라도 바깥바람을 쐬고 싶겠지요. 핑계만 있다면 더 자주 외출하고픈 이들도 적잖을 테고요. 여인만의 약방은 아주 그럴싸한 핑계일 수 있고요. 도성 안에서 그럴 만한 부귀한 집들은 태반이 사대문 안에 있고 여기는 사대문 안에서도 한가운데입니다. 그들의 집에서 한 식경이면 닿습니다. 여기 와서 한 시진쯤 지내다 돌아가도 그들 집에서 안주인이 비웠던 자국이 크게 남지 않겠지요. 과부들이나 혼기 가까운 아가씨들도 어렵잖게 올 수 있습니다. 기생들도 올 수 있겠죠. 그리 가정할 때 작미원의 손님은 오백 집안에서 오천까지 넓어질 수 있습니다. 저는 승산이 있다고 봅니다. 제가 이렇게 자신하는 까닭이 뭔 줄 아십니까?"

"뭔데?"

"작미원을 만들어 놓은 뒤에 제가 첫 손님이 되고 싶기 때문입니다."

"뭐야?"

"금년에 소제가 몇 살인지 아십니까, 스승님?"

"서른일곱 살인가?"

"서른여덟입니다."

"적잖이 잡수셨구먼. 헌데?"

"스승님께서 그러하시듯 소제도 종일토록 일합니다. 이십 년을 일해 온 덕에 작금엔 정사품 관헌의 녹봉에 해당하는 일삯을 받지요. 쓸 일이나 쓸 시간이 없어 돈이 제법 모인 셈이지만 서방도 자식도 없습니다. 일은 많아서 한 달에 하루 쉬기가 어렵고요. 종일 발바닥이 뜨겁게 쏘다니며 일하다 늦은 밤에 처소에 들면 혼자입니다. 곤해서 금세 잠들기 마련이어도 어떤 밤에는 너무 곤해서 잠들지 못하고 뒤척이곤 합니다. 그렇게 홀로 지내온 시간이 긴 터라 더듬을 기억도 없습니다. 그럴 때면 누군가의 보살핌 안에서 푹 쉬었으면 좋겠다 싶습니다. 누가 머리를 만져 주고 어깨를 주물러 주고 종아리를 만져 주고 손톱도 깎아 주고 몸도 씻어 줬으면 합니다. 그러면 다시없는 호강일 것 같고요. 노상 홀로 지내시는 스승님께서는 아니 그러십니까?"

"듣고 보니 그렇기도 하구먼."

"저는 그렇게 저를 보살펴 주는 곳이 있다면 가끔, 한 닷 냥이라도 바치고 호강을 해보고 싶습니다. 해서 저는 작미원을 제가 보살핌 받고 싶은 곳으로 만들어서 저 먼저 들이밀 참입니다. 스승님도 제가 한 번씩 호강시켜 드릴게요."

"내가 또 넘어가는구먼."

방산의 한탄에 여진은 웃음을 터트린다. 스승이시자 상전인 방산을 존경하기보다 좋아하는 까닭이 아집을 부리지 않기 때문이다. 방산이 갖은 욕설을 퍼부어대며 길길이 날 뛸 때조차도 다 합당한 이유가 있었다.

"아씨께서 하자 하시는 대로 해드리지요. 그리고 도성 여인들이 우리 아씨 생각대로 움직이는지 지켜보지요. 재미있을 것 같지 않습니까?"

말로는 재미있으리라고 하지만 여진에게 걱정이 없는 건 아니다. 수앙이 도성의 이목을 반야원으로 끌어들이는 저의를 알 것 같기 때문이다. 반야원은 겉으로는 집들이 듬성듬성한 마을 같을지라도 오방진五方陣과 팔자진八字陣과 원진圓陣이 조합되어 복잡하고 미묘했다. 침입자를 방지하기 위해 반야원 담장 둘레며 담장 안 숲에다 함정을 놓는 일도 계속되고 있었다. 반야원이 경계태세에 들게 되면 침입자는 들어올 수 없거니와 들어와도 살아 나가기 힘들다. 그 옹성의 주인인 수앙은 장구한 계획의 포석을 놓고 있었다. 조선을 갈아엎든지, 갈아엎은 나라처럼 새로워지게 하든지!

그 전에 김강하를 죽인 놈들부터 치울 심산인 듯했다. 능연에 따르면 놈들한테 자중지란을 일으켜 서로를 죽이도록 만들고 있다던가. 그들을 그냥 둘 수 없다는 점에서는 여진의 생각도 같았다. 문제는 수앙이 자신을 미끼로 내걸어 덫을 놓고 있다는 점이었다. 놈들이 덫에 걸리지 않으면 다시 미끼로 나서려 할 것이었다. 그런 수앙의 생각들을 짐작하고도 방산한테 털어놓지는 못한다. 정말 숨이 넘어가 버릴지도 모르기 때문이다. 작금 조선에서 주의해야 할 사람을 딱 세 사람만 뽑으라 하면 곤전과 이온과 수앙일 것이라는 말도 하지 않는다. 그쯤은 방산도 잘 알고 있겠기에.

"그님이나 자네가 생각하는 것처럼 이 집을 고치고 다듬자면 최소한 일만 냥은 퍼부어야 할 터인데, 손님이 안 들면?"

"우리 부 여인들을 불러들여서 실컷 호강시키지요. 솔직히 우리 모두, 쉬지 않고 수련하고 일하지 않습니까? 게으르지 않기로 맹세한 것도 아닌데 우리는 어찌 이리 맹렬하게 삽니까? 세상이 바뀌는 것도 아닌데요?"

"이거 봐! 내 님인지 그님인지 하고 자네 생각이 똑같다니까. 애는 애라 그렇다 치고 자네는 적잖이 나이 들어서 어찌 그래? 세상은 아니 바뀌었는지 모르지만 자네나 내 세상은 바뀌었잖아? 자네나 내가 태어난 그 세상에서 그대로 살았다면 자네는 반족집안 청상과부로 진작 열녀문에 목이 걸렸을 테고 나는 씨받이 첩으로 살다가 발광하여 죽었겠지. 그렇지 않은가?"

"그렇긴 하지요."

"헌데 어찌 세상이 바뀌지 않는다고 큰소리로 비관해?"

여진은 과부가 됐던 열여섯 살 때가 떠올라 부르르 진저리를 친
다. 그때 도망쳐 나올 수 있었던 자신이 지금도 대견하다. 그때 도
망쳤어도 사신계를 만나지 못했더라면 어떤 지옥을 살고 있을지, 살
아 있기는 할지 알 수 없었다. 심경 칠요의 세상을 넓히기 위해 맹
렬히 움직일 이유가 여진에게도 충분한 것이었다. 어쨌든 또다시 봄
이 왔고 꽃이 만발했으니 열매가 맺힐 게 아닌가. 여진이 호리병을
들어 술을 크게 한 모금 들이켜는데 중문간으로 성아와 계수가 들어
선다. 성아는 사내아이 복색이고 계수 손에는 보자기에 싸인 석작이
들렸다.

"스승님!"

성아가 소리치며 뛰어올라와 방산에게 안긴다. 방산이 아이고 더
워라 하면서도 아이를 안는다.

"우리 별이 씨가 여긴 어쩐 일이신고? 시방 한창 학당에서 공부하
고 있어야 할 시각 아닌감?"

"오늘은 보름, 맘대로 돌아다니면서 놀아도 되는 날! 그래서 혜정
원으로 갔더니 스승님들이 아니 계시잖아요. 계수언니를 봐서 여
기 왔죠."

"아이구, 잘 했네."

계수가 들고 온 짐을 마루에 내려놓고 보자기를 끌러 석작의 뚜껑
을 연다. 안주거리 찬합들과 술이 든 자라병과 살구며 곶감이며 대
추 등이 그득하다. 음식이 펼쳐지니 모처럼 소풍 나온 것 같다. 방산

이 대추를 집어 성아한테 먼저 준다.

"그래, 우리 별이 씨, 요새 글공부는 잘 되시고?"

성아가 방산에게서 대추를 받아 물고는 다른 대추를 집어 방산의 입에 넣어준다. 곶감은 여진에게 주고 살구는 계수한테 준다.

"책을 읽는 건 높은 곳에 올라서 멀리 내다보는 것과 같다! 옛날에 우리 엄마가 그러셨는데요, 글 속에는 진짜 신기하고 재미있는 게 많아요. 저는 그래서 글공부가 참 좋아요."

"글공부가 그리 좋은 우리 별이 씨는 커서 무슨 일을 하고 싶은 가?"

"저는 의원이 될 거예요. 백단아 스승님처럼, 홍익약방 금선 스승님처럼, 또 장무슬처럼요."

"장무슬이라니? 내의원 장 참봉 말이냐? 네가 그를 언제 만났어?"

"지난겨울에 수앙언니 절에 있을 때 홍익약방 앞에서 봤죠."

"헌데 그를 알아봤어? 네가 예닐곱 살 때나 봤을 터인데?"

"맞아요. 저 임림재 있을 적에 한 달간 같이 지냈어요. 한 달간이나 같이 지냈으니까 잊을 수가 없죠. 저는 한 번 본 사람은 잊지 않는데요."

"그건 그렇지."

"근데요, 스승님. 청이 있사와요."

"쉬운 청이면 나한테 하고 어려운 청이면 수열재한테 하려무나. 나는 늙어서 어려운 청은 못 들어준다."

성아가 여진을 쳐다본다. 또랑또랑한 눈이 무슨 궁리를 하는 듯 깜박이더니 아무래도 어려운 청인지 여진을 향해 입을 연다.

"수열재 스승님, 수앙언니가요, 이제부터 제 이름이, 성이 아니라 이성로라고 하면서 아버님 함자가 이가 무자, 영자라 하고, 어머님 함자가 오가, 보자 연자라고 했어요."

"그랬어?"

"우리 엄마는 호가 중석이고 성함은 진연화, 연화당이신데도요."

"그렇지."

"그러면서 수앙언니가 저한테 진장방에 있는 우륵재라는 집에 가서 살라고 해요."

"그랬구나. 네 언니가 언제 그런 말을 하더니?"

"어젯밤에 잘 때요."

반야원에서 함께 지내는 자매는 종일 따로 지내다 잠은 안남재에서 같이 자는 모양이었다.

"너는 그리하고 싶지 않은 게고?"

"저는 어머니 아버지는 잘 모르겠고요, 또 이사하는 게 싫어요. 수앙언니랑 따로 살기도 싫고요."

아이는 유수화려에서 임림재와 비연재를 거쳐, 반야원으로 들어갔다. 반야원에 갓 정을 붙였을 텐데 또 우륵재로 들어가 살라니 싫을 만하다. 방산과 여진과 겸곡재가 의논하여 성아를 우륵재의 막둥이로 만들었다. 온양에서 삼년상을 치르고 있는 이무영이 성星에게 로路자를 붙여 성로라는 이름을 지어줬다. 사온재에 있던 이무영의 큰딸 영로가 우륵재로 돌아왔다. 성아를 성로로 키우는 일을 우선 영로한테 맡긴 셈이었다. 여진은 성아가 우륵재의 딸로 되어 있긴 할지라도 수앙이 더 데리고 살 거라 여겼는데 이제 아이를 떼어내기로 작정한 모양이다.

"수앙이 그리 말할 때는 그럴 만해서 그런 것 아니겠니? 반야원에서 우륵재까지, 네 걸음으로 두어 식경이면 갈 수 있는데, 따로 사는 것은 감수할 만하지 않아? 또 네가 공부를 해야 하매 아예 우륵재서 살아라, 했을 리는 없고. 왔다 갔다 하라 하지 않았어?"

"그러니까요. 왔다 갔다 할 바에는 그냥 반야원에서 살면 되잖아요? 그리고 수앙언니는 요새 일할 때 말고는 말을 잘 안 해요. 일할 때 말을 많이 하기 때문에 그냥 있을 때는 말이 하기 싫다고 핑계대기는 하는데요, 수앙언니 일은 날도 새기 전에 하는 거잖아요. 아침에 제가 일어나면 벌써 일 마치고 처소로 돌아와 있는데요. 동아 선생님이 아침상 들여오면 저랑 같이 먹는데 제가 백 마디쯤 하면 한 마디 대꾸해요. 그러곤 하루 종일 몇 마디 안 하고 처소에서 그림만 그려요. 제가 없으면 아예 벙어리가 될 거예요. 그러니까 스승님, 수앙언니한테 말씀 좀 해주세요. 그냥 별이 데리고 살아라, 그렇게요."

"그래 주고 싶다만 네 언니는, 내 말은 원래 안 듣는 사람인데?"

여진이 난감해하자 아이가 정색하며 방산을 쳐다본다.

"그러면 스승님께서 수앙한테 말씀해 주시어요. 그냥 별이 데리고 살아라, 하고요."

방산이 손을 내젓는다.

"네 언니가 내 말이라고 듣는 사람인 줄 아니? 내가 말해 봐야 지나가는 소가 하품하는구나, 할 게다."

"수앙언니가 안 된다 하면, 종아리를 치신다고 하세요. 딱딱, 종아리에서 피나게요. 작년 봄에 우리 큰언니 종아리를 막 치신 것처럼요."

총명하다 해도 애는 애다. 건드려도 될 것과 건드리면 안 될 것을 구분하지 못하지 않는가. 요즘 방산 앞에서 김강하는 건드리면 안 되는 사항이다. 방산은 김강하를 잃으면서 자신의 평생이 헛것이 되었다고 느낀다. 그를 잃고 일 년도 안되는 사이에 급속히 나이가 들어 버렸다. 쉰두 살이 아니라 일흔두 살쯤 된 것 같았다. 아이는 그걸 모른다. 아니나 다를까 방산의 눈에서 눈물이 주르륵 흐른다. 흐른 눈물을 닦기 위해 치맛자락을 가져다 얼굴에 대고는 어허, 어허 흐느낀다. 아이가 놀라 우는 방산의 얼굴을 제 두 손으로 받치다가 따라 운다. 울며 중얼거린다.

"잘못했어요, 스승님. 울지 마세요, 스승님. 우륵재 가서 살게요."

여진은 서로 감싸안고 우는 사제를 놔두고 술병을 들어 술을 들이킨다. 시집 열녀문에 매달릴 뻔한 몸을 빼내 사신계로 들어선 이후 단 한 사내, 이무영을 맘에 들였다. 여진의 스물여덟 살 봄, 방산의 명으로 그의 근황을 살필 때였다. 당시 그가 소소원을 찾아가 별님의 행방을 수소문했다. 별님의 행방을 찾는 사람은 누구를 막론하고 방산의 탐찰 대상이 되는지라 여진도 그를 살피게 된 것이었다. 며칠 그의 근황을 엿보다가 여진은 그를 혜정원으로 불렀다. 그에게 별님을 찾지 마시라고, 별님께서 기별하실 때까지 기다리시라고 했다. 그가 금세 수긍했다. 알겠다고, 기다리겠다고 푹 물러서는 그가 여진의 맘으로 푹 들어왔다. 그렇게 맘에는 들였을망정 그 맘을 입밖에 내논 적 없다. 그는 보연당의 지아비이기 전부터 별님의 정인이었다. 숱한 날들 가슴 한 켠을 간질이던 그리움과 사소한 욕망들은 여진 자신만의 것이었다. 이래저래 구여진은 큰 부자였다. 없는 게 없고 모자란 것도 없는.

또 여름이 와서

지난 삼월 보름 즈음 산정평에서의 난리 때문에 세 부령이 탄핵되었고, 새 부령들이 선출되었다. 거북부는 그 한 달 전에 선출된 황동재가 부령이었다. 기린부령으로 평안도 양덕의 조돈이 뽑혔다. 용부령은 강원도 원주의 장인력이 되었고 봉황부령에는 윤홍집이 선출됐다. 사위가 봉황부령에 뽑힌 걸 본 사령께서는 도성으로 들어오지 않고 그대로 상림으로 향했다. 당분간 더 은거하듯 지내리라 작정한 것이었다. 새 봉황부령이 된 홍집은 산정평에서 금년 일봉사자 회합까지 치르고 돌아와 열엿새 날 아침에 등청했다.

열이레 밤, 아지와 영글의 둘째 아이 참샘이 앓기 시작했다. 막 걸음마를 시작한 참샘이 열이 높다고 하여 해열제를 먹였는데 이튿날 그 형 참솔도 열이 높았다. 참샘에게는 어느새 열꽃이 피어나고 있었다. 온은 미연제를 제 방안에 격리시키고 보원약방의 수의 도손을 불러들였다. 참솔, 참샘 형제를 살핀 도손이 천행두라 했다. 하늘님 맙소사! 온은 즉각 초비상을 선포했다. 애 어른 할 것 없이 천행두를 앓은 적이 있는 사람과 없는 사람으로 분리시켰다. 근 이십여 년간 집안에 전염병이 생기지 않았던 탓에 스무 살 이하들은 모두 감염될 위험이 있었다.

그러는 중에 참솔과 더불어 논 일곱 살 아래짜리들이 전부 비슷한 증상을 보였다. 허원정에는 일곱 살 이하 아이가 열둘이나 됐다. 그 위 아이들 아홉 명한테서도 천행두가 나타났다. 나이든 가솔 셋에게 서도 증상이 생겼다. 온은 금오당이 상림으로 내려간 뒤 비어 있는 안채를 병사病舍로 지정해 환자들을 수용하고 중문간에 금줄을 쳤다. 보원약방 의원 셋을 불러들여 환자들을 치료케 하는 동시에 외인이 집안에 일체 들지 않도록 단속했다. 환자가 더 발생하면 새 환자가 생긴 일족을 축출할 것이라고 엄포를 놓았다. 안채 둘레에 종일토록 향을 피우고 온 집안 식구한테 날마다 소독제를 푼 물로 씻고 수시로 소금과 소독제로 양치하고 손을 씻게 했다. 옷이란 옷, 이불이란 이불은 날마다 죄 삶아 빨게 하고 그릇이란 그릇은 끼니때마다 뜨거운 물에 튀기도록 시켰다. 집안 사람이 밖에 나갈 일이 있을 때는 집안의 병균이 묻어나가지 않도록 조심시키는 동시에 허원정에 천행두가 생겼다는 사실을 함구토록 했다.

도손에 따르면 미연제는 천행두와 홍역을 이미 치른 것 같다고 했다. 천행두를 앓았음에도 곰보자국 하나 남지 않게 이겨내고 허원정으로 왔던 것이다. 그래서인지 미연제의 증상은 다른 아이들과 달랐다. 온몸에 고양이 눈 같이 생긴 부스럼이 나서 번들거렸다. 피고름은 맺히지 않았으나 아이가 대중없이 아프다 비명을 질렀고 가렵다고 신음했다. 도손이 한창寒瘡 같다고 진단했다. 한창에는 생선과 닭고기와 부추와 파 따위를 잘 먹이면 된다 하므로 처방대로 했다. 열흘쯤 지나자 차도를 보이는 성싶었다.

차도가 있다 싶어 어미아비가 약간 안심하려는 때부터 아이가 입과 콧구멍에서 거무스레한 연기 같은 것을 내뱉었다. 아이가 숨을 쉴 때마다 연초 피우는 늙은이처럼 연기를 피우는데 그게 연기처럼 흩어지지 않고 뭉쳐 다녔다. 그 증세를 도손을 비롯한 의원들이 구비기출불산증口鼻氣出不散症 같다면서 택사를 처방했다. 미연제가 택사 달인 물을 하루 석 잔씩 먹는 사이에 다른 아이들은 천행두를 떨치고 일어나기 시작했다. 스물네 명이나 되던 환자들이 병을 이겨내기까지 한 달이 넘게 걸렸지만 한 목숨도 놓치지 않았다.

가솔 환자들이 다 털고 일어나 뒤늦게 집안에 봄이 찾아온 듯이 활기가 넘칠 때 방에 갇힌 미연제의 몸은 열이 났다 내리기를 반복했다. 새로운 증세였다. 열이 오를 때마다 아이 몸이 뜨거운 물에 덴 것처럼 벌게졌고 열이 내리면 피부가 오얏 껍질처럼 부르트면서 종기 같은 게 돋았다. 해열제와 더불어 갖은 처방을 해대던 도손이 괴이한 증세라면서 삼릉과 봉출 등을 술에다 섞어 마시게 하는 처방을 내렸다. 그뿐 아이는 호전되는 기미가 없었다.

발병 두 달여가 지나자 아이 전신의 피부가 콩깍지 부스러기처럼 너덜너덜해 졌다. 얼핏 보면 문둥병 환아 같았다. 아이 피부야 병이 나으면 저절로 나을 터이지만 자꾸 열이 나는 게 걱정이었다. 열이 날 때면 아이가 헛소리처럼 말했다.

"넌 누구야? 왜 나랑 똑같이 생겼어? 넌 누군데 내 옆에 있어? 넌 나야?"

도손은 미연제의 그 증상이 자기 몸이 두 개로 보이는 인신작량人身作兩 증세 같다면서 진사辰砂와 인삼과 백봉령 등을 처방했다. 탕

약을 먹고 한 이틀 낫는가 싶더니 다시 열이 높아졌다 내리면서 다시 오얏 모양의 종기가 돋았다. 온몸에 종기 같은 걸 덕지덕지 단 채 인신작량의 증세를 보이는 자식을 앞에 두고도 조선 제일의 약방주인 이온이 해줄 수 있는 게 없었다. 홍집은 밤마다 아이를 안아 재우며 깊은 한숨을 삼켰다. 말을 하지는 않으나 아이를 도로 유모네로 데려다주고 싶은 기색이 역력했다. 유모네는 점포와 집을 마련해 주겠다는 제안에도 도성으로의 이주를 마다했다. 온은 유모네가 어딘지도 몰랐다. 알든 모르든 이제 아이를 그곳으로 보낼 수는 없었다.

온은 혹시나 싶어 보현정사에 있는, 예전의 삼딸 무녀였던 신덕스님을 데려와 아이를 살피게 했다. 신덕스님이 귀신이 씐 것 같다고 했다. 신덕스님의 뭇기가 스러지며 머리를 깎았다고는 하나 그는 평생 무녀였다. 그가 귀신이 씌었다 하면 그런 것일 터. 귀신이 씐 병에는 무녀가 의원이고 굿이 치료 방법이었다. 굿을 해야 하매 신덕스님은 이제 무녀가 아니라 불가능했다.

미연제의 병으로 어지러운 판에 관에서는 매달 초하루마다 도성 안의 총기 소지자들을 색출하겠다고 살벌한 포고문을 내걸었다. 그걸로 모자라 오월 초하루 총기 운운하는 포고문 옆에 온을 심란케하는 포고문이 덧붙었다. 비구와 비구니들은 오월 중으로 도성을 떠나라는 것이었다. 머리 깎고 승복한 자들은 도성 안에서 살 수 없으며 도성 밖에 있는 승려들이 도성 안으로 들어오는 것도 금한다고 했다. 이후 전국 어느 곳에서도 승려도첩을 지니지 않는 승려 행색들의 탁발을 빙자한 걸립을 금한다고도 했다.

지난겨울과 봄에 굶주린 자들이 하다 못하여 머리를 깎고 중 행세를 하는 일이 비일비재하자 내려진 조치였다. 보현정사에 신덕스님을 비롯한 비구니 스님이 일곱이나 있는 게 온에게는 문제였다. 학당의 선생은 대치할 사람이 얼마든지 있으므로 학당 운영은 어려울 게 없으나 스님들이 없으면 보현정사가 사찰로서의 기능을 상실하게 되는 것이다. 사찰 기능이 없는 보현정사에 도성 안 반족부인들이 찾아들 까닭이 없어지지 않는가. 사정이 어떻든 보현정사의 스님들을 오월 안에 도성 밖으로 내보내야 하는데 어디로 보내야 할지 결정하기가 어려웠다. 미연제의 병으로 인해 신경 쓰기가 어려운 탓이었다. 아이 병부터 잡는 게 급선무였다.

온은 어제 새벽에 반야원으로 난수를 보내 칠지 무녀를 청했다. 난수가 돌아와 칠지 무녀의 말을 전했다.

"소인은 의녀가 아니고 무녀인바 관에 신고한 신당 외의 장소에서 점사를 보게 되면 일백 냥의 벌금과 동시에 일백 대의 곤장을 맞아야 하옵니다. 미력한 소인이 일백 대의 곤장을 맞고 살아날 가망이 없사와 귀한 분의 말씀이라도 따르기 불가함을 혜량하오소서."

산이 움직이지 않으니 아쉬운 사람이 산 속으로 들어가는 수밖에 없었다. 오월 이십삼일 새벽, 아이를 보모인 순영에게 안겨 가마에 태우고 수유일이라 등청하지 않는 홍집과 함께 집을 나섰다. 세 식구의 첫 동반나들이인 셈이다.

두 필의 말과 가마 행렬이 홍익루 앞에 닿는다. 홍익루 밑에서 똑같은 복색의 반야원 하속들이 점사볼 손님만 올라갈 수 있다며 제지했다. 순영과 가마꾼들에게 밑에 있으라고 이른 홍집이 미연제를 안았다. 아이가 잠을 통 못 자므로 탕약마다 수면약제를 넣는 즈음이었다. 어젯밤 약을 먹고 잠이 든 아이는 이 품 저 품으로 옮겨져도 깨지 않는다.

아직 어두운 반야원 길을 모르는 사람 손에 이끌려 오르니 우물 마당이 드러나고 마당 저편 언덕 위에 삼외문이 나타난다. 반야원은 대문만으로도 온이 상상했던 것보다 규모가 훨씬 크다. 계단 위의 삼외문이 까마득히 높다. 대문 처마 양쪽에 큼지막한 양각등 두 개가 내걸려 환하다. 말고삐를 잡았던 자가 안에서 나온 자의 도움을 받아 온을 업고 계단을 오른다. 홍집이 아이를 안은 채 따랐다.

"어서 오십시오, 나리! 마님!"

말로만 듣던 칠지 무녀가 건너편 탁상 안쪽에 앉아 있다. 새벽이라 해도 한여름인데 얼굴을 거의 가린 연한 살굿빛 조바위를 쓰고 살구 빛깔 모시 치마에 흰 모시 저고리를 받쳐 입었다. 조바위 가장이며 동정 깃, 소매부리와 옷고름에 수놓인 학들이 날고 있다. 손바닥을 마주대어 탁상 위에 놓은 양손에는 잠자리 날개처럼 얇은 살굿빛 막시膜翅 수갑을 꼈다. 용모가 보이지 않음에도 형상 자체로 아스라이 곱다.

칠지 무녀의 시좌가 방석 두 장을 가져다 온이 자리한 옆에다 놓아주자 잠든 미연제를 안은 채 서 있던 홍집이 칠지 무녀에게 묻는다.

"아이를 안고 있어도 되겠습니까?"

경대부 집안의 벼슬아치가 무녀를 향해 바치는 존대가 자연스럽다.

"아기씨가 편하실 대로 하십시오. 소인이 아기씨 얼굴을 볼 수 있게만 해주시고요."

홍집이 아이가 깨지 않게 조심하며 앉는다. 미연제의 얼굴에서 얇은 너울을 벗겨낸다. 능금 속처럼 보얗고 발그레하던 아이 얼굴이 두 달 새에 거리에 나뒹구는 넝마처럼 변해 있었다. 온이 입을 연다.

"거두절미하고, 복채부터 건네겠네."

온이 손에 쥐고 있던 주머니를 들어보이자 좌측 중간에 시립했던 시좌가 주머니를 받든다. 칠지 무녀 가까이 다가든 시좌가 주머니를 열어 열 냥짜리 은자 열 개를 꺼내 그쪽 탁상 위에다 놓는다. 칠지 무녀가 고개를 끄덕여 보이곤 온을 향해 고개를 숙인다.

"고맙습니다, 마님. 그리고 나리! 아기씨로 인해 근심이 깊으시겠나이다."

"그렇네."

온은 홍집과 자신과 미연제의 사주를 말하고, 미연제가 병에 들게 된 정황이며 증상들, 신덕스님의 말까지 주르르 풀어 놓고는 곧장 묻는다.

"우리 아이한테 귀신이 들었다는 게 참말인가?"

"예, 마님. 당장 보이기로만도 열두엇쯤 되나이다."

"여, 열두엇?"

신덕스님은 귀신이 든 것 같다고만 했지 귀신이 그리 많다고는 하지 않았다.

"예, 마님. 혹시 집안사람 중에 작년 여름, 이즘에 하세한 중년 여인이 있나이까? 그이가 가장 먼저 보이는데요."

온이 홍집을 돌아본다. 홍집은 침통하게 고개를 숙인다. 영고당은 작년 오월 하순에 자결했다. 영고당이 자결했을지라도 그 죽음에서 홍집이 자유로울 수는 없었다. 가회동 고개에서 서른다섯 명이 죽을 때 그게 임무에서 비롯된 일이었다 하더라도 그 자리에 있었으므로 그 모두의 죽음에서 자유롭지 못한 것과 같았다. 홍집이 입을 다물자 온이 말한다.

"내 계모께서 작년 여름에 급작스레 하세하셨네. 그분이 귀신이 되어 우리 아이한테 붙었다는 겐가?"

"그분만이 아니라 그분과 함께 죽은 남정도 있군요."

"그들이 언제부터 우리 주위에 있었다는 게야?"

"그들이 혼령이 된 뒤부터 나리와 아씨 주변에 머물렀겠지요. 나리나 마님께서 원체 강성한 분들이시라 범접치 못하고 있다가 아기씨를 발견하게 된 것이겠고요. 아기씨가 두 분의 정신이자 맘이라 치면 아기씨를 범함으로써 마침내 두 분을 범하게 된 것 아니겠습니까?"

"우리 주위에 있다는 다른 혼령들은 여인들이야, 남정들이야?"

"여인이 다섯이고 남정이 일곱, 아니 아홉이네요."

홍집은 칠지 무녀가 수앙일 거라 짐작하며 지내왔다. 어젯밤 칠지 무녀한테 같이 가자는 온의 말에 두려움을 느꼈다. 무슨 낯으로 수앙을 본단 말인가. 미연제 때문이 아니라면 결코 못 왔을 터이다. 동시에 미연제 때문에 온만 가게 할 수는 없었다. 이온과 윤홍집이 저지른 죄과가 아이한테 나타나고 있는 거라면 아이의 부모가 함께 감당해야 하므로 같이 왔다.

홍집이 아이를 추슬러 안으며 칠지 무녀와 눈을 맞춰 보려 하는데 시선이 이어지지 않는다. 그는 미연제만 건너다보고 있다. 온이 칠지 무녀한테 묻는다.

"내 언젠가 어떤 무녀한테 듣기로 혼령과 귀신이 다르다 하던데 자네한테도 그러한가?"

"대개의 무녀들이 혼령과 귀신이라는 낱말을 혼용해서 쓸지라도 분별해서 보지요. 소인도 그렇고요. 아기씨한테 붙은 이들은 모두 귀신의 형상입니다."

"어떤 귀신들이 있는지 말해 줄 수 있나?"

칠지 무녀가 맞은편의 세 사람을 곧은 눈으로 살핀다. 주변에 있다는 귀신들을 보는 모양이다.

"여인으로는 우선 아기씨 머리맡에 마님의 계모님이 계시고, 나리의 뒤편에 음, 자신을 사비라 하는 배불뚝이 혼령이 있군요. 마님 옆에 음, 자신을 쌍리라 하는 두 손 없고 혀도 없는 이가 있고요. 의녀가 있고 마님의 다른 계모님도 계시네요. 남정들이 있고요. 아! 이제 보니 두 분께서는 무녀를, 셋이나 죽이셨군요? 맙소사! 아기씨는 시방 어느 병영의 연습용 과녁 같으시네요."

홍집은 칠지가 거론해대는 귀신들 보다 그들이 실제로 주변에 있다고 하는 것에 놀란다. 무녀 칠지를 믿지 못하는 게 아니라 혼령이나 귀신의 실재를 믿어본 적이 없다. 지금도 믿고 싶지 않다. 그들이 실재한다손 산 사람의 삶에 이처럼 깊숙이 관여한단 말인가. 그렇다면 세상이 이처럼 멀쩡하게 굴러가는 게 이상하지 않은가.

"과녁 같다니?"

"귀신들이 쏘아대는 온갖 살을 아기씨가 다 맞고 계신다는 것이지요."

"허면 어찌하지?"

"살생풀이굿부터 해보셔야겠지요. 살풀이굿도 하셔야겠네요. 귀신들을 아기씨로부터 떼어 내기 위한 진혼굿과 천도굿을 하셔야 할 것 같고, 귀신들을 떼어 낸 뒤에는 아기씨를 액으로부터 막는 액막이굿도 하셔야겠습니다."

홍집이 어찌 생각하든 귀신의 실존을 당연하게 여기는 여인들의 얼굴은 천연스럽고 진지하다.

"필요하다면 다 해야지. 헌데 자네한테 처음 보인 내 계모께서 귀신이 되어 아이한테 붙은 까닭이 뭐야?"

온의 질문에 칠지가 수갑 낀 제 두 손을 편 채 요리조리 움직여 보는가 싶더니 대답한다.

"그 계모님께서는 아씨 댁에서 아기를 잃으신 듯한데, 맞나이까?"

홍집의 등골에 한기가 쭉 끼친다. 티 한 점 없이 맑고 무지개처럼 환하던 수앙은 이제 연화당처럼 막강한 무녀가 된 모양이다. 잘려 나간 손가락들에 모조 손가락을 끼고 거기에 막시 수갑을 끼고 얼굴 자체인 양 정교하게 지은 복면을 쓴 채 점상 앞에 나앉을 수 있는 무녀.

"계모께서 낳은 지 두 달여쯤 된 아기를 놓치신 적이 있네. 헌데 내 계모가 당신 자식 잃은 게 우리 아이한테 붙은 까닭이란 겐가? 우리 아이와 무슨 상관이라고?"

"앞에 계신 아기씨의 아버님, 그러니까 나리에 대한 원한이 있는 듯하여이다. 그 마님께서 돌아가실 때도 수태 중이셨던 것 같고요."

홍집을 돌아보는 온의 눈에 의혹이 잔뜩 서린다. 홍집도 영고당이 죽을 때 수태 중이었던 건 몰랐다. 온에게 영고당이 자결했다고만 말한 까닭이었다. 알았다 해도 어쩔 수 없었을 것이다. 영고당이 극독을 준비한 까닭이 홍남수의 자식을 수태했기 때문 아니겠는가. 사통으로 생긴 자식을 들키기 전에 태감을 해하고 그 자식을 낳아 상림의 아들, 허원정의 칠대 손으로 만들려 했던 것이다. 그러므로 당시 영고당의 수태를 알았어도 그의 죽음을 막지는 않았을 것이다.

"그렇다면 현재 우리 아이를 위해 우선 벌여야 하는 굿은 언제, 어디서 얼마나한 규모여야 하는 겐가?"

"굿보다 아기씨를 또 다른 귀신이 범접치 못할 곳으로 피신시키시 는 게 시급할 듯하옵니다."

"또 다른 귀신?"

"아기씨가 과녁 형상이라 말씀드렸지요. 마님 댁에는 셀 수 없는 귀신들이 있을 겁니다. 그들은 터주인 듯이 지내고 있지만 마님과 나리가 만들어 내신 귀신들의 숫자가 세기도 어려울 지경이니 아기 씨가 어찌 더 감당하시겠습니까. 얼마 못 버티실 터이니 우선은 곁 에 있는 귀신들이 난동하지 못할 곳으로, 과녁을 뽑아 옮기듯이 아 기씨를 피신시키는 게 급선무 같다는 것입니다. 그런 연후에 언제, 어디서, 얼마나한 규모로 굿판을 벌이실지, 그에 관한 문제는 다른 무녀를 찾아 차분히 의논하시옵소서."

"뭐라고?"

반문하는 온의 목소리가 쇠붙이 부딪는 것 같다. 홍집의 가슴도 철렁 내려앉는다. 말간 눈빛을 고드름처럼 반짝거리며 잔잔하게 말 하는 수앙은 이온의 딸아이를 보살펴 줄 생각이 없는 게 아닌가.

"이 자그만 아이한테 귀신이 열 몇이나 붙었노라 해놓고, 피신시 키라 한 것도 모자라 굿은 딴 무녀와 의논하라고? 거액을 부르기 위 해 그리 말하는 것이야? 김현겸 집에 삼천 냥, 문 판관 집에 이천오 백 냥을 불렀다면서? 국 검관 네도 삼천 냥, 팥골 두동재에는 이천 냥 부르고?"

두동재 홍낙춘의 내당이 집안에 생기는 온갖 불상사를 견디지 못 해 칠지 무녀를 찾았는가 보았다. 작년 여름에 서출 장자 남수를 잃 은 데다 가을에 아들 국영이 말에서 떨어져 다리가 부러지고 머리를 다쳤다. 국영이 자리를 털고 일어난 게 이번 봄이었다. 정작 큰일은 삼월 보름에 홍남준이 사령을 시해하려고 벌인 일이었다. 그로 인해 홍낙춘은 부령직이 떨렸고 이만오천 냥이나 되는 빚더미에 올라앉았다. 집으로 돌아간 홍낙춘은 앓아누웠다. 분노와 상심으로 인한 화병인데 거의 넋을 놓고 헛소리를 해대므로 그 내당이 칠지 무녀를 찾았는가 보았다. 칠지 무녀가 당장 굿을 하지 않으면 지아비를 잃을 것이라 하면서 이천 냥짜리 굿을 말했다. 두동재는 당장 이천 냥 마련할 재간이 없는바 고심하던 두동재의 내당이 허원정을 찾아왔다. 이천 냥을 빌리기 위해서였다.

두동재와 관계가 진작 틀어졌던 온은 돈을 빌려주기 전에 담보를 요구했다. 남준이 저지른 짓으로 하여 모든 전답이 봉황부에 저당된 터라 두동재의 내당은 노복 열 명의 종 문서를 담보로 내놓았다. 온은 노복 열 명으로는 이천 냥 어치가 못된다며 다섯을 더 요구했다. 두동재의 내당이 몹시 서운해하며 젊은 계집종 다섯의 문서를 더 내놨다. 온은 매달 원금의 오 푼에 해당하는 이자를 요구했고 두동재의 내당에게 일 년 안에 원금과 이자를 못 갚으면 사노비들로 갚음하겠다는 각서를 받고 이천 냥을 내주었다. 두동재의 내당은 온에게 빌린 이천 냥을 반야원 굿판에다 쏟아 넣었다. 그 덕인지는 알 수 없으나 홍낙춘은 일어났다. 이제 그는 이만오천 냥에 더해 굿하느라 빌린 돈까지 갚기 위해 고심해야 할 터였다.

온에게 그 이야기를 들을 때 홍집은 도성 안 반족집안 여인들이 칠지 무녀한테 온통 휘둘리고 있다고 생각했다. 지금은 이온과 윤홍집이 마구 휘둘리는 중이다.

"마님께오서 얼마든지 내놓으실 수 있는 분임을 대번에 알아뵈

었사온데, 돈을 높이 부르기 위해 소인이 포석을 깔 필요가 있겠나이까?”

“헌데 어찌 그래? 무녀란 사람 마음을 돌보는 소임을 지녔다면서, 시방 그게 병든 자식을 데려온 부모 앞에서 할 소리야?”

“소인과 소인의 스승들은 굿으로 해결이 가능할 경우에만 굿을 하옵는데, 아기씨한테 붙은 귀신들은 굿으로 떨쳐낼 수 있을 것 같지 않사와 소인들이 못 맡는다, 말씀드리고 있나이다. 혜량하시옵소서.”

이온의 딸이 윤홍집의 딸이라 해도 수앙은 상관없다는 태세다.

“자네 복채가 조선 천하 무녀들 중에서 가장 높을 제, 신기도 그만치 높음을 도성 안 사람이 다 알게 된 마당에, 자네도 못한다는 굿을 어느 무녀하고 의논하라는 거야?”

“굿으로 해결할 수 없는 상황이기에 이리 말씀드리는 것이라 하지 않나이까, 마님.”

“굿으로 해결 못하면 무엇으로 해결하는데?”

“돈으로, 굿으로 해결치 못하면 아기씨를 낳으신 두 분의 몸과 맘으로 해결하셔야지요.”

“그건 어찌하는데?”

“두 분으로 인해 스러져 귀신이 된 이들에게 일일이, 진정으로 사죄하시어 그들에게 맺힌 한을 풀어 주셔야지요. 두 분에게 죄를 지어 죽은 이들과 두 분과 직접 관련이 없는 이들도, 마님 댁에 들어 있는 셀 수도 없이 많을, 그들의 혼도 달래셔야 하겠고요.”

“그리하려도 결국 무녀를 통해야 하잖아!”

“그럴 수도 있고 아닐 수도 있겠지요. 다만 무녀들을 통해야 하리라 결정하셨을 때에는 다른 무녀와 만나시어 의논하시라는 거고요. 소인은 무녀로서의 경험이 일천한 데다 맘새가 작고 그릇되어 그와 같은 일을 해낼 수가 없습니다. 더 솔직히 말씀드리면, 아기씨를 구해내고 나서 마님 손에 죽고 싶지 않기 때문입니다. 마님 곁에 있는, 생전에 의녀였다는 이가 알려 주는군요. 예전에 아기씨와 마님을 살려 놨더니 마님이 자신을 죽였다고요."

"자네가 그런 전사들까지 볼 수 있다는 것을 의심치 않거니와 한층 더 믿는다. 그럴 제 다른 집들의 귀신들은 다 쫓아 주면서 우리 집은 못한다는 게야?"

"같은 말씀을 자꾸 드리게 하십니다, 마님. 그들은 가능한 경우였기에 한 것이고, 앞으로도 할 것입니다만 마님 댁은 소인이 불가능하기에 못한다 말씀드리는 것입니다."

"어째서 못 하냐고 묻지 않아?"

"한 사람이 사경에 처한 다른 사람을 살려내려 할 때는 자신의 온 힘을 다해야 할 것입니다. 그리해야 누군가를 사경에서 건져낼 수 있을 테니까요. 무녀들이 굿을 할 때도 자신의 목숨을 내놓고 귀신들과 맞서는 지극한 심신으로 공을 들이는 겁니다. 그리해야 효험이 생기고요. 의녀 혼령이 자신을 백화라 하는군요. 아씨 배꼽 아래쪽에 태중의 아기씨를 꺼낸 자국이 있는 모양입니다. 그 자국은 아씨와 아기씨를 같이 살린 것이되 의녀에게는 자신의 목숨을 내놓은 시술이었던 것이지요. 하온데 마님께서는 도리어 그이를 잡아다 죽게 하셨다면서요?"

말문이 막히는지 온이 후, 한숨을 내쉰다. 칠지가 계속한다.

"『장자』, 「도척」 편에 개자추라는 사람 이야기가 있다고 들었습니다. 개자추는 문공이라는 주군을 모심에 지극히 충성스러워 주군이 황량한 무인지경에 처했을 때 자신의 넓적다리 살을 베어 문공에게 먹였다 하더이다. 하지만 문공은 임금 자리에 오른 뒤에 개자추를 배반해 그의 집에 불을 질렀다지요? 개자추는 도망치는 대신 불타는 나무를 끌어안고 타 죽었다 하고요. 마님은 의녀 백화를 배반하신 정도가 아니라 직접 죽이셨습니다. 어찌 그리하셨는데요? 무엇을 위해서요? 무엇을 위한 것이었든 은혜를 원수로 갚는 분이 마님이신데 이제금 소인이 의녀 백화나 개자추와 같이 위험한 일을 무엇 때문에 하겠나이까? 미천한 소인은 못 나서겠나이다. 혜량하소서."

"그래, 내 그런 일들을 많이 했네. 그 결과 내 몸도 이런 꼴이 됐고. 이제는 그리하지 않을 것이고 할 수도 없네. 내 몸이 이런 꼴이거니와 옆에 계신 나리께서 나로 하여금 다시는 그런 일 할 수 없도록 단단히 살피고 계시기 때문이네. 내 최선을 다해, 할 수 있는 모든 방법으로 속죄하겠네. 자네가 하라는 대로 다 하지. 우리 아이를 살려 주게. 이 아이는 아무 잘못도 없지 않은가? 내 이리 부탁하네."

"조선 천지에 깃대 건 무녀가 이천여 명이라 하더이다. 몇천, 몇만 냥이든 막대한 돈을 주겠다 하시며 수소문해 보십시오. 마님 댁의 귀신들을 해결해 보겠다고 나설 무녀가 어딘가에는 있을 겁니다. 그런 무녀가 혹여 나서도 쉽지는 않을 테지만요."

"그건 또 왜?"

"어떤 사람이 어떤 사람을 죽일 제 불가항력의 상황에서 불가피하여 어쩔 수 없이 그리하는 경우가 있을 겁니다. 죽은 자의 입장에서야 억울하기는 일반일 것입니다만, 죽을 짓을 자초했거나 불가피한 상황에서 죽은 혼령들은 천도하기가 어렵지 않습니다. 무녀들 입장에서 혼령들을 달래거나 윽박하여 천도할 수 있는 것이고요. 헌데 마님이 죽이신 의녀 백화나 무녀들처럼, 또 나리가 죽이신 남정들처럼, 아무 잘못도 없이, 불가항력의 상황이 아님에도 죽게 된 억울한 혼령들은 굿 몇 번으로 천도되지 않습니다. 붙은 곳에서 영영 떠나지 않을 수도 있지요. 그러므로 굿 몇 번으로 아기씨한테 붙은 귀신들을 다 떼어 줄 수 있다고 자신할 무녀는 드물 겁니다. 그리할 수 있는 무녀가 있다면 아씨께 천만다행인 것이고요. 하여 찾아보시라고 말씀드리는 것입니다."

"그렇다면, 이 집에 자네 말고도 무녀가 넷이나 있지 않은가? 그들은?"

"제 스승들이시지요."

"제자가 못하는 일, 스승은 할 수 있지 않은가?"

"보통 스승은 제자가 못하는 일을 가르쳐 하게 하실 수 있으나, 제자가 아니하겠다는 일을 대신하시지는 않지요."

"자네가 이러고도 조선 제일 무녀라 할 수 있는가?"

"망극하여이다, 마님."

홍집은 다시 소리치려는 온의 어깨를 누르고, 안고 있던 미연제를 방바닥에 뉜다. 아이 옆으로 나앉아 무릎을 꿇고 깊이 절한 뒤 고개를 든다.

"칠지 무녀님, 소생의 내자가 몸이 몹시 불편한 데다 아이가 경각지경이라, 맘이 급하여 결례를 드리고 있습니다. 용서하십시오. 대신 소생이 엎드려 간청드립니다. 칠지께서 말씀하신 대로 소생과 내자가 쌓아온 죄과들에 대해 몸과 맘, 최선을 다해 사죄하고, 갚을 수 있는 한 다 갚아나가겠습니다. 그 방법을 일러주십시오. 그리고 부디 소생의 자식을 살려 주십시오. 간절히 청합니다. 부디 제 자식을 살려 주십시오."

비로소 수앙과 홍집의 눈길이 맞닿는다. 어떤 감정도 실려 있지 않은 눈빛이다. 『장자』, 「제물론」에 나오던가. 사람한테 감정이 없으면 그 사람이 없고 그가 없으면 감정이 나타날 데가 없다. 그것이야말로 진실에 가깝다고 하겠으나 무엇이 갖가지 감정을 만들어 내는지는 알 수 없다는 말. 임림재의 포로들에게 밥을 먹일 때 한 자락의 그늘도 없이 따스하고 환하던 수앙. 그 모습이 그의 원래 천성일 텐데, 원래의 그는 현재 여기 없다. 모진 세상과 맞선 무녀 칠지가 있을 뿐이다. 더구나 내일은 김강하의 기일이다. 어쩌면 연화당의 기일이기도 할 터이다.

틀렸다! 아무리 애원해도 수앙은 미연제를 살려 주지 않을 것이다!

홍집은 자포자기하며 눈을 내리깔다 미연제의 눈과 마주친다. 방금 깨어났는지 말똥한 눈동자를 굴리던 아이가 아비와 눈길이 닿자 웃는다. 지금 아이 얼굴에서 멀쩡한 곳이라곤 눈동자뿐이다. 아이의 온몸은 비바람 속을 한껏 굴러다닌 풀각시처럼 낡고 헤져 버렸다. 은새미에 그냥 뒀어야 했던 것을 내 품에서 키우고픈 욕심에 데려왔다가 이 지경을 만들고 말았다. 홍집의 가슴이 미어지는데 아이가 입을 연다.

"아버님, 어찌 우시어요? 소녀가 자꾸 아파서요?"

홍집은 비로소 자신이 울고 있는 걸 깨친다. 깨치고 나니 눈물이 걷잡을 수 없이 쏟아진다. 눈물이나 흘리고 있을 자리가 못되므로 이를 악물고 울음을 추스른다.

"아니다. 눈에 티가 들어 그렇다."

쉰 목소리로 홍집이 변명하는데 아이가 일어나 앉더니 두리번거리다 수앙을 쳐다본다. 고개를 갸웃한 아이가 무릎걸음으로 수앙 앞으로 다가든다. 수앙의 탁상 앞에 이른 아이가 무릎을 꿇고 앉으며 고개를 모로 기울인 채 복면 속을 들여다보는 시늉을 한다. 수앙이 입을 연다.

"아기씨, 왜요? 제 모양새가 이상합니까?"

"아니요. 어여쁘셔서 보는 거예요."

"이리 복면을 쓰고 있는데도 어여뻐 보이십니까?"

"아, 그게 복면이에요? 복면은 남이 나를 알아보지 못하게 얼굴을 가리는 건데, 어찌 아니 가리셨어요?"

"그런 걸 다 아십니까?"

"삼촌이 가르쳐 주셨어요. 영미동에 가다가 얼굴을 다 가린 사람을 봤을 때 제가 삼촌한테 물었거든요. 저 사람은 왜 얼굴에다 더러운 천을 감고 있냐고요. 그랬더니 삼촌이, 사람마다 복면을 쓰는 이유가 다르다고 하셨어요. 그때 복면 쓴 사람은 얼굴에 큰 흉터가 있어서 남이 못 보게 가린 것 같다고 하셨고요."

"헌데 저는 가리지 않은 것 같습니까?"

"아이, 다 보이잖아요! 옛날에 우리 집에 오셨던 아주머니시죠? 우리 엄마 동무 아주머니요. 저한테 우리 점아, 참 착하구나! 그러셨잖아요. 더운 샘에 목욕하러 내려갈 때요."

미연제는 연화당을 아직 기억하고 있는 모양이다. 무구하고 천진한지라 눈만 나온 수앙의 얼굴에서 연화당을 볼 수 있는 것이다.

"아기씨 이름이 점아십니까?"

"제 이름은 점아 미연제예요. 줄여서 점아라고 부르고요. 제 발

등에 점이 세 개 있기 때문에 그런 거예요. 아주머니 집이 여기였어요?"

수앙의 눈길이 홍집에게 건너온다. 투명한 물처럼 감정이 없어 보이던 그의 눈동자에 눈물이 그렁하다. 미연제가 살겠구나 싶어 홍집의 가슴이 뜨거워진다. 나면서부터 제 어미와 아비를 살렸던 미연제가 또다시 제 자신과 부모를 살리고 있지 않는가. 수앙의 눈길이 미연제에게로 돌아간다.

"점아 미연제 아기씨, 지금 배고프신 거 같은데요?"

"네, 저 배고픈 거 같아요. 만날 맛없는 약을 먹어서요, 밥을 잘 못 먹었어요. 우리 엄마가 보고 싶었고요. 우리 엄마 아시죠? 더운 샘 집의 우리 엄마요."

"더운 샘 집의 엄마가 보고 싶으셨군요. 그러면 우선 제 집에서 고픈 배를 달래시고 그 엄마를 보러 가셔야겠네요. 밥을 좀 드시겠냐는 거예요."

"지금 밤이에요?"

"아침입니다. 날이 거의 다 밝았지요. 저기 계신 선생님을 따라나가시면 맛있는 밥을 자실 수 있을 터인데, 한번 따라가 보실래요?"

"우리 어머니와 아버님은요?"

"아기씨 먼저 드시고 오십시오. 그사이에 어마님과 아바님은 저와 얘기 좀 나누시게요. 그리하시겠어요, 아기씨?"

"네, 아주머니."

수앙이 바라보자 일어난 시좌가 미연제에게 다가들더니 팔을 벌린다. 미연제가 그 품으로 다가들어 서슴없이 안긴다. 아이를 가벼이 안아 올린 시좌가 나간 문으로 다른 여인이 들어선다. 능연이다.

자선과의 혼례 때 먼빛으로 보았던 그가 온과 홍집에게 목례를 해 보이곤 나간 시좌의 자리에 앉는다.

아이가 일어나 수앙에게 말을 걸고 시좌에게 안겨 나가는 광경을 아연하게 쳐다보고 있던 온이 한숨을 쉬고는 입을 연다.

"우리 아이를 안고 나가는 게 무슨 뜻인가?"

"보신 대로입니다. 아기씨가 배고파 하시는데 마침 끼니때라 한 끼 잡수시게 하려는 것뿐입니다."

"우리 애한테 붙은 귀신들은 어쩔 셈인데?"

수앙의 눈길이 홍집에게 닿는다. 좀 전까지 내뿜던 한기가 걷히고 온화하다.

"나리, 편히 앉으십시오."

홍집이 편히 앉으니 수앙의 눈길이 온에게로 향한다.

"마님!"

"말씀하시게."

"마님께서는 나리 덕에 살고 계시는데, 아십니까?"

"아네. 잘 알지."

"나리께서는 따님 덕에 살고 계시는 거고요. 저는 전생에, 나리 덕에 목숨을 건진 인연이 있는 듯합니다. 하여 제가 이번에는 따님께 들러붙은 귀신들을 눌러 보겠습니다. 떼어 드리겠다고 장담하는 게 아닙니다. 위로하며 달랠 수 있는 귀신들은 달래어 천도해 보고, 천도할 수 없는 귀신들은 눌러 보겠다는 겁니다. 이후 마님과 나리께서 다시 귀신들을 불러들이신다면 그건 두 분의 문제이시고요. 귀신들을 떼거나 눌러드리되 저로서도 은혜 갚음인바 몇천 냥씩 되는 굿판을 저희 마당에서 벌이시라 하지 않겠습니다. 굿판 벌이실 돈만큼의 양곡을 굶주린 백성들에게 베푸십시오."

"그리하면 귀신들이 떨어져 나간다는 건가?"

"아니라고 말씀드렸습니다. 그래도 일단 굿을 해본다고 할 때, 아기씨 같은 경우 최소한 다섯 번은 벌여야 합니다. 다섯 번으로도 장담은 못하고요. 그래 드리는 말씀입니다. 마님께서는 굿판 다섯 번 벌이시는 셈치고 그 비용만큼의 양곡을 백성들한테 베푸십시오. 이왕이면 한 번이 아니라 다섯 번에 걸쳐 베푸시되 댁 안에서 가장 너른 마당에서 행하시는 게 좋겠고요. 그리하실 때는 집안의 문들을 다 열어 두시는 게 좋습니다. 많은 사람들의 왕성한 생기를 집안 깊은 구석구석까지 끌어들이시라는 겁니다. 그리고 아기씨는, 오늘부터 사십구 일 동안 여기, 저희 집에다 맡기십시오."

"아픈 아이를 예다 두고 가라는 겐가?"

"아기씨가 편찮으신 이유가 두 분과 댁으로 기인한 것이라 우선 댁을 피하셔야겠다는 겁니다. 귀신들에게 시달리시지 않아야 하므로 예 계셔야 한다는 것이고요. 어쩌면 아기씨가 성년이 되실 때까지 매해 사십구 일간씩 저희 원으로 오시어 머무셔야 할지도 모릅니다."

"우리 아이가 매해 아플 거란 뜻이야?"

"편찮지 않으시도록, 귀신들이 침범치 못하고 침범치 않을 심신이 되시도록 만들자면 일정한 피접 기간이 필요할지도 모른다는 것입니다. 우선은 아기씨 병을 나수어야 하고요. 아시겠지만 저희 곳 아래 원실에는 의원이 여럿인 약방이 있고 이곳에는 저를 비롯한 무녀 다섯이 있습니다. 그리고 아기씨보다 서너 살 위인 아이들이 마흔 명 남짓 있지요. 아이들의 생기가 햇살처럼 작렬하므로 귀신들은 여기서 어쩌지 못합니다. 들어온 이상 되돌아 나가지도 못하고요. 여기다 붙들어두고 위로하고 천도해 볼 것입니다. 대번에 될 일이 아니라 사십구재를 지내는 만큼의 시일 동안 정성을 들여 보겠다는 것이고요. 마님 댁에서도 그 사십구 일 동안 다섯 차례 이상 백성들한테 양곡을 베푸셔야 하고요. 마님께서 그리하시는 동안 아기씨는 여기서 밥 잘 잡숫고, 약도 잘 잡숫고 잠도 잘 주무실 겁니다. 학동들에 둘러싸여 재미나게 노실 거고 놀이 삼아 공부도 하실 겁니다. 나가실 때는 말끔하게 나으실 테니 사십구 일이 지난 이튿날 모시러 오십시오. 물론 그사이에 두 분이 아기씨를 보러 오시어도 됩니다. 홍익루에서 아기씨를 보러 오셨다 말씀하시면 모셔드릴 터입니다. 그리하시겠습니까?"

온이 홍집을 쳐다본다. 믿을 수 있겠냐는 의문이 잔뜩 서렸다. 홍집은 온을 향해 고개를 끄덕여 보인다. 온 스스로 자초하여 겪은 무수한 고난보다 미연제가 앓은 두어 달의 고난이 더 컸을 터이다. 얼마나 애를 끓였는지 새치가 돋아가던 정수리 쪽이 반백이 되었다. 어쩔 수 없는 어미였던 것이다. 온이 눈을 감았다 뜨고는 알겠다는 듯이 고개를 끄덕인다. 그리고 수앙을 향해 말한다.

"그리해 주신다니 고맙네."

안당 지미방에서 밥 한 그릇을 다 먹은 윤미연제는 앉은 채로 스르르 졸았다. 곧 학동들이 아침을 먹으러 닥칠 시각이었다. 학동들이 먹고 학당으로 올라가면 수련생들이 먹고 연후에는 어른들 차례였다. 동아가 잠이 든 아이를 안고 어디다 재울까 궁리하자 지미방 수 해심이 안당의 당신 처소를 가리켰다.

"아이가 당분간 예서 지내게 될 모양인데, 자고 일어나면 인 선생한테 인계할 테니 자네 일 하시게."

만삭이 가까워 배불뚝이가 된 인자인이 반야원 학당 주임이었다. 소식을 전해들은 인자인과 백단아가 해심의 처소로 왔다. 자인과 단아는 작년 봄에 별님을 따라 은새미에 가서 사흘을 지내며 아이를 봤다고 했다. 잠든 아이를 본 자인이 물었다.

"너덜너덜한 이 아이가 은새미에 있던 그 점아가 맞아?"

동아가 답했다.

"점아 미연제 맞습니다. 시방 신당에 그 부모가 함께 있으니까요."

"아씨께서 이 아이를 맡으신대?"

"데려다 밥 먹이라 하신 게 그 뜻이지 않을까요?"

아이의 이마를 쓸어 넘기는 단아를 향해 자인이 물었다.

"백 의원, 아이 병이 뭐 같아?"

"의원이 제꺽 답할 수 있는 병이면 아이가 이 꼴이 되어 여기까지 왔겠어요? 보원약방 집 외동딸아기가?"

"그건 그렇네. 그런데 우리 아씨는 어쩌니!"

근심하는 선진들을 두고 동아는 신당으로 내려온다. 윤홍집이 이온을 업고 신당을 나서는 참이다. 내외가 삼외문을 나간다. 그들이 각자의 말에 올라 우물마당을 건너 사라지는데 최선오가 새 손님을 안내해 올라온다. 오늘 수앙의 세 번째 손님이자 마지막 손님이다.

아침 일과를 끝낸 수앙은 식사를 마다하고 당장 도솔사로 가겠다고 나섰다. 작년 윤오월 이십사일에 별님과 김강하가 하세했다. 올해는 윤오월이 없으므로 내일이 기일이다. 제사를 올리지 않기로 한 터이나 아무것도 아니하고 지나갈 수는 없을 것이므로 동아도 수앙이 도솔사로 가리라 예상했다. 오후에나 가지 않을까 싶었는데 급작스레 서두르는 이유는 이온과 윤홍집과 그들의 자식인 미연제 때문인 것 같다.

수앙은 이온의 딸을 살릴 수밖에 없는 자신을 견디기가 힘든 것이다. 모조리 다 죽이고 싶다고 했으나 죽이고 싶은 자들마다 죽일 수 없는 까닭들을 가지고 있지 않은가. 누구나 다 한 목숨이고 누구나 자신의 삶을 살고 있었다. 내게 원수 같은 족속이라 해도 그들 각자에게는 살아야 할 이유가 있는 것이다. 점사를 치를 때마다 그걸 깨달아가는 수앙은 스스로를 견디지 못해 날마다 홀로 몸부림을 쳤다. 내일이 어머니와 지아비의 기일이므로 오늘은 특히 견디기 힘든 것 같다.

흰 무명 바지저고리에 검정 쾌자를 걸친 수앙이 방립을 썼다. 방립은 여름 햇볕과 얼굴을 동시에 가리기에 맞춤하다. 동아도 똑같이 차려입었다. 말을 타면 좋을 텐데 고행을 시작하려는 것처럼 걸어 나선다. 버티재를 넘어 도성 안으로 접어든다. 흥인문을 거쳐 나온 뒤 건원릉 길목에서 멈춰선 뒤 수은묘가 있다는 배봉산拜峰山 중턱을 올려다본다. 이름 없던 나지막한 산에 배봉산이라는 이름이 붙은 건 작년 가을부터다. 소전의 무덤인 수은묘垂恩墓가 만들어지면서 근방을 지나다니는 백성들 거개가 산 중턱을 향해 절을 하므로 저절로 배봉산이 된 것이다. 수앙이 굳이 이 길을 택한 것도 수은묘 때문일 것이다. 그러면서도 절을 하지는 않는다.

동아는 어쩐지 대신이라도 해야 할 것 같아 선 채 합장 칠배한다.

어쩌니 저쩌니 해도 백성들은 임금을 하늘이 내신 존재라 믿는 것 같다. 임금이 하는 일은 임금이라서 하는 일이라고 당연히 여기고, 어쩔 수 없다고도 여긴다. 배봉산에 절하는 백성들은 소전에 대해서도 그랬던 것 같다. 그가 이미 임금 노릇을 대리했거니와 장차 큰 임금이 될 사람이라 믿고, 받은 것도 없이 그를 따랐던 게 아닐까. 동궁을 바보 같다고, 바보 같은 사람을 동궁 같다고 놀리며 흉볼 때 그를 임의로워했던 게 아닌가. 그 임의로움이 일종의 사랑이 아니었을까. 그리 여겼던 그가 스러져 산중턱에 누우므로 그를 향해 절하며 안쓰러워하는 것이다.

미시 초에야 초부옥에 당도한다. 누가 다녀갔는지 초부옥 안팎이 말끔하다. 김강하의 무덤 위에 술잔이 여러 개고 방에는 세 개의 술병이 들어 있다. 술잔들과 술병들을 본 수앙이 흐흐흥 웃더니 한마디한다.

"큰언니, 오늘 대취하겠네."

그뿐 아무것도 하지 않은 수앙이 초부옥을 나서는데 감우산, 조덕상, 최선오, 설인준 등이 말들을 끌고 들어온다. 동아가 동료들에게 아씨 내려오실 때까지 여기들 계시라 하는데 수앙은 말없이 도솔사 길로 접어든다. 요즘 수앙은 점상 앞에 앉을 때나 계에 관한 일을 처결할 때 외에 거의 입을 닫고 지낸다. 어제는 예와 아니오만 몇 마디 했다. 오늘은 그나마도 하기 싫어 도솔사로 온 것이다.

도솔사로 들어선 수앙이 정암당에 인사드리고 샘물 몇 모금 마시고 곧장 법당으로 들어간다. 합장 칠배를 올리더니 불단과 신중단과

영단에 삼배씩 하고 일어나 왼손에 백팔 염주를 감고 그냥 서 있다. 한참 서 있다가 백팔 염주를 풀어 불단에 놓고 일천팔십 알 염주를 들어내 방석 주위에다 펼쳐놓는다. 일천팔십 개의 알이 조르라니 매달린 염주는 오랏줄처럼 완강해 보인다. 한참을 합장한 채 서 있던 수앙이 절을 하기 시작한다.

염주의 개수를 따지지 않더라도 백팔배와 일천배와 삼천배와 육천배와 일만배 등의 절을 시작할 때의 움직임은 다르다. 백팔배는 일정하고 빠르다. 절하려는 숫자가 클수록 첫 절의 동작이 느리다. 지금 수앙은 첫 절을 하며 한참을 엎드렸다가 일어나 한참을 합장하고 섰다가 두 번째 절을 했다. 열 번의 절을 그렇게 느리게 한다.

맙소사, 일만배를 하려는 게다.

동아는 수앙을 따라 열 번 절하고 일어나 합장 칠배로 절을 마치고 구석으로 물러난다. 삼천배를 일정한 속도로 쉬지 않고 하면 여덟 시간쯤 걸린다. 중간에 물마시고 잠깐씩 쉬어 가며 삼천배를 하면 하루가 다 걸린다. 일만배가 얼마나 걸리는지는 동아도 모른다. 일만배를 지켜본 적이 없기 때문이다. 일만배가 일만 번의 절로 끝나지 않는 건 안다. 일만배는 백팔배를 백팔 번 반복하는 것이다. 일만 천육백육십사. 누가 하건 일만배는 자학이다. 죽음을 부르는 짓이다. 수앙은 죽이고 싶은 자들을 죽일 수 없으므로, 죽이지 않아야 할 이유가 점점 늘어가므로 그들을 죽이고 싶은 자신을 죽이려는 것이다.

일났다!

누구든 일만배를 할 수는 있다. 일만배든 일십만배든, 쉬고 먹고 자면서 하면 괜찮다. 하루에 천팔십배쯤 열흘 정도 걸려서 하면 되지만, 수앙은 일만배를 채우기까지 쉬지도 먹지도 자지도 않을 사람이라는 점이 문제다. 혼절하더라도 깨어나 계속할 사람이고 앓아눕게 되면 일어나 처음부터 다시 시작할 사람이다. 일만배를 다 하기 전까지 도솔사에서 나가지 않을 사람이다. 어쩌면 그 핑계로 도솔사에서 영영 나가지 않으려는 것인지도 모른다. 아무도 살리지 않고 아무도 죽이지 않으면서 입 닫은 채 살기 위해 왔는지도.

동아는 게처럼 옆걸음으로 이동해 문밖을 내다본다. 수앙이 왔다는 말을 뒤늦게 들으셨는지 수행방장인 성겸스님이 측문 앞으로 다가오신 참이다. 합장한 동아가 두 손으로 수앙을 가리키고 합장한 손을 머리에 올려 절 시늉을 해 보인다. 셀 수 없는 많은 절, 곧 일만배를 가리키는 도솔사의 언어다. 놀라 입을 벌린 성겸스님이 당신의 민머리를 득득 긁더니 동아한테 넌 게 꼼짝 말고 있어라, 수신호하고는 돌아선다. 급히 정암당 쪽으로 향한다. 도솔사에 비상이 걸린 것이다. 동아는 성겸스님이 가리킨 자리로 와 앉는다. 방장스님들이 정암당에 모여 수앙의 일만배를 일천배쯤으로 낮출 무슨 수를 찾아낼지, 찾아낼 수나 있을지 의문이다.

누가 훔쳤을까

정사 조엄, 부사 강민휴, 서장관 이기영. 서행관 김수장, 수역관 이하 왜통문관 다섯 명, 수의 이하 의원 오 명, 비장 세 명, 비장보 세 명, 호물관護物官 사십팔 명, 의장대 육십 명 등이 왜국 통신사단의 공식 사신단 행렬이었다. 통신사단에 덧붙어 가기 위해 부산진에 모여들 열 개 상단의 장사치들과 각종 하속들까지 아울러 칠팔백 명의 대행렬이 될 거라 했다. 칠월 보름날 통신사단 정사행렬이 도성을 나가고, 여드레가 지났다.

김문주는 정치석이 통신사단의 비장을 자원했다가 제 집안의 반대로 못 가게 된 사실을 그저께야 들었다. 그의 집안에서 어떻게 될지 모르는 통신사행 길에 나서는 걸 반대하는 바람에 정치석이 왜국에 못 가게 되었다고 했다.

부친으로부터 그 말을 들으면서 김문주는 자신이 명화단원들을 너무 오래 방치했다 싶었다. 정치석이 일 년이나 걸리는 왜국 사행 길에 가려던 까닭은 알 만했다. 그는 명화단을 떠나고 싶은 것이다. 김문주는 사실 명화단을 방치해 온 게 아니었다. 극도로 조심하며 사세를 살펴왔다. 부친이 금위대장에서 오위도총관으로 옮겨갔다. 품계는 그대로일지나 대전의 측근에서 떨려난 셈이었다. 김상로며 홍계희 등 소전 사태를 주도했던 고관들이 사헌부의 탄핵을 받아 삭탈되거나 귀양을 갔다. 대전이 뒤늦게 아들 죽인 죄를 신료들에게 덮어씌우는 것이었다. 소전 사태와 관련된 자들은 한껏 몸을 사려야 할 때였다.

지난 삼월 초 회당에서는 송교 여인으로 인한 소란이 있었다. 정치석이 고인호를 짓이겨 놓고 나간 삼월 내내 회당에 나타나지 않기에 객쩍어 그렇겠거니 여겼다. 송교의 귀신인지 김강하의 내당인지가 금위군 복색들에게 끌려갔다는 말도 안 되는 소문도 났다. 그 소문에 놀랐지만 정치석을 의심하지는 않았다. 어스름 녘이라곤 해도 대로에서 금위대 복색을 한 채 여인을 잡아 사라질 만큼 정치석이 우둔하지 않기 때문이다.

사월 초 모임에서는 사라진 김강하의 내당에 관한 화제로 떠들썩했다. 그때 정치석은 자신이 한 짓이 아니라는 걸 말하기도 같잖다는 듯 그에 관해 입을 다물었다. 명화단의 목표가 멀어진 상태이고 당장 안건도 없는 데다 홍남선이며 연진용, 한부루 등이 통 입을 열지 않아 회동은 싱겁게 끝났다. 명화단은 겉으로는 별일 없는 것처럼 미봉되었다. 단원들의 회당 출입이 뜸해진 건 예사롭지 않았다. 이대로 가다가는 명화단이 흐지부지 되고 말 것이었다. 김문주는 당장 단원들을 결집시킬 필요가 있었다.

조직의 내분이 심할 때 우두머리는 외부에다 적을 만드는 법이다. 정신 쏟을 거리를 만들어 줘야 하고 분열이 조직원 모두에게 치명적인 것임을 상기시켜야 한다. 그 순간 떠오른 게 창고 바닥 밑에 묻어 둔 무기들이었다. 어쩌면 그걸 떠올리기 위한 핑계로, 적을 생각했는지도 모른다.

작금에 목표로 삼을 만한 곳이 어딘가. 도성제일 부자는 허원정이라고 알려져 있다. 재력만치 탄탄한 게 방비력이다. 작년에 총을 들고 약방거리에 가서도 보원약방에는 들어가지 못한 이유다. 지금이라고 방비가 허술할 까닭이 없었다. 지난여름 허원정이 수차례에 걸쳐서 백성들한테 양곡을 나누어주었다. 매번 대문 밖도 아닌 사랑마당에다 양곡더미를 쌓아 놓고 한 됫박씩 퍼주므로 수천 명이 자루를 들고 선 줄이 허원정을 친친 감고 늘어졌다고 했다. 허원정이 새삼 재력을 과시한 까닭은 아이의 병 때문이라는 소문도 났다. 치병굿을 대신한 행사였고 그건 칠지 무녀의 또 다른 굿판이라는 것이었다. 그런 허원정은 세손익위사에 있는 윤홍집의 집이기도 하다. 아무리 하던 날 밤, 세손을 제거하기로 됐던 김형태 등이 사라진 이유가 김강하 때문이라고만 여겼다. 그게 실책이었는지도 몰랐다. 윤홍집이 허원정의 사위라는 사실 이외에 알려진 게 거의 없다는 사실이야말로 예사로운 일이 아닌데 그걸 간과했지 않은가.

허원정을 제외하고 나면 반야원이라 할 수 있을 것이다. 작년 봄에 문을 연 이후 날마다 돈을 궤짝만큼 벌어댄다고 했다. 반야원 마당에서 수시로 이루어진 그 큰 굿판들. 구경꾼이 보통 오백이 넘고 일천 넘는 경우도 드물지 않는 것 같았다. 굶주린 자들이 그 굿판에 가서 최소한 두 끼니를 해결하므로 백성들 사이에 칭송이 자자했다. 거금의 세비를 관아에 내는 덕에 반야원은 한성부의 보호도 받게 되었다. 한성판윤 김현묵이 이백여 명의 휘하들에게 명했다고 했다.

"한성부의 관헌, 서리들은 반야원에 괜히 드나들며 사소한 트집을 잡지 말라. 무고하게 반야원으로 들어가 시비하는 자는 일백 냥의 벌금을 매김과 아울러 삭탈관직하리라."

한성판윤 김현묵은 경기관찰사 김시묵의 아우다. 김시묵은 세손빈궁의 부친이다. 세손빈궁의 숙부인 김현묵이 반야원을 그렇게 싸고도는 걸로 미루어 보면 대전에서도 알고 있다는 뜻이다. 한성판윤이 휘하에 그런 명을 내릴 수 있는 배경에 대전이 있는 것이다. 이래저래 반야원은 아무도 건드릴 수 없는 아성이 됐다.

그런 반야원을 한번 치면 어떨까. 임금과 한성판윤이 비호하고 백성들까지 우러르게 됐으므로 위험은 작년의 몇 번보다 백배는 높다. 위태로울수록 쾌감은 강렬할 것이다. 총을 들고 나서면 아무도 죽이지 않아도 되므로 단원들에게는 죄책감도 생기지 않는다. 총소리를 들어 본 적 없는 사람도 하룻강아지가 아닌 한 총이 얼마나 무서운 물건인지는 안다. 총 무서운 줄 모르는 자들을 위해 허공에다 몇 발만 쏘아 주면 경천동지하는 그 소리에 모조리 엎드려 덜덜 떤다. 그 자리에 있는 자들의 목숨이 내 손에 쥐어진 그 순간만은 세상이 내 발밑에 있다. 그 날카로운 희열이라니. 명화단원들에게 당장 필요한 게 그것이었다. 총의 위력과 총을 쥔 자의 절대권력. 김문주는 회의를 소집했다.

오늘 모인 자리에서 무기를 점검해 보자는 김문주의 제안에 아무도 이의를 달지 않았다. 총을 꺼내는 순간 사용하게 되리라는 걸 알면서도 찬성했다.

"암것도 없는데!"

창고 안에서 마루판자를 뜯어내던 엄석호가 그리 외쳤다. 다른 사람들은 창고 밖에서 물건들을 정리하는 차다. 엄석호가 뜯어낸 마루 판을 받아 밖으로 내놓던 홍남선이 대꾸한다.

"없다니, 뭐가?"

엄석호가 남은 판자를 마구잡이로 뜯어내며 소리친다.

"봐, 없잖아. 상자가 없다고. 하나도. 다들 들어와 봐요!"

창고 안으로 들어가지 않아도 다 보인다. 위 마루판을 다 들어내 고 아래쪽 마루판들을 반쯤 들어낸 창고 안쪽에 드러난 네모난 구덩 이. 원래라면 상자 여덟 개와 모래로 꽉 채워져 있어야 할 곳에 모래 만 남아 있지 않은가. 홍남선이 당면한 상황을 이해하지 못하겠는지 문 앞에서 들여다보는 사람들을 향해 중얼거린다.

"우리가 상자를 다른 데 뒀었나?"

"뭔 소리야, 그때 마루판을 맞춘 게 난데. 멍석은 자네가 덮었잖 아."

"그런데 왜 없냐고. 혹시 누가 옮겼나?"

엄석호와 홍남선의 눈길이 문 앞에서 들여다보고 있는 여섯 사람 한테 쏠린다. 여섯 사람들도 이해하지 못한 눈길로 서로를 쳐다본 다. 고인호가 어지러운 창고 안으로 들어가 들여다보고도 믿지 못하 겠다는 듯 목곽 안으로 들어가 한 발로 꾹꾹 모래를 눌러 본다.

"이 목곽 안에는 모래만 남았고 모래 밑은 확실하게 흙바닥이야. 못 믿겠으면 다들 들어와 밟아 봐."

박두석이 안으로 들어간다. 구덩이 가장이를 두른 판자를 거칠게 떼어 내고 그쪽으로부터 연결된 바닥 판자도 와자작 일으켜 세운다. 엄석호와 홍남선이 거들어 목곽의 판자들을 다 걷어냈다. 남은 건 모래와 흙뿐이다. 무기를 제대로 숨길 때 마루 밑을 네모나게 팠고

습기를 방지하기 위해 모래를 붓고 그 위에 목곽을 만들었다. 목곽 안에도 모래를 깔고 여덟 개의 무기 상자를 넣었고 상자 사이에 모래를 채웠다. 그 위에 마루를 이중으로 깔고 멍석을 덮고 낡은 뒤주며 궤짝들을 놓아 봉인하듯 무기를 숨겼다. 작년 섣달에 나붙은 포고문 때문이었다. 포고문이 매월 초하루마다 나붙으므로 그 삼엄함이 다달이 새로웠다. 명화당원들은 지난 칠 개월 동안 무기에 손을 대지 않았다. 그저 가끔 한 번씩 창고 안으로 들어가 바닥을 꾹꾹 밟아 보고 나온 게 다였다.

세 사람이 창고 밖으로 나와 흙모래와 먼지를 털고 땀을 닦아대고는 대청으로 올라간다. 창고 앞에 있던 사람들이 앞서거니 뒤서거니 대청으로 옮겨간다. 칠월 스무사흘 날, 쨍쨍한 늦여름 햇발이 섬돌까지 올라왔다. 느닷없이 주먹을 얻어맞은 것 같은 충격에 다들 말을 잃고 숨소리만 낸다.

이건 김문주의 흉계다!

정치석은 김문주를 노려보다 시선을 느낀 그가 돌아보는 순간 눈길을 마당으로 옮긴다. 패거리로 뭉치기 전에도 제가 우두머리인 양 굴던 그였다. 명화단을 만든 뒤로는 말할 것도 없었다. 정치석을 비롯한 엄석호, 한부루, 연진용 등이 이탈하려는 조짐을 느끼고 그걸 막기 위해 이런 상황을 만든 게 분명했다.

정치석이 단에서 이탈하고 싶은 건 사실이다. 명화단 같은 건 들어 본 적 없고 김강하를 죽인 적도 없는 그전 어느 때로 돌아갈 수 있다면 얼마나 좋으랴. 지난 일, 이미 해버린 짓을 돌이킬 수 없으므로 단원 시늉이나 하며 지내자 생각했다. 몇 달간 그리 지내왔다. 함께 단을 떠나자거나 깨자고 누구를 부추기지도 않았다.

"어떻게 된 거예요?"

엄석호가 누구에게랄 것 없이 추궁하는 어조로 입을 열었다. 고인호가 받는다.

"어떻게 된 일인지 아는 사람이 우리 중에 있다는 거야?"

"우리 중에 없으면 쥐가 물어 갔으리까?"

"쥐나 새가 물어갔다는 게 낫지, 우리 중에 그걸 파낸 사람이 있다는 게 이상하잖아?"

"외부의 손을 탔다면 우리가 이렇게 멀쩡할 리 없잖소? 벌써 의금부나 포도청이 우리를 잡아갔겠지! 외부의 그 손이, 우리를 관에 발고하지 않고 상자만 들어내 갔다고 해도 그처럼 감쪽같이 해놓고 갔을 리 없잖아. 어차피 우리는 도둑맞았다고 신고할 수도 없는데 훔쳐간 흔적을 이처럼 감쪽같이 지울 필요도 없고."

엄석호가 박두석에게 묻는다.

"아까 자네가 마루판 들어낼 때 무슨 이상한 기색은 못 느꼈나?"

"마루판 뜯기 전 물건들 들어낼 때 다 같이 살폈잖소. 다른 사람들은 어땠는지 몰라도 나는 작년 섣달에 묻을 때와 다른 점을 느끼지 못했소. 그때 묻으면서 우리가 이걸 언제 파낼지 모르지만 파낼 때 고생깨나 하겠다고 구시렁거렸던 거나 생각했을까?"

"오늘말고 최근에 창고에 들어간 사람이 누구지?"

고인호의 질문에 홍남선이 고개를 갸웃하며 나선다.

"나 같은데요. 내가 그저께 밤에 들렀어요. 들를 때마다 그렇듯이 캄캄한 창고로 들어가서 통통 밟아 보고 나왔죠."

팥골 두동재의 서자인 홍남선의 집은 지난달까지는 팥골에서 가까운 대골에 있었다. 지금은 두동재에 산다. 부친이 쓰러지면서 그 부인인 하선당이 대골에 있던 두 집을 몇 달에 걸쳐 정리해 버렸다. 영영 돌아오지 않는 남수와 남경이 모친과 살던 집. 남준과 남선이 모친과 살던 집. 천여 냥씩에 팔려 버린 두 집의 식구가 스물한 명이나 됐다. 부실의 집이긴 할지라도 따로 살 때는 예사로운 집이고 식구들이었다. 본가로 들어간 식구들은 사노비와 다름없어졌다. 하선당이 부실들의 집을 정리한 까닭은 돈보다 일손들을 불러들인 것이었다.

이복형인 남수가 사라진 이후 사 년여간 동복형인 남준이 봉황부의 공금을 이만오천 냥이 넘게 횡령했고, 사령을 시해하려고 대회합 전날 사령의 별저를 쳤다고 했다. 그로 인해 남준은 오른쪽 어깨와 손이 부서진 반병신이 됐고 부친은 부령에서 떨려나며 빚더미에 올라앉았다. 본가의 모든 것을 다 처분해도 갚기 어려운 빚이었다. 하선당은 식구들을 죄 모아 놓고 올해 안에 빚을 다 갚지 못하면 두동재를 팔고 하속들도 팔아치우고 성저로 이사할 것이라고 선언했다. 하속들을 팔겠다는 건 두 부실의 식구들을 하속처럼 부리겠다는 뜻이었다.

삼만 냥 가까운 빚을 올해 안에 무슨 수로 갚을지 지난 넉 달여 동안 남선은 갖은 궁리를 다 했다. 자신의 처와 자식 둘과 어머니만 모시고 도망을 칠까 싶기도 했다. 권전거리에서 철권으로 통하는 주먹이므로 출전하면 몇 냥씩은 번다. 처자식과 어머니는 부양할 만했다. 하지만, 도성에 있어야 금위대에서 녹봉 받고 주먹질로 가욋돈이라도 버는데 어디로 도망친단 말인가. 그 때문에 밤에 집이 갑갑하고 잠이 오지 않을 때면 회당으로 와서 뜰을 바장이는 버릇이 생겼다. 혼자 무기를 파낼 생각은 못했다. 두동재 일가가 속한 큰 조직이 만단사라면 남선이 속한 작은 조직은 명화단이었다. 크건 작건 조직은 같았다. 조직의 규칙을 위반하거나 위해할 때는 반드시 책임이 따랐다. 죽음! 부친이 빚을 갚아야 하는 이유는 살기 위해서이고 남선이 홀로 무기에 손댈 수 없는 까닭도 죽기 싫기 때문이었다.

홍남선의 말에 박두석이 손사래를 친다.

"나는 어제 오후 번 들어 등청하는 길에, 여기 와서 한 식경이나 있다가 갔어. 나도 혼자 올 때는 먼저 창고를 들여다보는 버릇이 있기 때문에 들여다봤고."

정치석은 가만있다간 자신에게 혐의가 돌아올 것 같아 선제공격하듯 나선다.

"최근 며칠 사이는 아닌 게 분명해. 아까 우리가 창고를 열었을 때 아무도 새삼스러운 느낌을 받지 않았잖아. 그 상태에 우리 모두가 익숙해졌을 만치 시간이 지났다고 봐야 하는 거지. 그렇지 않은가, 고인호?"

짐짓 이름을 불렀더니 고인호도 치고 나온다.

"맞아, 그렇지. 그렇다면 언제 사라졌는지는 알 수 없는 것이고, 엄석호 말대로 우리 중의 누구일 수밖에 없으니까, 그 누구는 당장 옮겨 놓은 까닭을 말합시다. 정 형이 파냈소?"

되치고 나오는 고인호가 같잖긴 해도 분명히 해둘 필요가 있으므로 정치석이 응대한다.

"나는 지난 삼월 초이틀에 자네 두들기고 난 뒤에 정내미가 떨어져서 혼자 여기 와 본 적 없어. 내 생각엔 인호 자네일 것 같은데?"

"나 아니오. 내가 그럴 여유나 있었나? 형들 아시다시피 우리 아버님이 오월에 쓰러지셨잖소. 집안이 정신없게 되어 어지러운 판에 내가 여기 와서 그걸 파냈겠소? 파냈다손 내 재주로 그 많은 걸 다 어디다 숨겨 놓았겠소?"

"딴은 그렇군."

정치석은 고인호의 설레발에 동조한다. 그의 부친 고억기가 쓰러진 건 지난 오월 이십일일. 하필이면 소전이 뒤주에서 꺼내진 지 일 년 되던 밤이었다. 집에서 잠자리에 들었던 고억기는 아침에야 혼수에 든 상태로 발견되었다. 자는 중에 맞은 풍이라 오히려 발견이 늦었고 회복 불가능한 상태에 빠져 버린 것이었다. 그로 인해 소전 사태에 가담했던 자들은 모두 소전의 저주를 받는다는 소문이 사실인 것처럼 되었다. 고억기 휘하인 좌위검관 민지완, 중위검관 국치근 일가 등에 생긴 온갖 병들과 죽음들까지 아울러 지난 몇 달 사이에 금위대가 뒤숭숭했다. 금위대 밖에서도 문 소의의 친정집이 떼 귀신에 휩싸이며 망조가 들었고, 홍남선의 본가인 두동재에도 불운이 끊이지 않았다.

김문주와 그 부친이 조심하게 된 까닭도 동궁을 싸고도는 대전보다 소전의 저주 운운하는 소문 때문일 수 있었다. 이 모든 일을 조장하고 주도한 김문주 일가가 아무 일도 당하지 않고 넘어가고 있는 것도 그 조심스런 처신 덕일지 모른다. 지금 김문주가 짐짓 구경꾼인 듯이 동료들의 말을 듣고만 있는 까닭이 무엇이랴. 어쩌면 김문주는 무기를 치워 버리는 것으로 지금까지 자신과 제 부친이 벌여 온 행각을 없었던 것으로 만들려 하는 것일 수도 있다. 만약 그렇다면 그 사특한 용의주도에 박수쳐 줄 만하다. 또한 김문주가 명화단을 해산하려는 의도로 무기를 숨겨 버린 것이라면 정치석으로서도 다행이다. 다시는 총 들고 나서지 않아도 될 것 아닌가. 더불어 이들과도 그만 만날 수 있다면.

잠잠하던 김문주가 마침내 입을 연다.

"다들 나를 의심하는 눈치인데 나도 아니네."

홍남선이 일동을 둘러보며 으름장 놓듯 외친다.

"그럼 대체 누가 우리 창고를 털어갔단 게요?"

"내가 아닌 걸 자네들이 믿지 않을 것이듯, 누가 발뺌해도 나머지 사람들은 믿지 못하게 된 상황인데, 분명한 건 외부의 손을 탄 건 아니라는 사실뿐이겠지. 외부에서 들어와 그것들을 그리 감쪽같이 가져갈 수 없으니까. 그러므로 지금 우리가 생각해야 할 것은 누구인지를 어떻게 가려내느냐, 그 점이 아닐까 싶구먼."

또 무슨 흉계를 내놓으려는 게 분명한 김문주의 말을 홍남선이 달랑 받는다.

"어떻게 하자는 거요?"

"각자 자신이 범인 아니라는 걸 증명해야지. 그것도 당장."

"그러니까 어떻게요?"

"다시 태령전 무기고에 손을 대는 거지. 총과 탄알을 들고 나와서 한번 같이 움직이는 거야. 작금에 그게 얼마나 위태로운 짓인지 우리 모두 잘 아는바 그 위태로운 일을 함께 함으로써 자신을 증명해 보자는 거지. 혹시 빠지겠다고 나서는 사람이 있으면 그가 무기를 빼내간 범인으로 간주하는 거고."

사특한 놈이 생각해 낸 방법답게 무시무시하다. 옴짝달싹도 못할 말이 아닌가. 정치석은 김문주를 외면하며 속으로 치를 떤다.

"다 같이 참여하면 범인이 누군지 모르게 되는 건 같지 않소?"

"범인은 같이 한다고 나서지 못할걸? 무기를 팔아먹자고 빼간 건 아닐 테고, 총질이 무서워서 무기를 빼내다 깊숙이 파묻어 버린 것일 텐데, 나설 수 있겠어? 무슨 핑계로라도 빠지려 들겠지. 나중에 하자고 나오거나."

고인호가 "잠깐 잠깐." 소리치며 나선다.

"김형이 그렇게 말하면 내가 범인 같잖아. 난 범인이 아니지만 당장은 못해. 아니 한가위 전까지는 못해. 왜냐면 우리 아버님 환후 드신 뒤에 우리 어머니가 무녀를 찾아가셨는데, 무녀가 그랬대. 아버님은 원래대로 돌아오기 힘들 거라면서 아버님과 생월이 같은 아들이나 아무 일도 벌이지 않게 조심시키라고. 금년 생일 지나갈 때까지. 우리 아버님은 팔월 초닷새에 나셨고 나는 팔월 열나흘이 생일이란 말야. 생일 지날 때까지는 위험한 일을 하면 안 된다고."

"어떤 무녀가 그런 소릴 했는데! 자네 자당께서 찾아가신 무녀도 반야원의 칠지라는 계집이야? 온몸에 요상한 걸 뒤집어쓴 채 점사본다는?"

"아니야, 우리 어머니는 도성 안의 일들을 잘 모르는 파주까지 가서 백발이 성성한 늙은 무녀를 만나 점을 보셨대. 우리 어머니가 누군지 절대 모르는 늙은 무녀가, 아버님 사주를 듣자마자 심각하시구면, 하면서 부군은 어쩔 수 없으실 것 같고 부군과 생월이 같은 아들이나 조심시키시라, 그랬다 하더라고."

"아버님도 귀신의 작용으로 쓰러지신 거라 했대?"

"그건 모르겠다고 했대. 그렇지만 아버지와 내 사주에 올해가 아주 위험한 일을 겪을 것으로 나온대. 내가 위험하면, 여기 있는 우리가 같이 위험한 거잖아? 그러니까 무슨 일이든지 추석 뒤에 하자고."

고인호의 말을 박두석이 받는다.

"그 비슷한 소리 나도 들었소. 내 내자가 친정에 갔다가 장모하고

같이 새남터 무녀를 찾아갔는데 무녀가, 올해 조심해야 한다고 했답
디다. 무시무시한 혼령이 나를 따라다닌다고. 무슨 혼령이냐고 내
장모가 물었더니 무녀가 말하길, 내가 해를 끼쳐서 죽게 만든 이의
혼령인 것 같다고 하더랍니다. 그게 누구겠소?"

김문주가 낮은 어조로 묻는다.

"우리가 한 일이 위험한 적 있나? 생각들을 해보지 그래! 우리 생
을 통틀어 그보다 쉬운 게 있었는지."

정치석은 그 모든 일이 너무 쉬웠던 게 꺼림칙하고 불안했다. 무
기고의 총기를 빼냈다가 되돌려 놓거나, 김강하를 쏘거나, 몇 차례
의 강도 행각이나. 그 모든 일이 너무 쉬웠다. 아무리 금위대장과 간
부들의 암묵적인 비호가 있었다 하더라도 아무 일도 없었던 듯이 지
나간다는 게 석연치 않았다. 특히 김강하의 본가인 평양 유상이 어
떤 움직임도 보이지 않는다는 게 이상했다. 구멍이 숭숭 뚫린 아들
의 주검을 고요히 거두어 가고 그만이다? 그만한 재력을 가진 집안
에서? 재력이 곧 무력임을 누구나 아는데 그럴 리는 없지 않은가.
자중해야 할 때였다. 박두석이 격앙돼 나선다.

"작년엔 뭐든 쉬웠으나 올해는 위험할 수 있다는 거 아니오. 고억
기 좌군장 나리며 민지완 좌검관, 국치근 중검관 등이 금위대서 물러
났고 그 자리에 들어온 나리들은 우리를 봐주지 않잖소. 우리가 다시
무기고에서 총을 빼낸다면 그것을 모르고 지나갈 리 없어요. 알게 된
순간 금위대를 뒤집어 놓을 거고요. 게다가 부원군께서 금위대에 아
니 계시기도 하잖소. 이왕 이리된 거 내년에나 생각합시다."

김문주가 비아냥거리는 표정으로 내뱉는다.

"우리 창고에 있던 무기들, 인호하고 두석이, 자네 둘이 빼돌린 게

로군!"

"뭐요?"

"무기를 빼돌리고 입도 다 맞춰 놓은 거 같잖아."

"무슨 그런 말씀을 하십니까?"

김문주가 짐짓 박두석을 몰아붙이는데 홍남선이 끼어들어 그런 것 같은데! 한다. 순간 나름 진지하던 판이 시끄러워진다. 네가 의심스러웠다느니 네가 더 수상했다느니. 설왕설래, 중구난방이 분기탱천으로 이어져 주먹다짐이 시작되려는 찰라 정치석이 소리친다.

"그만들 둬!"

삽시간에 소란이 가라앉는다.

"서로 의심하기보다 생각 좀 해봐야지. 만약 무기를 빼돌린 사람이 우리 중에 없다면? 그런 가정도 해봐야 하는 거 아니야? 사실 우리는 무기를 빼돌릴 필요가 없잖아! 무기를 숨기기에 여기보다 안전한 곳이 없다는 걸 우린 다 알고 있어. 작금에 무기를 팔아먹을 수도 없다는 사실도 잘 알아. 우린 같이 움직였던 탓에 따로 행동하는 것에 대한 두려움도 있어. 그런 전제로 무기가 없어진 게 우리 내부의 소행이 아니라면, 외부의 누군가가 우리의 일거수일투족을 다 꿰고 있다는 뜻이잖아! 우리가 때 없이 모여 이렇게 중구난방 설칠 게 아니라 한동안이라도 흩어져서 조용히 지내야 할 때가 아닌지, 생각해 봐야 하는 거 아니냐고!"

김문주가 낮은 듯 사납게 대꾸한다.

"그리 깊은 뜻을 가진 자네 생각에는 누가 우리를 주시하고 무기를 빼돌렸다는 건가?"

정치석은 김문주를 노려본다. 둘의 시선이 팽팽히 맞선다. 일촉즉

발의 긴장이 팽팽하다. 한부루가 깨고 나선다.

"지금 상황에서 엉뚱한 소리일 수 있는데, 내가 예전에 사신계라는 무시무시한 조직에 대해 들은 적이 있습니다. 아무도 그들을 모르는데 그들은 조선 천지에서 일어나는 일들을 모두 안다는 것이었어요. 특히 그들은 궐 주변에서 일어나는 일들을 예의 주시하면서 정세가 어찌 돌아가는지 살피다가 자신들이 원하는 방향으로 흘러가지 않을 때, 아무도 모르게 관여한다고 했어요."

한부루는 만단사령 보위부에 있을 때 사신계에 대한 말을 들었다. 당시 사령은 의혹을 가질 만한 사건은 사신계의 짓이라 단언하곤 했다. 지금 도저히 납득하기 어려운 일이 일어났으므로 사신계가 무기를 가져간 게 아닐까 싶다. 김문주와 정치석을 제외하곤 모두 만단사자인지라 그 둘을 제외한 사람들이 같이 고개를 끄덕인다. 홍남선이 끼어든다.

"나도 사신계 얘기 들은 적이 있소."

홍남선 집안에 큰 문제가 생겼듯이 한부루의 본가 개산정도 난리를 겪는 중이었다. 개산정 당주 한태루는 서른 명의 무사들을 데리고 산정평으로 사령을 치러 갔다가 윤홍집한테 사로잡혔다. 그 자리에서 죽어 마땅한 죄를 범한 것이었으나 사령은 네 부의 새 부령들에게 처결을 맡겼고 거북부령 황동재는 한태루와 그 휘하 무사들을 산정평에 모인 거북부 일이급 사자들 앞에 내놓았다. 사자들 앞에서 자신의 신상을 일일이 고하게 하고 만단사와 사령과 부령에게 용서를 구함과 동시에 충성을 맹세케 했다. 다시는 무기를 손에 들지 않겠다는 맹세도 시켰다. 그렇게 모두 살아난 셈이지만 개산정의 앞날은 불투명했다.

홍남선이 말을 잇는다.

"우리가 의문을 느끼는 일들, 가령, 김제교와 그 휘하들, 김형태와 그 휘하들, 옥구헌의 가병들이 사라진 것 같은, 오리무중의 일들에는 사신계가 관여하는 것일지도 모른다는 말이었어요. 소전 사태 밤에 일어난 것 같은, 때 실종 사건이 예전에도 여러 번 있었다고 합디다. 수십 명이 뼛조각 하나 남지 않게 완벽하게 사라져 버린 일이 가끔 있었다는 거예요. 그건 사신계가 정세를 바로잡기 위해 은밀히 움직인 것이라는 말이었어요. 그들이 실존하는 게 사실이라면 우리 무기를 귀신처럼 빼간 것도 그들이라고 가정해야 할지도 모릅니다. 거기서부터 생각을 해봐야 하는 거지요, 우리가."

한부루처럼 홍남선 또한 만단사에 대해 절대 침묵하겠노라는 맹세를 지키며 사는지라, 만단사를 거론하지는 않는다. 그러면서도 이해하기 어려운 현재 상황을 스스로 납득하려고 사신계를 끌어다 꿰맞춘다. 남선은 이복형 남수의 실종에 대해서도 사신계의 소행이 아닐까 생각한 적이 있었다. 하지만 홍남수는 만단사령을 찾아갔다가 돌아오지 않았다. 홍남수가 스스로 달아나 버린 게 아니라면 그는 상림에서 사령 측, 윤홍집에 의해 죽었다고 봐야 했다. 지금 남선이 사신계를 운운하는 건 억지이지만 만단사령을 의심할 수는 없으므로 들은 풍월을 읊는 것이다.

홍남선의 말을 듣던 김문주가 손을 휘두르며 대꾸한다.

"김제교는 내 매형이야. 나는 그를 통해 만단사라는 비밀 조직에 대해서도 들었어. 내 매형이 술에 취해 만단사에 대해 한 말이, 지금한 군이나 홍 군이 한 말과 똑같아. 오랜 역사를 지닌 거대 조직이니! 정세의 모든 걸 관장하느니! 그 세상에서는 원하는 대로 살아가기 쉽다느니! 죽은 게 분명한 내 매형이나 한 군, 홍 군 등이 지금 말하는 만단사니 사신계니 하는 조직이 실재한다고 쳐 보지! 그런 조직이 실재하여 왕실과 조정을 살피면서 저들 뜻대로 움직인다면 소전이 우리한테 그리 당할 때 방관만 한 까닭이 뭔데? 우리가 수백 장씩의 참서 벽서를 쓰고 붙일 때, 소전이 풀 무덤 속에서 죽어갈 때 모른 체하고 나서, 이제 와 어찌 이러는데? 소전을 그리 가게 둔 게 그들의 지향하는 바에 맞아 모른 체했다면, 이제 와 우리한테 이러는 까닭은 뭐고?"

한부루는 김제교가 술김에 처남 앞에서 만단사를 운운했다는 게 놀랍다. 김한구를 위시한 김문주 일가는 만단사에 들어 있지 않으므로 그들과 함께 온갖 일을 꾸미고 실행하면서도 다 같이 만단사에 대해 입을 다물어 왔다. 워낙 오래 입에 올리지 않고 지내는 터라 요즘 한부루는 자신이 만단사령을 모셨다는 사실조차 감감할 때가 많은데 김제교는 그 말을 소리 내어 하고 있었지 않은가. 사령께서 힘을 잃고 상림에 박혀 계신다고 여겨 조심성을 잃었던 것이다. 당시 사령보위대에 있던 자들 중 절반 이상이 금위대로 들어선 까닭도 구심점을 잃은 탓에 각부의 부령들이 사령에게서 등을 돌렸기 때문이었다. 이럴 일은 아니지 않나. 이래도 되는가. 한부루는 그게 내내 불안했다. 불안은 현실로 드러났다. 사령께서는 멀쩡히 나타나셨고 만단사는 사령을 중심으로 일신했다. 만단사에 들어 있는 누구도 두 번 다시는 사령한테 불충할 수 없게 됐다. 요즘 한부루는 사령이 다시 불러주지 않을까 간혹 생각하다가 고개를 젓곤 했다. 이미 불충을 저질렀는데 사령께서 돌아보실 까닭이 없지 않은가. 죽이지 않는 것만도 다행이었다.

연진용이 끼어든다.

"그들이 실재하든 아니하든, 우리 무기를 빼간 누군가가 있는 건 사실이고, 그 누군가가 우리 중에 있지 않다면, 정 군관 나리 말처럼 우리가 모르는 그 어떤 세력이 존재하면서 우리를 톺아보고 있다고 생각해야 하는 게 아닐까요?"

김문주가 손사래 치며 나섰다.

"사신계니 만단사니, 우리가 모르는 것들을 떠들어 봐야 끝이 없을 테고, 거수로 결정하지! 날은 따로 잡아야 하겠지만 일단, 무기고에서 총을 빼내 와서 그 총을 쓰자는 데 찬성하는 사람은 손을 들자고. 반대가 많을 경우 올해는 아무 일도 벌이지 않기로 하고. 여덟이니 반반이 나올 경우 다시 거수하고, 또 반반이 나올 경우 한 번 더 해서, 그때도 결정 못하면, 우리가 모여 있을 필요가 없는 것이니 단을 해체하고 흩어지자고. 어떤가?"

다들 수긍하자 김문주가 박수 세 번을 쳐서 주의를 모은 다음 입을 연다.

"일을 치자는 것에 반대하는 사람, 손을 들게."

찬성하는 것에 손을 들기와 반대하는 것에 손을 들기는 손의 무게가 다른 법이다. 아무리 사소한 것일지라도 찬성 쪽은 쉽지만 반대할 때는 용기가 필요하다. 결정이 나지 않을 제 단을 해체하자는 배수진까지 쳐 놓고 반대하는 사람 손들라는 김문주의 말은 사악하고 간교하다. 내 저놈과 다시 아니 볼 수 있다면 좀 좋으리. 정치석은 손을 들어올린다. 고인호가 고개를 흔들며 손을 든다. 박두석이 손을 든다. 더는 드는 사람이 없는 걸 확인한 김문주가 선언한다.

"오 대 삼!"

당장 총을 훔치고 일을 치자는 김문주의 주장은 가결되었다. 단이 해체된다는 두려움과 함께 움직일 때 느꼈던 아슬아슬한 쾌감과 더불어 당시에 갖게 된 돈에 대한 미련을 버릴 수 없는 것이다. 각기 받는 녹봉이라야 딱 굶어죽지 않을 만큼인데 작년 네 차례의 행각을 통해 취했던 몇백 냥씩의 돈은 보통 관헌으로 사는 동안은 생길 수 없는 거금이었다. 금단의 영역으로 들어가 단맛을 봤던 입장에서 절대 포기할 수 없는 단맛인 것이다. 김문주는 그걸 알므로 또다시 당원들을 향해 덫을 놓았고 성공했다. 김문주가 짐짓 낯을 굳히며 짝짝 박수를 친다.

　"이렇게 됐으니 오늘은 창고를 덮어 놓고 헤어지자고. 다음 달 모임 때까지 각자 최선을 다해, 지난 몇 달 사이에 이 근동에서 수상한 기척이 있었는지 알아보는 거야. 무기가 여덟 상자나 돼서 누구도 혼자서는 어떻게 할 수 있는 게 아니므로 반드시 무슨 낌새가 있기는 했을 터. 우리가 놓쳤던 그걸 알아보자고."

　"그리하는 게 좋겠소."

　고인호는 일을 치는 것에 반대했음에도 상황이 변하니 금세 동조한다. 모두들 고개를 주억인다. 엄석호가 마루판이나 맞춰 둬야겠다고 먼저 일어나려는 순간 정치석은 잠깐, 하며 나선다.

　"우리가 무기를 묻은 지 여덟 달이나 지났어. 여덟 달 사이 언제 무기가 사라졌는지 우리는 모르지. 무기가 사라진 까닭을 찾기는 불가능하다는 거야. 하지만 누군가 이 집을 알고 있어. 우리 중에는 무기를 꺼낸 사람이 없으니까. 그렇다면 이 집을 비워야 맞지 않아?"

　"그건 그렇네."

　엄석호가 대답하고는 주저앉는다. 다들 이제야 그 생각이 난 듯 고개를 끄덕인다. 김문주가 입을 연다.

"집을 내놓는다고 당장 팔리리라는 보장은 없잖아. 다음 달 모임이 열흘밖에 남지 않았으니 다음 달 모임까지는 여기서 하기로 하고, 그사이에 집을 내놓자고. 팔리면 그걸로 무기를 구입하기로 하고, 팔리지 않으면 이대로 둔 채 회당을 다른 곳에 마련해야지. 장동에 비어 있는 우리 별저 한 채가 있는데 내가 들어가게 될 것 같기도 해. 집은 넓고 식구는 적을 것이니 우선 그쪽을 써도 좋을 거야. 어쨌든 이 집이 팔리지 않는다면 태령전 무기고에 다시 들어갈 수밖에 없는데, 언제가 좋겠는지, 언제, 어디서 일을 칠 것인지 등을 궁리해 보기로 하자고. 금위대 무기고의 열쇠는 작년에 만들어 둔 게 있으니 그 문제는 해결됐고. 이왕 하기로 한 거 한 번에 여러 가지를 해결할 수 있게끔 크게 하는 게 낫겠잖아?"

앞서 했던 일이 쉬웠다고 다시 하려는 일이 쉬우리라는 보장은 없다. 더구나 그때와는 상황이 다르다. 무기고에 들어가기가 쉽지 않게 됐거니와 총기 소지가 어렵고 누군가 이 집이며 명화단의 정체를 알고 있다. 다들 한탕만 더 하고 나서 아주 숨자는 생각인지는 모르지만 한 번으로 그칠 리 없다. 또한 세상은 호락호락하지 않다. 홍남수가 영영 돌아오지 않고, 김제교며 김형태, 옥구헌 가병들이 흔적 없이 사라진 사실에 대해 주목해야 한다. 명화단은 아무 짓 벌인 적이 없는 것처럼, 더는 아무 짓도 하지 않고 죽은 듯이 지내야 한다. 아니 아예 해체하고 사라져야 맞다. 그러므로 이들을 뜯어말려야 하는데 정치석은 입을 열기 싫다. 뭐라고 해도 먹힐 상황도 아니지 않는가. 통신사단에 끼어서 도성을 떠났어야 했는데 못 떠나고 지금 이 자리에 있는 게 어지러울 뿐이다.

그 사랑 금지

성로는 이틀 걸러 학당에 갔다. 진시 초면 데리러 오는 사람이 대
문 앞에 당도했다. 유시 경에는 집으로 돌아왔다. 그날 성로의 귀가
때 온양댁 새임은 천아네며 국이네 등과 바깥마당에 널린 올벼 나락
을 걷느라 정신없었다. 한가위 지나면서 가을걷이가 본격화된지라
안팎식구가 날마다 바쁜 즈음이었다. 다녀왔다고 큰소리로 인사한
성로가 새임에게 쑥 다가들었다. 새임이 가마니를 뉘어 놓고 나락을
퍼담고 있는데 다가든 성로가 가마니를 잡아 주며 속삭였다.

"아주머니, 저녁 잡숫고 술시 초에 대문 앞에 나와 계시래요."

덩달아 새임도 속삭여 물었다.

"누가요, 아기씨?"

"심경 씨가 그러던데요."

그 한 마디면 알아들으리라 여겼는지 성로가 손 툭툭 털고 일어나
대문 안으로 들어갔다. 새임도 알아듣긴 했다. 하늘 아래 사는 사람
중에 새임이 아는 심경은 단 한 명이었다. 그 아이가 어떻게, 어찌하

여 나를 찾는가. 물어볼 사람이 없었다. 서둘러 저녁 일과를 마치고 나선 대문 앞에 젊은 남정 둘이 기다리고 있었다. 그들을 따라 한 식경 넘게 걸어 남부 예관골 숲속에 있는 자그만 집에 닿았다. 사방에 걸린 등불로 집 안이 환했다.

방안은 그림 천지였다. 방 아랫목 시렁에 걸린 막대기들에 광목이 일정하게 늘어졌는데 장장이 다 사람 얼굴이었다. 출입문을 제외한 두 벽의 횃대에도 사람 얼굴 그림이 몇 장씩 포개 있었다. 감물 들인 무명 바지에 긴 저고리를 입고 짧은 머리를 댕기로 묶은 처자. 새삼 눈여겨보고 말 것도 없이 도솔사에서 봤던 그 아이였다. 도솔사에서 아이가 신기할 만큼 제 언니를 닮았다고 여겼는데 몇 살 더 먹자 스무 살 시절의 별님이기나 한 듯이 비슷했다.

"우리 예전에 도솔사에서 만났지요, 아주머니?"

"그, 그렇네. 오랜만이네."

아들을 나리라고 부르며 사는 처지라 애매한 말투가 됐는데 하고 보니 잘못한 것 같았다. 도솔사에서 높은 품계를 알아봤거니와 이제 호위를 여섯이나 거느렸지 않은가. 심경이 흰 가죽 수갑 낀 손으로 방석을 가리켰다. 사방에 그림이 주렁주렁 늘어진 방 가운데 방석 두 장이 마주했고 가운데에 다과상이 놓여 있었다. 새임이 앉으니 맞은편에 앉은 심경이 수갑 낀 손으로 다관을 기울여 차를 따라놓고 입을 열었다.

"뵙자고 청해서 놀라셨을 겁니다."

"놀랐소. 경이아기가 어찌 나를?"

심경이 웃었다. 경이아기라는 호칭 때문인 것 같은데 새임으로서는 저절로 나왔다.

"경이아기라는 호칭은 처음 듣는 것 같은데, 좋네요."

"여기가 아기, 자네 집인가? 아기는 화공이고?"

"그런 셈입니다. 저는 석달째 광목에다 천신도를 그리는 중입니다. 천신도天神圖이자 천신도千神圖죠. 일천 분의 신을 다 그릴지는 아직 알 수 없으나 그만두고 싶을 때까지는 계속 그려볼 계획입니다. 그래서 방이 좀 어지러우니 양해하십시오."

"무슨! 아기가 날 어찌 오라 한 겐가?"

"제가 아기라 불리기에는 나이가 들었고 살아온 과정도 그 호칭으로 불릴 수는 없게 된 처지라 정리를 하겠습니다. 저는 열여섯 살 정월에, 그러니까 아주머니와 만났던 그즈음 도솔사에서 몇 달을 지내고 나온 직후에 혼인을 했습니다. 제 지아비는 세자익위사 관헌을 지낸 김강하인데 그는 아주머니께서도 잘 아시는 강수입니다."

제 서방이 강수라고 말하는 심경의 얼굴엔 웃음기가 없었다. 그 때문에 새임은 아무 말도 하지 못했다.

"강수, 김강하는 작년 여름 소전 사태 즈음에 죽었습니다. 그날 별님께서도 하세하셨지요."

심경이 무슨 말을 하는지 새임은 이해하기 어려웠다. 별님은 이제 마흔 살이나 됐을 거고 강수는 서른 살도 못 됐다. 그들이 세상에 없다니. 어떻게 된 일이냐고 되물을 수도 없었다. 심경이 너무 담담해서였다. 무두질 잘 된 가죽처럼 상실의 망극을 두른 것 같았다. 그 방에 걸린 천신도들이 심경의 피어린 속내인 듯해 새임의 속이 먹먹하기만 했다.

"그래서 현재 이 하늘 아래에서 저와 가장 가까운 사람은, 저와 쌍둥이 남매처럼 자란 이극영, 아주머니의 아들 한본입니다."

오래오래 전 눈 내리던 밤 미타원에 젖먹이 한본을 버리고 국빈의 부친을 따라 집을 나섰다. 그 때문에 심경과 한본은 미타원의 어머니 품에서 쌍둥이처럼 컸고 도고관아에서 벌어진 참극으로 인해 별님 반야를 생모로 알고 자랐다.

　"아주머니께 극영 외에 다른 아드님이 있다는 걸 압니다."

　미타원을 나온 일 년 뒤 새임은 국빈을 낳아 구경당에 주고 국빈의 부친과 함께 도성으로 왔다. 두 아들을 다 버렸다. 후회했던가. 나 같은 어미보다는 미타원의 어머니와 구경당이 더 잘 키울 것이라 여겼으므로 후회하지 않았다. 때때로 마음은 아팠다. 두 아들이 사신계와 만단사로 갈려 자라는 것을 알게 된 순간에는 두려움에 떨었다. 그럼에도 둘 다 낳은 어미와 무관하게 잘 자라고 있음을 알게 되면서 스스로 복 많은 아낙이라 여겼다. 극영은 오는 정월에 아이를 낳을 것이고 국빈도 혼인했을 터이니 오래지 않아 아이를 갖게 될 것이다. 자식을 두 번이나 버리고도 벌 대신 이처럼 복을 받아도 되는가, 걱정스러울 정도였다.

　"오늘 밤 자네가 나를 부른 이유는 그 때문인가? 내 작은 아들이 만단사라서?"

　"아닙니다. 만단사에 대해서는 우리가 살피고 있고 아주머니의 작은 아드님에 대해서도 그렇습니다. 작은 아드님 김국빈은 성균관에서 오는 시월의 증광시를 대비해서 공부에 매진하고 있지요."

　"그러면?"

　"극영 때문입니다."

　"그 사람이 왜?"

　새임이 보기에 극영의 일상은 여일한 편이었다. 아침에 등청하고 저녁에 퇴청하고, 퇴청하면 저녁 먹고 영로와 성로를 불러들여 낮에 한 공부 읊어 보게 하고 그 내용에 관해 셋이서 설왕설래 토론했다. 새임은 가끔 엿듣곤 했지만 엿들은 말의 내용을 잘 알아듣지 못했다. 그들이 책에 관해 나누는 대화는 천자문 겨우 익힌 정도로 알아들을 수 있는 말들이 아니기 때문이었다. 그저 그들의 말투를 즐겨 들었다. 성로의 말투는 구슬이 굴러다니는 것 같았다. 영로는 연못에 떨어지는 빗방울 같았다. 극영은 우물이 넘쳐흐르는 것 같은 소리를 냈다.

"제가 몇 달 전부터 극영의 꿈을 꾸는데 편하지 않아 보입니다. 하여 성로한테 몇 번이나 시켰습니다. 나한테 좀 다녀가라고 네 삼촌한테 말하라고요. 극영은 제게 오지 않습니다. 매번 짬나면 가겠다, 그러기만 하지요. 그건 결국 나를 못 보겠다는 것이고 나를 못 볼 무슨 짓인지 벌이고 있다는 뜻일 테고요."

"세상 다시없는 누이 말을, 그 사람이 어찌?"

"그래서 제가 그 사람한테 문제가 생긴 거라고 생각하게 됐고, 그 때문에 아주머니를 뵙자고 한 겁니다. 얼마 전에 제가 성로한테, 요새 우륵재에 무슨 문서 같은 게 들어오냐고 물었더니 아이가, 가끔 〈이극영 문학 친전〉이라고 정음체로 적힌 편지가 온다고 하더군요. 중년의 글월비자가 가져다 놓는다고요. 맞습니까?"

"내 소관이 아니라서 그것까지는 모르겠네. 사랑채 청소는 천아하고 영이가 하고, 글월비자인지 누군지 모르는 여인이 편지를 전해 주고 가면 아무나 받아서 사랑채 서방님 방의 서안 위에 놓아두지. 그, 그게 무슨 불온한 것인가?"

"극영이 무슨 모의를 할 리 없고, 모의를 편지로 할 리도 없지요.

스스로 글공부하고 제가 한 공부를 동궁한테 가르치는 게 일인 시강원 문학이 일에 관한 편지를 받거나, 벗들끼리 발신인 없는 편지를 보낼 까닭도 없고요. 그렇다면 외간 여인의 편지를 받고 있는 것이다, 제가 그리 생각하게 됐습니다. 몰래 그 짓 하느라고 누이가 오라는 말을 귓등으로도 아니 듣고 무시하고 있는 거라고요."

극영의 처는 수태한 지 다섯 달째였다. 내년 정월에 출산할 터. 심경이 하는 말에 따르면 다섯 달 뒤에 아이 아비가 될 극영이 딴짓을 하고 있다는 건데, 새임은 도리질을 했다.

"그 사람이 딴짓을 할 리 없네. 얼마나 착실한데. 내외간 금슬도 다시없고. 뭣보다 그런 짓을 할 시간이 없어. 날 새면 등청해서 날 지면 집에 돌아와 식구들하고 지내는데? 조카들한테 공부 가르치면서?"

"그런데도 심상치 않아서 제가 아주머니를 청한 겁니다. 이제부터 극영에게 편지가 들어오면 제게 가져다주십시오."

"날더러 그 사람 편지를 훔치라고?"

"편지 보내는 사람이 누군지 제가 알아야겠습니다. 그 사람을 위한 일입니다. 아주머니와 저를 위한 일이고요."

"그리 핑계대고 편지를 훔쳐 자네한테 가져온다 쳐도 봉서를 무슨 수로 읽게?"

"그건 제가 요령껏 할 것입니다. 읽고 나서 감쪽같이 제자리에 돌려놓는 일은 아주머니가 하셔야 하고요."

"그러다 그 사람이 눈치채면 나는 어찌하나?"

"눈치채이지 않게 해야지요. 혹시라도 들켰을 때는 제가 억지로 시켜 한 일이라고 말씀하십시오."

심경의 어투며 몸짓에 거스를 수 없는 자신감과 권위가 깃들어 있었다. 아들이며 상전인 극영의 편지를 훔치다 들켰을 경우의 민망함과 곤혹은 나중 일이거니와 들키지 않을 것 같은 믿음이 생겼다. 편지를 어디로 가져가면 되느냐 물었더니 심경이 여기 은월당으로 오면 되리라 했다.

심경에게 불려갔다 온 지 열흘 만인 오늘 편지가 들어왔다. 식구들이 죄 안암골 논에 가고 집에는 아이들과 새임과 천아네 할멈만 있었다. 성로아기는 학당에 갔고 아씨와 영로아기는 각자 처소에 있던 때였다. 글월비자로 다니는 중늙은 아낙이 대문간에서 새임에게 편지를 건네주며 말했다.

"이극영 나리께 기별지요."

새임은 그 편지를 받아 품에 넣고는 아씨한테 저자에 좀 나갔다 오겠노라 아뢰고는 은월당으로 왔다. 은월당 주변 숲에 단풍이 짙어졌다.

"편지가 왔습니까?"

심경은 지난번 봤을 때처럼 의례적인 인사 없이 곧장 본론을 꺼낸다. 새임이 품에서 편지를 꺼내 내민다. 곁에 있던 시좌가 받더니 봉투를 이모저모 뜯어보곤 입을 연다.

"속 봉투가 따로 있는 것 같습니다. 촛농으로 봉인된 게 아니라 쌀풀로 붙인 것 같고요. 쌀풀로 봉한 봉투는 흔적 없이 뜯을 수 없습니다."

"봉투와 비슷한 종이가 우리한테도 있지요?"

"똑같지는 않아도 비슷한 게 있습니다. 어차피 어떤 종이도 똑같지는 않지요."

"허면 봉투를 새로 만들어 주세요. 이극영 친전이라 쓴 글씨체는 제가 흡사하게 그릴 수 있을 겁니다. 그냥 뜯으세요."

시좌가 종이칼을 꺼내더니 봉투의 아래쪽을 쓱쓱 베어 낸다. 겉봉투보다 약간 작은 속봉투가 나온다. 속봉투도 봉해져 있다. 시좌가 속봉투의 아래쪽 가장이도 서슴없이 자른다. 편지를 꺼내 펼쳐 손다림질을 하더니 심경에게 내민다. 두 손에 수갑을 낀 심경이 편지지를 읽는다. 한참을 읽고 또 읽는다. 얼굴의 핏기가 점차 가신다. 대체 무슨 내용이기에? 백랍처럼 질린 심경의 얼굴 때문에 새임의 몸이 떨린다. 무슨 내용인데 그러냐고 묻지 못한다. 시좌가 조심스레 묻는다.

"아씨, 소인이 읽어 봐도 되오리까?"

심경이 편지지를 내민다. 시좌가 받아서 읽더니 얼굴이 굳는다. 또 읽고는 새임을 쳐다본다. 당혹스런 눈빛이다. 새임이 창망 중에 손을 내밀자 시좌가 제 상전을 쳐다보고 심경이 고개를 끄덕이자 건네준다.

오후에 후원 숲을 느리게 걸었습니다. 늘 그렇듯이 뜻하지 않은 우연이 생기기를 바라며 낙엽이 내리는 걸 한참씩 쳐다보기도 했지요. 숲에 모든 것이 다 있는데 단 하나 그대가 없어 아무것도 없다는 걸 새삼 느꼈습니다. 결국 오늘도 우연은 생기지 않았고 오색 이파리가 난분분 날리는 가을을 만났지요. 또 하루가 저물었습니다. 가을 밤비가 내리신다 하기에 잠시 나가 보려 하였더니 팔방의 문지기들이 막더이다. 포기하고 자리에 누웠다가 북받쳐 다시 일어났습니다. 문 하나를 열면 달이 보이고 별이 보이는 방을 생각합니다. 열린 문가에 앉아 밤하늘

에 뜬 달과 별을 쳐다보며 그대를 그리는 나를 상상합니다. 한번이라
도 그런 날이 있을는지요. 아홉 겹의 문으로 둘러싸인 이 방에서는 달
도 별도 보기 어렵습니다. 달도 별도 보기 어려운지라 그대 향한 그리
움은 더욱 깊어갑니다. 그대 향한 그리움이 나의 숨결입니다. 그대 계
시어 내가 숨을 쉽니다. 머지않아 이 방을 잠시 나갈 수 있을 것 같습
니다. 그게 언제일지 정해지면 알려드리겠습니다. 이제 잠들 수 있을
듯합니다. 꿈에서는 부디 그대와 조우할 수 있기를 바랍니다.

받는 사람이 누군지, 쓴 사람이 누군지도 알 수 없는 편지다. 후원
을 거느린 집의 아홉 겹 문 안에서 정인 향한 그리움에 애끓는 여인
이 쓴 것은 알겠다. 상대가 극영이니, 극영이 딴짓하고 있는 게 사실
이었다. 겨우 스무 살에 어느새 외간 여인과 사통하고 있는 것이다.
극영의 처는 몹시 예쁘진 않을지라도 그만하면 곱고 어질고 총명하
다. 끼니때면 꼭 부엌에 들어와 보고 하속들의 밥이 모자라지 않은
지 세심히 살핀다. 제 서방을 향해 아양도 잘 부린다. 더구나 지금
수태중이다. 외간 여인과 정분날 이유가 무엇이며 언제 정분이 났단
말인가.

새임은 떨리는 손으로 편지를 시좌한테 건넨다. 심경 앞에서 부
끄럽고 할 말이 없는 건 극영이 내 아들이기 때문일 터이다. 할 말은
없을지라도 내 아들인지라 안쓰럽기도 하다. 편지를 이토록 극진하
게 써 보낸 여인이라서 사랑하게 됐을 게 아닌가. 사랑은 예고하고
오는 게 아니고 아니하겠노라 작정한다고 아니할 수 있는 것도 아니
다. 새임도 해봐서 안다. 이십여 년 전 극영의 아비 동마로한테 빠
졌을 때, 그가 나를 사랑하지 않음을 알면서도 절벽에서 뛰어내리듯

그를 향해 뛰어내렸다. 극영을 낳고도 끝끝내 사랑받지 못했으나 그를 사랑함으로써 당시의 새임은 목숨을 부지했다.

"선생님, 봉투를 새로 만들어 주시어요."

심경한테서 선생이라 불린 시좌가 가위질한 봉투들을 들고 나간다. 바깥에 있던 처자와 함께 건넌방으로 들어가는 것 같다. 새임은 심경의 눈치를 살피며 조심스레 입을 연다.

"아기, 자네한테 내가 어쩐지 면구스럽네."

"아주머니, 편지 보시면서 뭘 느끼셨습니까?"

"여인이 정인한테 보낸 편지 아닌가. 반족집안 부인 같구먼."

뭔가 할 말을 삼켜 버린 것 같은 심경이 곧은 눈길로 쳐다본다. 창백했던 안색은 그럭저럭 원래대로 돌아온 것 같다. 정말이지 별님과 많이 닮았다. 냉연한 성정까지.

"저도 비슷하게 보았습니다. 말려야겠지요?"

"말려야겠지. 헌데 말려지겠나?"

"제가 방법을 찾을 것입니다. 아주머니는 편지를 가져다가 있어야 할 자리에 두십시오. 다음 편지가 오면 또 가져와 주시고요."

"늘 여기 계시는가?"

"집은 따로 있습니다만 요즘 낮에는 주로 여기 와서 지냅니다. 동짓달부터는 그리 못 할 것 같고요. 그때쯤에는 이런 편지가 극영이한테 들어오는 일은 없게 할 작정입니다만 필요하면 제가 어디 있는지 다시 알려드리겠습니다. 아주머니께서는 아무것도 모르시는 듯이 극영의 식구들을 보살펴 주십시오."

새임은 심경에게 묻고 싶은 게 많다. 새임에게 심경은 아직도 도솔사에서 봤던 그 가녀린 처자이고, 시어머니였던 유을해와 시누이였던 별님의 아기로 보인다. 묻고 싶은 걸 다 묻고 대답을 들으려면 사나흘은 걸려야 할 것이다. 하지만 심경은 뭔가를 물을 만한 곁을 내주지 않는다. 박새임이 사신계원인 것이나 극영의 생모인 것은 제가 극영의 누이인 것과 무관하다는 투다. 어미 노릇 못하고 나이든 아낙이 감당해야 할 실상인 것이다.

첫 잠행

　"할바마마, 소손 오늘 하루 글공부를 쉬고 가효당으로 가 어마마마를 뵙고 창덕궁에서 지내고 싶나이다. 허락해 주옵소서."

　구월 이십삼일, 탄일을 맞은 동궁이 대전한테 그렇게 청했다. 아침 수라를 젓술 때였다. 대전이 흔쾌히 허락하고 오늘 밤은 창덕궁에서 자라는 덤까지 내렸다. 수유일이지만 동궁 탄일이라 등청했던 시강원 교관들은 간략한 하례 뒤 퇴청하게 됐다. 극영은 등청한 김에 원청 재실에서 책이나 좀 읽자 했다. 동궁의 내일치 시강에 관한 책자를 들추고 있는데 청사의 관속이 손님을 기별했다. 세손익위사 수장이자 극영의 장인인 설희평이다.

　"아버님! 오늘 창덕궁 행차 때문에 등청하셨어요?"

　"그 때문에 나왔는데 저하께서 오늘 잠행을 하시겠다고 하신다."

　"잠행이요? 전하께서 윤허하셨어요?"

　"가납하셨고, 저하가 저쪽 궁에서 머물고 계시는 것처럼 하면서 잠행을 나서라 하셨다. 또한 전하께서는 오늘 오후에 숭정전 마당에서 금위대 사열을 하실 모양이야."

"갑자기 사열을, 왜요?"

"또 강도 떼가 나타나 도성을 불안케 했으니 금위대를 단속하시는 모양이지."

한가위 지나며 추령시가 시작된 보제원거리에 사라졌던 권총 강도들이 다시 출현했다. 강도들은 구월 초하루 새벽 파루가 울리기 직전에 보제원거리 사대 약방에 동시에 침입했다. 각 약방마다 추령시에 모여들 약재를 구입하기 위해 보유한 자금을 노린 것이었다. 보원약방이 오천 냥, 화엄약방이 삼천오백 냥, 금강약방이 사천 냥, 우원약방이 사천 냥을 뺏겼고 약방 일꾼들을 몇씩 잃었다. 예전에는 인명을 해치지 않았던 강도들이 이번에는 무시무시한 살인강도로 변해 전광석화처럼 돈을 탈취해 달아났다.

"이런 시기에 저하께서 잠행을 하고 싶어 하시고, 전하께옵선 가납하셨단 말씀이세요?"

"저하가 강도 떼의 표적은 아니시잖아? 어쨌든 금위대가 사열식 때문에 종일 난리 치르는 동안 저하께서는 자네랑 종일 같이 다니시겠다고 하신다. 저하께서는 창덕궁에서 평복을 하시게 되며 자네도 그리해야 하므로 옷을 가져오라고, 내가 자네 집으로 사람을 보냈다. 춘방으로 가져다 놓을 게야. 춘방에 가서 갈아입도록 하게."

"이쪽에선 언제 나가시는데요?"

"이제 나가실 것이로되 내 자네한테 미리 일러두기 위해 들렀다."

"말씀하십시오."

"동궁께서 창덕궁으로 가실 때는 그곳이 목적지인 양 가마로 움직이실 거야. 창덕궁에서 나오신 뒤에 어디로 다니실지는 스스로도 모르신다고 하신다. 자네하고 둘이서만 내키는 대로 쏘다니실 거라고 하셔. 하니 자네가 저하를 잘 모셔 달라는 말이야. 저하의 첫 잠행 아닌가. 너무 오래 밖에 계시지 않게 하고 혹시라도 이상한 데로 가시지 않도록 유념하고."

"이상한 데가 어딘데요?"

"그야 나도 모르지."

"아버님도 모르는 이상한 데를 제가 어찌 알고 피해 다닙니까?"

"그러니 내가 부러 자네를 찾아왔잖아. 알아서 조심히 모시라고. 대신 길을 다니며 방향을 틀 때는 오른손 검지와 중지를 모아서 전후좌우를 가리켜 주도록 해. 어떤 집으로 들어갈 때는 검지 하나로 가리켜 주고. 우리는 저하와 자네한테서 이십삼 보 주위에서 움직일 거니까 자네의 수신호를 언제든 볼 수 있을 거야. 좁은 골목이나 으슥한 곳은 들어가지 말고. 이왕이면 늦지 않게 궐로 돌아오시게 하고."

"유념하겠습니다."

동궁 행차가 창덕궁으로 옮겨오는 동안 극영은 한 발 앞서 도착한다. 돈화문으로 들어온 동궁은 먼저 곤전에 들러 인사하고 창경궁으로 넘어와 시민당에 차려져 있는 소전의 혼궁으로 들어선다. 소전의 혼궁에서 부친의 영좌에 향을 피우고 재배하며 이마를 댄 채 엎드려 있다. 한참 만에 일어난 동궁의 눈자위가 붉다. 손등으로 눈물을 훔치며 극영에게 웃어 보이곤 경춘전으로 향한다.

극영은 혼궁에 남아 소전의 영좌 앞에 재배하고 다시 엎드린다. 동궁이 경희궁으로 옮겨간 이후 극영도 창덕궁에 올 일이 드물었다. 어쩌다 올 때 소전의 영좌에 절하고 엎드리노라면 한숨이 나며 편해진다. 극영에게 생전의 소전은 어려운 분이었다. 영좌에 계시게 된 소전은 친근하다.

'저하, 오랜만에 뵙나이다. 잘 계시옵니까. 뵐 낯이 없어 좀처럼 못 뵈옵는데 오늘은 저하를 모시게 된 핑계로 이리 엎드리게 되었습니다. 소신의 곤란지경이 점차 심해지는지라 어찌할 바를 모르겠나이다. 곤전께서 어찌 저리 나오시는지, 소신의 맘은 또 어찌 이러는지, 감당키가 어렵사옵니다. 소신 어찌하면 좋으리까, 저하. 소신이 사직하고 도성을 떠나는 게 옳으리까. 멀리 가면 달라지오리까, 그렇다 할 때 핑계는 어찌 대야 하오리까.'

작년 섣달 초하루에 곤전에서 이극영을 불렀다. 극영이 피할 수 없어 갔고 곤전과 얽혔다. 왕실과 조정을 뒤흔들고 집안을 망하게 할 대죄를 지었다. 그때는 곤전과 그 아비와 그 일당한테 복수하는 거라 여겼다. 곤전이 이극영으로 인해 말라 죽기를 바랐는지도 모른다. 그가 그리 죽고 나면 복수는 물론이고 동궁 앞날의 큰 걸림돌이 사라지는 것 아닌가.

그 마음은 변함이 없었다. 그 마음에 다른 마음이 끼어든 게 문제였다. 곤전이 가엽고 가여운 그가 그리운 거였다. 지난 열 달 동안 밖에서 세 번 만났다. 같이 지낸 시간이 고작해야 한 시진씩이나 될까. 시간이 턱없이 모자랐다. 그리움을 해소하기는커녕 타는 불에 화약을 넣은 꼴이었다. 만나지 못하는 동안 그는 봉서를 보내왔다. 수발상궁이 사가에 심부름을 나올 때마다 우륵재에 가져다 놓았다. 한 달에 겨우 두 번 오는 편지이고 오는 날짜가 비슷함에도 극영은 사랑에 들어설 때마다 서안 위에 봉서가 있는지부터 살피는 버릇이 들었다. 이극영 사서 친전이라 쓰인 봉함편지를 열면 다시 봉한 봉투가 들었고 그 안에 호칭을 생략한 편지가 들어 있었다. 받는 사람이 누군지 쓴 사람이 누군지도 알 수 없는 글월의 행간마다 그리움이 그득했다. 그리움의 행간에는 다시 만날 방법을 찾고 있노라고, 기다려 달라는 말이 들어 있기도 했다.

누구에게도 들키면 안 되는지라 편 자리에서 달달 욀 때까지 반복해서 읽고 태웠다. 태우노라면 답장을 쓰고 싶었다. 답장을 보낼 방법이 없었다. 이중으로 봉한 편지를 보내오는 곤전도 답장을 바라지 않았다. 보낼 방법이 있다면 극영도 답장을 썼을 것이며, 몇 번을 더 만날 방법도 있었을 터, 잦다 보면 들켰을 것이고 결국 큰일이 터지고 말았을 것이다.

'소신이 미쳤나이다, 저하. 소신이 사람 노릇하기 글러먹은 종자이옵니다. 소신을 죽여 주시고, 곤전도 죽여 주소서. 하여 소신의 불의와 불충을 갚게 하소서.'

이런 당치 않은 마음을 들킬까 저어하여 수앙을 피했다. 수앙은 성로를 통해 반야원으로 들어오라는 기별을 몇 번이나 했다. 그때마다 극영은 나중에 가겠다고 전하라 했다. 사흘 전 반야원에 다녀온 성로가 퇴청한 극영을 따라 사랑으로 들어와 말했다.

"작은언니, 아니 삼촌. 저녁 잡숫고 대문 앞으로 나오시래요."

"누가?"

"수앙언니가요. 요새 수앙언니가 얼마나 무서운지 내가 여러 번 말해 줬는데도 삼촌은 아니 들었죠?"

수앙의 무서움이란 무녀로서의 능력만을 의미하는 게 아니었다. 수앙은 이제 어느 이름으로도 불리지 않았다. 그 어떤 존재가 된 것 같았다. 외부에 알려진 반야원주는 무녀 구일당이지만 구일당은 칠지 무녀 심경을 가리기 위한 사람으로 그 자리에 있는 것이고 실제로는 수앙이 중심인 것이다. 무녀 별님의 딸로 자라던 성아를 사대부가의 막내딸 이성로로 만들어 냈지 않은가. 별님께서 당신의 자식들을 다른 집의 자식들로 자라게 만드신 것과 같은 과정이었다. 그러므로 수앙은 별님과 같이 된 게 분명했다. 칠성부령! 수앙이 어떤 존재이든 그 존재로서 명한 게 아니라 누이로서 하는 말이라 그동안 거부할 수 있었다. 누이라서 아우를 참아 주었던 수앙이 한계에 이르러 쫓아온 것이었다.

대문 밖으로 나갔더니 수앙의 시좌인 우동아가 있었다. 우동아를 따라 예관골 은월당으로 갔다. 마주앉자마자 수앙이 물었다.

"대체 누구와 무슨 짓을 벌이는 거야?"

같은 질문을 세 번 받을 때까지 극영은 대답하지 않았다. 못했다. 수앙이 서안 위에 있던 벼루를 들어 자신의 이마를 겨냥했다.

"마지막으로 묻는다. 누구랑 무슨 짓을 벌이는지, 네 입으로 당장 토설치 않으면 이 벼루로 내 머리통을 깰 테다."

수앙은 제 머리통을 깨고도 남을 사람이었다. 극영이 달려들어 벼루를 뺏었다. 곤전과의 일을 토설했다. 보현정사에서의 첫 만남부터 방방례 자리에서의 재회와 곤전에서의 만남, 밖에서 세 차례 만난 사실을 다 털어놓았다. 매달 두 번씩 서신을 받는다고도 말했다. 곤전 수발상궁이 관인방 사가에 심부름 나오는 길에 우륵재에다 서신을 놓고 간다고. 곤전을 뒤흔들어 말려 죽일 작정이었는데 정작 말라 죽게 생긴 쪽은 나라고, 어쩌면 좋으냐고 수앙에게 되물었다. 복수심에서 시작한 맘이 연심으로 변해 만나게 됐는데 그리워도 못 만나는 상황을 견딜 수가 없노라고 울며 말했다.

"그 사람이 가여워. 그 사람을 보고 싶어. 안고 싶어. 데리고 달아나고 싶어. 이런 나를 어떻게 할 수 없어. 언니, 차라리 나를 죽여줘.”

들는 동안 점점 독이 오르는 것 같던 수앙이 달려들어 멱살을 잡고 흔들었다.

“그 계집이 가여워? 그 계집이 안쓰러워? 나는 안 가엽니? 안쓰럽지 않고? 그 계집을 데리고 달아나고 싶어? 그래 달아나라. 못 달아나겠으면 죽어. 지금 내 앞에서 칵 죽어! 아니 내가 죽을까? 그래 이 꼴 저 꼴 보기 싫은 내가 죽는 게 낫겠다.”

극영을 잡고 흔들며 길길이 날뛰던 수앙이 급기야 기함을 해버렸다. 극영은 기절해 넘어진 수앙을 붙안고 울었다. 그만하겠다고, 다시는 만나지 않겠다고 약조했다. 어머니를 걸고 맹세도 했다. 그때뿐이었다. 맹세하고 돌아선 순간부터 다시 김여주를 떠올렸다. 백만 번 생각해도 말이 안 되는 맘을 활화산처럼 키우고 있는 자신은 그대로였다. 그러므로 이극영은 장부도 사내도 못되는 것이다. 동궁의 신하 노릇, 설인모의 지아비 노릇, 넉 달 뒤에 태어날 아이의 아비 노릇, 김강하와 수앙의 아우 노릇, 별님의 아들 노릇까지 어느 것 하나 떳떳치 못하게 되었다. 떳떳치 못한 자신을 속말로라도 털어놓고 용서를 빌고 있는 곳이 어이없게도 세상에 없는 소전 앞인 것이다.

홍화문 앞으로 나선 동궁은 반족집안 소년 복색이다. 흰 바지저고리에 은박 물린 검정 복건과 검정 쾌자를 걸치고 가슴띠에는 귀주머니를 달고 구름무늬의 검정 태사혜를 신고 손목에는 오색실로 꼬아만든 팔찌를 끼었다.

“저하, 그 팔찌는 어쩐지 좀 덜 어울리시는 것 같은데, 어디서 나셨습니까?"

"이건 내 동무한테서 받은 거예요. 박상궁이 내 장신구함에다 간
직해 놓았기에 끼고 나왔어요. 예쁘죠?"

"소신이 모르는 저하의 벗이 계시오니까?"

동궁한테는 벗이 없다. 날마다 만나는 사람들은 머리가 허연 백
관들과 백관으로 이루어진 교관들과 조부모와 궁인들뿐이다. 궁 안
에 어린 내인들이며 어린 내관들이 있을지라도 그들이 동궁 앞에 나
서려면 수련을 마치고 품계를 받아야 한다. 궁에서 어린 사람이라곤
동궁과 동궁빈뿐인데 그나마 어린 내외는 전각이 다른 정도가 아니
라 아예 궁을 달리해 살고 있다.

"나도 벗이 한 명 있어요."

"누구이신데요?"

"나중에 벗을 다시 만나게 되면 그때 말씀드릴게요."

오색실 팔찌를 줄 만한 동무라면 계집아이일 게 분명한데 대체 어
디서 또래 아이를 만났단 말인가. 극영은 속웃음을 웃고는 화제를
돌린다.

"그리하시지요. 어디로 가시고 싶나이까. 저하?"

"수은묘에요."

배봉산 수은묘는 소전의 유택이다. 묘에도 여러 계층이 있는 바
소전은 여염사람과 같은 묘에 묻혔다. 여염사람이 아닌 동궁이 여염
사람처럼 부친 묘에 갈 수 없다. 대전께서는 소전 장례 때 친히 묘지
에 납시고 수은묘라는 묘호도 내리셨지만 세손은 얼씬도 못하게 했
다. 그 금제는 아직 계속되고 있었다. 극영은 오늘 수은묘는 못 간다
고 말하는 대신 기다린다. 그걸 모를 동궁이 아니기 때문이다.

"수은묘는, 윤허를 받지 않았으므로 불가하죠?"

"예, 저하."

"그럴 줄 알았어요. 그렇다면 음, 시전 상인들이 밀수하다 잡혔다면서요? 시전 상인들이 사사로이 은을 만들어 내기도 하고요? 시전을 보러 가요. 시전은 어떻게 펼쳐져 있어요?"

지난달에 왜국에서 대량의 진주를 몰래 들여온 상인들과 청에서 비단을 밀수입한 상인들이 밀수품을 모조리 몰수당하고 시전에서의 상업권을 빼앗겼다. 이달 들어서는 강도 떼를 찾고 사사로이 은을 제련한 자들과 연철 섞은 은을 만들어 낸 자들을 색출해 내고 있었다. 밀수입 업자들이나 은을 만들어 내는 자들을 색출하는 방법이 예전 권총강도들의 손발을 묶은 것과 동일했다. 동궁이 생각해 냈던 포고문이었다. 그와 같은 자들을 발고하면 일천 냥의 상금과 면천이나 승차였다.

총을 소지한 자들에 대한 발고가 거의 없어진 데 반해 밀수품과 사제 은에 관련한 발고가 이어졌다. 한 건의 발고는 수십 명의 관련자들을 찾아내게 하므로 연일 잡혀든 자들로 포청에서는 비명이 난무하고 순검들과 나군들은 또 다른 관련자들을 색출하러 다니느라 바빴다. 그렇지만 강도 떼에 대한 단서는 잡지 못했다. 그들이 연기로 사라지거나 물이 되어 땅속으로 스며들지 않았을 것이므로 그들은 아무도 찾지 못할 곳으로 숨어 버린 것이었다.

"여기서 남쪽으로 쭉 걸어 나가면 태묘 정문 앞에 이르고 그 건너가 운종가 동로입니다. 배고개까지 동시전이 씨실날실처럼 얽혀 펴져 있습니다. 동로 서편으로 육조거리 끝까지 서시전들이 펼쳐 있습니다. 동·서시전 남쪽으로 청계천 어름까지 남시전이 드리워져 있고요. 육천여의 크고 작은 점포들이 조선의 온갖 산물들을 받아 팔고 있지요. 숭례문 밖에는 칠패 저자가 있고 경희궁 앞에서 서쪽으로 돈의문을 나가면 마포나루며 서강나루 등에도 칠패 저자들이 있습니다. 소신도 잘 안다고는 할 수 없사오나 저하께서 무얼 보고 싶으신지 말씀하시면 그에 따라 모시겠습니다."

동궁이 걸음을 옮기며 묻는다.

"그림은 어디서 많이 팔아요?"

"그림은 청계변 가산 근방에 모여 있는 지전거리 어름에서 많이 파는데, 값나가는 그림은 시전에서 팔기보다 사대부들의 시회 같은 모임에서 사사로이 거래되는 경우가 많은 모양입니다. 그림을 사고 싶으십니까?"

"어마님을 위안케 할 만한 그림을 만나게 되면 한 점 사고 싶어요. 책은 어디서 팔아요?"

"책들은 동서로의 큰길가에 끼어 있는 책방들에서 팔지요. 책방들은 한 곳에 운집해 있지 않고 동서로 양쪽에 고루 퍼져 있습니다."

"그럼 먼저 우리 도성에서 가장 큰 책방에 가요. 거기서 책 구경하면서 정말 사고 싶은 책이 있으면 딱 한 권 산 뒤 그 주변부터 차근차근 봐요."

"차근차근 얼마나 보시려 하십니까. 금세 다리 아프시다 하실 텐데요?"

"아프면 아프다 할게요."

"저하께서 편찮게 되시면 소신의 목이 댕강 떨어져 나갑니다."

"설마 제가 선생님 목 떨려 나가게야 하겠어요? 걱정 마시고 한번 가 보시죠. 저 돈도 많아요."

주머니를 흔들며 자랑한다. 극영은 주변의 익위들을 향해 선인문 너머 태묘 지나 운종가까지 나간다는 뜻으로 손가락 두 개를 세워 세 번 가리켜 보이곤 걸음을 떼며 물어본다.

"그 주머니에 돈이 얼마나 들어 있나이까?"

"음, 석 냥 서 돈 세 닢이요."

"경춘전께서 주셨나이까?"

"어마마마는 돈이 없으시니 못 주시죠. 박상궁이 줬어요. 탄일 선물로 이 주머니를 달아 주면서요. 사시고 싶은 게 보이시면 사시이다, 그러더라고요."

오늘 생일인 사람이 우륵재에도 있다. 이성로. 단오 즈음에 화개나루 물속에서 건졌다는 아이의 생일이 어떻게 구월 이십삼일이 됐는지 모른 채 오늘 아침 극영은 성로 덕에 팥밥과 미역국을 먹었다.

"아, 선생님. 잠행 나왔으니까 호칭을 달리해 주세요. 음, 효성?"

효성은 익위사에서 동궁을 칭하는 별호이고 익위들과 별감들만 사용하는데 동궁이 자칭하고 나섰다. 그 호칭을 만든 사람이 김강하라는 사실을 아마 알 터였다.

"그러지요, 효성 도련님."

선인문 지나 태묘 옆길을 따라 운종가 쪽에 가까워짐에 따라 거리가 점차 북적인다. 상사동 끝머리에서 짐 실은 나귀를 몰고 가는 아이가 짧은 채찍을 팽이채처럼 놀리며 걷는다. 나귀가 갈지자로 걷든 말든 아이는 무슨 노래인가를 웅얼거린다. 동궁이 나귀한테 길을 내어 주고는 또래임직한 녀석을 말똥히 건너다본다. 동궁과 눈이 마주쳤는지 노래를 그친 녀석이 째리며 내뱉는다.

"뭘 봐?"

제 손에 든 채찍이 녀석을 으쓱하게 하는 모양이다. 동궁이 녀석한테 묻는다.

　"너 방금 무슨 노래했어? 너훌너훌 춤을 추니, 그렇게 들렸는데?"

　"내가 뭔 노래를 하든 네가 뭔 상관인데?"

　"궁금해서 물어보는데 그쯤은 대답해 줄 수 있지 않아?"

　"골샌님 같이 생겨가지고.「백구사」했다 왜!"

　"흰 강아지 노래야?"

　"뭐?"

　"그럼 하얀 새 노래야?"

　"백구사에는 개도 새도 안 나오거든! 좋은 옷은 입고 별 걸 다 모르네. 칫!"

　동궁을 무시한 녀석이 채찍으로 나귀 엉덩이를 치며 지나간다. 녀석은 좋은 옷은 보아도 신분은 보지 않았다. 좋은 옷은 반족이나 왕족만 입는 것은 아니므로 신분을 명확히 나타내 주지는 않기 때문이다. 관복을 입거나 넓은 갓 쓰고 종자를 내세워 눈 부라리며 양반이라 강조하지 않는다면 다 같은 사람일 뿐인 것이다. 동궁은 무엇을 보았을까. 극영은 앞서 묻지 않고 기다린다.

　"선생님, 여염의 아이들은 누구나 노래를 아나요?"

　"말을 할 수 있는 아이라면 노래 몇 곡은 알 겁니다. 태어나면서부터 어떤 노래든지 들으며 자랄 테니까요."

　"아이들이 가장 흔히 듣는 노래는 뭔데요?"

　"아이들이 가장 흔히 듣고, 쉽게 익히는 노래는 아마도「달궁가」일 겁니다."

　"어찌 부르는 노래인데요?"

"신단수에 제석이 내렸네요, 달궁. 신시가 열렸어요, 달궁. 곰 겨레가 달궁, 범 겨레가 달궁. 아침 나라가 달궁달궁 맺히네요. 달궁 달궁 달달궁. 이렇습니다. 한 번도 못 들어보셨습니까?"

"지금 처음 들어요. 쉽네요. 달궁 달궁 몇 번만 하면 부를 수 있겠잖아요. 그런데 신단수가 뭐예요?"

동궁이 읽어야 할 수많은 책권 목록에 『삼국유사』나 『삼국사기』는 들어 있지 않다. 동궁이 경희궁 서고나 창덕궁의 여러 서고에서 『삼국유사』를 찾아내기까지는 몇 년이 더 지나야 할지 모른다.

"신단수는 옛조선의 시조인 단군왕검이 태어나기 전에, 그 부왕인 환웅제석이 아사달이라는 곳으로 강림할 때 임했던 나무의 이름입니다. 제단을 뜻하고 성지를 의미하기도 합니다. 아사달 신단수에 강림한 환웅제석이 신시를 열었는데, 신시가 이천 년쯤 됐을 때 곰족과 범족의 족장인 웅녀와 호녀가 환웅제석한테 자식을 낳게 해달라고 빌었다고 합니다. 그들이 태백혈이라는 동굴에서 백일기도를한 뒤에 웅녀는 단군을 낳고 호녀는 군아를 낳았다고 하고요. 단군과 군아가 함께 연 나라가 옛 조선이고 우리가 사용하는 단기檀紀가 거기서 비롯된 것이지요. 금년이 단기 사천구십육 년째이니 단군과 군아가 옛 조선을 연 게 그만큼인 것이고요."

"여염 아이들이 흔히 듣고 흔히 부르는 노래에 그처럼 어마어마한 배경이 있다고요?"

"아이들은 그 노래에 그처럼 막강한 배경이 있는 걸 대개는 모르지요. 「달궁가」가 자장가로 불릴 때는 신단수에 제석이 내렸네요, 하는 부분이 흔히, 우리 아기 방에 고운 잠이 내렸네요, 하는 식으로 변형돼서 불립니다. 아이들의 놀이하며 부를 때는 놀이상황에 맞는

가사로 아무렇게나 바꿔 부르기도 하고요. 달궁달궁 하는 후렴도 달강달강, 달공달공이 되기도 하고요."

"「달궁가」가 언제부터 불렸을까요? 사천 년 전부터 불렸을까요?"

"그걸 누가 알 수 있겠습니까만 고구려 때는 비슷한 노래가 있었던 모양입니다."

"그건 어떻게 아는데요?"

"그에 대해서는 제가 말씀드릴 수 없습니다."

"왜요?"

"금서를 거론해야 하기 때문입니다."

"「달궁가」의 전거가 금서 속에 있단 말입니까?"

"예, 도련님."

"금서는 어디서 찾아요?"

"저는 모르지요. 금서니까요."

"에이, 그냥 말씀하시죠."

"일 년 뒤 오늘 말씀드리겠습니다."

"어찌 일 년 뒤인데요?"

"일 년 뒤쯤에는 금서들이 금서인 까닭을 도련님께서도 이해하실 수 있을 것 같아 드리는 말씀입니다."

"현재 금서는 몇 가지나 돼요?"

"삼백여 종이라고 알고 있습니다."

"그렇게나 많아요?"

"경희궁 존현각과 창덕궁의 장경각, 개유와, 열고관, 집현고를 합쳐 십만여 권의 책이 있는데 금서가 삼백여 종이라면 그리 많다 할 수는 없겠지요."

"궁서고들 안에도 금서가 있나요?"

"당연히 없겠지요."

"성균관에는 책이 얼마나 있어요?"

"이십만여 권이라 하더이다."

동궁이 아휴, 한숨을 내쉬곤 말한다.

"내가 그 책들을 다 읽지는 않아도 되지요?"

"그 어떤 사람도 세상의 책들을 다 읽을 수는 없지요."

"일 년 뒤 내 생일에는 금서에 대해 알려 주시는 겁니다."

"그리하겠습니다."

"좋아요, 일 년. 기다리죠. 어쨌든 선생님이 처음 듣고 배운 노래가 「달궁가」였다는 거지요?"

"아닙니다. 저는 범어로 된 노래를 처음 들은 것 같나이다. 범어로 된 경문인데 음율을 붙여서 노래처럼 읊조리는 것이었지요. 예닐곱 살쯤 되어서야 그게 불경인 『천수경』에 나오는 「신묘장구대다라니」인 걸 알았습니다. 모친과 유모가 독실한 불자여서 자꾸 불러 주셨던가 봅니다."

수앙에 따르면 아기였던 심경과 한본에게 「신묘장구대다라니」를 최초로 불러준 사람은 동마로였다. 한본의 생부. 극영은 그를 기억치 못했으나 수앙은 그를 기억해 냈다. 그가 둘의 생부인 줄 알았다던가. 수앙이 기억해 낸 그의 최초이자 최후의 모습이 하필이면 그가 죽으러 나서기 전날 밤이었다. 수앙에게는 그래서 그에 대한 기억이 인생 최초의 슬픔이자 슬픔의 원형이 된 듯했다. 극영은 그때 기억이 없으므로 그 슬픔이 없지만 생각은 했다. 식구를 지키기 위해 죽기를 각오한 젊은 사내가 자식과 자식 같았을 아이를 재우기 위해 노래를 부를 때 어떤 심정이었을지. 그는 현무부 칠품 무절이 었다고 했다.

"「신묘장구대라니」가 무슨 뜻의 경문인데요?"

"부처와 보살들께, 밝은 빛을 지니며 지혜롭게 살게 해달라는 간청의 말씀입니다."

"한번 불러 보세요."

"승려들을 다 쫓아낸 도성거리에서 도련님과 제가 경문을 읊으면 어찌 되겠나이까. 게다가 큰길가잖습니까. 나중에 아무도 듣지 않을 만한 곳에서 큰소리로 불러 드리겠습니다."

오월 이후 도성에서는 승려 행색이 완전히 사라졌다. 기왕에 있던 사찰도 사찰로서 구실할 수 없게 됐다.

"그 노래 듣는 데는 일 년 기다리지 않아도 되지요?"

"상황이 괜찮다 싶을 때 저하, 아니 도련님께서 청하시면 불러 드리겠습니다. 도련님께서 기억하시는 최초의 노래는 무엇이옵니까?"

"기억할 만하게 들어본 노래는 없는 듯해요. 나례희 때나, 오래전 할마마마들의 탄신일 진연 때 장악원 악사들이 연주하는 곡들을 들은 게 다거든요. 그러고 보면 궁에는 특별한 날의 연주들은 있어도 일상의 노래는 없는 거네요. 내가 조금 전 그 녀석한테 무시당할 만해요. 「백구사」를 아세요, 선생님?"

"「백구사白鷗詞」의 구는 갈매기를 뜻하는데 갈매기라기보다, 갈매기의 흰 날갯짓을 차용하여 여러 날것들의 나는 모습을, 제유提喩한 듯합니다."

"불러 보세요."

"백구야 풀풀 날지 마라. 너 잡을 내 아니로다. 성상聖上이 날 버리시니 너를 쫓아 내 예왔노라. 오류춘광五柳春光 경치 좋은데 백마 금편白馬金鞭하여 화류花柳 가자. 운심벽계雲深碧溪 화홍華紅도 유록 柳綠하다. 만학천봉 비천사飛天使라 호중천지 별건곤別乾坤이 여기로 다. 여기까지가 일절입니다. 마지막 사절은 이렇습니다. 황금 같은 꾀꼬리는 양류楊柳 사이로 왕래하고, 백운 같은 흰 나비는 꽃을 보고 반기어 나래치고 날아든다. 까맣게 종달새 같이 별 같이 달 같이 아주 펄펄 날아드니 그 아니 경일런가."

"봄날 풍경 노래네요?"

"춘경에 춘정을 읊은 거지요."

"그 녀석은 가을에 봄노래 부르면서 잘난 척한 거고요?"

동궁이 샐쭉한 얼굴로 총총 걷는다. 시전거리로 들어선다. 춘궁기를 혹독하게 지내던 기민들이 거의 사라졌다. 떠난 게 아니라 도성 안팎에다 삶터를 마련한 것이다. 도성 밖에서 밀려든 산물들로 시전거리가 활기차다. 점포마다 손님들이 넘치고 한길에는 수레들이며 마차들이 얽히지 않고 줄지어 다닌다. 동궁은 모동 쪽으로 접어들어 청계천변 가산에 이른다. 가산 주변에 늘어진 버드나무 가지들이 누렇게 물들어 하늘거린다. 꽃다리에 올라서서 청계천을 굽어보며 한참을 서 있다가 지전포들이 늘어선 골목을 걸어다닌다.

동궁에게는 하나 같이 낯설고 흥미롭기도 한지 지치지 않고 두리번거리고 기웃거리며 걷는다. 장통교 근방에 이르자 넓은 천변에 우시장이 서 있다. 가까이 수앙의 친정 격인 은교리 댁이 있다. 김강하와 은재신이 가례를 치른 게 육 년 전인데 여섯 전생 전의 일인 것처럼 아득하다. 아무 근심이 없었던 그때, 큰언니가 누이와 혼인한다는 사실에 배꼽을 잡으며 두 사람을 놀렸다.

"이 많은 소들이 어디서 왔을까요?"

"백성들 집에서 나왔지요. 여기서 팔려 다른 집으로 가 농사를 짓거나 도축되어 사람들의 음식으로 변하는 겁니다."

"지난 사월에 소의 밀도살을 금하는 전교가 있었지요? 밀도살이 그리 많을까요?"

"밀도살이 새삼 늘어난 것보다 소가 농사를 지으니 덜 잡아먹고 농사에 보탬이 되게 하라는 뜻이 아니었겠습니까. 작년 농사가 워낙 어려웠다고 하니까요."

소들이 우글거리는 천변을 말똥히 내려다보는 품이 아무래도 내려가 보고 싶은 눈치다. 어찌해야 할까 싶어 극영이 두리번거리노라니 주변에 포진한 위군들이 여차하면 천변으로 먼저 내려갈 태세다. 장통교 위에서 우위솔 윤홍집이 손가락을 엇갈려 가위표 신호를 보내온다. 내려가지 말라는 뜻이다.

"도련님, 시장하지 않으십니까? 우리 장통교 건너가서 뭐 좀 먹지요. 제가 주막에서 제일 맛난 음식을 사 드리겠습니다."

말해 놓고 나니 우습다. 주막마다 주된 음식 한 가지에 반찬이 다를 뿐 제일 맛난 음식이 따로 있는 건 아니지 않는가. 대답 대신 가까이 다가든 동궁이 나지막이 부른다.

"선생님!"

"예."

"소소라는 무녀, 알아요?"

극영의 가슴이 찌르르 울린다.

"이름을 들어본 적이 있나이다. 지금은 세상에 없다고 들었고요. 어찌 그이를 말씀하시옵니까?"

"어마님이 그이를 귀애하셨는데, 그이가 아바님과 비슷한 때 하세했다고 들었어요. 문득 생각나서요. 그이를 대신하여 어마님의 말동무가 되어 드릴 수 있는 사람을 찾고 싶어요."

동궁의 효심의 깊이를 극영은 안다. 동궁이 하려는 말도 알 것 같다. 반야원의 칠지 무녀를 알아보라 할 게 뻔하므로 극영은 서둘러 말을 돌린다.

"어마님의 동무를 찾는 건 급하지 않나이다. 어마님과 도련님께오선 상중이시므로, 동무를 찾아 나설 때도 아니고요. 여하튼 도련님 점심때가 다 되어 갑니다. 장통교 넘어가 뭐 좀 잡수시지요."

동궁이 주변을 쭉 훑어보곤 또 씩 웃는다.

"내가 소 떼들 옆으로 가는 걸 위사들이 반대하는 거지요?"

"위사들과 별감들이 모두 땀을 뻘뻘 흘리면서 뛰어다니고 있지 않습니까. 오늘 도련님의 첫 외출이라 설 수사까지 나오셨는데, 좀 쉬게 해드리지요."

"그래요. 그럼."

장통교를 건너 모퉁이 주막으로 들어선다. 좌위솔 문현조와 그 조원들이 앞서 들어 자리를 잡는 중이다. 호위가 쉽도록 본채 측면 툇마루에다 빈자리를 만들어 놓았다. 동궁이 그리 넓지도 않은 주막 객청을 두리번거리더니 극영의 손을 잡아 마당에 놓인 평상으로 이끌며 큰소리로 말한다.

"형님, 우리 여기 앉아요."

평상에는 장돌뱅이 행색의 중년 남정 셋이 상 하나를 받아 둘러앉아 있었다. 툇마루에 자리를 잡아놓고 그 아래 평상에 앉아 있던 문현조가 으흠, 헛기침을 한다. 동궁이 듣지 못한 체하며 평상에 걸터

앉는다. 극영이 하는 수 없이 평상의 중년들에게 다가든다.

"우리 형제가 같이 앉아도 되겠습니까?"

중년들이 "그러십쇼." 하며 두레상을 맞잡아들고 한쪽으로 옮겨 앉는다. 주막의 어린 중노미가 다가와 시늉으로 인사하고는 으레 하는 말인 듯 묻는다.

"두 상 드릴까요?"

동궁이 옆의 상을 건너다보곤 또래임직한 중노미한테 대꾸한다.

"저쪽 분들이 드시는 게 뭐야?"

"선지국밥이잖아요. 두 상 드려요?"

"아니 우리도 한 상 줘. 저쪽 분들이 드시는 거 말고 젤 맛난 것으로 줘."

선지국밥을 처음 구경했을 동궁은 거무죽죽하게 익은 선지와 물컹한 무와 콩나물이 뒤엉킨 모양새가 맘에 들지 않는 모양이다.

"그건 곤란한데요."

"왜, 맛난 것이 없어?"

"딱 점심 때 두 분이 오셔서 한 분만 잡수면 안 되죠."

"아아, 한 상이 한 사람 끼니라는 뜻이야?"

"그런 것도 모르게, 동궁마마예요?"

"뭐?"

"그렇잖아요? 국밥집 와서 젤 맛난 것을 찾는 것이나, 한 상이 한 사람치냐고 묻는 것이나!"

"내가 물정에 어두워 그렇다 치고, 여기서 동궁마마는 어찌 거론하는 거야? 불충한 짓거리 아냐?"

"진짜 동궁마마예요?"

"어찌 자꾸 동궁 타령이지? 동궁이 그대한테 뭘 어쨌는데?"

"참나, 그건 하는 짓이 바보처럼 보일 때 그냥 하는 말이잖아요!"

동궁의 눈이 휘둥그레져 따진다.

"바보처럼 보이는 사람한테 동궁 같다고 해? 동궁이 바보래?"

"동궁마마가 바본지 멍청인지 다람쥔지 나는 모르죠. 아이 참, 도련님 나한테 왜 이러십니까? 나 쫓겨나는 꼴 보고 싶어서 그래요?"

"쫓겨나?"

"더부살이 중노미가 손님하고 시비 붙으면 쫓겨나죠. 두 상 드릴게요."

주인이 쫓아 나오려는 걸 눈치챈 녀석이 날다람쥐처럼 잽싸게 부엌 쪽으로 들어가 버린다. 동궁이 어이없는 눈으로 극영을 쳐다본다.

"형님, 정말 그런 말이 있대요? 하는 짓이 바보 같을 때 동궁 같다고?"

옆의 중년들이 국밥을 먹으면서도 연신 힐긋거린다.

"그런 말이 있기는 한 모양이지."

한 상에 차려진 국밥 두 그릇이 와서 동궁과 극영 사이에 놓인다. 상을 들고 온 사람은 중노미 녀석이 아니라 주인장일 성싶은 사내다.

"도성에서 제일 맛있다고 소문난 국밥입니다. 맛나게 자십시오."

중노미한테 뭔 소리를 들었는지 짐짓 정중한 어조로 비아냥댄다. 어린놈이 나불댈 때는 재미있더니 나이 좀 든 자가 하는 말은 한 대 갈기고 싶을 만치 거슬린다. 동궁은 그건 못 느꼈는지 뚝배기에 푸짐하게 담겨 풀풀 김을 피우는 국밥을 쳐다보고 있다. 모양새가 어마어마해 보이는지 눈이 커졌다.

극영은 동궁의 수저를 들어 그의 뚝배기에서 국밥을 떠 후 불며 천천히 먹는다. 먹는 방법을 가르치는 것이다. 기미상궁이 옆에 없으므로 대신 기미를 보는 것이기도 하다. 입안의 것을 삼키고 물 대접의 물을 마시고 그 물에 동궁의 수저를 담가 씻고, 손수건을 꺼내 동궁의 숟가락을 닦는다. 젓가락도 자신의 입에 넣었다가 물에 헹궈 손수건으로 닦은 뒤 동궁 앞에 놓아주며 말한다.

"먹을 만하네. 들어 봐."

"저, 아직 시장하지 않아요. 형님 잡수세요."

"뜨거우니까 조심해서, 들어 봐. 도성에서 젤 맛나다고 소문났다지 않아?"

옆 상에서 수저를 먼저 내려놓은 중년이 넌지시 넘어보며 묻는다.

"어디서들 오셨습니까?"

"온양서 왔습니다. 한 달 뒤에 과거가 있다기에 미리 올라와, 숙소를 정하려 돌아다니는 참입니다."

한 달 뒤 상달 스무이틀 날에 증광시가 예정돼 있는 건 사실이다. 국빈이 세 번째 치르게 될 시험이다.

"서방님은 몰라도 도련님은 과거시험 보시기엔 너무 어리신데요?"

"도성 구경을 시킬 겸 데리고 온 겁니다. 훗날 아우도 과거시험을 봐야 하니까요."

"시자들을 어쩌시고?"

"숙소 잡아 방에 들면 우리는 공부만 할 테고 숙소 주인이 수발해 줄 터인데 시자가 무슨 필요 있겠습니까."

"양인들한테 함부로도 아니하시고, 귀한 댁 자제님들 같으신데, 어린 아우님까지 데리시고, 혜정원으로나 가실 것이지 어찌 이쪽을 어정거리시다가 봉변을 당하십니까."

"한 달도 넘게 묵어야 하는데 혜정원 숙식비가 워낙 높다고 들어서요."

"그렇다고는 합니다만, 국밥에 손도 아니 대시는 걸 보면 도련님은 입맛이 몹시 까다로우신 것 같은데, 어쩌신답니까."

동궁이 살짝 물러앉으며 중년에게 말한다.

"제 밥 가져다가 드세요."

"형님이 애타 하시는데 그냥 드셔 보시지요?"

"제가 바보 같다는 소리 듣고 밥맛이 뚝 떨어졌어요. 아니 동궁마마는 얼마나 바보 같으시기에 그런 소리를 듣고 살면서 저 같은 사람까지 바보로 만드신대요?"

"아이구, 동궁마마가 바보일 리 있습니까. 나라님도 아니 계신 데서는 뒷말하기 마련이라고, 동궁마마도 그러는 거지요. 맘 상해하시지 말고 잡수십시오. 이집 국밥 참말 맛납니다. 큰서방님은 꼭 과거 급제하셔서 어사화 꽂으시고 금의환향하시길 빕니다. 점잖으시고 인상이 좋으셔서 그리되실 것 같습니다."

"고맙습니다. 아저씨도 복 많이 받으십시오."

덕담을 남긴 중년이 일어서자 일행도 평상을 내려간다. 동궁은 국밥을 영 못 먹겠는지 두어 번 거들떠보다 수저를 그냥 내려놓는다. 극영도 수저를 내려놓으며 낮게 말한다.

"예서 조금 나가면 다시 운종가입니다. 그쪽으로 가서 다른 걸 잡수시지요."

"혜정원이란 곳은 어디 있어요?"

"육조거리 맞은편 삼내미에 있습니다. 그리로 가 보시겠습니까?"

혜정원은 오찬 회동을 나선 고관들로 북적일 시간이다. 잠행 나온 동궁이 피해야 할 곳이 거기다.

"육조거리 가까이 있다면 아니 가야죠. 덕적골은 예서 얼마나 돼요?"

어마님께 동무를 찾아주고 싶다더니 기어이 덕적골 이야기를 꺼낸다.

"시오리쯤 될 겁니다. 거긴 왜요?"

"거기 소소 무녀만큼 이름 높은 무녀가 있다면서요? 칠지 무녀라던가? 그이한테 내 앞날이 어떤가 한 번 물어볼까 싶어서요. 권총강도를 어찌 잡을지에 대해서도 물어보고 싶고요."

"권총강도는 포도청에서 잡을 것이고, 도련님의 앞날은 정해져 있습니다. 그 정도는 무녀 아니라 삼척동자들도 다 압니다. 대체 누가 덕적골이 뭐니 하는 얘길 도련님께 해드리는 겁니까?"

"누구라고 가르쳐 드리면 탄핵하시려고요?"

"탄핵 정도가 아니라 목을 따야죠."

"어딜 구경해 볼까 싶어 해본 말인데 너무 정색하십니다. 알았어요. 덕적골은 없던 일로 하고, 선생님 댁은 어디에 있어요?"

"제 집은 진장방에 있습니다."

"진장방은 어딘데요?"

"익익재가 있는 안국방 뒤쪽, 경복궁 후미와 창덕궁 후미의 중간쯤에 있는 동리입니다. 그 뒤편이 삼청골이고 삼청골 아래 장원서가 있지요."

"예서 멀어요?"

"칠팔 리쯤 되지요."

"우리가 오전 내 걸은 길은 몇 리쯤 돼요?"

"구불구불 돌아다녔으니 시오리는 되겠지요."

"나중에는 도성 지도를 지니고 나와야겠어요. 암튼 지금은 선생님 댁으로 가요."

"예?"

"난 조금 지쳤는데, 지금 돌아가기는 싫어요. 어떻게 나왔는데 벌써 돌아가요? 해 질 녘에 돌아갈 거예요. 그렇다면 몇 시간 편하게 지낼 수 있는 곳으로 가야죠. 내 생각엔 거기가 선생님 댁일 것 같고요. 우리 주위 사람들한테도 그게 편하겠죠. 그렇지 않아요?"

"그런 것도 같군요."

"그럼 지금 가요."

"걸으실 수 있겠습니까?"

"걷다 못 걷겠으면 업어 달라고 말씀드릴게요."

흐흥 웃은 극영은 일어나며 문현조를 보며 북쪽을 가리켜 보이곤 그 손가락으로 자신의 가슴을 찍는다. 우륵재로 간다는 말을 알아들은 문현조가 고개를 끄덕인다. 거의 못 먹은 두 상의 밥값을 치른 극영은 앞서 나서는 동궁의 뒤를 서둘러 따른다. 열두 살 동궁은 지친 기색이 없다. 일 년 사이에 키가 한 뼘은 자란 것 같았다. 칠팔 리쯤은 너끈히 걸을 수 있을 것이다. 우륵재 가서 좀 쉬고 궁으로 돌아갈 때는 말이나 가마를 타면 될 터이다.

문제는 집에 있을 여인들이다. 내자 설인모와 질녀 이영로와 이성로. 내자는 사랑채를 어려워할 줄 모르고 영로와 성로는 삼촌을 제들 동무로 알아 스스럼없이 드나든다. 특히 성로는 학당에 가지 않는 날 책이 많은 극영의 처소를 제 공부방으로 쓰는 터다. 극영이 성로의 글 선생이기도 했다. 이틀 걸러 다니는 반야원 학당에서의 성로는 의술에 관해 공부하고 예사 글공부는 극영에게서 했다.

동궁을 제외한다면 성로가 이극영의 첫 제자인 셈인데, 두 제자를 글공부만으로 비교한다면 성로가 빠르다. 동궁이 문장 하나를 가지고 백 가지로 생각하며 경연관들과의 입씨름까지 대비해야 하는데 반해 성로는 문장을 그냥 읽기 때문이다. 단순히 외우는 게 아니라 빨아들여 소화시키는 것이었다. 성로의 공부는 그 나이의 극영이 공부한 모양과 비슷했다. 열두 살 때의 이극영은 글 자체가 좋고 재미있어 솜이 물을 빨아들이듯 흡수했다. 머릿속으로 들어온 글들이 몸 안에서 얽히며 체계를 갖추는 걸 스스로 느꼈다. 상상의 집을 짓는 것과 같은 놀이이자 희열이었다. 성로가 그랬다. 어릴 때 말을 못했다는 아이는 외부의 모든 것을 흡수해 제 내면에다 집을 지으며 노는 데 선수가 된 것 같았다. 아이가 글눈이 튼 건 수앙 덕이라 했다. 그러다 수앙을 닮아 버렸는지 아이는 겁이 없고 어려운 것이 없고 스스럼도 없었다. 글공부에서 두려움 없는 성취와 그에 따른 환희를 느끼는 것이었다.

집에 또 한 여인이 있다. 온양댁. 지난겨울에 부친 초상을 치르고 상경했더니 처가에서 보냈다는 그이가 와 있었다. 여러해 전 용문골 집에서 잠깐 보았던 그이를 대번에 알아보았다. 순간 외면하고 사랑채로 들어가 버렸다. 그때는 이극영의 출생과 성장에 얽힌 일들을 거의 알았을 때였다. 생모에 관한 사항만 몰랐다. 우륵재 대문간에서 그이를 발견한 순간 저 여인이구나 싶어 머릿속이 하얘졌다. 우륵재가 현무부령의 집이므로 칠성부에서 계원 아닌 여인을 차집으로 보낼 턱이 없었다. 더구나 이극영이 살기로 된 시점에 그이를 보낸 까닭이 무엇이겠는가. 오래전 용문골 집에 나타난 그이가 치수를 재겠다며 이극영을 만질 때 손을 떨고 눈물을 흘리던 까닭은 또 무엇이겠는가. 이불을 뒤집어쓰고 누워 터지려는 머리를 눌렀다. 머리가 아니라 가슴이 터질 것 같았다.

그이가 한본을 키우지 않고 어디서 뭘 하며 평생을 지냈건 극영은 잘못된 게 하나도 없었다. 별님의 자식인 걸 꿈에도 의심하지 않은 채 갖은 사랑을 다 받으며 컸고 그렇게 큰 별님의 아들이라 사온재의 아들 노릇도 당당했다. 사온재의 아들이었기에 열일곱 살에 장가들고 열여덟 살에 과거에 장원 급제하고 스무 살에 정오품 벼슬아치가 됐다. 여인의 아들로 자랐으면 어땠을지 상상도 되지 않았다. 그럼에도 온양댁이라던 그이한테 분노했다. 큰언니와 별님을 잃고 사온재를 잃은 슬픔과 상실감이 온양댁한테 터진 것이었다는 생각은 몇 달 뒤에야 해냈다. 온양에 내려가 사온재의 졸곡제를 치르고 인모와 영로를 데리고 돌아온 즈음, 안해와 질녀가 자신들의 거처인 안채와 별채로 들어앉으매 그이가 뒤채에 있다는 사실이 몹시 마음 쓰이는 걸 깨닫고 나서였다.

그렇지만 여태 그이한테 말 한 마디도 건네지 않았다. 아는 체하며 나선 순간 그에게 물어야 할 말이 두렵고 그에게서 듣게 될 내용은 더 두려웠다. 대체 돌잡이를 놓고 집을 나간 이유가 무엇입니까? 당신 아들을 기르는 식구들이 죽어갈 때 당신은 어디서 뭘 하고 계셨습니까? 당신 아들이 무녀 별님의 젖을 만지며 클 때 당신은 어떻게 지내셨습니까? 왜 제게 돌아오신 겁니까? 물을 수 없는 질문들이 너무 많아 아는 체할 수 없었다. 그이가 내원 뒤채에 산다는 사실을 모르는 듯이, 그이가 해주는 밥 먹고 그이가 푸새하고 만져준 옷

입으며 사는 걸 꿈에도 알지 못하는 것처럼, 뒤채나 부엌 쪽엔 갈 일 없으니 말을 건넬 일도 없는 게 아니냐고 핑계대며 지내고 있었다.

"여기예요?"

"예, 다 왔습니다."

대낮 우륵재 대문 앞마당에는 콩이며 팥, 엿기름으로 쓸 싹틔운 보리 등이 색색으로 널렸다. 대문마당으로 들어오던 위사, 별감들이 멍석을 피하느라 이리저리 움직인다. 뒤이어 좌익위 설희평과 우익위 박인구가 모꼬지 나온 벗들처럼 화기롭게 대문마당으로 들어선다. 설희평이 느릅나무 그늘로 들어서고 박인구는 위사들에게 무엇인가 지시한다. 집을 둘러싸고 근방 골목을 돌라는 뜻인 것 같다.

"서방님, 이제 오시어요?"

활짝 열려있는 대문간에서 여섯 살 동갑동이인 국이와 복아가 놀고 있다가 극영을 맞이한다. 설렁줄을 잡아당기며 무심코 발밑을 보니 판석이 깔린 대문간 바닥에 숯으로 그려놓은 그림이 한 가득이다. 큰글 놀이다. 나뭇가지를 그려놓고 나무라 쓰고 풀 같은 걸 그려놓고 풀이라 써놓았다. 누가 많이, 잘 쓸 수 있는지 시합 중인 모양이다.

"그래. 어른들은?"

"아버지랑 아저씨는 언니들 데리고 논에 가셨고 엄마랑 아주머니들은 안에 있지요. 할아버지랑도 계시고요. 아이 참, 서방님, 제 돌 밟지 마셔요."

복아의 외침에 발밑을 보니 돌멩이 그림 옆에 돌자가 쓰여 있다. 극영이 잽싸게 글자 없는 곳으로 비켜서며 동궁을 돌아본다. 그도 아이들한테 야단맞을까 싶은지 자신의 발밑을 살핀다. 집 비슷한 그림의 옆으로 비켜서면서 오히려 글자 집을 밟는다. 순간 국이가 숯으로 새까매진 손을 들며 소리쳤다.

"손님이 내 집을 밟았잖아요! 물어내요."

동궁이 대문간 안쪽의 맨땅을 밟으며 국이한테 사과한다.

"미안하구나. 내가 다시 그려 줄까?"

"됐네요. 얼른 들어가 버리세요."

"그래도 들어가라 해주니 고맙구나."

동궁의 말과 함께 국이가 고래고래 소리친다.

"할아버지, 서방님이랑 손님이랑 퇴청하셨네요!"

우륵재는 대문간 안에 바깥마당이 있고 왼쪽 내담 안이 내원이다. 바깥마당 건너 마주보이는 내담 안쪽이 사랑채이다. 바깥마당에는 나락이 잔뜩 널렸다. 안암골에 있는 논에서 수확을 해오는 즈음이었다. 극영이 웃으며 나락 명석 사이로 손을 뻗어 사랑채를 가리켜 보이자 동궁이 걸으며 말한다.

"도성에서 제일 안전한 댁인 줄 알았더니 가시가 잔뜩 돋아 있네요."

"황송합니다. 헌데 가시가 더 나타날 겝니다. 바깥의 가시들보다 약간 더 큰 가시가요."

"아이들이 많습니까?"

"식구의 절반이 향리에 가 있고 현재 저만 한 아이는 저 둘입니다만, 위로 열두 살 먹은 아이가 있습니다. 성로라는 제 질녀입니다. 우륵재 영감의 막내인데 지금부터 두 번째에 튀어나오는 인물이 아마 그 아이일 겝니다."

사랑채 중문 안에서 범이 할아비가 나오다가 낯선 도령을 보고는 눈을 크게 뜬다.

"이른 시각에 퇴청하셨습니다, 서방님?"

"내 아는 댁의 도련님과 나눌 얘기가 있어 모시고 왔어요. 우리가 점심을 먹지 못했소. 내원에 급히 점심 해달라 하고 우리 우선 요기할 것 좀 내달라 하세요. 영로와 성로는요?"

"아가씨는 안에 아씨와 함께 계시고, 아기씨는 사랑에 계십니다. 나오실 때가 됐는데요."

할아범이 돌아보는데 중문 안에서 성로가 퐁 튀어나온다. 연둣빛의 긴 저고리에 까만 말군바지를 받쳐 입고 능금 꽃띠 하나 두른 긴 머리를 나풀거리며 "삼촌 오셨어?" 하다가 동궁을 발견하고는 우뚝 선다. 삼촌의 손님한테 내외할 아이가 아닌데 웬일인가. 극영이 동궁을 보니 그가 두 손을 번쩍 들며 소리친다.

"어이, 별이 성!"

성로가 활짝 웃더니 똑같이 손을 들어 보이며 응대한다.

"이가, 산! 우리 집에 웬일이야? 우리 삼촌하고 동무였어?"

어리둥절하기는 나중이다. 동궁의 이름을 불러대는 것도 모자라 반말 짓거리를 해대는 질녀를 말리기 위해 극영이 나선다.

"이성로, 삼촌 손님께 말버릇이 어찌 그래?"

"괜찮아요."

외친 동궁이 다다다 뛰어가 성로를 감싸안고 흔들어댄다. 두 사람한테서 풍기는 감격과 환희가 빛 방울처럼 맹렬하다.

"네가 선생님 조카였어? 우륵재의 따님이고?"

"어. 그렇지. 내가 우리 아버님 딸이고 우리 삼촌 조카야. 그런데 이가 산, 내가 준 팔찌를 끼고 있네?"

"그때 너한테서 받고 오늘 첨 낀 거야. 근데 널 만났네? 내가 어쩐지 선생님 댁엘 오고 싶더라니."

"난 우리가 다 큰 뒤에 만날 줄 알았는데?"

"지금 만나야 커서도 만나지."

"이산, 얼굴이 발갛게 익었네. 우리 삼촌하고 같이 막 돌아 다녔어?"

"어, 시전 구경했어."

"그렇구나. 다리 아프겠다. 목도 마르겠고. 물 줄게, 들어와. 삼촌 얼른 오세요. 할아버지는 아주머니들한테 서둘러 점심 차리라 하시고요, 언니와 숙모한테도 내 동무 왔다고 알려 주세요."

할아범이 안으로 들어가고 소년소녀는 잡은 손을 흔들며 중문 안으로 들어간다. 동갑내기 소년소녀가 사라진 중문에 무지개가 어렸다가 걷힌 것 같다. 대체 둘이 언제 만난 건가. 극영은 재빨리 지나간 동궁의 시간들을 뒤적여본다. 작년 윤오월 이후는 분명히 아니다. 소전 사태 때 출궁 당했다가 다시 입궁한 이후 동궁은 궐 밖에 나온 적이 없고 양쪽 대궐을 오가느라 나올 시간도 없었다. 그전에 동궁이 궐을 나온 건, 소전을 따라 무과 실기시험장에 갔을 때다. 그때가 김국빈이 처음으로 문과 시험을 치를 때니 사월 중순이다. 수앙이 덕적골에서 무녀가 되기 직전 무렵. 그때 경춘전이 아드님을 대동하고 잠행했다는 소문이 있었다. 가마골 소소 무녀를 찾아간 거였다. 그때다. 별님이 소소원에서 머물 때 성아가 그 곁에 있었다. 그 자리에서 성아가 끼던 팔찌가 동궁의 손목으로 옮겨질 만큼 둘이 친밀했던 것이다.

소년소녀의 우정의 전사를 유추해 낸 극영은 한숨을 쉬고는 사랑으로 들어선다. 성로가 사랑 대청에서 『한비자』를 읽고 있었던지 서안 앞에서 둘이 어깨를 붙이고 앉아 책을 들여다보고 있다. 극영이 들어서자 동시에 환히 웃는다. 별님께서 이 둘의 인연을 예비해 놓으신 거라면 그 인연은 어디까지인 건가. 대체 어쩌자고 이처럼 얽어 놓으신단 말인가. 극영은 섬돌에 흐트러진 두 사람의 신발을 사려놓으며 속으로 한숨을 쉰다. 별님을 탓하는 자신이 한심해서이고 별님을 탓하는 마음에 김여주가 있기 때문이다. 김여주와의 밀통을 그쳐야 할 이유가 하나 더 생겼지 않은가.

　창덕궁에서 자도 되는 날임에도 잠행을 끝낸 동궁은 경희궁으로 들어왔다. 마침 저녁 수라 시각이었다. 동궁은 대전께서 저녁 수라를 젓수시는 장락전으로 들었다. 수랏간에서 급히 마련해 낸 저녁을 먹고 수라상이 물러난 뒤 동궁이 조부모 앞에 무릎을 꿇고 앉는다.

　"어찌 무릎을 꿇는 게냐? 오늘 밖에 나가 무슨 못 할 일을 했니?"

　"청할 일이 있나이다, 할바마마."

　"청해 봐라."

　"오늘 소손이 잠행을 나가 시전을 잔뜩 쏘다닌 끝에 전 성균관 대사성 이무영 영감의 댁으로 가게 됐나이다. 이무영 영감 댁은 시강원의 문학 이극영의 집이기도 하옵니다."

　"그들이 공히 이한신의 아들들이니 그럴 테지. 헌데?"

　"이무영 영감에게 소손과 나이가 같은 자식이 있는 바 그의 이름이 성로이옵니다. 이성로를 소손의 배동培童으로 삼아 주십시오, 할바마마."

세손의 아홉 살 무렵부터 배동에 관한 이야기가 있었다. 경운궁께서 살아 계실 적에 세손 배동을 마다하셨다. 권신들의 자제들을 곁에 둬 봐야 제 할아비나 아비들한테 세손의 일거수일투족을 꼬아 바치는 일밖에 더 하랴. 그게 경운궁의 생각이었고 세손은 부친의 그 생각에 동의했다. 어렸어도 경운궁께서 권신들에게 어찌 몰리며 사는지 알았기 때문이다.

"이무영의 아들을 배동으로 삼아 달라고?"

성로가 계집아이라는 사실을 먼저 털어놓을 필요는 없을 것이라 여기면서도 동궁의 맘이 쫄린다.

"예, 할바마마."

"어찌 그런 생각을 하게 됐는고?"

"오늘 만나 이야기하다 보니 이성로의 글공부가 소손보다 깊고 넓었습니다."

"너와 동갑이라면서 너보다 글공부가 넓고 깊더라고?"

"예, 할바마마."

이무영은 부친 삼년상 마치면 조정으로 돌아올 사람이었다. 대전께서는 이무영이 삼년상을 채우기 전에 불러들여 형조를 맡기실 의향이 있었다. 아마도 형조 참판을 제수하실 것이었다. 승정원으로 불러 좌부승지에 앉히고 싶으신 것 같기도 했다. 아직은 표명하신 바 없지만 동궁에게는 내비친 적이 있으셨다. 그만치 이무영 영감을 신뢰하신다는 의미였다. 우륵재에서 나오기 전에 성로한테 궁에서 함께 지내자 했더니 간단히 답했다.

"좋아."

성로가 찬성하니 대전께서 이무영 영감을 불러들이고 싶어 하신다는 게 떠올랐고 성로를 배동으로 삼을 수 있을 성싶은 자신감이 생겼다. 성로가 작고한 이한신 대감의 자손이고 이무영 영감의 자식일뿐더러 글공부가 막강하기 때문이었다.

"그 아이 공부가 참말로 그리 많이 됐더란 말이냐?"

"어느 안전이라고 거짓을 아뢰겠나이까."

"내가 불러 직접 시험을 할 터인데?"

"몸소 시험하시옵소서. 연후에 그 아이를 소손의 배동으로 윤허하옵소서."

"네가 그리 자신하니 내 그 아이가 궁금하구나. 내일 조당이 끝난 뒤에 그 아이를 불러 보련다. 그리해도 되겠니?"

"그리하옵소서. 할바마마."

"그 아이가 이 할아비 맘에 차지 않으면 네 배동으로 들이지 못한다는 걸 인정하고?"

"예, 할바마마."

"허면 됐다. 이제 물러가 네 할 일 하여라."

"하온데 소손이 미리 토설할 사항이 있나이다."

"토설? 뭔데 토설이라 하느냐?"

"소손이 토설하는 사항에 노여워 마시고 들어 주소서, 할바마마."

"무슨 말을 하려고 이리 포석을 깔아대는 게냐?"

"이성로가 계집아이이옵니다."

"뭐가 어째?"

어이없어 하시긴 하나 노기는 없는 것 같다.

"황공하여이다, 할바마마. 그 아이 본색이 계집이긴 하나 오늘 소손과 이야기 나누어 보니 계집아이라는 인상을 전혀 받지 못했나이다. 하여 소손은 글공부 동무로서 그 아이를 곁에 두고픈 욕심이 생겼습니다. 부디 그 아이를 계집으로서가 아니라 글공부가 깊은 아이로 보시면서 그에 관해서만 시험해 주옵소서. 할바마마."

"네가 아직 어릴지라도 생각은 제법 깊은 줄 알았더니 아이는 아이로구나. 계집아이가 네 곁에서 얼마간이라도 시간을 보내게 되면 그 아이가 경대부 집안의 여식이건 서인 집안의 여식이건 상관없이 다른 집안의 아들과 혼인하지 못한다. 너는 이미 성례하여 빈궁을 두었으매 이무영의 여식의 앞날은 네 후궁밖에 아니 됨을 생각지 못하느냐?"

"소손은 그리 생각지 않나이다, 할바마마. 그 아이가 소손의 배동으로 들어섬을 할바마마께옵서 윤허하신다면 그 아이는 계집아이가 아니라 소손의 배동으로, 사내 복색을 하고 궐을 드나들 것이옵니다. 소손이 관례를 치를 때쯤에는 어차피 배동이 필요 없는 바 그 아이는 배동을 그만두면 될 터입니다. 그 아이가 소손의 후궁으로 주저앉아야 할 까닭이 없지요."

장락전께서 손을 저으며 끼어드신다.

"그건 그렇지 않습니다, 동궁. 계집의 삶은 그처럼 풀리지 않기 십상이에요. 경대부 집안의 사내아이가 동궁의 배동이 되면 그 배동은 동궁의 신하로 자라는 것이나 계집아이는 갈 곳이 없어집니다. 동궁께서 그 아이를 배동으로 삼고 싶을 만치 깊이 생각하면 그 아이의 미래에 대해서도 생각해 주셔야 해요. 혜량해 보세요."

"할바마마, 그리고 할마마마. 소손 지금 열두 살이옵니다. 그 아이도 같고요. 소손이 비록 가례를 올렸사오나 빈궁과 내외지간으로 지내려면 몇 해가 지나야 하옵니다. 소손과 그 아이가 내외법에 갇혀 지내지 않아도 되지 않나이까. 소손, 그 아이를 계집으로 대하지 않을 것이고 관례를 올리기 전에 그 아이를 배동에서 풀어 놓을 것이니 부디 통촉하소서."

"그리되기가 어렵다는 겝니다, 동궁. 정히 그 아이를 주변에 두시고자 한다면 차라리 청연과 청담이의 배동으로나 드나들게 하시구려."

"청연과 청담은 저쪽 궁에 있잖습니까. 소손은 그 아이를 측근에 두고 더불어 공부하고 싶다는 것이옵니다, 할마마마."

대전께서 나서신다.

"되었다. 일단 내가 그 아이를 먼저 만나보고 무엇이든 결정할 것이다. 그만 나가 쉬어라."

"예, 할바마마, 할마마마! 편히 침수 드시옵소서."

조부모께 저녁 인사를 마치고 처소로 향하는 동궁의 가슴이 마구 설렌다. 수시로 볼 수 있는 동무가 생겼지 않은가. 성로는 대전의 시험을 통과할 것이다. 성로는 우륵재 사랑의 벽장에 가득 찬 책들을 다 읽은 건 물론이고 거의 왼다고 했다. 그 책들의 내용을 삼촌인 이극영과 날마다 공부하고 있거니와 저 홀로는 의서들을 읽는 중이라 했다. 오후 몇 시간 동안 성로와 나눈 얘기가 온통 책 얘기였다. 융복전 마당에 이르러 동궁이 오늘 밤 번을 설 별감 은백두를 향해 입을 연다.

"대련을 하고 싶네."

"종일 걸으셨는데, 곤하시지 않나이까, 저하?"

"괜찮네. 그대가 상대해 주려나?"

"예, 저하."

"허면 내 옷 갈아입고 나올 테니 준비하고 있게."

안으로 들어온 동궁은 무복으로 갈아입고 진검과 같은 모양으로 만들어진 여러 목검 중에 금식환도를 고른다. 무술 수련은 공식적으로는 하지 않는다. 하루 일과가 다 끝나 처소에서 보내는 밤에만 한다. 검을 잡고 있노라면 아바님이 떠올랐다. 무술이 상당한 경지였다는 아바님에게 무술은 무소용이었다. 다음 대 임금이 될 자에게 무술은 소용없는 것이고 동궁에게도 불필요하다. 세자나 세손이 무술을 못해 죽는 일은 없다.

죽을 때는 필요치 않을 무술이지만 살아가야 하는 동궁에게는 사뭇 도움이 됐다. 풀 무덤 속에서 숨이 막혀 떠나가셨을 부친이 떠오를 때마다 동궁은 숨이 막혔다. 보통 사람이라 해도 그리 죽이지는 않을 터였다. 효수를 시키든가 참수를 시키든가. 사약을 내리든가. 할바마마의 처결에 대해 생각지 않으려 할 때마다, 할바마마를 그리 몰아붙인 자들을 생각지 않으려 머리를 흔들 때마다 진땀이 났다. 두려움이었다. 두려움을 내색치 않으려 얼마나 기를 쓰며 지내는지 아무도 모를 터였다. 그럴 때 검을 휘두르며 죽자고 움직이고 나면 숨통이 잠깐씩이라도 트였다.

배동培童 시험

수유일을 빼면 날마다 보는 동궁이건만 그의 성정이 이처럼 과감하고 막무가내일 줄 극영은 몰랐다. 어제 입궁한 즉시 대전께 이성로를 배동으로 삼고 싶다고 청했던가 보았다. 아침에 극영이 시강원에 당도하자마자 대전에서 명이 내렸다.

'세손시강원 문학 이극영은 족질 이성로를 데려와 경연에 들여 놓으라.'

대전께서는 조회가 끝나면 경연을 벌이시는데 오늘 경연의 주제를 동궁 배동 시험으로 삼으신 거였다. 극영은 다시 집으로 돌아가 아이를 데리고 입궐했다. 그리고 호구虎口에 들이밀 듯 경연 자리에 아이를 내놓았다. 대전과 열세 명의 노신들이 있는 편전의 한가운데 성로가 앉았고 그 옆으로 멀찍이 동궁과 극영이 배석했다.

대전과 노신들이 온갖 문구를 들이대며 뜻을 설명하라거나, 어느 책의 어느 대목을 읊어 보라고 요구했다. 어떤 책의 어떤 문장의 출전은 어디냐 묻고, 그 문장이 예거된 대목들이 어느 어느 책 어디에 쓰여 있는지를 물었다. 써 보라고도 주문했다. 강아지를 앞에 둔 배부른 호랑이들처럼 대전과 노신들이 아이를 데리고 놀았다.

아이가 답을 하려 손바닥으로 제 입술을 쓱 훔치며 음, 하는 새침한 소리를 낼 때마다 극영은 안절부절 하다못해 뻣뻣이 굳었다. 난생 처음 시험을 치는 아이인지라, 더구나 데리고 산 지 겨우 반년 남짓할 뿐이라 아이가 긴장하면 몸짓이 유난해 진다는 걸 어찌 알았으랴. 극영에 비해 동궁은 흠, 수긍하거나 고개를 끄덕이거나 소리 나지 않게 박수를 치며 여유로워했다. 동궁은 자신이 아는 건 성로도 알 거라 꽉 믿는 것 같았다. 실제 그러했다. 질문이 닥칠 때마다 술 마신 중늙은이처럼 입술을 쓱 훑으며 음 소리를 내고 난 성로는 술술 읊으며 답했다. 막히는 게 전혀 없었다. 마침내 대전께서 껄껄 웃으시고 말씀하신다.

"이가 성로. 과연 이한신의 자손이자 이무영의 자식이로구나. 대견타! 당장 장원 급제를 하고도 남음이 있으니 네게 벼슬을 내리마. 내 정무 수발을 드는 액정서의 정구품 사소司掃를 별정직으로 제수하마. 내 수발을 들 듯 동궁의 글공부를 수발토록 하여라."

극영은 아이의 숙부이자 스승으로서 성상께 복명하기 위해 책상다리를 풀어 무릎 꿇는다. 자세를 갖추고 아이를 쳐다보다 가슴이 철렁 내려앉는다. 편전 한가운데서 대전을 향해 무릎을 꿇은 채 살짝 고개 숙이고 있던 성로가 복명치 않고 아랫입술을 삐쭉 내밀고 가만히 있지 않은가. 안면에 웃음이 가득한 우의정이 아이를 놀리듯 나무란다.

"어허, 이가 성로. 전하께옵서 벼슬을 내리셨는데 뭘 하는고?"

그래도 아이가 가만 하자 대전께서 나서신다.

"이성로, 네 어찌 그러느냐? 벼슬이 맘에 아니 드느냐?"

비로소 아이가 고개를 약간 들며 나선다.

"예 전하. 소년은 전하께옵서 소년한테 내리신 벼슬이 맘에 들지 않사옵니다."

"허! 어찌?"

"솔직히 말씀드려도 되옵니까, 전하?"

"솔직히라! 솔직히 말해 봐."

"소년의 본색을 전하께서도 아시지요, 전하?"

"간밤에 내, 동궁한테 들었다."

"소년은 책이란 책은 모두 좋아하고, 많이 읽고, 빨리 잘 읽고, 잘 외옵니다. 하온데 소년의 본색이 현재 복색과 달라서 앞으로 과거를 볼 수도 없고, 벼슬이 높아질 가망도 없지 않나이까?"

"그렇지."

"그렇다면 소년은 오늘 받는 벼슬이 일생 최고 벼슬인데요, 방금 전하께옵서 하신 말씀에 따르면 사소는 제일 낮은 벼슬이 아니옵니까?"

"아니다. 그 아래 부사소도 있다."

"아이, 전하. 그거나 그거나지요."

"뭐?"

"소년은 전하의 정무 수발을 든다는 액정서가 뭘 하는 관서인지 모르지만, 상관없나이다. 소년은 동궁저하와 동무가 됐기 때문에 저하와 더불어 공부하기 위해, 저하와 함께 공부하면 더 재미있을 것 같아서, 오늘 성상전하께서 내신 시험에 열심히 응했사옵니다. 성상전하께옵서 소년으로 하여금 저하의 글공부 수발을 들라고 윤허하시었고요."

"그리할 제 편히 하라고 벼슬을 내리지 않느냐?"

"하여서 소년은 전하께 청하옵니다. 소년이 일생 한 번 받을 벼슬이니까요, 이왕이면 높은 벼슬을 주시어요, 전하. 게다가요, 소년이 전하의 손자이신 저하의 동무인데 구품보다는 높은 게 전하께옵서도 다행이시지 않을까요?"

편전이 왁자한 웃음판으로 변했다. 바깥의 햇빛이 아무리 밝아도 언제나 무겁고 어두운 것 같던 편전이 봄날 꽃밭이 되었다.

"네 말이 맞다. 그래, 동궁의 글동무가 말단 벼슬아치면 아니 되지. 그러면 어디 한 번 골라 보아라. 선택 사항은 사약司鑰, 사포司鋪, 사알司謁, 사안司案이다."

"소년은 사소가 구품인 건 아오나 전하께서 방금 열거하신 사약, 사포, 사알, 사안이 어떤 품계인지 모르는데요?"

"네가 알 것 같으면 내가 문제를 냈겠느냐?"

"음, 사약의 약자에 서른한 개, 사포의 포자에 서른일곱 개, 사알의 알자에 서른한 개, 사안의 안자에 서른네 개 등이, 현재 소년이 아는 글자 범주이옵니다. 그중에 직무에 소용될 법한 글자들로 범주를 줄인다 해도 절반씩이 넘나이다. 그러니까 글자가 어찌되는지는 알려 주시고 고르라 하셔야 공평하시지 않을까요?"

"짐은 원래 공평하지 않느니라. 짐이 신하의 벼슬을 내림은 짐의 맘일지니, 네가 모르는 채로 고르는 벼슬을 내리려 함이다. 모두 사소보다는 높은 게 확실하니, 골라라."

"소년의 숙부나 동궁저하께 도움을 좀 청하면 아니 되지요, 전하?"

"그러면 너는 벼슬 없는 그냥 배동이다."

"하오면 사알을 주시어요, 전하."

사알은 정육품으로 액정서 최고 품계이자 사약과 동급 품계다. 성로가 워낙 어처구니없는 짓을 계속해대니 극영은 긴장이 사라졌다. 대전께서 아이를 데리고 놀고 계시는 게 확실하므로 그저 지켜보기만 해도 될 것 같다.

"어찌 사알을 골랐느냐?"

"사알의 알자 개수가 적어 사알을 골랐나이다."

"사약의 약자도 서른한 개로 같다면서?"

"사약은 뜻글자가 어찌되든 우리말로 소리 내면 어감이 나쁘지 않나이까?"

"무어가 나쁘냐?"

"전하께옵서 누군가한테 내리시는 사약賜藥은 먹고 죽으라는 약이시고, 부중에서 통용되는 사약死藥은 아무나 먹고 죽는 약인데, 전하께 사약을 받으면 소년이 좀 곤란할 것 같나이다."

허허, 흐허, 하하! 편전이 웃음으로 흔들린다. 동궁이 배를 잡고 바닥을 데굴데굴 구르고 싶은데 애써 참는 기색이고 극영도 별 수 없이 웃는다.

메뚜기를 잡을 일이다

　금년 가을 증광시의 입격자는 여느 과거의 입격자보다 훨씬 많은 오십칠 명으로 장원은 김국빈이었다. 장원으로 입격한 김국빈은 형조의 정구품직인 율학훈도로 명받았다. 방안은 조인관. 그는 대사헌을 지내다 왜국 통신사단의 정사로 떠나가 있는 조엄 대감의 아들로서 성균관에서 공부하지 않았다. 그는 승문원의 정팔품 저작으로 뽑혔다. 탐화랑은 오상영으로 그는 안국방 충정재의 아들이다. 성균관 출신이 아닌 오상영은 증조할머니가 공주였고 그 할아버지는 좌의정을 지냈고 그 아버지는 현직 종부시 정正이다. 성균관 대사성을 지내다 사직하고 향리에 머물고 있는 우륵재 이무영이 그의 고모부다. 오상영은 예빈시 종칠품인 직장으로 뽑혀갔다. 사등 입격자는 현 성균관 대사성 김종정의 아들 김준홍으로 그는 봉상시 정구품 부봉사로 들어갔다. 삼십육등 등과자는 스물세 살의 김구주였다. 곤전의 작은 오라비인 그는 방방례를 치르자마자 종오품의 홍문관 부교리로 들어갔다. 이곤은 오십칠 명의 등과자 중 오십일등으로 등과했다.

작년 여름 상림에서의 무술 시합 때 이록은 곤과 홍집과 내기를 걸었다. 이긴 편의 소원 들어주기에 이록이 이겼으므로 곤에게 성균관 입학을 요구했다. 지난 설 무렵에는 정식으로 성균관 입학을 명했다.

"에이, 아버님. 제가 어떻게 성균관에 입학하옵니까?"

이록이 문음승보로라도 입학하라 하니 곤이 머리를 절레절레 흔들었다. 음보로 입학하는 건 싫다며 정식으로 입학시험 쳐서 합격하면 성균관에 들어가겠노라 했다. 입학시험에 못 들면 일 년간 공부해서 다시 시험을 치겠다고 했다. 여하튼 부지런히 공부할 터이니 스무 살 이전에 장가들라는 명만 내리지 말아 달라고 조건을 붙였다. 엉뚱하고 당돌하고 귀여운 놈이었다.

"약조하마."

약조의 효력인지 놈의 저력인지 알 수 없되 놈은 대번에 입학시험에 들고 성균관에 입재한 지 아홉 달 만에 등과했다. 이록에게는 아들의 오십일등이 장원한 것과 똑같이 당당하고 뿌듯했다. 놈이 이루어낸 일이 대견하고 신기했다. 교서관에서 이곤을 정구품의 정자正字로 데려갔다. 동짓달 십육일부터 등청하기로 되었다. 아비의 칭찬에 곤이 말했다.

"답답한 성균관에서 재미없는 유생들과 오래 붙어 있기 싫어 서둘러 해치웠습니다. 하온데 아버님, 소자가 교서관에서 몇 달이나 버틸 수 있을지 자신 못하겠습니다. 소자는 날마다 같은 시각에 뭘 하는 게 제일 힘듭니다. 성균관에서도 숨 막혀 죽을 뻔했습니다."

"네가 할 수 있을 만큼만 해라. 재미없고 싫증나면 언제든 그만둬도 된다."

관직에 관한한 네 맘대로 해도 된다고 아비가 말하니 놈이 등과한 것보다 더 기뻐했다. 그런 아들을 좋은 자리로 꽂아 주려 이록은 애쓰지 않았다. 놈이 제 힘으로 과거시험에 들었는데 무슨 욕심을 더 낼 것인가.

참 많은 짓을 하며 오래 걸려 깨달았다. 무슨 일이든 억지로 되는 건 없었다. 억지로 하는 일은 반드시 탈이 났다. 억지로 할 수 있는 걸 스스로의 능력이라 여기며 벌여왔던 지난 삼십 년이 헛되었다. 그 많은 시간과 돈을 들여 키우고 지원했던 자들 중 곁에 남은 자가 몇이나 되는가. 어쩔 수 없이 죽인 자들이 있었을지언정 내 사람이며 내 수하라 여겼던 자들을 홀대한 적이 없었다. 사령보위대에 있던 놈들이며 관직에 있는 수많은 자들. 그들은 이록이 정신을 놓고 있는 동안 새로운 권력과 돈을 향해 돌아섰다. 그들은 이록이 영영 부실하게 살다 죽을 것이라 여기며 새로이 엉겨붙은 놈들과 더불어 딴짓들을 해대다가 죽거나 병신이 되거나 했다. 결국은 이록을 죽이겠다고 총을 앞세워 치러왔다.

이록이 억지로 하지 않고 그저, 고개나 끄덕여 주는 정도로 곁에 두고 지켜봤던 일들은 오히려 결과가 좋았다. 사위 윤홍집이 그렇고, 아들 이곤이 그러했다. 윤홍집 덕에 이온이 살고 이록이 살고 허원정이 살았다. 이곤 덕에 허원정의 대가 이어졌고 이록이 도성으로, 조정으로 다시 들어섰다.

이록은 곤이 입격했다는 파발을 받고 금오당과 함께 상림을 나섰다. 금오당에게도 어미로서 방방례를 보게 하기 위해서였다. 아들이 과거에 입격하여 방방례에 참석할 수 있는 건 어미의 특권이자 여인 일생의 최대 광영이라 할 만했다. 정실부인만이 누릴 수 있는 영광

이기도 했다. 동짓달 초사흘, 방방례에 참석하느라 내외가 함께 경희궁으로 들어갔다. 예식이 끝난 뒤 곤과 금오당을 먼저 내보내고 모처럼 대전 알현을 청했더니 들어오라 했다. 이록이 큰절 올리고 나니 대전이 물었다.

"많이 아팠다더니 이제 괜찮은가?"

"예, 전하. 소신, 전하의 성덕에 힘입어 이렇게 나돌아 다닐 수 있게 되었나이다."

"메뚜기 덕이 아니고?"

뜻밖의 농담이었다. 이록은 재작년 초가을 함양 들녘에 나타난 메뚜기 떼의 난동을 조금이라도 줄이기 위해 백성들에게 메뚜기를 잡게 하고 그걸 사들였다. 함양고을의 온 백성이 메뚜기를 잡으며 돈을 벌고 농작물의 피해를 줄였으며, 잡아 말렸던 메뚜기를 겨울과 봄 춘궁기까지 원 없이 먹었다. 군수도 먹고 군내 현감들도 먹고 이록도 먹었다. 질리게 먹은 탓에 다시는 메뚜기 따위를 입에 올리기도 싫었다.

대전은 메뚜기를 먹어 병이 나은 게 아니냐고 이록에게 농을 걸어왔던 것이다. 그 배경에 함양군수 서석진이 올린 장계며 상소가 있었음을 이록은 그 자리에서 알게 됐다. 서 군수가 저 홀로 메뚜기를 잡았노라 한 게 아니라 이록의 이름을 거론키는 했던 것이다. 상림 이록이 이러저러한 의논을 해 오기에 그의 제안을 받아들여 메뚜기 피해를 줄이려 애썼노라!

열엿새가 되어 곤이 첫 묘유를 시작했다. 새벽에 곤이 등청하겠노라 인사하러 안채로 들어왔다. 금오당이 여러 날에 걸쳐 지어 입힌 녹포 관복이 놈에게 어찌나 어색하던지 안쓰러웠다. 겨우 열여덟 아닌가. 아들이 등과하여 등청하게 되자 여유가 생겼던지 놈이 아직 더 빈둥거리고 다녀도 될 만한 소년이라는 생각이 들었다.

"오늘 나가 보고 못하겠다 싶으면 당장 그만두겠다 하고 나와도 되리라."

아비의 농담에 곤은 "예, 아버님." 하고는 씩씩하게 나갔다. 아들과 사위가 나란히 등청하는 뒷모습에 가슴이 뻐근했다.

그날 낮에 첫눈이 내렸다. 서설이로구나, 문을 열어놓고 감상하고 있는데 승정원의 주서注書와 대전무감들이 들이닥쳤다. 이록을 한성판윤에 봉한다는 전교를 받들어 온 것이었다. 전혀 생각지 못한 일이었다. 다시 관직에 나갈 염사가 없으므로 관직을 위한 어떤 공작도 하지 않았다. 한성판윤 김현묵이 중환에 들어 사직상소를 올린 것조차 몰랐다. 공무를 수행할 수 없게 되었다는 김현묵의 상소를 받은 지 사흘 만에 가납한 대전이 새 한성판윤에 누굴 올릴 것인가 의정부와 승정원의 신료들과 논의했던가 보았다. 와중에 대전이 직접 이록을 거명했다. 함양에서 메뚜기를 잡으며 백성들을 구호한 공과, 도성에서 백성들에게 양곡을 베푼 공이 크므로 이록을 정이품 한성판윤에 봉하겠다고 했다는 것이었다. 부인 금오당 권씨는 외명부 정이품 정부인에 봉해졌다.

이록은 즉시 입궐하여 대전 앞에 봉명했다. 엎드린 이록과 조정신료들을 향해 대전이 농을 가장하여 말했다.

"나랏일을 하매 이록이 메뚜기를 잡듯이 할 일이로다!"

메뚜기 잡은 것에 감동하여 한성판윤 자리를 주는 임금이라니. 그게 신료들을 경각시키기 위한 처사일지라도 금상이 희한한 사람인 건 분명했다. 종잡을 수 없는 사람이거나.

이튿날 한성부 청사로 나갔다. 한성부 품계관헌은 정이품 판윤 이하에 종이품의 좌윤과 우윤, 종사품의 서윤, 종오품의 판관이 둘, 정칠품의 참군이 셋이었다. 무품직 속리屬吏로는 부감部監 열 명과 방서坊叙 백오십육 명이 있었다. 한성부 관할지는 도성 오십이 방坊과 도성 주변 성저城底 지역 십 리였다. 성저지역의 북쪽은 북한산까지, 남쪽은 한강 노도까지, 동쪽은 양주 송계원과 대현중과 낭포와 장안평까지, 서쪽은 양화도와 고양 덕수원과 난지도 부근까지 해당했다. 이록이 묘시 중경에 한성부 청사에 들어섰을 때 관헌과 속리들과 관속 사십 명 전원이 도열해 있었다.

이록은 동짓달 십칠일의 첫날 업무를 그 모두를 일일이 만나 그들의 업무 내용을 듣는 것으로 했다.

십팔일에는 말을 타고 관할지 외곽을 하루 종일 돌았다. 도성은 몇 년 새에 많이 팽창해 있었다.

십구일에는 도성 성곽을 걸어 돌았다. 성곽이 허물어진 데가 드물지 않았다.

이십일에는 도성 안에 있는 칠십육 개의 다리를 모두 살폈다. 한양은 물길이 거미줄처럼 얽혀 어지간한 가뭄이 아니라면 물 걱정은 안 해도 될 듯했다.

이십일일에는 도성에 접한 한강의 나루들을 보았다. 큰 나루마다 세곡선들이 세곡을 내려놓느라 부산했다.

어제는 도성 안팎 저자를 돌아보았다. 겨울임에도 곡물전이 붐볐다. 양곡을 비축해 놓지 못한 성민들이 많은 듯했다. 나선 길에 보제원거리에도 갔다. 지난 구월 초하루에 권총강도를 만난 약방들을 방문했다. 보원약방은 마지막으로 들렀다. 그때 보원약방에서는 세 명의 일꾼을 잃고 오천 냥어치의 은병을 빼앗겼다. 살인강도들을 어떻게 찾아야 할 것인지 궁리했다.

갓 부임한 판윤이 문서들을 전혀 보지 않고 엿새에 걸쳐 개인 수행들만 앞세워 강행군을 해대니 이백 명에 이르는 관헌이며 관속들이 좌불안석이 되어 자신들의 업무내용이 적힌 문서들을 살펴댔다.

어제 오후 도성 안의 저자들을 살피고 청사로 들어간 이록은 상일 이하 열 명의 은적사 비휴들을 방서에 준하는 판윤 비장으로 등재시키라고 참군들에게 명했다. 그리고 내일 수유일에 쉬고 이십사일에 나와 문서들을 볼 것이라 예고하고 퇴청했다. 집에 들어서며 앞의 닷새 동안 그랬듯 집사 평호한테 손님을 일체 들이지 말고, 그자들이 들이민 어떤 물건도 받아들이지 말라고 명했다. 단호히 거절하라고.

다시 묘유 시작한 지 고작 며칠인데 만나기를 청해 오는 자가 서른댓 명이나 됐다. 두 번 온 자도 있고 편지를 두고 간 자도 있었다. 그냥 돌아가더라도 이름은 남기고 가는지라 누가 왔다 갔는지는 알았다. 생판인 이름은 하나도 없었다. 권력이 좋긴 했다. 다시 보기 어려울 줄 알았던 자들이 똥냄새 맡은 개들처럼 슬금슬금 몰려들지 않는가.

쉬는 날인 내일은 그런 자들이 아침부터 올 게 뻔했다. 그자들을 면대하고 싶지 않았다. 한성판윤 자리에 얼마나 있을지 알 수 없으되 있는 동안은 일이나 하고 싶었다. 만단사 재건도 서두를 생각 없었다. 더 느긋하게 기다리며 진정 내 사람이 될 만한 자가 누군지, 옥석을 가릴 참이었다. 그리하기 위해 홍집과 곤에게 내일 산정평으로 사냥이나 나가자 했다.

"할아버님, 소녀도 데려가시어요. 네? 할아버님?"

미연제가 안채로 들어와 내일 사냥놀이에 저도 데려가라고 할아비를 볶는 참이다. 제 어미아비는 물론 할미도 아니 된다 하는데 할아비를 볶으면 될 줄 아는 모양이라 난감하다. 동짓달에 여덟 살짜리를 사냥에 대동할 순 없었다. 더구나 제 어미아비가 애 고뿔이라도 들까 봐 설설 기었다. 지난봄과 여름에 걸친 석 달여간 아이가 귀신의 조화라고밖에 여길 수 없는 갖은 병에 시달렸던가 보았다. 온갖 진단과 처방을 다 하는데도 아이의 전신이 넝마처럼 헤지고 찢어지고 정신을 차리지 못했다던가. 아이 어미아비가 별 수 없이 덕적골 반야원의 칠지 무녀를 찾아가 얻은 처방이 양곡 베풀기였다. 칠천오백 냥에 해당하는 양곡이 다섯 차례에 걸쳐 백성들에게 풀리는 동안 아이는 반야원에서 지냈다. 오십 일 뒤 아이는 반야원에서 새로 지은 존재처럼 반짝이며 나왔고 지금 할아비 앞에서 저를 사냥에 데리고 가라고 조르고 있었다. 아이는 제 어미의 어릴 적 모습을 빼닮았다.

"아가, 집 밖은 무섭게 춥다. 엄동에 아기씨들은 밖에 나가는 거 아니야."

메뚜기 잡은 일로만 이록이 한성판윤이 되지는 못했을 터였다. 아이 병을 나수느라 도성이 떠들썩하게 푼 양곡 덕이 더 클 것이었다. 온의 배포가 워낙 크므로 이왕 할 일, 아예 소문나게 했던 것이다.

"솜옷 입고요, 솜모자 쓰고요, 솜수갑 끼고요, 가죽신 신고요. 코하고 입에는 바람막이 쓰면 안 추워요, 할아버님. 저, 이제 혼자 말도 잘 탈 수 있어요."

이록은 금오당을 쳐다보며 어떻게 좀 하라고 눈짓한다. 이미 볶일 대로 볶인 금오당이 고개를 절레절레 흔들더니 입을 연다.

"산정평까지는 마차가 너끈히 가지 않습니까? 우리 아기가 조부님과 아비와 삼촌하고 같이 나가고 싶어 안달하는데, 마차에 태워 데리고 가시지요? 산정헌에 아기 두고 사냥하시고요. 그쪽에도 아이들이 있고 우리 아기가 아무하고나 잘 어울려 노니까 거기 가서도 잘 놀 겁니다. 가 본 적도 있다고 하고요."

금오당은 미연제를 우리 아기라 부른다. 홍집과 온이 자식을 더 낳을 수 있을지는 알 수 없되 허원정의 유일한 아이가 미연제인지라 우리 아기라는 지칭에는 참 많은 것이 담겨 있었다.

"데리고 나갔다가 고뿔이라도 들면 어쩝니까?"

"춥다고 다 고뿔에 걸리는 건 아니지 않습니까. 우리 아기가 그리 무서운 병도 이겨냈는데, 고뿔 따위에 걸리겠습니까. 이제 튼튼하니 고뿔쯤 걸려도 금세 떨칠 것이고요."

아이 얼굴이 환해져 박수를 쳐댄다.

"맞아요, 할아버지. 저 튼튼해서 코에 불붙지 않아요."

어차피 집안에서만 곱게 자라다 열다섯 살 즈음에 시집가 집안에서만 평생 살아가게 될 아이가 아니긴 하다. 제 어미가 그러했듯 돌아다니며 세상을 배우고 크다가 제 어미를 이어 집안을 경영해야 할 아이다.

"허면 네 어미한테 내일 산정평으로 갈 채비를 해달라 해라."

"네에, 할아버님. 할머님, 고맙습니다. 은혜가 퍽 높으시옵니다. 안녕히 주무시어요."

아침 새처럼 지저귄 아이가 옷자락을 날개처럼 파닥이며 문을 열고 뛰어나간다. 문밖에 있던 아이 보모 순영이 읍하고 문을 닫는다. 아이가 온 방을 채우고 있었던 것처럼 갑자기 허전하다. 지난 추석에도 아이를 못 봤다. 석 달여에 걸친 아이의 병이 더칠까 무서웠던

지 아비가 상림에 오며 데려오지 않았다. 이번에 상경하여 처음 만난 손녀였다.

아이가 처음 본 할아비와 할미를 제 평생 봐 온 듯이 굴었다. 얼굴을 보기만 하면 종알거리고, 까르르 웃고, 끝도 없이 뭘 물었다. 상림은 어디 있어요? 그렇게 시작된 아이의 질문은 백 가지로 연결되어 할아비로 하여금 상림 사당에 모시고 있는 일조 광해 임금에 대해서까지 설명하게 했다. 일조에 대한 설명은 임진란으로까지 거슬러 올라가고, 임진란은 왜국으로 번졌다. 아이한테 쉽게 알아들을 수 있게 설명할 방법을 고심하는 자신이 즐거워하는 걸 느낄 때마다 이록은 기이했다. 낯선 즐거움이었던 것이다.

"태감!"

책을 들여다보려다 금오당을 건너다본다. 금오당이 상림으로 내려온 이후 밤이면 안채에서 지내게 되었다. 먹고 씻고 하속들과 논의할 것은 같이 하고 그럴 일이 없을 때는 한쪽에서 책을 읽고 한쪽에서는 바느질을 하다가 같이 잠자리에 들었다. 그렇게 지내다 보니 밤인지 낮인지 모르게 살아온 평생이 얼마나 부질없는 것이었는지 알 것 같았다.

"낮에 두동재의 하선당이 찾아왔더이다. 어미가 약방에 나갔을 때요."

하선당이라는 당호는 처음 들었으되 두동재라니 홍낙춘의 내당인 줄 알겠다.

"뭐라 합디까?"

"지난봄에 두동재에 연이어 생기는 우환들 때문에 큰굿을 해야 했던가 봅니다. 그러느라 우리 어미한테 은자 이천 냥을 꿔간 모양입니다. 매달 이자 닷 푼씩을 내기로 하고 담보로 노비 문서 열다섯 장을 잡히고요."

지난봄부터 반야원에서 큰굿이 자주 벌어지는 듯했다. 큰굿이 벌어질 때마다 수백 명의 굶주린 백성들이 배불리 먹으므로 전임 판윤 김현묵이 휘하에다 반야원에 손끝 하나 대지 말라고 명했다고 했다. 신임 판윤 이록이라고 그런 굿당에 손댈 까닭이 없었다. 오직 하나 있는 광해군의 칠대손이 그곳에서 살아 나왔거니와 이록을 배신한 위인 여럿이 그곳에서 굿을 하며 가산을 탕진해 힘을 잃었다지 않은가.

칠지 무녀가 아무래도 석연치 않기는 했다. 그처럼 강력한 힘을 가진 무녀라니! 소소 무녀 중석이 그곳으로 가서 두건을 쓰고 앉아 있는 게 아닐까 싶은 의혹이 있었다. 그리 믿고 싶은지도 몰랐다. 중석이 살아 있지 않다는 게 느껴지기 때문이다. 그의 그림자는 아직 세상에 드리워져 있으되 존재는 없음이 느껴지는 허전함 같은 것. 이번에 상경하여 한층 선명하게 느꼈다.

"그런 일이 있었군요. 그런데요?"

"여덟 달이 지났는데 원금은커녕 이자도 못 갚아서 빚이 이천팔백 냥으로 늘었답니다."

이천 냥의 닷 푼이면 매달 백 냥. 이자가 너무 높긴 하다.

"그 내당이 부인을 찾아와서 자신의 빚 얘기를 한 까닭이 뭐랍니까?"

"그 빚을 갚을 도리가 도저히 없는데, 하속들이 있어야 집안을 운영하고 농사도 짓겠기에, 담보로 내놓은 종문서 대신 양화도 쪽에 있는 전답으로 대신하면 어떻겠냐고, 우리 어미한테 물었던 모양입니다. 그랬는데 어미가 싫다고 한 모양입니다."

"양화도에도 그 집 전답이 있답니까?"

"하선당이 혼인하면서 친정에서 받아온 거라 하더이다. 그 부군이 무슨 큰일을 하다가 다른 전답들을 죄 잡혔는데 양화도 땅은 하선당 것이라 남아 있었던가 봅니다."

"그 전답을 팔아 갚으면 될 텐데 어찌 맞바꾸자고 한답니까?"

"팔리지 않아 그런 게지요. 첨부터 전답을, 가을걷이 끝나면 넘기는 조건으로 거간꾼한테 내놓고 어미한테 돈을 빌리러 왔던가 봅니다. 삼천 냥이 훨씬 넘을 전답을 천 냥으로나 사려는 작자는 있어도 제값으로 사겠다는 사람은 없는 모양입니다. 그러는 사이에 이자가 한 달에 백 냥씩 늘고요. 어미한테 말 좀 해달라고 간청하더이다. 우선 급한 불을 꺼야겠다고요. 급한 불을 끄고 나서는 두동재를 팔아 빚을 좀 갚고 서강 쪽으로 이사를 나갈 모양이더이다. 두동재도 이미 내놓은 모양이고요."

서자도 자식인지라 자식이 잘못하면 아비가 책임을 져야 한다. 홍낙춘이 서자들에게 호부를 허락하며 거느리고 다닐 때 이록은 그의 그릇이 크다 여겼다. 장성한 아들을 넷이나 둔 그를 일견 부러워하기도 했다. 그랬던 아들들이 홍낙춘의 집안을 완전히 망가뜨렸다. 결국 홍낙춘 자신의 잘못이었다. 젊은 놈들이 뭘 알 거라고 자금관리를 맡긴단 말인가.

"어미한테 말씀해 보셨습니까?"

"어제 어미 들어오자마자 전했지요. 어미가 대번에, 제가 알아서 할 터이 어머니는 못들은 걸로 하시라, 그러더이다."

"어미가 그리 말했다면 그럴 만한 까닭이 있는 것 아니겠습니까?"

"그런 줄 알면서도, 하선당의 처지가 짠하더이다. 그 집안이 부마를 내면서 누대의 명문이었다고 하지 않습니까. 어쩌다가 빚더미에 올라앉아서 절절 매게 되었다고 하니 안돼 보였습니다. 우리 어미가 남의 전답이나, 돈이나, 남의 집에서 평생 살아온 종들을 탐낼 까닭이 없는데 어찌 이럴까 싶기도 하고요. 게다가 제가 어렴풋이 알기로 그댁 바깥분과 태감께서는 자못 돈독한 사이이셨던 것 같은데요."

"그랬지요. 헌데 그 부인의 바깥이 나를 죽이려고 서출 큰아들을 상림까지 보냈습디다."

"예?"

"그 아들이 날 죽이러 나선 걸 알게 된 우리 아비가 뒤쫓아 내려와 그를 잡고 나를 살렸습니다. 그 덕에 내가 지금 당신 옆에 있는 겁니다. 당신이 내 곁에 있는 것이고요. 어미가 그걸 알기 때문에 그 집안을 곱게 볼 수 없는 거지요. 저간의 내막을 당신이 다 알아 좋으실 게 없으니 더 말씀드리지 않겠습니다. 그저 어미가 하는 대로 지켜보세요."

"그래야지요."

"어미가 그리 몰인정한 사람이 아니니 알아서 처리할 겁니다."

"그렇지요. 헌데, 태감. 이제 태감을 해하려는 자들은 없습니까?"

"그건 알 수 없지요. 허나 조심히 살 것입니다. 걱정 마세요."

"알겠습니다, 태감. 하옵고 여쭐게 또 있습니다."

"말씀하세요."

"어미의 보위로 있는 난수라는 아이를 아시지요?"

"어미의 보위대장 아닙니까."

"그 아이가 두어 해 전에 유산을 한 적이 있는데, 그때 놓친 태아가 우리 아비의 씨였답니다."

이록은 어리둥절해 금오당을 본다. 홍집이 집안에서 계집질을 할 놈이었던가 싶어서다. 저도 사내이니 계집질을 할 수 있고 탓할 생각도 없으나 집안 계집을 건드릴 놈은 아니지 않는가.

"그건 금시초문이군요. 헌데요?"

"어미가 여러 번 수태하고도 낳지를 못하지 않습니까. 난수도 낳지를 못했고요. 그렇지만 어미한테도 아들이 있으면 좋을 듯하고 그리하자면 부실이라도 들여야 할 제 이왕이면 아비와 연을 맺은 난수를 들여앉히는 게 어떨까, 제가 생각해 보았다는 것입니다. 더러 부실이 자식을 낳으면 정실에게서도 아이가 생긴다고도 하고요."

"어미한테는 물어보셨습니까?"

"그런 걸 어찌 물어보겠습니까. 태감께서 그리해도 무방하리라 하시면 제가 어미한테 운을 떼 볼까 싶어 여쭤보는 겁니다."

허원정에 자손이 너무 귀하긴 하다. 온이 아이를 낳을 수 있을 것 같지도 않다. 난수가 아들을 낳게 된다면 온의 아들로 삼을 수 있을 제 그 아이는 허원정 일족이 되는 것이나 윤가이므로 장차 곤이 낳을 아이들과 상충하지는 않는다.

"부인 뜻대로 해보시구려."

"허락하시는 겁니까?"

"벌써 연을 맺었다면서요. 그 아이를 어디에 놓을지, 그거나 어미와 상의해서 하세요. 어미가 집안에 두길 마다하면 머지않은 곳에다 집을 마련해 앉히면 되겠지요."

"예, 태감."

금오당이 바느질거리로 눈을 돌린다. 눈이 침침해졌다 하면서도 늘 바느질을 한다. 근 며칠은 자그맣게 누빈 저고리의 소매 끝에다 아롱다롱한 꽃을 수놓고 있다. 미연제의 저고리다. 친생손녀라 해도 그리 귀애하긴 어려울 터이다. 온갖 우여곡절과 오래 신산을 겪어 손녀로 본 아이라 다정이 유난한 것이다. 이록은 책으로 눈을 준다. 이무영의 『정음금강경주해正音金剛經註解』다. 곤이 교서관으로의 묘유를 시작하여 처음 간행된 책이라며 가져다주었다. 그러면서 이무영의 아우 이극영과 벗이라고 자랑했다. 곤이 저자의 아우와 벗이라고 자랑할 만한 까닭이 뭔가 싶어 읽었다. 자랑할 만했다. 「금강경」이 이처럼 아름다운 내용인 걸 오십여 평생 처음 깨닫고 있기 때문이다.

난수는 대문 앞에 서 있는 마차에다 미연제의 이불이며 요강 등을 넣어두고 아기씨가 나오길 기다린다. 미연제는 신기하리만치 명랑하고 순했다. 가솔 아이들과 허물없이 지내고 조부모를 어려워하지 않았다. 아무나 따르고 누구에게나 말을 걸었다. 허원정에 새로운 시냇물이 흘러든 것 같았다.

"난수 이모도 갈 거예요?"

동자처럼 차려입은 미연제가 제 아버지 손을 잡고 나와 종알거린다.

"아니오, 아기씨. 저는 집에서 일해야 한답니다. 재미나게 다녀오십시오."

"네, 이모."

고집도 없는 미연제가 환하게 웃으며 순영과 함께 마차 안으로 들어앉는다. 마구간지기인 구놈이 마차몰이꾼의 자리에 앉는 것으로 출행 준비가 끝난다. 열다섯 필의 말에 사람이 서른한 명이나 되는 큰 행렬이 완성되자 윤홍집이 선두에 나서며 큰소리로 신호한다.

　"출발!"

　관헌들이 쉬는 날은 우리도 쉬자. 온이 그렇게 말할 때 우리의 범위는 온 자신과 보위들까지였다. 상전이 허락했을지라도 보위들이 쉬기는 쉽지 않았다. 매번 허락을 구해야 했다. 오늘처럼 허원정의 젊은 남정하속들이 죄 나설 때는 온의 보위들도 같이 나서기가 보통이었다. 온의 보위들이 태감을 호위하여 사냥을 떠나매 난수는 보위장임에도 계집이라 허원정에 남았다. 태감 행렬이 떠나는 걸 보고 백자동 집으로 가려는데 금오당의 시녀인 달진이 마님께서 찾으신다고 전한다. 달진은 상림에서 금오당을 따라 상경했다.

　금오당은 안방에서 난수를 맞이한다. 예전에 외별당에서 난수한테 옷을 지어 주던 금오당과 안방에 있는 금오당은 지체가 다르다. 지금은 외명부 정이품의 정부인 마님이다. 부실로서 삼십 년쯤 묵묵히 산다 해도 금오당과 같은 광영의 세월을 맞을 수 있는 여인은 다시없을 것이다.

　"찾아계시옵니까, 마님."

　"어서 오너라. 아침은 먹었니?"

　"예, 마님."

　난수는 밤이면 퇴청하고 새벽이면 등청하는 관헌처럼 허원정을 드나든다. 작년 이맘 때, 미연제가 허원정으로 오면서부터 그렇게 되었다. 양연과의 관계는 그 훨씬 전, 난수가 수태할 즈음에 끝났다.

그때 태아가 스러지지 않았다면 어찌 되었을지는 알 수 없으나 이후 양연은 한 번 스쳐보기도 어려운 사람이 되었다.

"내가 널 어찌 불렀는지 짐작하겠니?"

"짐작치 못하나이다. 어찌 부르셨는지요?"

"내 영고당이 떠난 뒤 상림으로 내려가 일 년하고 넉 달가량 살다 왔다. 상림으로 내려가기 전에 내가 너와 미연제 아비와의 사이를 눈치채고 있었다."

난수는 온이 알고 있다는 건 짐작했으나 금오당까지 눈치채고 있던 건 몰랐다. 놀랍지는 않다. 알았으면 뭐하고 몰랐으면 뭐하랴. 지금은 아무것도 아닌데. 양연과의 사이가 아무것도 아니게 되었듯 난수가 허원정에서 지내온 시간들도 무위가 되었다.

지난봄에 난수는 훈련원 근방에서 즈믄과 스쳤다. 그는 훈련원에 습진하러 온 군관 복색이었다. 몹시 놀랐다. 그가 군관이 되어 살고 있다면 다른 통천비휴들이며 무극들도 어딘가에서 즈믄처럼 자신들의 삶을 당당히 살고 있는 게 아닌가. 그들은 사령과 부사령의 명을 수행하는 대신 다 함께 만단사로부터 탈출을 감행해 버린 것이었다. 서른세 명이 일시에. 난수는 전율했다. 대체 어떻게 그런 일이 가능했단 말인가. 자신을 알아볼 사람이 없을 거라 믿었던지 즈믄은 조심하는 기색도 아니었다. 다른 군관들과 함께 훈련원을 나온 듯한 그는 배고개 저자 어름에서 운종가 쪽으로 걷고 있었다. 난수는 즈믄을 뒤쫓지 않았다. 그를 봤다는 말을 온에게 하지도 않았다. 그때 보고할 필요를 느끼지 못했으므로 앞으로도 말할 필요가 없을 것이다.

하지 못하는 것과 하지 않음은 같은 것이었다. 삼딸 무녀였던 신덕스님이 보현정사의 내막을 적은 편지를 그 누군가를 향해 내보낸 걸 끝끝내 말하지 못했다. 성내에 승려들이 살지 못하게 되면서 보현정사를 떠난 신덕스님은 우이동 골짜기의 모친이 살다 떠난 집으로 들어갔다. 보연당이 친정의 노복인 재근과 사통하는 것도 입 밖에 내지 못한 채 지나갔다. 이온이 보연당의 사통 사실을 약점으로 잡아 그 집안과 혼사를 추진하려 하므로 말하고 싶지 않았다. 직접 나서기는 어려웠으므로 이곤 도령에게 예관골의 은월당에 대해서 넌지시 일렀다. 도련님 장가 잘 들이시려고 그에 대해 알아보라 하시는 것 같습니다, 라고. 이곤 도령이 어떻게 했는지는 알 수 없으나 보연당은 도성에서의 평생을 접고 시댁이 있는 온양으로 이거해 갔다.

말하지 않았건, 못했건 즈믄이나 신덕스님이나 보연당에게 아무 일이 생기지 않음으로서 이온에게도 아무 일이 일어나지 않았으니 난수는 자책하지 않았다. 이온은 태산처럼 큰 사람이지 않은가. 아랫것이 몇 가지 사항을 알리지 않는다고 해도 아무렇지도 않을 사람이다.

"황송하여이다, 마님. 예전에 잠시, 몇 번 그런 일이 있었사오나 지금은 아무 일도 없나이다."

"지금은 둘이 아니 본다는 게냐?"

"예, 마님. 이태 가까이 나리를 따로 뵌 적이 없습니다."

"나는 너와 아비가 시방도 관계하고 있다고 여겼니라. 하여 네게 아비의 부실로 들어앉을 염사가 있는지 물으려 널 불렀다. 아비 맘이 너한테서 떠난 게냐? 아니면 네가 돌아선 게냐?"

그는 첨부터 말했다.

"내가 난수 씨한테 원하는 건 한 가지, 근정이 무슨 일을 하고자 하는지에 대한 정보입니다. 난수 씨가 내게 원하는 건 무엇입니까?"

난수는 그때 당신 마음이라고 말하지 못했다. 수줍음 때문이 아니라 그에게 사랑을 달라고 말하는 순간 그가 난수라는 계집한테 원하는 게 없어지리라는 걸 알았기 때문이었다. 거래는 단순했다. 가끔 몸을 섞으며 이온이 하고자 하는 일에 대해 이야기 나누는 것. 그 일을 통해 윤홍집은 이온의 엉뚱한 행사를 통제하며 제 식구를 지켰다. 그를 통해 난수는 안을수록 쓸쓸해지는 사랑을 했다.

"첨부터 무슨 약조 같은 것을 한 적이 없고, 어쩌다 몇 번 어울렸을 뿐 맘을 주고받는 사이가 아니었습니다. 그러다 보니 시일 지나면서 저절로 멀어진 듯하고요. 이제 괘념치 마소서, 마님."

"아비는 무정한 남정이라 그렇다 치고, 네 맘도 그러하냐?"

내 맘은 어떤가. 너무 오래 그를 생각하고 살아서인지 난수는 이제 자신의 맘이 어떤지 알 수 없게 되었다. 금오당 말대로 양연은 무정한 사내였다. 겁 많은 남정이었다. 제 여인들이 수태하고 수태한 아이마다 낳지 못하고 스러지는 탓인지 미연제를 데려온 이후의 그는 여인들을 아예 쳐다보지도 않는 것 같았다. 지난봄에 미연제가 심히 앓으면서 훨씬 더 겁쟁이가 된 것 같았다. 제 식구밖에 모르는 남정이 되었다고 할 수도 있을 것이다. 어찌 아니 그러랴. 난수는 수긍했다. 수긍하고 이해도 했을망정, 몇 해간 자신의 여인이었던 사람을 일체 돌아보지 않는 그는 비겁했다. 그 같은 남정, 이제 난수도 생각하고 싶지 않았다.

"소인도 맘 접은 지 오래됐나이다."

"진정이냐?"

"예, 마님."

"내가 너한테 이 말을 하기 위해 간밤에 태감께 여쭸더니라. 널 아비의 부실로 들일까 한다고. 태감께선 그리해도 무방하리라 하셨다. 다시 묻겠다. 생각해 보고 답하여라. 아비의 부실로 들어앉을 염사가 있느냐?"

더 생각할 것 없이 난수의 생각은 분명했다. 자식이라도 있다면 모를까, 무엇 때문에 첩살이를 한단 말인가.

"그럴 염사 없나이다."

"그렇다면 내가 나설 필요가 없겠구나. 알겠다. 지금 우리가 나눈 말도 없던 일로 하자구나. 나가 쉬어라."

난수는 금오당한테 반절하고는 안방을 나온다. 안방 앞에 시립한 시녀는 없지만 집안 곳곳에서 하속들이 북적이는 소음이 난다. 난수가 지내온 허원정의 어느 시절보다 융성하고 다사로운 분위기다. 백성들에게 칠천오백 냥을 베풀고, 약방에서 오천 냥을 탈취 당했는데도 깊은 우물에서 물 한 바가지 떠낸 것처럼 손실의 티가 나지 않는 집. 두해 전 회임했을 때부터 이 집 일을 그만두리라 수없이 작정했으나 그리 못했다. 이 집 일을 그만둔다 할 제 무얼 하며 살아갈지 알 수 없어서였다.

예전에 허원정에서 지내던 온양댁이 지금은 우륵재에서 일하고 있다. 보연당이 본가로 내려간 뒤 보연당의 동서가 우륵재의 안주인이 되었다고 했다. 온양댁은 보연당 동서의 친정 소개로 그 집에 들어가 스무 살도 안된 주인아씨를 섬기며 차집으로 지낸다. 한 달에 이틀은 쉬는 날이라며, 쉬는 날 몇 차례 백자동 난수의 집에 들러 갔다. 온양댁은 딸네 집에 온 친정어머니처럼 살림살이를 손대며 잔소리를 하곤 했다. 지난달 하순에 찾아온 온양댁이 말했다.

"수문동에 있던 문 소의 친정이 집을 팔고 나갔는데, 그 집에 여인들만을 위한 약방이 생긴다 하대. 그곳에서 갖가지 재주를 가진 여인 일꾼들을 뽑는다는 소문이 났다 하더구먼. 글을 읽을 줄 알거나 재주가 있는 여인들을 우선으로 뽑는다고 하고."

그때는 온양댁의 수다로 들었는데 지금 불현듯 떠오른다. 정말 허원정 일을 그만둘 때가 됐는지도 모른다. 통천 비휴들이나 무극들처럼 만단사에서 탈출하겠다는 게 아니지 않는가. 일자리를 옮기는 것뿐이므로 목숨이 걸리지도 않았다. 그들처럼 죽으면 죽으리라고 목숨을 걸어야 새로워질 수 있을지도 모르지만 난수는 그저 이온과 윤홍집 곁에서 비켜나기만 하면 된다. 이 옹색한 처지에서 벗어나기만 하면. 그리 작정한 난수는 중사랑으로 향한다. 온이 붙든다면 남고 붙들지 않는다면 떠나는 것이다.

어제와 이제

  국빈은 자신이 입격만 하면 처가에서 이끌어 줄 거라 기대했다. 천치인 김인혜와의 혼인에서 유일하게 기대했던 게 그것이었다. 혼인 당시만 해도 처 백부 김상로가 우의정을 지내고 있었다. 그가 소전을 죽이는 데 앞장섰다. 임금이 아들을 죽이고 나서 아들 죽음에 앞장선 그 많은 자들 중에서 김상로를 골라 죄를 묻고 청주로 귀양 보냈다. 처 백부가 귀양간 직후, 경기도 화량진 군영의 수사로 있던 장인은 전라도 순천 병영의 좌수사로 내려갔다. 품계는 그대로일지라도 경기도에서 전라도로 간 건 명백한 좌천이었다. 그 모든 일이 일어났다가 끝난 뒤에야 국빈은 자신이 그나마 믿었던 언덕이 무너진 걸 알았다.

  열여덟 살 김국빈의 인생이 어디서부터 꼬였는가. 혼인 때부터라고 생각했다가 첩실 몸에서 태어나면서부터 꼬인 거라는 걸 인정했다. 처음부터 꼬였으므로 꼬인 자체가 자신이었다. 처가 덕 같은 건 바라지 않기로 한 국빈은 동짓달 십육일부터 형조 청사로의 묘유를 시작했다. 묘시 말에 등청하여 유시 초에 퇴청하기까지 산더미처럼 쌓인 서류를 읽으며 전임이 하던 일을 숙지하고 정리하는 것으로 일을 익혀 나갔다. 그게 다였다. 뒤를 받쳐 주는 누구도 없으므로 형조 말단에서 십 년쯤 지내다 한 품계쯤 승차하고 또 십 년쯤 지나 한 품계 오르면서 나이들어 갈 앞날이 훤히 보였다. 장원 급제한 기쁨은 간 데 없이 등청해 있으면 울적했고 퇴청하여 집에 들면 화가 났다.

　형조로 나다니기 시작한 지 보름 만인 엊그제 홍문관 부교리인 김구주로부터 서신이 왔다. 섣달 여드레 날 장동에 있는 청명당淸名堂에서 만나자는 것이었다. 성균관에서 함께 재학하며 지난 문과에서 같이 입격한 몇 사람이 참석하게 될 것이며 각자 한두 명씩의 벗을 동반하여 모이자고도 했다. 급제와 동시에 종오품의 부교리에 오른 김구주가 벗과 벗의 벗들을 초대하는 까닭이 뭘까. 국빈은 김구주의 의도가 의심스러웠다. 그저 얼굴이나 익히자는 뜻일 리 없었다. 명분이 무엇이든 결국 작당하자는 의미였다.

　그렇더라도 당장 역모를 꾸미자는 게 아니므로 국빈이 마다할 건 없었다. 하고 싶은 일이 없고 해야 할 일도 없는 즈음이었다. 길다 할 수는 없는 일생에서 목표는 오직 하나 과거 급제였다. 목표를 향해 맹렬히 돌진했으므로 그 세월이 짧지 않았다. 전력투구하여 목표를 이루면 모든 게 풀리리라 여겼다. 목표했던 장원 급제를 함과 동시에 자신이 선 기반이 얼마나 하찮은지 깨닫게 됐다. 김구주가 청명당에서 만나자고 기별해 온 사실에 안도한 까닭이었다. 그의 부친이 오위도총관으로 있고 형이 금위대 사관이며 누이가 곤전에 계시지 않는가. 김구주와의 인연은 김국빈 스스로 이루어낸 결실이었다. 천하에 기댈 사람이 없으되 자신을 믿고 살아도 되는 것이다.

벗을 동반하라는데 누구와 같이 갈까. 김구주가 동반하라는 벗은 이미 관직에 든 사람을 의미했다. 청명당에 가기로 작정했을 때 당연히 이극영이 먼저 떠올랐다. 그를 동반하면 든든하고도 자랑스러울 것이며, 어린 날부터 형제처럼 지낸 벗이므로 흔쾌히 동반해 줄 것이었다. 이극영을 찾아가기 전에 이곤은 누구를 동반할지 먼저 알아보고 싶었다. 그가 벌써 이극영을 청했는지도 모르겠다 싶었다. 이곤의 벗이라곤 이극영이 유일하지 않은가. 만약 그렇다면 국빈은 온양 향교 출신으로 작년에 등과한 정부경한테 함께 가자 할 참이었다. 시습재에서 국빈, 극영과 동학한 정부경은 할아버지가 참의를 지냈고 그 부친은 어느 고을 현감을 지내고 있었다. 정부경은 광흥창의 정구품 부봉사였다. 그는 이극영과 인척지간이기도 했다.

어제 점심 참에 교서관까지 찾아가 이곤을 만났다. 교서관 청사 앞 주막에서 함께 점심을 먹으며 김구주로부터 기별 받았느냐 물으니 이곤이 고개를 끄덕이며 반문했다.

"근데 형, 그 청명당이라는 데를 가려고?"

"그러는 너는, 아니 가려고?"

"에이, 난 안 가지."

"젊은 관헌들끼리 모여서 놀자는 건데, 너 노는 거 좋아하잖아?"

"나는 노는 걸 무척 좋아하지만 작당해서 노는 건 싫어. 혼자 노는 게 좋다고."

"작당하자는 게 아니라 친목하자는 거 아니겠어?"

"그거나 그거나. 형도 거기 가지 마. 내가 청명당에 대해 말씀드렸더니 우리 아버님이 그러셨어. 젊은 놈이고 늙은 놈이고 간에 남들 눈 피해 모이자는 놈들과는 어울리지 말라고."

어린 날 한두 번 봤을 뿐인 처자와 혼인하겠다는 둥의 엉뚱한 말이나 해대던 이곤이 급제한 걸 알았을 때 몹시 놀랐다. 그의 부친이 한성판윤이 된 걸 알았을 때는 충격이었다. 가슴이 아팠다. 선망 정도가 아니라 명백한 질투였다.

"어엿하게 초대장 보내왔는데 숨기는 뭘 숨어? 아버님은 어찌 그런 말씀을 하신 거야?"

"그 까닭까지 말씀하시지는 않았지만 나는 아버님이 그리 말씀하실 때는 마땅한 이유가 있을 거라 믿어. 그리고 아버님이 그리 말씀하시지 않아도 나는 오흥부원군의 아들과 놀고 싶지 않아."

"왜? 김 부교리를 오흥부원군의 아들이라고 강조하는 까닭은 뭐고?"

"솔직히, 작년에 아무리 한 사태를 주동한 세력이 그 집안이라는 걸 모르는 사람이 누가 있어? 그 사태에 관련된 자들은 거개가 무슨 일인가 당했고 당한다고 하잖아. 식구가 아프거나 본인이 아프거나 죽고, 벼슬이 떨리고, 귀양을 가고. 집안에 좋잖은 일만 나도 작년 그 사태에 관련한 거라고, 세상에 귀신이 있는 게 얼마나 다행이냐고, 사람들이 수군거린다고 해. 부원군 집안만 멀쩡하지. 왜? 그들은 왜 멀쩡해? 그들에겐 자책이나 가책이 전혀 없기 때문 아니야? 그 집 사람들은 귀신조차도 들지 못할 만큼 뻔뻔한 거라고. 난 그런 사람들하고 노는 거 재미없어. 난 재미없는 건 안 해."

말말이 재미를 운운하는 이곤이 철없기 그지없어도 그답기는 했다. 이곤이 그리 나오리라 예상했으므로 새삼스럽지는 않았다. 이곤의 하는 짓을 보면 극영이 어찌 나올지도 염려스러웠다. 점심 참에 잠깐 볼 게 아니라 집으로 가서 정식으로 의논해야 할 성싶었다.

오후 신시 경부터 눈발이 날리더니 저녁 들면서 제법 거세졌다. 이번 겨울 들어 두 번째 눈이다. 어쩌면 청명당에 대한 의논을 빙자해 우륵재에 들러보고 싶었는지도 모른다. 또 거센 눈을 핑계 삼아 오늘 밤을 우륵재에서 묵을 심산에 부룩부룩 찾아왔는지도. 과거에 장원 급제하여 이영로한테 장가들고 싶던 꿈은 깨졌다. 이영로를 향한 그리움조차 사라진 건 아니었다. 어머니를 용서할 수 없는 이유였다. 아들을 믿고 한두 해쯤 기다려 줄 수도 있는 일 아닌가. 아들의 전도를 우그러뜨려 놓고도 방방례에 참례하기 위해 상경했던 어머니는 천치 며느리의 사주팔자 덕에 아들이 장원 급제했다고 믿었다. 천치 며느리가 타고난 복이 친정에서 시집으로 옮겨온 덕이라는 것이었다. 사돈댁에 깃든 망조를 그렇게 해석하는 어머니와 말 섞기를 국빈은 포기했다.

방방례를 지내고도 향리로 돌아갈 생각을 하지 않는 어머니는 이제 손자를 바라고 있었다. 손자를 보기까지는 도성 집에 머무를 태세였다. 국빈은 코웃음을 쳤다. '한 백년 기다려 보시지요.' 속으로 그랬다. 국빈은 혼인하던 날 이후 김인혜를 안은 적이 없었다. 창가娼街에 나가 논다니를 품을지언정 앞으로도 천치를 안지는 않을 것이었다. 그 말을 어머니한테 하지도 않을 것이다.

우륵재 대문 설렁줄을 흔들어대자 행랑아범이 등불을 들고 나와 누구냐고 묻는다.

"나는 김국빈이라 하네. 지난봄에 서방님이 사온재 대감 대상 치르고 온 뒤에 들렀는데, 몰라보겠는가?"

"아, 인달방 서방님? 험한 날씨에 어찌 오셨습니까? 시자도 아니 거느리시고요?"

"서방님 계시나?"

"계십니다. 어서 들어오십시오."

대문 안으로 들어서자 아범이 저녁을 어찌했는지 묻는다. 먹었다고 하자 아범이 사랑으로 손을 뻗어 보이며 들어가라 한다. 서방님이 내원에 계시므로 기별하겠다고 덧붙인다. 여태 저녁밥을 먹을 리는 없고 부인과 밤들어 노닐 참인 게라고 속으로 구시렁거리며 사랑 건넌방으로 들어선다. 주인이 안 나올 폭은 아니었던지 방이 뜨뜻하다. 극영의 처소는 인달방 집 국빈의 처소보다 더 소박하다. 외풍을 막느라 문마다 가리개를 드리웠고 아랫방에는 이부자리가 깔려 있고 웃방에는 서안이며 책장이 놓였고 사방등이 켜져 있을 뿐이다. 수백 권의 책을 골방 안의 서가에다 따로 간수하는지라 책장 아래 칸에는 책 몇 권이 얹혔을 뿐이고 위 칸에는 도기 화병이 놓였다. 화병의 매화 그림이 소슬하다.

"다 늦은 시간에 어쩐 일이야? 날도 험한데."

극영은 밤 시간에 찾아온 국빈을 반기며 들어선다. 서안 곁의 촛대에서 초를 들어다 사방등의 문을 열고는 불을 당겨 촛대에 꽂는다.

"안에서, 자려던 참이었소?"

"어느새 자나. 저녁 먹고 식구들하고 이런저런 얘기하던 중이지."

극영은 배불뚝이 안해와 성로와 더불어 영로가 쓴 『나비 여인』에 대한 이야기를 나누고 있었다. 영로가 태일이라는 필명으로 쓴 『새 심청』은 줄거리가 뚜렷했다. 태일의 심청과 이미 알려진 심청의 면모가 원체 다르므로 『새 심청』이 시사하는 바가 충격적이었다. 『새 심청』이 퍼지자마자 금서가 된 까닭이었다. 『나비 여인』은 줄거리가 약했다. 깊은 산 속 절간에 들어와 벽마다 그림을 그리는 젊은 처자이야기인데 처자가 그리는 그림의 내용이 불경과 같았다. 태일이 의도한 건 그림을 그리면서 한 중생이 변태를 거듭하며 해탈해가는 과정이었다. 구도의 과정을 그려낸 작품으로는 괜찮은데 이야기책으로 엮어 책방으로 나갔을 때는 어떨까. 그런 이야기를 나누던 중 성로가 말했다.

"이 책이 경문이면 내가 엄숙한 자세로 읽겠는데요, 이야기책이잖아요. 이야기책으로서는 재미가 하나도 없어요. 난 『새 심청』을 열 번도 넘게 아주 재미나게 읽었는데, 미안하지만요, 언니! 나는 이 『나비 여인』은 돈 내고 세책은 안 할 거야. 물론 사지도 않을 거고."

그 바람에 영로가 풀이 푹 죽었고 인모와 극영은 퇴고 과정에서 내용을 덧붙이라고 권하던 참이었다.

"형수님말고 식구가 더 있소?"

"아, 영로하고 성로가 있지."

"영로아기가 사온재에 있는 게 아니라 예 있었어?"

"지난봄에 아버님 졸곡제 지낸 뒤에 내자와 함께 데려왔어."

"성로는 누구야?"

"성로는 영로와 긍로의 아우지."

"형의 조카가 또 있었어?"

"네가 온양 우리 집에 드나들 때는 애가 어려서 제 모친 곁에 있었으니 너는 못 봤지. 그나저나 어쩐 일이야?"

극영은 영로 얘기를 더 듣고 싶은 국빈의 속내를 모른 척하며 말을 돌린다. 한동안 꽤 소원했다. 국빈이 과거시험 공부에 매진하느라 바빴다 할 수 있으나 정작 소원해진 이유는 국빈의 혼인 때문인 것 같았다. 국빈이 제 혼인을 부끄러워하면서 극영에게서 멀어져갔다.

"형, 청명당이라고 아오?"

"청명당이 뭐야? 당명黨名이야, 택호宅號야?"

"장동에 있는 김구주 부교리의 별저 이름이래. 그래서 당명이 된 것도 같고."

"김구주의 별저? 김구주한테 어느새 별저가 있어?"

"집안의 별저겠지. 별저였는데 김구주의 형 김문주가 본가에서 나와 청명당에서 살게 됐나 봐."

"외지 전근도 아닌데 장자가 본가에서 독립했다니, 이상하네. 그런데?"

"김 부교리가 나흘 뒤 여드레 날 점심 참에 청명당에서 모이자는 초대장을 보내왔더라고. 성균관에서 같이 지내다 이번에 등과한 동기가 열한 명인데 같이 보자고."

눈까지 내리는 밤에 국빈이 찾아온 까닭이 있을 거라고는 생각했지만 김구주를 운운할 줄은 몰랐다. 청명당이라니! 어이가 없다. 매월 두 차례씩 오던 곤전의 편지가 이달 들면서 오지 않았다. 오지 않으면 다행이라 여겨야 하건만 퇴청 때마다 편지가 왔는지 살피고 와 있지 않음에 신경이 돋는다. 밤이면 안채에서 주로 시간을 보내는 것도 혼자 있는 시간을 줄이려 함이다.

"그런 모임은 나이가 좀 든 다음에 시작하는 걸로 알고 있는데, 어느새 모인다고? 더구나 이 엄동에?"

"얼어붙은 산천으로 모꼬지 가자는 게 아닌데 엄동인 게 무슨 상관이야. 형네 입격 동기들은 그런 모임 없어?"

"우린 없지. 헌데 너, 그 청명당이라는 데를 가려고?"

"안 갈 까닭은 없지 않소?"

"안 갈 까닭이 어찌 없어? 청명당淸名堂이라니! 이름 그대로 사심 없이 맑은 이름을 가지자는 뜻이든, 사심이 잔뜩 낀 마음을 청명이라는 낱말로 가리려는 의도이든, 김구주가 주동하는 모임에 끼는 걸, 그리 쉽게 여기면 돼?"

"난 태학에서부터 그와 친했어."

"태학에서 친했다는 게 핑계가 될 순 없어. 객관에서 회동하자는 것도 아니고 김구주의 형, 김문주 집에서 모이자는 거잖아. 그건 그 집안의 사조직이라는 의미 아냐? 어쨌건, 그들은 오흥부원군의 아들들이야. 김문주와 그 패거리가 소전마마 사태와 관련해 무슨 짓을 벌였을 거라는 짐작은 누구나 해. 그러므로 작금에 그 형제와 어울리는 건 동궁과 반대편에 선다는 뜻이 돼. 넌 어린 나이에 장원 급제까지 해서 이제 갓 관직에 들어섰는데, 뭐가 모자라 동궁과 반대편에 서느냐는 거지."

"침소봉대하는 거 아냐? 편 갈라 뭘 하겠다는 뜻이 아니잖아? 젊은 관헌들끼리 모여서 얼굴 익히자는 건데 뭐가 문제야?"

이 친구가 원래 이처럼 꼬인 사람이었나? 김구주와 패거리를 짓는 게 동궁과 척지는 걸 모를 만큼 몽매했던가? 극영은 솟구치려는 화를 누그린다.

"태도의 문제지. 태도가 내용을 만드는 거 아냐? 그런 태도를 취하는 게 네게 무슨 득이 되냐고."

"나는 형이나 이곤처럼 뒷배 단단한 집안이 없어. 어영대장을 지내신 아버님이나 판윤이 되신 아버님도 아니 계시고. 처가도 아주 우스운 꼴이 됐지. 난 장원 급제를 했는데 겨우 정구품 품계를 받았어. 장원하고 구품 품계를 받는 사람이 어딨어? 그게 무슨 뜻이겠어? 나 혼자서 앞날을 개척해야 한다는 거 아냐? 이런 내가 그냥 가만히 산다고 앞길이 열리나?”

“넌 이제 겨우 열여덟 살인데 네 힘으로 네 앞길을 열었어. 장원급제를 했잖아. 일 열심히 하고 공부하고 책 쓰면서 지내면 차차 승차할 건데 뭐가 그리 바빠?”

“다들 대번에 높은 품계로 올라갔는데 나만 죽은 듯이 지내면서 차차 하라는 거야?”

“다들이라니! 예외는 몇 사람뿐이고 대개 말단에서부터 시작해. 네 말대로라면 한성판윤의 아들 이곤이 교서관의 말단으로 들어가고, 성균관 대사성의 아들 김준홍이 봉상시 말단으로 들어선 건 뭔데? 어째서 예외를 기준으로 삼아?”

“그들은 장원하지 않았어!”

“네가 장원했으니 시작은 말단이어도 미래에는 네가 빠를 수 있어.”

“그걸 어찌 알아?”

“이치가 그렇잖아. 넓고 길게 보면 결국 스스로 이룬 게 가장 단단한 거 아니겠어? 그쯤 너도 알면서 어찌 당장의 발밑만 보고 장원이니 말단이니 운운해!”

“앞이 꽉 막힌 것처럼 숨이 막히는데 달리 생각할 도리가 없잖아?”

“그러니까 너는 그들과 어울려서 네 앞날을 개척하겠다는 거야? 동궁과 척을 지면서?”

“그런 게 아니라는데 어째서 자꾸 같은 말을 반복해?”

국빈이 만단사자인 것은 극영에게 상관없었다. 그는 이극영이 사신계원인 걸 모르므로 그가 만단사자인 걸 모른 체하면 됐다. 극영이 동궁의 선생 노릇을 하고 있는 걸 번히 알면서 김구주와 한패가 되려 하는 건 묵과할 수 없다. 더구나 성로가 동궁의 벗이자 배동으로 궐을 드나들게 된 참이었다.

"솔직히 말해 봐. 너, 김구주한테서 청명당에 모이자는 소리 들을 때 어땠어? 거리끼지 않았어?"

"약간 그랬어. 동시에 내가 그 패에 들 수 있는 게 다행이다 싶었고. 내게 아무 언덕이 없다는 걸 깨쳤기 때문에."

"나 어릴 때 누군가를 고자질하다가 어머니께 걱정을 들었는데, 그때 어머니한테 사실을 말하는 것과 고자질하는 것의 차이가 뭐냐고 여쭀어. 어머니가, 어떤 사실을 말할 때 내 맘에 거리낌이 있으면 고자질이라고 하셨어. 어떤 일에 당면하여 자연스럽거나 흔연하지 않고 맘에 거리낌이 생기면, 그 일은 아니하는 게 좋은 것임을, 스스로 아는 거라고도 하셨고. 넌 그들과 어울리지 않아야 한다는 걸 네 스스로 아는 거야."

"그런 말씀은 현실을 모르는 어린아이한테나 해당하는 거지."

이 정도면 말리기 어렵겠다. 극영은 머리를 흔들고 만다.

"넌 이미 그 형제와 어울리기로 작정한 것 같은데. 다 결정해 놓고서 이 밤에 나를 찾아와 그 얘기를 하는 이유는 뭐야?"

"청명당에서 모일 때 이왕이면 벗을 동반하자고 하기에, 형한테 같이 가자고 청하러 왔어. 그런데 괜히 온 거 같네. 형의 태도로 보면 같이 가 줄 것 같지 않으니까."

"그런 뜻의 방문이라면 괜한 걸음 한 게 맞다. 나는 그들과 어울릴 생각이 머리카락 한 올만큼도 없으니까."

"한 번은 같이 가 줄 수 있지 않아? 가서 뭘 하자는 건지 살펴보고 난 뒤에 나한테 그들과 어울려도 괜찮다거나 어울리면 안 된다고 말해 줄 수 있잖아. 내가 형한테 바란 게 그거였어."

"한 번이든 백 번이든 같아. 틀린 게 아니라고 다 맞는 건 아니잖아. 동궁을 모시는 내 입장에서 김구주와 어울리는 건 명명백백 그른 일이야. 그른 일은 한 번도 하면 아니 되는 거고 또, 한 번이 한 번으로 끝나지 않는 게 그른 일이야. 좋은 일은 한 번으로 끝나기 십상이라도 그른 일은 절대 한 번으로 그치지 않아."

"정말 괜히 왔네. 미안하게 됐소."

국빈이 푸르르 떨치고 일어나 벗어뒀던 도포를 꿰고 휘양을 뒤집어쓴다.

"이러고 나가겠다는 거냐?"

"형과 내 입장이 이렇게 다른 줄 내 미처 몰랐어. 형이 이처럼 성인군자, 충신인 줄 몰라 온 건데, 알았으니 더 있을 필요가 없잖아?"

"매사가 어째 이리 성급해?"

"내가 못나 그렇소. 됐소?"

국빈은 휙 몸을 돌려 방문을 연다. 문 앞에서 방으로 들어올 참이었다가 안에서 난 큰소리에 놀라 있던 행랑아범이 상을 든 채 급히 물러난다. 대청 아래에서는 중년 아낙이 서서 떨고 있다. 주안상을 차려와 아범한테 건네준 부엌어멈인 것 같다. 국빈은 대청에 올라 있는 수혜자를 꿰고는 눈이 내려 쌓이는 사랑 마당을 건너 바깥마당을 지나 대문을 나온다. 그렇지만 혹시라도 극영이 쫓아 나와 붙들지 않을까 기대하며 걸음을 늦춘다. 대문 마당의 눈을 마구 짓밟으며 분을 푸는데 안에서 서둘러 나오는 사람이 있기는 하다. 행랑

아범이다.

"우리 서방님께서 인달방 댁까지 바래다 드리라 하십니다."

"됐네. 혼자 왔는데 혼자 못 갈까?"

열한 살 정월에 시습재에서 이극영을 처음 만나 열여덟 살 섣달에 이르렀다. 친형제처럼 지낸 지난 팔 년의 우애가 대번에 깨지고 있었다. 당장 돌아가 내가 잘못 생각했노라, 미안하게 됐다고 사과하지 않으면 영영 돌이키지 못하게 될지도 모른다. 그를 잃으면 우애로운 형을 잃는 것이고 지극한 벗을 잃는 것이며 든든한 동지를 잃는 것이다. 돌아서 들어가야 한다고 생각하면서도 국빈은 검은 눈보라에 휩싸인 골목으로 걸음을 내딛고 만다. 극영이 따라나와 붙들어 주지 않는데 어찌 돌아간단 말인가.

국빈이 사라지는 모습을 대문간에서 지켜보던 새임은 치미는 울음을 틀어막는다. 인달방 서방님이 찾아왔으므로 주전부리를 내야겠다고 천아 어멈과 국이 어멈이 설거지 끝낸 부엌으로 들어서기에 가슴이 마구 설레 앞장서 나섰다. 지난 정월 말에 한차례 들른 국빈이 통 오지를 않아 새임은 가슴 졸이던 차였다. 성균관에서 공부하느라 바쁜 모양이라 짐작하면서도 가끔 형을 찾아와 공부에 대해 묻고 쉬면 좋으련만 했다. 열 달 만에 국빈이 찾아왔으므로 어멈들이 이것저것 차린 상에다 술 한 병을 올리자고 새임이 말했다. 아낙들이 그도 좋겠다고 해서 술상을 만들어 천아 아범한테 들려 내보내곤 따라갔다.

어릴 적의 두 아들이 형제인 줄 모른 채 정다웠으므로 이 밤에도 얼마나 정다우랴. 아들들의 말소리나마 듣고 싶어서 엿듣다가 국빈이 지난 과거에서 장원 급제한 사실을 들었다. 세상에나, 이태 전에 극영이 장원 급제했다더니 국빈도 장원을 했다. 몸이 달달 떨렸다. 당장 죽어도 좋을 것 같았다. 두 아들로 인한 박새임의 기쁨은 그만큼으로 충분했던가. 잠시의 기쁨을 누리기도 전에 방 안에서 큰소리가 나기 시작했다. 형이 아우한테 동궁과 척지려는 것이냐며 큰소리로 나무랐다. 아우가 형한테 내가 이것밖에 안 되는 놈이라고 바락바락 대들다가 뛰쳐나왔다. 서슬 푸른 분노와 고드름 같은 서러움을 뿌리며 눈보라 속으로 사라져 버렸다. 국빈을 배웅하지 못하고 대문간으로 들어온 천아 아범이 말한다.

"아주머니, 추운데 어찌 이러고 계십니까. 어서 들어가세요."

"좀 모셔다 드리지 그랬소."

"그리 화를 내시며 마다하시는데 뒤를 따라가는 것도 도리가 아닌 듯싶어서요."

"그래도 서방님이, 그 서방님을 배웅해 드리라 하셨는데. 시자도 없이, 아직 어리신데!"

"어리신 게 아니라 한창 젊으시죠. 아직 밤이 깊지도 않았고요. 잘 가시겠지요. 그만 떨고 들어가십시오."

대문에 빗장을 지른 천아 아범이 사랑으로 향한다. 국빈을 배웅치 못했다는 말을 하려는 것이다. 새임은 대문 밖을 내다보려다 큰아들 때문에 못하고, 사랑으로 들어가 보려다 작은아들 때문에 못하고, 어느 편도 들 수 없는 스스로 때문에 자신의 방으로 들어가지도 못한 채 대문간에 서서 운다. 짐승이 울부짖는 것 같은 눈보라 소리에 울음소리를 감추며 운다.

자식들을 낳기만 하고 버린 내가 이처럼 편해도 되는가. 늘 불안했다. 오늘 밤에 비로소 벌을 받고 있었다. 형제가 형제인 줄 모른 채 서로를 아끼더니 형제인 줄 모른 채 서로 등을 돌리는 광경을 눈앞에서 보고 있는 이것이 박새임에게 마련된 징벌이었던 것이다.

천아 아범이 다시 나와 말한다.

"아주머니, 아직 여기 계셨습니까? 서방님이 상 내가라 하십니다."

지난 일 년 동안 인사 한번 나눈 적 없는 부엌어멈과 사랑주인일 뿐이었는데 느닷없이 상을 내가라니. 새임의 가슴이 덜컥 한다.

"천아 아버지가 들고 나오지요?"

"아직 술상을 마주하고 계십니다. 드실 생각이 없으신 것 같으니 아주머니가 내오십시오."

극영이 무슨 눈치를 챈 것 같지는 않았다. 아들이 눈치채지 않게 하려 그 앞에 나선 적도 없다. 함월당께서 극영에게 무슨 말을 해줬을 리도 없다. 심경도 극영의 외간 보기를 막기 위해 애를 썼을망정 그에게 아비 다른 아우를 운운할 사람이 아니었다. 심경이 어떻게 했는지, 저절로 된 것인지는 알 수 없으나 이달 들어서 극영에게 편지가 오지 않았다.

"서방님, 온양댁입니다. 상을 내갈까 합니다."

"들어오세요."

극영은 웃방 가운데 놓은 상 앞에 앉아 있다. 상에 올려놨던 어포와 부각과 대추초와 율란 등이 그대로다. 술잔도 빈 채이다. 주안상에 손도 대지 않은 채 멀뚱히 앉아 있었던 것이다. 새임은 방문을 닫고 문 앞에 앉는다.

"가까이 오십시오."

"아니옵니다, 서방님. 다 드시었으면 상을 내 가겠습니다."

"가까이 오세요. 제가 여쭤볼 게 있어 그렇습니다."

심장이 졸아붙는 듯이 새임은 숨쉬기가 어렵다.

"그, 그냥 하문하십시오, 서방님."

"그러지요. 어찌 대문간에서 떨고 계셨습니까?"

"예?"

"천아 아범이 그러더이다. 국빈이 여기서 나가자 온양댁이 따라 나와 그가 가는 모습을 지켜보더라고요. 하여 제가 아범한테 다시 대문간으로 가 보라 했습니다. 대문간에 아직 계시면 이리 오시라 한 거고요. 온양댁이 대문간에 한참이나 계셨기에 이리로 오시게 되었습니다. 어찌 그러고 계신 겁니까?"

눈이 마주친다. 내자한테 단 한 번도 다정한 적 없던 제 아비와 꼭 닮은 극영의 눈이 사늘히 검다.

"그, 그저 상을 내왔다가 서방님들이 다투시는 소리를 듣게 됐고, 인달방 서방님이 뛰쳐나가시기에, 나이든 아낙의 노파심에, 손님 배웅하는 셈으로 나가 있었습니다."

극영은 온양댁을 끝끝내 일꾼 아주머니로만 대하려 했다. 그 스스로 생모인 걸 드러내지 않으니 나도 모른 척하겠노라, 작정하고 결심하고 다짐하며 지내왔다. 천아 아범한테서 온양댁이 국빈이 가는 걸 쳐다보며 울고 있더라는 말을 듣는 순간 고드름에 찔린 듯 날카롭게 한 가지 사실을 깨달았다.

"저는 아주머니가 누구이신지 압니다."

"예?"

"미타원이라는 집에서 한본이라는 아이를 낳으신 분인 걸 안다는 겁니다."

온양댁은 대꾸를 못하고 극영의 눈길에서 놓여나지도 못한 채 떨지 않으려 기를 쓴다. 극영이 말을 잇는다.

"지난 정월, 용문골에서 돌아오던 날 알아보았습니다. 알아보았으나 어찌해야 할 줄 몰라 그저 지내왔습니다. 이 밤에 국빈이 왔다는 말에 온양댁이 상을 들고 나온 사실과 이 방 밖에서 우리가 싸우는 소리를 듣고 있었던 사실과 대문간에서 국빈이 가는 모습을 지켜봤다는 말을 들으면서 한 기억이 떠올랐습니다. 저 열네 살 겨울에 한성댁이라 자칭한 여인이 침모로 가장하여 용문골에 오셨지요. 그때도 국빈이 함께 있었습니다. 국빈이 한성댁한테 예전에 만난 적이 있냐고 물었고 한성댁은 자신이 흔한 인상이라 그런 말을 흔히 듣는다고 했습니다. 제가 그때 국빈한테 한성댁 아주머니와 닮은 것 같다고 농담을 했지요. 국빈이 저한테, 형도 아주머니와 닮은 것 같다고 농담했고요. 이제 말씀해 보십시오."

"무, 무엇을 말씀입니까?"

"온양댁이 한본의 생모라는 사실을 제가 안다고 말씀드렸습니다. 오늘 밤 국빈을 걱정하여 따라나가신 까닭을 말씀하시라는 겁니다."

"서방님이 무슨 말씀을 하시는지 쇤네는 모, 모르겠습니다."

온양댁이 극영을 쳐다보지 못하고 치맛자락 잡은 손에 힘만 주고 있다. 정수리만 보여준 채 푹 숙인 고개 밑에서 숨소리도 내지 못한다. 나를 낳은 어머니이므로 가여워야 하는데 가여운 줄 모르겠다. 가엽다 한들 이극영을 아들 삼아 키운 별님보다 가여우랴. 이극영을 아우로 둔 수앙보다 가여우랴. 지난가을 곤전과의 사통 사실을 털어났을 때 수앙이 울부짖은 말들이 귀에 쟁쟁했다. 그년이 누군데 가여워하냐고, 그년이 누군 줄 몰라서 안쓰러워하냐고. 김여주가 누군 줄 몰라서 그리된 게 아니었다. 저절로, 어쩔 수 없이 그리되었다. 그 옛날의 온양댁도 어쩔 수 없는 일이 있었을 것이다. 극영은 스스로를 다스리며 입을 연다.

"저는 지금이라도 함월당으로 가서 여쭤볼 수 있습니다. 심경에게 쫓아가 물어볼 수도 있지요. 그에 대해 알 만한 사람이 이제 그 두 사람뿐입니다. 아시는지 모르겠지만 별님이 하세하셨고, 강수언니도 세상에 없습니다. 작년 소전마마 사태 직후에 두 분이 다 떠나셨습니다."

새임은 심경으로부터 들었다. 그 말을 할 때 담담했던 심경의 내면에 무엇으로도 메울 수 없는 상실과 슬픔이 있는 걸 보고 몸이 떨릴 지경이었다.

"제가 물으면 함월당께서는 말씀하실 겁니다. 심경도 말해 줄 테고요. 이제 저한테 숨길 까닭이 없으니까요. 아주머니께서도 솔직하게 말씀해 주셔야 합니다. 솔직하게 말씀하실 유일한 기회입니다. 이후 다시는 여쭙지 않을 테니까요."

"무, 무슨 말씀을 하시는지 쇤네는 통 모르겠습니다."

"저는 온양댁이 한본의 생모인 걸 알고서도 모른 척 지내온 지난 일 년처럼, 앞으로도 한본의 생모가 제 집의 내원 뒤채에 계신 걸 모르는 양 지낼 것입니다. 그처럼 저는 국빈과 화해하지 않고 모르는 사람인 양, 국빈이 동궁과 척을 지어가는 것을 내버려두고 살 수도 있습니다. 그런데, 강수언니가 지금 이 세상에 없는 이유는 돌아가신 소전마마의 벗이자 측근 신하였기 때문입니다. 현 동궁마마의 스승이었기 때문이고요. 저는 현 동궁마마의 선생이자 벗이자 최측근 신하입니다. 동궁께서 우리 집으로 납실 정도로 저를 신뢰하시지요. 그리하여 별님의 마지막 자식인 성로는 동궁마마의 유일한 동무로 궐을 드나들고 있습니다. 앞으로 동궁마마를 지키지 못하면 강수언니처럼 저와 성로가 죽는다는 뜻입니다.”

새임은 자신의 떨리는 손에 더 힘을 준다. 지난가을에 한 소년이 우륵재에 나타났다. 익위사 수장인 극영의 장인과 그 휘하들도 죄 와서 집을 둘러쌌다. 그 소년이 동궁이었고 성로아기의 동무였다. 극영의 말이 계속된다.

“이제금 국빈이 어울리려는 자들은 소전마마를 해하였고 앞으로 동궁마마를 해하려 들 게 틀림없는 자들입니다. 저는 동궁마마를 지 켜야 하는 사람이고요. 국빈이 그자들과 어울려 동궁마마와 척을 지 게 되면, 저와도 척을 지는 것입니다. 서로 죽여야 하는 입장이 될 수도 있다는 겁니다. 그래도 되겠습니까?”

형제가 서로를 죽여야 할지도 모를 처지가 될 만큼 척지고 살게 할 수는 없었다. 서로를 을러대다 보면 필연코 한쪽이 상할 것이며 다른 한쪽도 상할 수밖에 없지 않은가. 극영은 알되 국빈은 모르는 사실로 하여 극영이 더 많이 아플 것이었다. 하지만 제 아우인 걸 알 고 감싸며 살아가기는 또 얼마나 힘이 들 것인가. 애간장이 녹는다 는 게 이런 것이었다. 내 심장을 찢어 양쪽으로 갈라줄 수 있다면, 그리하여 어미의 피로서 아들들의 찢긴 맘을 메울 수 있다면 얼마나 좋을 것인가. 심장을 찢어줄 수 없으므로 또 하릴없는 눈물이 난다.

인적이 끊기다시피 한적한 거리에 눈은 폭폭 내려 쌓이는데 국빈은 도저히 그냥 집으로 가고 싶지 않았다. 광화문 근방에 이르렀을 때 국빈은 허원정이 멀지 않은 곳에 있음을 떠올렸다. 내친걸음에 이곤이나 만나자 싶어 길을 약간 거슬러 허원정의 대문을 두드렸다. 청지기 아들 병지가 나와 알아보고는 제 서방님이 이화헌에 가 있다고 한다.

　지난봄 도성 안 비구와 비구니들, 사찰을 추방하면서 보현정사의 스님들도 떠나야 했다. 그때 이화헌에 있던 학동들이 보현정사로 가서 합쳐졌다. 이곤에 따르면 그러했다. 이화헌은 이제 관헌으로 나다니게 된 이곤의 별저가 되었다. 이곤은 그곳에서 무술 연습이나 하며 놀 것이라 했다. 이화헌으로 가면 곤과 늠이의 목검 대련이나 표창 던지기 시합 등을 볼 수 있을지도 몰랐다. 가고 싶지 않았을 뿐이다. 밝은 날이라면 정선방 이화헌까지는 단숨이지만 지금은 눈이 폭폭 내리고 밤이 깊어가는 시각이었다.

　"양연께서는?"

　"오늘 밤 번이 드시어 내일 아침에 퇴청하실 겁니다."

　"태감께서는?"

　경희궁 숭전전 앞에서 벌어진 방방례 시작 전에 태감을 봤다. 국빈이 인사를 하자 태감이 고개를 끄덕이며 장원했다니 대견하구나, 그랬다. 그때 태감이 한성판윤에 오를 거라고는 꿈에도 생각지 못했다.

　"손님들을 맞고 계십니다만, 여쭈어 보오리까?"

　"내가 곤을 보러 오긴 했으나 태감께 잠시 인사드리고 싶다고 여쭤 주게."

　국빈을 대문 앞에다 세워 둔 병지가 안으로 들어갔다. 이모인 영고당은 살아 있을 때도 조카한테 끼쳐준 게 없었다. 죽은 뒤에도 끼쳐줄 게 없었던지 자식 하나 남기지 않고 하세했다. 그 탓에 이모 집이었던 허원정은 남의 집처럼 되어 버렸다. 운이 없으려니 세상을 다 덮을 듯이 눈이 쏟아지는 섣달 초닷새 밤에 대문간에서 얻어맞은 개처럼 떨며 주인의 하회를 기다리게 되었던 것이다.

병지가 나와 태감이 들어오란다고 큰사랑으로 이끌었다. 국빈이 대청 앞에 이르자 태감의 방에 있던 몇 사람들이 나왔다. 국빈이 알 만한 사람은 당연히 없었다. 휘양을 벗어 눈을 털고 방으로 들어섰다. 방 안에 또 방 두 칸이 연이어 있고 장지문은 열린 채이고 태감은 맨 안쪽에 있다. 국빈은 들어선 자리에 선 채 큰절을 하고 읊조린다.

"소인 김국빈, 태감을 뵙습니다."

"내려와 앉거라."

이곤의 처소인 작은사랑은 여러 번 드나들었어도 태감의 처소에는 처음 들어왔다. 그렇게 넓은 방인 줄은 몰랐다. 아랫방으로 내려앉으니 훨씬 안온하다. 태감이 아직 치우지 않은 상에서 주전자를 기울여 술을 따르더니 건네준다.

"추울 테니 속이나 데워라."

태감을 이모부라 불러볼 기회가 없었지만 한때 이모부였던 건 사실이고 곤의 부친이라 어렵지는 않다. 술잔을 받아 들이키고 나니 속이 따뜻해진다. 국빈이 잔을 내려놓자 태감이 한 잔을 더 따라 주고 묻는다.

"야심해져 가는 시각에 어쩐 일이냐?"

국빈은 청명당에 관한 일이며 이곤과 이극영을 만난 일들을 솔직하게 아뢴다. 급제자 방에서 장원으로 적힌 자신의 이름을 발견했을 때부터 현재에 이르게 된 소회까지. 꼭 그 말을 하기 위해 곤이 없다는 말을 듣고도 들어온 것 같다. 낱낱이 아뢰는 동안 태감은 고개를 끄덕이며, 그랬구나, 맞장구를 쳐 주었다. 이처럼 받아주는 대상이 필요했던 걸 비로소 느낀 국빈의 가슴이 뜨거워지며 눈시울이 맵다. 국빈이 눈물을 훔치고 나자 태감이 입을 연다.

"네 조부님이라도 살아 계셨더라면 네 맺힌 맘을 풀어 주셨을 터인데 이래저래 네 맘고생이 심했겠구나."

"소인의 조부님과 아시었나이까?"

"네 조부님과 잘 알고 지냈기에 내가 네 이모와 혼인했던 게지. 네 조부님이나 네 이모를 잃은 게 나한테보다 너한테 더 큰 상실이었던 건 내가 유의하지 못했다. 너도 알다시피 내가 여러 해 동안 부실하게 살았지 않느냐. 아무도 돌봐주지 않는 새에 네 홀로 이루어낸 일이 장하고 대견하다."

"망극하여이다, 태감."

"네가 의지가지없다고 여기는 그 맘을 이해한다. 헌데 네 조부께서 만단사 일룡사자이셨던 사실을 아느냐?"

조부가 일룡사자였던 건 몰랐으되 만단사 용부사자인 건 알았다. 국빈 스스로도 용부의 사룡사자였다. 열두 살에 입사하고 난 뒤 만단사에 관해 들어본 적이 거의 없고 조부께서 돌아가시고 말아 아예 잊고 지냈다. 성균관에 입학했을 때 부령이 보냈다는 사람이 국빈에게 사룡사자가 됐다고 해서 놀랐다.

"어찌 아시옵니까?"

"나는 너의 신상에 관련된 사람들에 대해서 너보다 많은 것을 알고 있다."

"말씀해 주소서."

"네 장인인 김현로 수사가 만단사 용부령을 지냈으나 지금은 아니다."

"예?"

"네 손아래 동서로 홍국영이라고 있지? 팥골 두동재의 아들 말이다."

"예."

"홍국영의 아비 홍낙춘이 봉황부령이었으나 지금은 아니다."

"예?"

"너는 사실상 만단사의 한가운데 있었음에도 그런 사실을 몰라 의지가지없다는 외로움을 느꼈던 것이다. 이젠 정말 의지가지없게 됐고. 네 장인과 네 동서의 아비는 만단사령에 대한 불충의 맘을 품고 그를 세상에서 지우려 공작하느라 주변을 돌아볼 여력이 없었다. 그러다가 만단사령한테 덤빈 결과로 부령 자리에서 물러났다. 또한 그들은 청주에 귀양가 있는 네 처 백부 김상로와 더불어 음으로 양으로 소전을 몰아내기 위해 애쓰느라 널 보살필 여유가 없었다. 지금은 여유들이 더 없겠지. 소전 사태와 관련해 네 처 백부는 귀양가고, 네 장인은 전라도로 쫓겨 내려갔고, 네 동서의 아비는 부령으로서의 권력은 물론이고 가산을 탕진했으니까. 무슨 말인지 대강이나마 알겠느냐?"

조부와 장인과 동서 집안의 실체를 알게 된 동시에 그들에게 아무 힘이 없게 됐다는 사실을 알 것 같다. 믿기 어렵지만 믿지 않을 수도 없는 일들이 주변에서 끊임없이 일어나고 있었다. 김국빈이 아무것도 모른 채 책만 파며 자라는 동안 주변의 모든 것들이 얽혀서 김국빈의 불운을 만들어 냈던 것이다.

"어렴풋이 알겠나이다. 하온데, 그 모든 사실을 다 알고 계시는 태감께오선 누구이시옵니까?"

"내가 누구일 것 같으냐?"

눈이 마주친다. 몇 해 전 이모부로 처음 뵀을 때 그의 눈빛은 흐린 웅덩이에 비친 빛처럼 흐렸다. 오늘 밤 태감의 눈빛은 깊고 잔잔하다.

"태감께오서 사, 사령이시옵니까?"

한참이나 더 건너보던 태감이 묻는다.

"용부에서 네 급이 어찌되느냐?"

"성균관에 입학하면서 사급이 되었다는 기별을 받았습니다."

"그래, 네 장인이 너를 한 급 올리면서 사윗감으로 점찍었던 것일 게다."

"소인은 몰랐나이다."

"한 급이 올랐어도 겨우 사롱사자일 뿐인 네가, 내가 누구인 줄 알게 될 때 너한테는 두 가지 길밖에 없다. 무슨 뜻인지 아느냐?"

"소인, 어떠한 경우에도 침묵하고, 어떠한 경우에도 명을 따르겠다고 맹세했나이다."

"그 두 가지를 어길 경우 어찌되는 줄은 알고?"

"아나이다."

"안다니 말해 주마. 내가 사령이다."

첫 맹세였고 유일한 맹세였으나 허투루 여기며 아예 잊고 살았던 만단사의 본령 앞에서 국빈은 황급히 머리를 조아렸다.

"몰라뵀었나이다."

"당연히 몰라야지. 그 사실에 관한한 앞으로도 모르는 것으로 돼야 하는 게고."

"예, 태감."

"네 장인이 용부령으로서 내게 불충하지 않고 수백 년 우리 세상이 그러했던 것처럼 충심을 다했더라면, 내가 널 이리 볼 일은 없었을 게다. 네가 최소한 이룡사자는 되어야 날 볼 수 있었을 테니까. 허나 네 장인이 부령으로서의 도리를 저버린 데다 자신의 일을 다하지 못한 채 부를 망가뜨리고 만단사에 해악을 끼치고 물러난 탓에 내가 사령으로서 사급사자인 널 보기로 한 게다. 너는 이제, 네가 알지도 못한 채 지내 온 너의 부령이 아니라, 내 직속 사자가 되었다는 뜻이다."

"예, 태감."

"오는 설에 네 장인이 상경하면 아마 너로 하여금 삼룡사자가 된 것을 알려 줄 것이다. 네가 지난 과거에서 장원 급제하여 우리 세상에 큰 공을 세웠으므로 네 부의 부령이 너를 승급시켰을 테니까. 몇 해 뒤 네 관직 품계가 오르면 너는 이룡사자가 될 것이다. 이룡사자까지는 부령과 일급사자의 뜻으로 올릴 수 있다. 일룡사자가 될 때에는 사령의 승인이 있어야 한다. 그때는 내가 널 일룡사자로 승인할 것이다. 일룡사자가 되면 스스로 하기에 따라서 언젠가는 부령 자리에 오를 수도 있게 된다. 그리되면 조직의 중심으로서 큰 힘을 가지게 되는 것이고."

"황공하오나 태감, 부령의 힘은 어떤 것이옵니까?"

"사람 세상의 모든 힘은 사람에게서 나온다 할 때, 부령은 자신의 부에 속한 사자들을 움직일 수 있다. 물론 중대한 일에 있어서는 사령의 명이 있어야 하고 일급사자들의 동의도 얻어야 하지만 한 부의 수장으로서 큰 권력을 지니게 되는 것이다."

"사내嗣內의 권력과 현실의 힘은 상관관계가 있나이까?"

"사내의 권력으로 현실의 힘을 만들어 내는 게 부령의 권력이자 소임이다. 네가 차차 알게 될 것이나 부령에게는 그럴 수 있는 힘이 있다. 물론 자신에게 주어진 힘을 쓸데없는 곳에 소진하면서 자신의 부는 물론 우리 세상을 망가뜨리는 경우도 왕왕 있다. 바로 네 장인이 그랬다. 또 네 동서의 아비가 그랬고. 내가 부실해져 지낸 몇 년 사이에 일어난 일들이다."

"황공하오나 어찌 그리되었는지, 여쭤도 되는지요?"

"내가 일룡사자였던 네 장인을 부령으로 만들었다. 봉황부령과 기린부령도 그러했다. 헌데 그들은 내가 더 이상 쓸모없는 물건이 된 것으로 여겼다. 그들은 내 부실함을 빙자하여 내게 불충하였을 뿐만 아니라 나를 제거하려 여러 차례 시도했다. 이제 내가 원래의 자리로 돌아왔고, 현실의 자리로도 돌아왔다. 허나 나는 나를 배신한 그들을 어찌하지는 않았다. 각부의 일급들이 결정하는 것을 지켜봤을 뿐이다. 그렇듯 내가 그들을 어찌하지는 않을 것이나 그들의 뒤를 봐주는 일도 더 이상 하지 않을 것이다. 그런고로 네 장인은 현실 벼슬로도 현재의 자리가 한계다. 더 이상 올라가지 못한다는 게다. 알아듣느냐?"

"예, 태감."

"네가 처가 덕은 입지 못할지라도 네 뒤에 내가 있는 바, 의지가지 없다 비관치 말고 의젓하게 살라는 게다."

"예, 태감."

"김구주의 청명당에 들도록 해라. 구주의 형 문주와 동패로 지내고 있는 자들 거개가 과거에 내 수하였고 현재는 금위대며 병조 아문에 들어 있는 무관들이다. 문주는 무관들로 한패를 이루었고, 구주는 문관들로 청명당 패를 만들려 하는 것이다. 내 수하였던 놈들이 어찌 지냈는지는 내가 캐 보고 있다만, 앞으로 청명당에서 일어날 일들에 대해서는 너를 통해 가늠해야겠다. 김구주가 누구와 어울리며 무슨 짓을 하는지 그 아비가 또 무슨 일을 꾸미는지를 살피기 위해 너와 동반하여 청명당에 들 자는 내가 붙여줄 것이다."

"누구이옵니까?"

"옹주 화완의 양자인 정후겸이라는 놈이다. 그놈이 이제 겨우 열여섯 살인데 제 양모 덕으로, 궐 출입이 자유롭게 되면서 장원서의 종육품 별제가 되었다. 그러하나 너는 김구주와 그 아비 김한구가 탐낼 만한 인재다. 정후겸 따위와 비교될 만한 사람이 아니라는 게다. 문주, 구주 형제나 후겸 등은 동궁의 즉위와 동시에 끝날 놈들이다. 김한구와 화완이 소전 사태에 깊게 관여했기 때문이다. 때문에 놈들과 그 집안에서는 동궁의 즉위를 한사코 막으려 들 테고, 소전을 몰아낸 것보다 훨씬 더 극악하게 나설 것이다. 김구주가 청명당을 만들려는 것도 그와 같은 일이 시작되었다는 의미이다."

"하온데 소인이 그와 같은 자들과 어울려도 되오리까?"

"어울리되 지혜롭게 어울려야지. 놈들에게 휘둘리는 게 아니라 네가 조종해야 하는 것이고. 그들을 이용하라는 게다."

"소인한테 그와 같은 힘이 있사오리까?"

"있지. 있고말고."

"황공하오나 태감, 여쭙고 싶은 게 있나이다."

"말하라."

"태감께오서는 동궁을 보호하여 등극케 하시려는 것이옵니까?"

"당연하지 않느냐? 모든 신하와 백성은 금상이며 후대 임금께 충성하는 게 도리다. 더하여 나는 저 시골 구석에서 몇몇 해를 묻혀 있다가 금상 전하의 성덕으로 한성판윤이 되었다. 내가 판윤이 되니 나를 저버리거나 도외시했던 자들이 나를 만나고 싶다고 내 집 문간 앞이 반들거릴 정도로 찾아온다. 내게 다시 권력이 생겼기 때문이다. 내게 이런 광영을 주신 전하께 신하의 본분으로서는 물론이고 사사로운 감정으로도 성은에 감읍함이 마땅하지 않느냐."

내막을 다 알 수는 없어도 태감이 동궁과 척을 지는 쪽이 아니라는 사실만으로도 국빈은 안도한다. 세상 모두와 척을 질지라도 이극영과 반대편에 서지 않기를 바랐기 때문이다.

"소인이 미욱하여 당연한 것들조차 의심하며 불충한 언사를 했나이다. 용서하소서."

"네 질문이 당연하다. 질문치 않는 자들의 충성은 믿을 것이 못됨을 내 익히 안다. 앞으로도 네가 가는 길에 대해 수시로 나한테 질문하고 확인하여라. 그리고 네 자신을 믿고, 만단사와 나를 믿어라. 믿게 되면 힘이 생겨 느긋해 질 것이고 그들에게 휩쓸리는 대신 앞장서지 않고도 그들을 조정할 수 있게 될 것이다. 천생 서생인 양 보이면서, 언제든 몸을 뺄 수 있게끔, 물에 물탄 듯 술에 술탄 듯, 어리숙하게. 알겠느냐?"

"예, 태감."

"그러기 위해 네 자리에서 가만히 지낼 수도 있겠지? 모든 일이 자연스럽게 흘러가도록, 일체의 성급함을 버리고 차분하게. 네 눈으로만 세상을 바라보지 말고 남의 눈으로 세상을 보려 애쓰면서.”

“예, 태감.”

“허면 그리하기로 하고, 당장 한 가지 소망을 말해 보아라. 내 너의 어지간한 소망 한 가지는 이루어 주리라.”

“무엇이든 말씀이옵니까?”

“어지간한 것이라 하지 않느냐.”

“소인의 혼인을 없던 일로 해주실 수도 있사옵니까?”

“품계를 올려 달라 할 줄 알았더니, 혼인을 없던 일로 해달라고?”

“소인, 태감께서 뒤에 계심을 알게 된 마당에 품계는 아무렇지도 않나이다. 있는 자리에서 살다 보면 품계가 올라갈 것임을 모르지도 않고요. 하온데 소인의 힘으로는 죽었다가 깨어나도 어찌할 수 없는 게 혼인인 것 같나이다.”

“공식적으로 한 혼인을 없던 일로 할 수 있는 방법은 내게도 없다. 그건 너도 알 터, 그럼에도 네가 그리 바라는 건, 네 내자가 죽어야 이룰 수 있는 소망이다. 그걸 바라는 게냐?”

“예, 태감.”

“네 내자가 백치라는 소리는 나도 들어 안다만 꼭 없앨 필요까지 있겠느냐. 그냥 뒷방에 두고 없는 듯이 지내면 되지 않아?”

“양가 어른들이 저를 속이고 혼인시켰나이다. 소인은 그걸 견디기가 못내 힘듭니다.”

“너의 내자는 잘못이 없지 않느냐?”

“소인은 무슨 잘못을 하여, 제 입에 들어가는 먹이밖에 모르는 천치를 내자로 두고 살아야 하옵니까?”

“그리 심하냐?”

인혜는 똥오줌을 요강에서 눌 줄 알지만 똥오줌을 눈 뒤 밑을 닦을 줄 모르고 옷을 제대로 챙겨 입을 줄도 몰랐다. 상에 놓인 음식을 시어머니나 지아비한테 먼저 권할 줄 몰랐다. 하루 세 끼니와 새참 세 번으로 하루를 보내면서도 배가 고프면 제 친정어머니를 불러대는 게 인혜였다. 제 입에 들어가는 음식 이외에는 세상 어떤 것도 알 바 없는 돼지나 한가지였다.

"망극하여이다, 태감."

"네가 오죽하면 그런 생각을 했을 것이냐. 알았다. 내 유념하겠다. 그러나 당장 될 일은 아닌 고로 차분히, 네 할 일하며 여상하게, 오히려 네 내자한테 잘 해주면서 지내야 할 것이다. 무슨 말인지 아느냐?"

"예, 태감."

"그 문제는 나중에 다시 의논키로 하고, 네가 언젠가 관서를 옮긴다면 어느 쪽으로 가고 싶으냐?"

"소인은, 기회가 된다면 시강원으로 들어가고 싶습니다."

"어찌?"

"소인은 책을 읽고 그에 대해 논하는 것으로만 자랐나이다. 시강원에서는 글공부를 많이 한다고 들었습니다. 글공부만 하며 자라온 소인에게는 시강원이 그중 좋아 보이는 자리옵고, 더 솔직히 말씀드리자면 세손마마 주변, 권력 가까이에서 지내고 싶습니다."

하하하. 태감이 크게 웃는다. 솔직하게 말한 게 마음에 드신 것 같다. 국빈에게는 그렇지만 다른 속내가 있다. 이극영이 정오품의 시강원 문학이다. 그의 승차가 대전과 동궁 가까이에서 지낸 덕이 아니겠는가. 자리가 사람을 만드는 것이므로 이극영은 동궁의 측근으로 만들어졌다. 국빈도 그처럼 만들어지고 싶었다.

"내 기억해 두마. 이제 밤이 더 늦기 전에 네 집으로 돌아가거라. 내일 저녁나절에 정후겸이 네게 갈 것인즉 그와 만나게 되면 너는 아무것도 모르는 듯 응대하면 될 것이다."

"정후겸은 어디까지 알고 소인을 찾아오는 것일는지요."

"그는 만단사자가 아니다. 그 생부 정석달이라는 자가 제물포의 선주로서 나와 익히 알고 지낸 터이나 작년 늦봄에 정석달이 바다로 나가 오리무중이 되었다고 하더구나. 그 대목에도 내가 캐 봐야 할 의혹이 있는 것 같다만 어쨌든, 제 아비가 사라져 후겸의 형 영겸이라는 놈이 제 아우를 데리고 나를 찾아왔더구나. 제 아비한테 내 얘기 익히 들었다면서 후겸의 뒷배를 봐달라고."

"양모가 옹주이고 열여섯 살에 종육품 관헌이 되었는데도 뒷배가 더 필요할까요?"

"후겸이 천출이기 때문이다. 나이 들어가며 태생을 극복함은 물론이고 임금의 외손이라고 어깨 세우고 다니게 될 것이지만 현재로서는 고립무원인 까닭이지. 아무도 상대해 주지 않을 뿐더러 미천한 놈이 옹주의 양자가 된 덕에 소과 한 번 보지 않고 벼슬하게 된 걸 경원하기 때문에. 하여 내가 놈을 도와주기로 한 것이다."

출신이 얼마나 중요한지 국빈은 새삼 통감한다.

"예, 태감."

"그놈한테는 네가 불우한 젊은 관헌으로서 정후겸 저처럼 내 도움을 받는 것으로만 알게 하면 될 게다. 짐짓 꾸며 행동할 것 없고 자연스레 어울리라는 것이다. 무슨 일에도 앞장서지 말고 그들이 무슨 일이든 꾸미기 시작하면 즉시 내게 의논토록 하고."

"예, 태감. 하온데 언제 태감을 다시 뵈면 되오리까?"

"여드렛날 청명당에 다녀와서 그 이삼 일 새 편한 시간에 들어오너라. 네가 곤과 친하니 앞으로는 곤의 동무로서 이따금 들리도록 해라. 헌데 곤이 철이 없고 세상 물정에 어두우니 너와 내가 오늘 밤 나눈 대화의 내용은 곤이 몰라도 되리라."

곤에게 비밀로 하라는 말씀은 세상 모든 사람한테도 비밀이어야 한다는 다짐이다.

"예, 태감. 소인 물러가옵니다."

국빈이 물러나는데 안에서 김 훈도를 댁까지 모셔 드리라는 명이 나온다. 문 앞에 대기하고 있던 병지와 젊은 하속이 명을 받들고는 등불을 들고 국빈을 따라 나선다. 눈발이 좀 누그러진 것 같아도 공기는 언 바늘처럼 따갑다. 얼굴은 따가울지라도 속은 훈훈하다. 더이상 겨울 들판을 헤매는 들개처럼 살지 않아도 되지 않은가. 내 눈으로만 세상을 보지 말라는 그 쉬운 말을 난생처음 들은 것 같았다. 타인의 눈으로 보아야 내가 보지 못한 것들이 새로이 보인다는 말이 이처럼 새로운 까닭은 새 세상을 만난 덕택이다. 새 세상이되 새로이 다가온 낯선 세상이 아니라 어릴 때부터 곁에 있던 세상이었다. 그 세상으로 나 있던 문이 열린 것이었다.

– 반야 3부 10권에 계속

사신계(四神界)

사신총(四神總)

사신경(四神卿)

칠요(七曜)

靑龍部(令)	白虎部(令)	七星部(令)	朱雀部(令)	玄武部(令)
청룡선원	백호선원	칠성선원	주작선원	현무선원
각(角)	삼(參)	광(光)	진(軫)	벽(壁)
항(亢)	자(觜)	양(陽)	익(翼)	실(室)
저(氐)	필(畢)	형(衡)	장(張)	위(危)
방(房)	묘(昴)	권(權)	성(星)	허(虛)
심(心)	위(胃)	기(璣)	유(柳)	여(女)
미(尾)	누(婁)	선(璇)	귀(鬼)	우(牛)
긴(箕)	규(奎)	추(樞)	정(井)	두(斗)

사신계 강령(四神界 綱領)

凡人은 有同等自由而以己志로 享生底權利라.
모든 인간은 동등하고 자유로우며 스스로의 의지로
자신의 삶을 가꿀 권리가 있다.

誓願語

不問如何境遇 當絶對沈默於四神界 不問如何境遇 當絶對順從於 四神總令.
어떠한 경우에도 사신계에 대해 침묵하고, 어떠한 경우에도 사신총령을 따른다.

만단사(萬旦嗣)

만단사령(萬旦嗣領)

부사령(副嗣領)

麒麟部(令)	鳳凰部(令)	七星部(令)	龜部(令)	龍部(令)
기린부	봉황부	칠성부	거북부	용부
一麒嗣子	一鳳嗣子	一星嗣子	一龜嗣子	一龍嗣子
二麒嗣子	二鳳嗣子	二星嗣子	二龜嗣子	二龍嗣子
三麒嗣子	三鳳嗣子	三星嗣子	三龜嗣子	三龍嗣子
四麒嗣子	四鳳嗣子	四星嗣子	四龜嗣子	四龍嗣子
五麒嗣子	五鳳嗣子	五星嗣子	五龜嗣子	五龍嗣子

만단사 강령(萬旦嗣 綱領)

人自有其願 須活如其相 有權獲其生.
모든 인간은 스스로 간절히 원하는 바 그 모습으로 살아야 하며
그런 삶을 얻을 권리가 있다.

願乎? 有汝在. 去之!
그대 원하는가. 거기 그대가 있느니. 그곳으로 가라.

誓願語

不問如何境愚 當絶對沈默於萬旦嗣. 不問如何境遇 當絶對順從於 萬旦嗣領令.
어떠한 경우에도 만단사에 대해 침묵하고, 어떠한 경우에도 만단사령의 명을 따른다.

반야 9

초판 1쇄 인쇄일 • 2017년 12월 10일
초판 1쇄 발행일 • 2017년 12월 15일

지은이 • 송은일
펴낸이 • 임성규
펴낸곳 • 문이당

등록 • 1988. 11. 5. 제 1-832호
주소 • 서울시 성북구 동소문로 65-2 삼송빌딩 5층
전화 • 928-8741~3(영) 927-4990~2(편)
팩스 • 925-5406
ⓒ송은일, 2017

전자우편 munidang88@naver.com

ISBN 978-89-7456-507-7 04810
978-89-7456-509-1 04810 (전10권)

값은 뒤표지에 표시되어 있습니다.